比较文学与世界文学名家讲堂

王向远 主编

同异之间

陈跃红教授讲比较诗学方法论

陈跃红 著

中央编译出版社
Central Compilation & Translation Press

作者简介

陈跃红,北京大学校务委员,人文特聘教授,博士生导师,北大中文系系主任。比较文学与比较文化研究所副所长,中国比较文学学会副会长兼秘书长。

先后师从北京大学著名教授、前国际比较文学学会副会长乐黛云;前香港大学比较文学系主任、国际布莱希特学会会长安东尼·泰特罗教授(Antony Tatlow);美国哈佛大学教授、东亚系系主任、前费正清研究中心主任伊维德(W·L·Edema)学习比较文学与比较文化、西方文学理论、国际汉学等。先后担任过台湾、韩国等多所大学客座教授和交换教授等海外教职。

出版有《比较诗学导论》、《欧洲田野笔记》等多种学术著述和中英文论文。联合主编双语学术刊物《比较文学与世界文学》。

《比较文学与世界文学名家讲堂》前言

"比较文学与世界文学"学科,顺应改革开放的时代潮流,在上世纪最后二十年开始起步发展,到现在为止的三十多年时间里,已经有了丰厚的知识产出和思想建树。它的异军突起,是当代中国一道引人瞩目的学术文化景观,是中国走向世界、世界走进中国的鲜明印证,也是当代中国学术文化繁荣的一个重要表征。

三十多年的学科建设和学术发展史已经表明,要在人文研究及文学研究中建立世界观念和视野,要把中国文学置于世界文学背景下加以考察和研究,要把外国文学放在中国文化立场上加以审视和阐发,要连接中外文学,要打通文学研究与其他学科的壁垒,要把细致微观的实证研究与高屋建瓴的理论建构相结合,那必然会走向比较文学与世界文学。

在这里,"比较文学"与"世界文学"两者相辅相成、互为依存。"比较文学"是学术观念、研究范式与研究方法,"世界文学"则是学科资源与研究视野。它在贯中外、跨文化、通古今、越科界的学术视阈与研究方法上的优势,使其无可替代地成为当代中国学术文化中最有时代性、最有包容性、最有创新性的高端学科之一。

事实上,近二十年来,中国的比较文学不仅在中外文学关系史研究等方面生产了大量的新知识,而且逐步建立了既有中国特色又具有理论普适性的学科理论系统,逐步完善了比较诗学、中西比较文学、东方比较文学、翻译文学等分支学科,在学术成果的质与量上已居世界各国之首，还全面进入了大学中文系、外文系文学专业的课程体系，从而使中国比较文学成为当代世界比较文学的重心和中心，代表着世界比较文学兼收并蓄、超越学派的第三个发展阶段。

收在这套《比较文学与世界文学名家讲堂》的作者，在当代中国比较文学学术史上，是继季羡林、乐黛云等老一辈学者之后的第二代学人。这些作者固然只是第二代学者中的一部分，却有相当的代表性。他们现年多在四十五至六十五岁之间，从学术年龄上说大体属于中壮年，都是各大学的教授、博士生导师和学术带头人，大都在1980年代后走上比较文学与世界文学之道，1990年代后崭露头角或脱颖而出，进入21世纪后的十几年里，更成为我国比较文学与世界文学学术界的中坚力量。他们有幸拥有了可以安心治学的环境，赶上了数字化、信息化的新时代。既抬头看世界，又埋头务笔耕，既坚持学术的严谨，也保持思想的活跃，充分展示了中国学者的文化立场，充分发挥了中国学者的学术优势和想象力、思考力、创造力，取得了与时代要求相称的成果。这些成果不仅是个人学术履历的证明，也是对中国学术文化史上的一份奉献，更成为新时代"国人之学"即"国学"的重要组成部分。

《比较文学与世界文学名家讲堂》二十卷，选题上以比较文学与世界文学的学科理论为主，以讲述和示范学术方法为要，涉及比较文学与翻译文学基本理论、比较诗学、东方文学及东方比较文学、西方文学及中西文学关系、世界文学总体研究等方面。各卷均按一定的范围和主题，将作者有原创性、有特色的成果收编起来，将大学讲堂搬到书本上来，以读者为听众，以写代"讲"，以言代"堂"，深入浅出，以雅化俗，汇集中国比较文学第二代学者中的代表人物，以使五指成拳、十指合掌，形成大型丛书的规模效应，得以占书架之一角，入读者之法眼，从一个侧面展示近年来中国比较文学的新进展和新成果。而且,不同作者及著作之间也可以相互显彰、相互映照、相互补充,读者也可以在异中见同、同中见异,在参读和比照中领略五彩缤纷的文学世界和世界文学,得窥比较文学殿堂之门径。

《比较文学与世界文学名家讲堂》的编辑出版,得到了北京师范大学的资助和中央编译出版社的支持,编者和作者深表谢意!

愿"讲堂"满座,愿比较文学与世界文学学术事业更加繁荣!

王向远

2014年4月20日

自序：走向跨文化的诗学研究

说起来，已经是30多年前的事情，在学术的人生抉择过程中，我之所以情不自禁地选择了比较诗学，清楚记得的最初印象肯定是与在《读书》杂志上见到钱锺书的一段话有关。钱锺书曾经指出"文艺理论的比较研究即所谓比较诗学（comparative poetics）是一个重要而且大有可为的领域。"[①]不久前，美国比较文学和文学理论学者乔纳森·卡勒也再次强调说："比较文学作为一般的文学研究的场域，将为诗学——即一种比较诗学（a comparative poetics）——提供一个家园。"[②]看来中外学者于此都心有戚戚，不谋而合。那么，如我等这样的当年后学小子还犹豫什么呢？于是不自量力地斗胆闯进了这一领域，从此一发不可收拾，据说现在也已经被算作这行当中人了，最近十年竟然以比较诗学为方向带起了这方面的博士研究生，本丛书的主编在与我商定选题方向的时候，首选的也是比较诗学，而且还是方法论啥的。人生的选择有时候真是有点不可思议！是必然，也很是偶然。要是最初没读到钱锺书这段话，而是别的什么，我个人的学术道路又会是怎样呢？

自从2005年出版了《比较诗学导论》一书之后，差不多又走过

[①] 张隆溪：《钱锺书谈比较文学与"文学比较"》，载《读书》，生活·读书·新知三联书店，1981年第10期，第135页。

[②] ［美］乔纳森·卡勒：《比较文学的挑战》，生安锋译，载《中国比较文学》，2012年第1期，第7页。

了十年，此前此后写过的文字，但凡与比较诗学这一话题有关，感觉比较有意思的，匆匆忙忙，长长短短，大致都聚拢在这本集子里了。有兴趣的读者自可从中了解我的思考，体会和见解，也可以从中触摸到我的粗疏，武断和不求甚解。不管怎么说，能对你有点启发最好，万一不行，做你的垫脚石和批判标靶，也是我的荣幸。别看我在文章中一路逻辑推论，慷慨激昂，言之凿凿，其实内心时时存有恐惧和忐忑不安，心中的底气远不如文字中那么理直气壮。

尽管如此，还是不得不在这里介绍一下自己对比较诗学及其方法论的些许基本见解，给诸君的阅读做个铺垫。

在我看来，比较诗学基本上是现代诗学理论形成和比较文学学科研究向纵深开掘的产物。他在欧美的发展并不怎么受人看重，而在诸如中国这样文学历史悠久的非西方国家倒是一直相对兴盛，其基本的原因是，前者就此没有急迫的理论需求，而后者则急于需要通过这一途径去寻找自身理论的国际认可和发展可能，故而时至今日，比较诗学才能够成长为中国比较文学学科的重要组成部分，并以其学术上的成就和特色为国际比较文学界所瞩目。

大致梳理一下近30年中西比较诗学的进展，基本上可以归结成两个主要的学术目标：一个是有关中国诗学传统的创造性转换和现代生长的命题，它实际上是要探索如何使中国传统诗学资源中有生命潜力的部分向现代敞开，使其合理的成为中国现代诗学的有机构成部分和未来生长基础，即所谓中国诗学的现代性命题。另一个目标则是企图在跨文化的诗学对话中，以中国诗学为一方，积极寻找加入国际性诗学对话的有效话语模式，以自己具有的学科普遍性和文化独特性，名正言顺地成为国际学术格局的现代有机组成部分，这也就是所谓中国诗学的世界性命题。

这里所说的所谓比较诗学，其实就是从跨文化和国际化视野去展开的，有关不同文化间文学理论和批评方法问题的专门性研究。

它既研究具有历史事实联系的，国际间的文学理论关系；也研究并未有事实联系，但基于人类文学共生共创关系基础上的，不同文化间共同面临的各种文学理论和批评问题。而它与一般文艺研究的差别，主要就在于其特有的跨文化立场、对话性问题意识和独特的方法论结构，也在于这类研究者拥有的多语种和跨学科知识背景，以及基于历史共创和跨文化对话的学术范式自觉运用。

往上追溯，中国比较诗学的发轫，可以远溯到佛经翻译"格义"和《圣经》译解"况义"的时代。所谓"格义"，简单地说，就是以儒家和道家经典的言述来比附和诠释读解佛经的内容，以达到接引佛说，开启双方意义理解的通道；而所谓"况义"则是试图以《圣经》一类经典的观点为主，强制解说本土儒道诸家的文本，意在确立外来圣典的思想。前者近于求同，后者偏于立异。这大概算得上是中国较为早期的比较诗学异同观了。

不过中国真正意义上的比较诗学研究却是"五四"前后才有的事情，根据对1949年以前近三百余种国内比较文学论著和论文的统计，属于比较诗学研究范畴的就达到四分之一左右[1]，一些流传至今的优秀比较文学成果，如王国维的《红楼梦评论》、《人间词话》、鲁迅的《摩罗诗力说》、朱光潜的《诗论》和钱锺书的《谈艺录》等论著，都是大致以比较诗学和比较美学为论述路径。进入1980年代以后，中国的比较诗学研究走上了学科化的发展道路，近30年来，从方法路径去看，最初我们所做的是从理论概念范畴的中西简单1+1配对式（如迷狂与妙悟）开始去展开概念和范畴的比较；然后意识到这样的搭配式比较，往往会陷入文化语境差异的陷阱而难以脱身之后，开始走向寻找不同文化理论之间共同论题（如言意关系）

---

[1] 参见北京大学比较文学研究所：《中国比较文学研究资料：1919—1949》，北京大学出版社，1989年。

的多方对话式探讨;而当有的学者试图以西方理论为标准范式去"整合"中国文论,结果在有所启悟和照亮的同时,也发现了太多的人为切割和例外的时候,一些学者就改为努力去寻找所谓的"共相"和意义追问倾斜的交集互补;而当我们从民族文论跨界失效的种种症候中意识到沟通的困难,进而野心勃勃地试图去建构统一的"普世性"理论的时候,结果又发现根本就没有这样一个世界文论或者说总体文论的乌托邦在等待着我们,于是便主动解构自身,尝试去搭建包括非西方理论(如印度、日本、阿拉伯)在内的,具有文化差异的多元复数理论的对话平台,开始了所谓"国际诗学关系史"研究;但是随着研究的深入,却发现当今各个民族国家文学理论本身的生成,其实本来一直就具有跨学科、跨语言和跨文化的特性,只有从广义的、包含文化思想史反思的广阔视野展开,才有可能超越中国传统文论甚至东亚文艺理论特殊性的局限去涉及某些兼及普遍性和特殊性的理论问题。所有这些,都不同程度地证明,中国的比较诗学研究的确具有一些属于自己的基本方法论结构和研究径,他们的发展历史和研究范畴扩展,构成了中国比较诗学到目前为止有关方法学的基本路线图,进而决定着中国比较诗学研究的价值取向、问题意识和发展路径。

  我们是不是可以大胆的这样说,中国学人在比较诗学领域的实践,具有某些不同于,甚至领先于西方比较诗学的东西,其成就和经验有理由为国际比较诗学提供一些富于创意的知识内容和研究思路。然而遗憾的是,到目前为止我们还没对此认真加以总结,究其原因,恐怕还在于不仅仅是中国比较文学学科,甚至中国整个学术界都还缺乏费孝通所强调的那种所谓现代"文化自觉"[①],也缺乏对于我们自身学术身份的创造信心。这就使得近代以来,我们在学科

---

① 参见费孝通:《文化与文化自觉》,群言出版社,2012年。

理念上总是一味以西方为楷模，将西方的问题视为自己的问题，将欧美范式当成自身的范式，将别人的学科标准不加处理地套用为自己学科的标准。而一旦面对未来的学术再反思的时候，就将有可能把我们再次逼回到自身学术处境和问题意识的原点上去，于是，我们就不得不重新审视自王国维、鲁迅、朱光潜以及钱锺书等人以来的学术经验，以及中国比较诗学学科化发展30年来的问题和方法论探索。尽管我们都很清楚地知道，比较诗学可能的学术空间绝对不可能仅限于中西文论关系，它在中国的理论、方法以及美学深度和广度上也都有更广阔的空间，但是，在可以期待的相当长一个时期内，我们所面对和必须要接受挑战的，主要还是那个被称为西方理论的东西。

鉴于此，一方面，我们必须清醒地意识到中西诗学发展的时代落差，但是另外一方面，也要对我们的传统诗学资源和文化更新能力保持一份基本的信心。无论现实中的西方话语有多么的强势，也无论中国传统诗学话语目前如何处于不利的地位，但在交往对话的意义上，中西都具有自己的主体性发展维度，他们各自此前和此后的存在和发展，都并不依赖对方为标准，而只是将对方作为一种参考系。中国诗学无论当下在世界上是多么的沉寂，它也并不是一个完全被动地等待别人去阐释注解的对象性"文本"，而是始终具有超越自身可能的理论主体行为。同样，西方诗学无论具多么强的现实影响能力，也始终会带着它自己主体的历史局限性，因此，它们的相遇和对话，不可能是通常所言的主客体对峙关系，而是一种对等的"你—我"关系，一种不得不面对面的对话关系，总而言之一句话，它们之间互为主体，同时也互为客体，相互提问也相互作答，通过相互的读解，借鉴和启迪去弥补自身的不足，进而建构发展自己的未来理论新范式。

只有我们在关于跨文化诗学研究的理论认知和方法论领域有了

属于自身的建构,只有将中国诗学独特的文化视域和话语方式置入现代理论的有机架构中去实现熔炼和再生,只有在与包括西方在内的各类现代诗学视域的反复融合过程中去实现自身的选择扬弃,才有可能催生中国现代诗学的诞生。我们一直都在期望透过这一场理论变异,众声喧哗的时代学术孕育过程,最终能够窥见未来中国诗学新理论婴儿般的美丽形态。

2014 年劳动节于西二旗寓所

目 录

《比较文学与世界文学名家讲堂》前言 …………… 王向远 1
自序：走向跨文化的诗学研究 ………………………………… 1

基本概念与方法论建构 …………………………………………… 1
诗学·比较诗学·中国"诗学" ………………………………… 3
方法即意义 …………………………………………………… 29
比较的前世今生
　　——比较意识的历史生成与方法论意义 ………………… 32
跨文化研究范式与作为现代学术方法的"比较"
　　——北京大学陈跃红教授访谈 ………………………… 47
中国语境中"诗学"概念的现代内涵 ……………………… 59
比较研究范式的形成与发展 ………………………………… 68
中国比较诗学六十年（1949—2009） ……………………… 93

对话逻辑与跨文化阐释 ………………………………………… 113
阐释的权利
　　——当代文艺研究格局中的比较诗学 ………………… 115
中西之间与四方对话 ………………………………………… 129

西方理论与中国传统文论的现代阐释
　　——以比较文学的阐发研究为例 …………… 170
中国现代诗学阐释学的可能 …………………………… 189
后现代思维与中国诗学精神 …………………………… 202
诗学的翻译与翻译的诗学 ……………………………… 221

研究范式与话语实践 …………………………………… 261
语言的激活
　　——言意之争的比较诗学分析 ………………… 263
"活句"与"死句"
　　——道家美学的语言策略 ……………………… 280
向生而死
　　——中国文学中的生命意识 …………………… 291
从"游于艺"到"求打通"
　　——钱锺书诗学研究方法论例说 ……………… 314
什么"世界"？如何"文学"？ …………………………… 326
跨文化对话时代的比较文学与世界文学 ……………… 340

后　记 …………………………………………………… 355

基本概念与方法论建构

诗学·比较诗学·中国"诗学"①

一、诗学与文论②

亚里士多德的一生贡献,是在理性的基础上,于广泛的人类知识领域内建立起了各种门类的技艺科学,譬如政治学、伦理学、心理学、物理学、生理学,乃至修辞学等。在亚氏看来,既然诗歌不过是对于事物及其内在理念的摹仿,那么,作诗实际上也就是一门技艺,于是建立一门专业研究所谓"诗艺"的学科就是顺理成章的事情。"诗学"在西方由此而得以诞生,而它的开山之作就是亚氏本人的《诗学》。

读过《诗学》的人们都知道,它实际上是一部未整理完成的讲稿。其内容是在以分析古希腊悲剧为主的基础上,把当时的主要文类如戏剧、史诗和抒情诗进行综合研究,通过探讨诗的起源、诗的历史、诗的特征等,阐述了自己的文艺观,同时也初步建构起了西方诗学话语的框架。尽管在以后数以千年的时间内,西方诗学的概念发生了各种各样的变化,但是其基本的格局却并没有真正被颠覆。于是,在西方各国,一旦涉及所谓的诗学命题,就不得不从

---

① 本文系在本书中首次发表。
② 本节的部分段落参考了余虹所著《中国文论与西方诗学》第一章的相关论述,特此致谢。

《诗学》开始。

与我们关于比较诗学的学科论述相关,在亚里士多德的《诗学》论述中,有两点尤其值得注意:

第一,诗被视为诸多摹仿技艺之一种,与绘画、雕塑等其他摹仿技艺并列共置。这样,当后世把这类技艺逐渐归置为"艺术"这一大的门类范畴的时候,实际上已经为西方诗学研究的价值方向和对象范围作了初步的定位。也就是说,诗学研究是属于艺术这一大范畴下的研究部类。其内涵和外延都比较清楚,这是与中国文论的边界含混所不一样的。

第二,亚里士多德的诗学研究对象,从一开始就没有限于诗歌的狭小范围,而是包括悲剧、喜剧、史诗、抒情诗、甚至音乐和舞蹈等等。这样,当西方人日后把诗与文学共称,有时候还以诗作为文学的代名词时,就总是显得那么顺理成章。这当中既没有明显的思维断裂,一般也不会造成误读和误解。而当论及诗学的时候,也都能够理解和接受这样的见解,即诗学研究的对象就是广义之诗,也即是包括诸多文类品种的文学。而不会像我们今天许多不了解比较诗学由来的国内古典文学和诗学研究者那样,一说比较诗学研究,首先想到的就是诗和诗歌的比较研究,稍微离开一点去谈普遍的文学理论问题就视为大逆不道。

其实这完全是由于文化语境的差异而造成的误解,它本身也构成了一个学术文化思维的比较问题。

不过,在古代西方被视为摹仿技艺的诗、音乐、绘画、雕塑等,在近代并非是直接触发了艺术范畴的认定并且成为艺术门类的必然组成部分的。同样,我们所说的广义的"诗"(poem)也并非是直接就找到"文学"(literature)这个概念作为替代性表述的。它们都经历了一番历史的变迁和现代的转化过程。其中总是不断有新的思想资源和学术资源的参与和介入,并且最终成就为它们今天的面貌。

我们都知道,亚里士多德的《诗学》在中世纪曾经长期没埋没,直到文艺复兴时期才被重新发现和认识。意大利的当代著名学者和作家翁贝托·艾科曾经以此为题材写过一部著名的小说叫做《玫瑰的名字》,被翻译成许多个国家的文字出版可见其影响不小。在亚里士多德之后,古罗马的古典主义理论家贺拉斯曾经写过一本《诗艺》,以诗体书信的形式表达自己的文艺见解。其基本的思想是对亚里士多德文艺观的发挥,尤其强调继承古希腊传统,突出理性的原则和摹仿理论。而在文艺复兴之后的新古典主义时代,理论家布瓦洛的《诗的艺术》则是古典主义戏剧的圣经,他发挥了亚里士多德和贺拉斯等人的理论,其核心进一步强调了模仿自然,理性原则和"三一律"等。这些文艺思想的承继发展和话语的命名习惯,都使西方文艺界逐渐习惯了如此的关于"文学"的称谓,使"诗"与"文学"的概念换用成为习性而不必加以置疑。

另一方面,文艺复兴本身也带来了诗歌、雕塑、绘画和其他门类技艺的发达。关于后者,我们只要稍微了解那个时期的文学艺术历史就可以明白。文艺复兴时期的大师们,很少是单一学科的专门家和纯诗人,往往都是多面手,甚至是百科全书式的学者。譬如但丁在文学之外对于语言学、政治学、天文学和宗教学的贡献;达·芬奇在机械学、数学以及其他自然科学方面的发明;后来者如培根这样的百科全书式的全才就不用说了;即使是米开朗基罗、莎士比亚……都有多方面的才艺。尤其文艺复兴时期,随着人们对于各种技艺的精益求精,对于非实用的美感的普遍性追求,于是人们开始逐渐意识到,所谓的诗、音乐、绘画、雕塑等等,并非是一般的实用性技艺,而是一种生产美的技艺。在这一基础之上,美学作为一种学科的意识有呼之欲出之势。

而我们今天也都知道,美学研究的对象首先就是各种各样的艺术门类。到了18世纪，法国学者查里斯·巴托1747年在其论著《论美的艺术的界限与共性原理》中，首次用了"美的艺术"（beaux arts）来界定诗歌、绘画、雕塑、音乐、舞蹈、修辞、建筑等，他由此严格确认了现代艺术的概念，并且使所谓美的"艺术"与亚里士多德的"摹仿技艺"找到了融合与继承的关系。

而真正使艺术问题成为美学问题，使美学成为一门当时被称之为"艺术哲学"的学科，并且确立了"诗"与"文学"的兼容关系和特定内涵的人们，则是一批睿智的德国美学家。尤其是鲍姆嘉通（Baumgarten，1714—1761）、康德和黑格尔。鲍姆嘉通是第一个主张美学成为独立学科的人，并且将美学命名为"埃斯特惕卡"（Aesthetica），他被称为"美学的父亲"。[①]他以系统化的方式将许多艺术的问题纳入美学的视野，使"审美艺术"以其独立的面貌得以呈现。而康德却是在纯粹感性和纯粹理性之外，令人信服地确证了艺术的独特活动疆域与活动方式。确立了现代艺术概念的审美本质，划清了艺术与非艺术之间的界限。

至于黑格尔，则是以他特有的逻辑和组合能力，构建了基于美学视野的完整的"艺术哲学"。在黑格尔那里形成的近代艺术体系和空间格局，至今并无根本改变，除非是由解构主义理论家来提出挑战。

首先，黑格尔将美的概念与艺术的概念统一了起来，既然"艺术是典型的审美活动"，而"美是理念的感性显现"，那么，整个艺术活动的探索就只能够在这一内涵和外延的疆界里行动了。其次，无论是古代的悲剧、喜剧、正剧、史诗、抒情诗，还是现代意义上的文学，包括小说、戏剧和诗歌，都是艺术哲学关照的对象。也就是说西方古代广义的"诗"和现代意义上的"文学"，在艺术的大范

---

① 参见朱光潜：《西方美学史》上卷，人民文学出版社，1980年，第293页。

畴内，本身并无质的差别。

很显然，正是西方近现代美学概念的介入和艺术学科的确立，为亚里士多德时代的"诗"向现代"文学"理解的转化不仅铺平了道路，提供了思想资源，同时也建立起了它们之间的历史联系。于是，西方学界经由美学的路径，不仅实现了从古代"诗"的观念的到"文学"观念的现代转化，从"摹仿技艺"到"美的艺术"的转化，而且也顺理成章地为从"诗学"到"文学理论"的转化铺平了道路。因而今日在西方，当人们谈论文学研究的时候，无论使用"诗学"这个古老的概念，还是使用"文学理论"这个现代的术语，在概念的运用上都具有某种互换性，其内涵和外延方面都不存在大的争议。这实在是因为，在亚里士多德与韦勒克之间，在《诗学》与《文学理论》之间，存在着一条比较清晰的相互关联的历史路径和逻辑链接。具体地讲就是：从现象上表现为"诗（历史）—文学（现代）"的关系、从理论上则是"诗学（历史）—文学理论"（现代）的关系。

而在中国古代，如果以西方现代意义上广义的"诗"的概念作为标准，则中国古代基本就没有西方现代意义上的"诗学"（poetics）概念一说。这并非是说中国古代文论中没有诗学这个词。"诗学"之用于西词翻译，从来就不是"无中生有"而是"旧词新用"。实际上，远在西文的"poetics"等被译入以前，"诗学"一词便已在中国文学论述传统中普遍存在，甚至作为书名流布世间。如汉代便有"诗之为学，性情而已"的说法，[①] 元明时期则有所谓《诗学正源》、《诗学正脔》及《诗学权舆》、《诗学正宗》等著作出现，[②] 只

---

① 此语出自《汉书》卷七十五。
② 今人检索的中国古代以"诗学"为名的著作至少有：元代杨载《诗学正源》、范亨《诗学正脔》和明代黄溥《诗学权舆》、溥南金《诗学正宗》及周鸣《诗学梯航》等。参见蔡镇楚：《诗话研究之回顾与展望》，《文学评论》，1999年第5期。

不过其所关涉的内容更多是文类和文体学意义上的诗论，是单纯意义上的有关诗歌的创作和批评著述，也就是所谓"狭义诗学"，而不能与西语"poetics"相提并论罢了。①当然，这并不是说，在这些名之为诗学的论述和著作中，没有关于广义诗学，也就是一般文学理论的问题，而是说，它们在术语和概念范畴所涉及的论述范围规定上，主要是指向诗歌这一文类，这是中国和西方明显区别的地方。对于宏观的普遍的文论问题和多种文类问题的专门讨论，在中国主要是由《文心雕龙》《文章流别论》这一类的著述来承担的。而以"诗学"作为讨论一般文学理论问题的统摄性概念，在中国，基本上是要等到进入现代汉语时代以后，尤其是进入 20 世纪后半叶以后才逐渐形成部分共识。在一般的情况下，人们还是习惯称之谓"文艺学"、"文艺理论"等，而不喜欢像西方人那样，把一般理论问题的讨论直接称之为所谓"诗学"。

在西方，当我们在面对"诗学"或者"文学理论"这一组概念的时候，尽管它们之间其实并非没有差别，因为毕竟 poetic 与 literary theory 均有着各自的术语发生和形成的历史以及意义内涵，但是，在一般的情况下，它们在西方不仅可以做相应的代换，而且学术的意义定位上也并不存在太大的错位。在很多情形下，这也许只是一个意义的范围规定和习惯性的表述选择问题。

首先，那里的人们都会把它们理解为文学艺术研究的一个部类，而不可能去研究科学、法律、宗教、历史、哲学等等。其次，由于它在现代主要以小说、戏剧、诗歌、散文的相关审美性、文学性或者说诗性为研究对象，是研究通过语言（文字）这一独特媒介而得以实现其价值的艺术门类，这就使得它和其他艺术门类也能够严格的区分开来。因此，在西方文化语境的条件下，当我们使用比较

---

① 参见同上及李杰：《中国诗学话语》，四川人民出版社，1999 年，第 1—5 页。

诗学这一学科概念的时候,也就意味着这是一类关于文学理论问题的跨文化研究,其在理解和研究实践的过程中,与其相应的那些个话语范畴、概念和术语等,在相当程度上界定都是比较清楚的,可以通约兼容,而不必担心引起太大争议。

然而,在古代以来的中国文学批评史上,"诗学"和"文论"之间却有着明显的差异。关于中国传统的"诗学"研讨范畴的某些特殊规定性,在上一节我们已经论及,尤其在所谓的话语体制范畴内,它更多主要是指向单一诗歌文类的研究范畴。

现在,我们再来讨论一下所谓"文论"的概念,也就是中国传统意义上的"文论"的含义。

相对而言,中国历史文献记载的丰富,在世界各民族当中都是位居前列的。关于今日所谓"文论"意义上的记载也不例外。如果认真的清理扒梳,你会在先秦两汉各家的经典和史传材料中发现众多相关的言谈。但是,毕竟还是只有到了魏晋,才有了以"文"的定性、分类、写作和品评的专文论述。譬如曹丕的《典论·论文》、陆机的《文赋》、挚虞的《文章流别论》等。然而,在刘勰(彦和)看来,他们都既不全面,而且时有认识上的偏颇。所谓均"未能振叶以寻根,观澜而索源"。[①]

事实上,真正以论"文"为己任,并且全面而周密地探讨了关于"文"的方方面面,从而建立起了中国古代文论框架者,确实只能是刘勰和他的《文心雕龙》。作为被鲁迅先生誉为与亚里士多德《诗学》具有同等世界价值的文论专著,它不仅自身体大精深,而且承前启后,作为中国文论史的核心论著和纲领性文字,他无疑可以被视作为我们讨论中国古代文论许多基本概念的出发点。

某些外国学者,譬如宇文所安就认为,中国文论的特点主要是

---

① 参见陆侃如、牟世金:《文心雕龙译注》下册,齐鲁书社,1981年,第416页。

那种逻辑性和体系性不太强的小说评点、戏曲议论、诗话、词话等，而像《文心雕龙》这样的严格体系性著作却只是个例外，认为其在中国文论体制中不具备代表性，因此，不宜把它的价值过于夸大。①这种表面上是强调中国文论话语特色，而实际上却又把《文心雕龙》孤立起来的观点，近于削足适履和形而上学的文化割裂。问题在于，它只注意到中国文论话语感性模糊的一面，而切割了中国文论实际存在的结构周密的一面，无意中削平了它的峰尖，同时也忽略了中国文论的丰富性和发展性，有意无意地回避了与西方"逻各斯"相对的中国话语理性之"道"的普遍意义。其结果是使得中国文论在强调自己独特性的时候，却失去了与西方对话的话语共性和更加周密逻辑的另一面，成为隐含的西方中心主义的文化他者的特色需要。这显然是难以令人信服的。

《文心雕龙》凡50篇，关于该书的研究对象所在，按照其最后一篇《序志》篇，实际就是所谓讲写作缘起的题解性文字所言，全书的立意和主题对象之所在确实就是所谓"为文之用心"。这里的"用心"，当然是和为"文"或者说文章的作法问题有关，但是，决不能因为这样，就简单地判定为作者讨论的就是关于现代意义上的"文学"的"用心"。

那么，刘勰所谓"文"的内涵和外延是什么呢？

首先，他不可能仅仅是西方的广义和狭义的"诗"的概念，也就是通常所说的美文学的概念。一切我们在前面涉及的西方意义上的具体的"摹仿"、"艺术"、"文学"、"美学"的概念，似乎都和这个"文"没有直接对应的术语和范畴关联。

其次，它也和我们今天在现代汉语语境中所理解的文学理论的

---

① 参见 Stephen Owen, *Readings in Chinese Literary Thought*, Cambridge：Harvard University Press, 1992 中有关《文心雕龙》章节的论述。

观念不太一样。我们今天现代汉语中一度流行的文学理论,实际上是以西方文论以及俄苏以来的革命文论为体系框架,融合一部分传统文学概念而成的现代概念。在《文心雕龙》中基本上就缺乏类似的言说和概念的界定。

这是我们的讨论从一开始就要小心区别的关系。

在《文心雕龙》首章《原道》篇的开首,刘勰就阐述了他关于文的发生的见解。他认为,世间的一切事物均出于自然的演进。并且将所有的事物分为天文、地文、物文和人文。所谓"人文之元,肇自太极。"①而"人文"既出,当然需要外化的表达。再往深处追问,所谓"人文"则是"心"的外化,并且以"言"为其表达的物质外壳。所谓"心生而言立,言立而文明"②、"言之文也,天地之心哉",因此我们可以说,《文心雕龙》所研究的"文"就是与天文、地文、物文等相对的"人文"。是一个时空向度远超于西方文学和诗学概念的大范畴。

具体而言,这里的所谓"文",就是由天地之心生出的各种各样的"言"。用我们今天的概念来表达,也可以说就是各种"话语"。正因为如此,刘勰才说:"夫诠序一文为易,弥纶群言为难。"③说白了,刘勰的雄心所在,就是要"弥论群言",要告诉读者几乎所有人文话语的言谈和叙述表达方法及其规范。也正因为如此,后人才说《文心雕龙》"体大虑周",且能够全面"笼罩群言"。④

那么,刘勰的所谓"群言"具体又包括那些东西呢?

这只要看看《文心雕龙》一书中所涉及的各种文体样式就行

---

① 陆侃如、牟世金:《文心雕龙译注》上册,齐鲁书社,1981年,第4页。
② 陆侃如、牟世金:《文心雕龙译注》上册,齐鲁书社,1981年,第2页。
③ 陆侃如、牟世金:《文心雕龙译注》上册,齐鲁书社,1981年,第422页。
④ 见章学诚《文史通义·诗话》。《中国历代文论选》第四册,上海古籍出版社,1986年,第322页。

了。自第五篇开始，讨论的还是明显属于文学范畴的诗、骚、乐府、赋等文类，然后开始逐步讨论了包括史、传、诸子、诏、策、檄、表、奏、议等35种大的文类及其诸多相关的小的文类。其中多数其实是和今日所言之"文学"不相关的。刘勰的论述所指，几乎涉及了当时所有的文字记述的方式和文字写作类型。也可以这样说，凡是在人文这一大范畴之下的"文"所关涉的文体，都在刘勰的关怀之中。

因此，如果以传统所谓"文学理论"或者说西方"诗学"的箩筐去装载《文心雕龙》的内容体系，显然是太狭窄了。它的"文论"的意义对象空间远在一般性的文学其上，所涉及的领域和文类也都广泛得多。我们甚至可以说，他所关怀的几乎就是整个人文写作的理论、原则和方法范式。

从某种意义上去看，《文心雕龙》甚至有些类似今日西方流行的各种时尚批评理论，譬如新历史主义、后殖民理论、女性主义、文化研究理论等等。对于这些理论，我们都清楚其间的广泛的学术关系边界，总而言之，就是不能将其简单地归入某种狭窄的学科理论中去，比如所谓历史理论、文学理论、哲学思潮什么的。它们所意图涵盖的实际上也是像《文心雕龙》这样的整个人文以至社会学科的研究和写作。当然，这并非是说刘勰在他那个时代就有了现代批评理论的跨学科理论意识，但是，我们至少可以从这之间的思维逻辑轨迹当中，进一步去反省我们对《文心雕龙》的学术和学科定位的某种偏向。我们不妨想一想类似这样大胆的问题：即使是把《文心雕龙》当作与西方诗学或者文学理论相类似的著述看待，是不是还是低看或者切割缩减了它"体大虑周"、"笼罩群言"的真正价值？这样一来，很可能真的就开启出一条关于中国文论现代转化性研究的新的思路也说不定呢。毕竟，中国学人的历史智慧和长期的话语发展，其间所积累的思想资源，完全应该有理由为它新的现代创新性开启提供丰厚的条件。

如果沿着这一思路出发去看待《文心雕龙》的文本，它无论是在《原道》、《征圣》、《宗经》、《正纬》这些总论性文字中所讨论的指导写作的精神原则，还是其余各篇中述及的基本写作要求和技巧，包括种种的谋篇布局、结构章法、修辞用语等等，都不是仅仅针对文艺性的诗骚乐府以及诸如赋体而言的，而是针对整个人文写作的"群言"之论，一切诏、策、章、奏、记、传、铭、檄等三十五体都必须加以遵从。譬如其从"群言之祖"的"六经"中提炼出来的关于文章制作规范要求的"六义"，所谓"一则情深而不诡，二则风清而不杂，三则事信而不诞，四则义直而不回，五则体约而不芜。六则文丽而不淫"，基本上就是作为一般人文写作的通则来提出的。

正因为如此，像《文心雕龙》这样的文论体系所指向的主要研究对象，就应该是涵盖整个人文写作的话语言说，而不仅仅是今天所谓文艺之学，它可以说不仅超越了中国传统的，文类意识非常强烈的诗学诗论，而且也超越了西方现代的，以美学为内核的文艺之学，而成为一种非常广义的文论，或者说是中国式的文化构型学和人文写作学。

至于今天的研究者将其作为专门的文论著述来讨论，恐怕还是在西方文学理论观念影响下，对于本土著述的一种现代性选择转化和定向性地读解罢。也许我们应该从更宽广的学术视野去重新认识《文心雕龙》的人文理论意义。这将是有一个绝好的学术命题。

不过我们依旧必须注意到，中国的古代文论在所谓广义文论的言说之外，同样也存在着注重文本形式和文类区分的传统。

例如在《文心雕龙》中，就是在以广义文论为纲的基础上，对各种写作文体进行了十分详尽的考辨。它不仅讨论了三十五种主要文体的特征，而且在许多文体下面还作了进一步的细分和规定。所以，如果从篇章系统的格局去看，从其关注的写作对象去看，全书同时又具有明显的文体论专著的特点。后世中国文论在讨论文体问题的时候，尽管也有像《典论·论文》《文章流别论》等，也都涉及文体问题，但却没有像《文心雕龙》这样全面和完备的分类和论述。

除了文体论方面的发挥之外，中国古代文论自东晋以来的文笔之辨也试图从韵律的角度去确立文与非文的界限和标准。这一点也被《文心雕龙》继承发展了下来，《总术》篇一开首就说："今之常言，有文有笔，以为有韵者文也，无韵者笔也。"①这实际上是以有韵和无韵去展开一种文类学意义上的区分。而齐梁时代精通声韵的沈约，则进一步把音律的有无和运用作为区别文与非文以及文章高下的原则。"夫五色相宣，八音协畅，由乎玄黄律吕，各适物宜，欲使宫羽相变，低昂互节，若前有浮声，则后有切响。一简之内，音韵尽殊；两句之中，轻重悉异，妙达此旨，始可言文。"②在沈约看来，只有那些讲究音律，"妙达此旨"的文字，才有资格言文。这就意味着从人文群言中单独抽离出一类讲究韵律的文字，言说至此，其讨论的所谓"文"，倒是开始已经在形式上靠近了我们今天现代的"文学性"命题了。所以，我们也许可以说，只有沈约的观点，大概才是我们今天讨论中国古代以来具有相对"纯文学"意识的重要起点。而与其差不多同时的梁代昭明太子在选编《文选》的时候，也在一定程度上实践了这种注重文采的原则。他的标准是文章必须"事出沈思，义归于翰藻"，"以能文为主"，达不到这一条件的，即使是经、史、子的文章，也都是不选的。

到了唐代以后，又有一种"诗文之分"，所谓"文"，主要是指

---

① 陆侃如、牟世金：《文心雕龙译注》下册，第300页。
② 沈约：《宋书·谢灵运传》，见《二十五史》（3），上海古籍出版社，第1831页。

无韵的散文，相当于以前所说的"笔"，而"诗"的概念则比以前"文"的概念更加缩小，把骈文和赋之类都排除了。说穿了这还是一种文体论，也就是在前面所谓广义文论下面层次较低的专门的文体论言说和区分。

不过同样有一点值得注意的是，在这种区分基础上发展出来的"诗论"，却在《诗品》以来的传统言说基础上，发展出了中国古代文学批评的一大类型，成为我们今天讨论中国古代文论的重要资源，也就是所谓的文类学诗学。但这里所说的"诗"和"诗论"还是与西方的"诗"与"诗学"的内涵有明显的区别。它们和后世的词论、曲论、甚至小说论，都更多是广义文论下面的专门文体的分类学和专门性的文类的诗学理论问题研究居多，而暂时还不具备西方诗学的多文体的、系统整体的文学艺术的全面关照立场。

这样，中国古代文论的研究对象就应该分为两个层次来讨论：

一个层次是研究"文"，也就是从本体论、认识论和创作论等的宏观意义去研究前面所说的人文言述，研究整个人文写作的理论和原则，这是以经典为范式的为文之大道。可以谓之为"广义文论"，这可以说是中国文论的主体。

另外一个层次主要是研究"体"，即是从文类学和文体论的立场去研究各体文章的源流、分类原则、写作的要求和审美原则。譬如以是否用韵比偶为标准去区分"文"和"笔"，或者以是否有韵去区别"诗"与"文"，或者以功能实用的原则对现行的各种文体加以定位，不妨说它是"狭义文论"。后者虽然最终没有成为中国文论的主流，并发展出以艺术审美为主导的文论潮流，但是却在中国古代文论的传统中开启了一路以文类和文体为论述主体的研究方向，所以，尽管中国古代缺乏西方意义上的广义"诗学"，但是却有十分丰富的诗论、词论、曲论和小说论等。

于是，尽管在中国古代文论的研究对象和理论成就当中，自然也包括了与现代诗学或者说文学理论相关的内容，但是它在作为文论学科的整体观念和重要的术语范畴的涵义方面，却是既与今日西方的诗学话语不太一样，同时也与现代汉语中的文学理论话语存在很大差别。

综上所述，正如我们在前面反复申说的，西方诗学在古代是以理性为思想基础，以摹仿性技艺中的史诗、戏剧和抒情诗歌等为研究对象的专门学科，而到了近现代，则是以审美为学理基础，以艺术大范畴中的语言文字艺术门类，即融合叙事、戏剧和抒情文类的文学为研究对象的学科。

而在中国，尽管有诸多的"诗话"、"诗论"，但却缺乏西方意义上的整体诗学。相对西方诗学，中国的诗话、诗论在话语体制上是较专业性的文类诗学范畴，而西方诗学属于是较大的系统文艺学范畴。所谓中国的古代诗学更多是在文体和文类范围展开的批评和理论言述，与词论、曲论、小说论等并列；而西方诗学则是针对整个以审美为目的语言文字艺术的研究。

但是，相对中国的古代"文论"而言，西方的诗学又成了较小的范畴，而中国古代文论则成了更大的范畴。因为中国古典文论的研究对象是整个的人文言述和写作，至于西方诗学研究的对象，在古代是属于摹仿技艺的广义的"诗"，在近代以后却是属于艺术审美门类的文学，始终都没有超过中国文论涉及的人文言说的宏大论述范围。

如果从整体的结构性质上去看，西方诗学基本上是被作为艺术的学科门类来加以确认的，因此，对艺术问题的一般性思考是西方诗学和文学理论的逻辑前提。而"诗"或者说"文学"作为特殊门类的语言艺术，思考其与其他门类艺术，如造型艺术、音乐艺术的区别，思考其与其他语言表述系统的关系和特征，则是西方诗学得以确立自身的基本的方法论。

而中国古代文论就不太相同，作为所谓整体的人文言述（与天文、地文、物文等区别），它的思考的基本逻辑前提却是"文"与"道"的关系。专门化的艺术论并没有真正具体地进入它的基本思想方法的视野，而是被放到相对较为次要的地位，即所谓的"艺"和"技"之类，被视为小道和雕虫小技。只有文道之间的关系才是最重要的。中国的传统文论或者说诗学体制，在宏观的"文道"与具体的文类，诸如文体研究之类的"技艺"之间缺乏一个过渡性的空间，缺乏一个"艺术"和"审美"中介，缺乏一个联系二者之间的转换性研讨层次，也就使得中国传统的文学批评理论在进入现代以后，失去了重新圈定这一文学艺术学科现代边界的逻辑起点和定性前提，及如同西方那样的纯粹美学。

实际上，只要从整体的学科结构关系上去看，就可以发现，中国古代文论在所谓总体人文言述之下，不必借助所谓文学性定义的中间层次规定，直接地就进入了各种既存文体的讨论，而并未进行今日所谓艺术与非艺术，文学与非文学的再次分类。审美性的言谈写作基本上没有被作为专门的门类加以讨论。在人文总体言谈与所有各种文体之间是一种简单的，无所不包的放射性连接关系。这既给后世的讨论带来了更大的空间，但同时也造成了认识、辨析和归纳的麻烦和不易，这也是中国古代文论话语实现现代转型的困难所在，他缺乏一个连接现代的所谓艺术审美的内核和学科门类起点。而西方却在广义的文学基础上，以艺术的名义单独归纳出以叙事、抒情、戏剧文类为对象的关于"诗"和"文学"的语言艺术门类，并形成了以此为专门研究对象的学科："诗学"或者说"文学理论"。研究其与非语言性、非艺术性、非审美性学科的差别，就成了西方诗学的基本方法论原则。

当然，如果我们再仔细比较区分，在中西文学批评理论之间还可以发现不少这样的概念和范畴方面的差异性。

由此可见，中国古典文论与西方诗学，在一些主要概念的历史形成，本体性质的规定性、认识论基础、意义的内涵和外延，研究对象和结构关系，以及言说形式诸方面，都存在较大的表述差异和意义倾斜，不可以简单地放到一个论述平台上，不加区分地直接就用原有的话语和概念规定性去展开对话，如果对话，很可能就是自说自话或者干脆就是聋子的对话。考虑到它们之间存在的明显历史落差和概念系统规定性的区别，恐怕只有设法让中国文论话语走出历史的限定，重新给自己发掘和注入新的语义内容和学术规定性，有意识的回到现代性和现代汉语语境的话语范畴内，所谓真正意义上的、有效的"比较"和"对话"才会成为可能。

二、现代汉语所谓"比较诗学"

1. 学术传统与现代语境

通过前述关于"文学"与"诗"，"诗学"与"文论"等一组汉语符号形式相同的概念的历史清理，再经由相互的比较和区分，使我们可以比较清晰地见出中国古代文论和西方诗学在基本概念和范畴方面存在的表述性差异和各自不同的意义倾斜。毫无疑问，倘若进入各自话语系统的具体内容进行还原性的梳理和比较，其差异会更大。

如果我们承认前述分析在资料和理论逻辑方面的合理性，那么，也就意味着承认这种差异和倾斜是一种始终客观存在的理论事实。但是，存在这些基本概念和范畴的东西方差异，却并不意味着不可以在"比较诗学"的学科命名下展开跨文化的文学理论研究，甚至因为命名的历史差异而颠覆比较诗学作为一个现代学科的存在基础和理由。事实上，这些差异不仅不是拒绝比较诗学的理由，而恰恰正是我们之所以要展开比较诗学研究的基本前提。

问题的关键在于，肯定差异的存在是一回事，而如何去认识和理解这种差异则又是另一回事。

历史的差异性只是意味着它们各自在知识传统方面的区别，这在异质文化之间是十分正常的现象。而在历史语境发生变化以后，所谓时代的学术精神诉求和诠释立场也就随之会发生变化，差异所可能带来的也许正是探究和开掘的机会和返本开新的起点。我们之所以要跳出自身地域和民族文化的藩篱而进入跨文化的诗学对话，其目的也正在于发掘这些差异和个性的意义，开启新的诗学理论建设的可能性。

有鉴于此，原先在命名和意义规定方面的差异不仅不是障碍，而且应该还是基本和重要的资源。基于时代精神和诠释立场的新的要求，借助新的文化和理论参照系这个"他者"的照亮，诸如中国传统的"诗学"、"文论"这些也许曾经是在自身文化语境中涵义不同的传统概念和范畴，却完全可以通过互动认知的对话性互渗，在新的历史语境中取得新的意义规定性，从而成为类似"比较诗学"这样的现代学科研究的共同话语起点，而不必担心由于命名的符号性"能指"替换而失去自身曾经拥有的理论资源和话语权力。

这里尤其有必要特别加以强调的一个事实性前提就是：读者必须注意到，今天我们关于比较诗学的一切讨论，都是在现代汉语这样一个学术语境中来加以展开的。一切概念和范畴的内在规定性，都必须要考虑到这一十分重要的现代历史前提，那就是，"所谓现代"同样是作为历史的一部分，在过去几乎一百多年的时间历程中，早已经参与到传统话语历史的生命运动之中，众多的传统概念和范畴，不同程度的已经在这一过程中发生了相当的变化，甚至在约定俗成的过程中，已经被赋予了新的内涵和定义，成了类似旧瓶新酒的东西。人们已经不再会简单地用旧有的内涵去阐释它，而是在不知不觉中接受了新的界说。

而作为现代汉语语境中的所谓"诗学",也许正是这样一个被"转化"过而研究者并不完全意识自知的概念。

让我们试着历史地去清理一下现代汉语中"诗学"概念的现代源流。

从时间向度上去看,无论是从梁启超的"诗界革命"、"小说界革命"开始,还是以王国维的著述为起点,以古代汉语或者说文言文为载体的中国古代文论的表述性语言符号体系为现代汉语或者说白话文所迅速替代,至今已大致经历了近一个世纪的历史。

在这差不多一百年的时间内,中国文学理论的建构并非是完全的空白,或者是鸦雀无声的所谓"失语"状态。尽管与古代文论相比较,现代中国文论的话语系统的确存在太多不尽如人意之处,但是,他毕竟在以现代汉语写作的方式存活着,而且是主动或者被动,积极或者无奈地在发展着,你不可能否定它的存在事实。它毕竟是在现代中国的文化语境中,立足传统,通过主动和被动的与外来文化和理论对话交流而形成的理论话语,是一种与20世纪中国的文学发展互为因果的现代汉语文论话语体系。它既不是传统文论话语的现代汉语版,也不是西方文论的简单中文版,而是古今中外多方对话互动的时代产物。因此,它的诸如术语、概念、范畴等等都有来自历史传统和外来理论的因素,但同时在整体的意义上却又有着现代的自身规定性和现实存在的理由。我们今天谈一切现代意义上的学科和概念的历史和外来资源的时候,都不可忘记这一关于理论的现代规定性和当下存在事实本身。这当中自然也包括中西比较诗学这样的学科及其概念。

尤其需要指出的是,对于学科基本概念的现象内求和文化外求,作为一种还原性的追问,不是为了否定它,不是也不可能去颠覆它,而是为了更好的扩展和深化对这一学科的理解和认识。离开了这一前提，就会失去追问的理由和探索的意义。

严格地说来，在非西方学术语境的意义上，一切曾经是来自西方的类似众多学科，诚然可以确定它曾经是西方学界的发明，但是，它在进入非西方语境之后的建立和存在，不管曾经是主动还是被动，是送来还是拿来，却都是历史性共创的结果。它在非西方文化和语言环境中的存在和生命力，更多的是和它所处的新的文化居所有关，是新的文化选择的产物。他的命名和框架可能西方色彩明显，但是，其学术内涵和价值指向却可能大异其趣，甚至成为颠覆原先所命名学科的西方价值的武器。

譬如当代非西方的社会学、人类学、历史学以及各种比较学科所曾经和正在非西方世界面临的遭遇那样。对于比较文学以及比较诗学亦当作如是理解。

比较文学学科在中国的兴起，尤其是从其在中国出现一开始就表现出来的那种强烈的与西方文化对话的意识，以及自觉批判文化和文学上的西方中心主义的价值倾向，都是与这一学科在西方肇始时的价值意图相背离的。所以我们不能因为他的西方学科源头就忽略了它内在的理论革新和知识上的革命性颠覆能力。

同样，20世纪的中国文论发展在走过了相当一段不算太短的时空之后，它本身实际上也已经成了历史，同时也成就为中国文论的新的构成部分。这亦即是说，在20世纪的今天，我们所使用的中国文论话语，无论它有多么浓厚的外来文化，尤其是西方文化的色彩，也无论他在话语和概念的表述上，是如何的偏离了中国文论的许多历史本来面目，但它依旧是对过去有所继承的今日中国的文学理论，并且是这个传统的新的有机构成和流动的血液。你可以对它质疑和批评、也可以试图革新和发展，但却没法割断它与传统的联系，也不能忽略它的存在事实。因此，在论证像"比较诗学"这样的分支学科所依据的本土文论依据的时候，就不能只以古代文论的话语范畴和文字符号表述的形式外壳作为唯一的标准和判断其现代合法性的依据，而同时就应该将作为传统新的组成部分的现代汉语文论话语一并认真地考虑进去，让历史成为获得历史，成为与现代有关的历史，让我们的传统诗学从古代走来的时候，留下它在现代的思想痕迹，将已经走过的现代变成传统的有机构成，而不是截然分开传统与现代的界限，并在它们之间隔开整整一个时代的巨大的思想空白地带。如果不是这样，我们关于理论的对话在逻辑上就是有缺陷的和不严谨的。

基于这样的思路和学术出发点，在我们充分地注意到中国古代文论的概念和理论话语与西方文学理论的表述差异和意义倾斜的同时，也应该清醒和理性的把握这样的现代历史事实，那就是，在现代语境中形成的比较诗学学科及其话语概念范畴的现代新规定性，也许才更接近于我们展开这一学科讨论的现代的概念和逻辑出发点。

2."中国诗学"的现代含义

我们说中国古代文论中缺乏西方意义上的广义"诗学"（poetics）范畴，并非是说其间没有汉语表述的"诗学"这个概念。正如前面所讨论过的，"诗学"这一术语在中国文论著述中并不鲜见，只不过其所关涉的内容更多是倾向于文类和文体意义上的诗论，是单纯意义上的有关诗歌的创作和批评著述，即所谓"狭义诗学"，难以与西语"poetics"相提并论罢了。[①]

而作为现代文论的概念，"诗学"和"中国诗学"的概念出现在现代汉语中，自有其十分特殊的历史语境。近代以来，尤其是"五四"以后，伴随西方文明的强势介入和中国文化界变法图强的自觉

---

① 参见李杰：《中国诗学话语》，四川人民出版社，1999年，第1—5页。

寻求，我们不仅在语言的表述应用上实现了从文言到白话，从古代汉语向现代汉语的转化，而且，随着外来观念和语词的涌入和译介，也使今日汉语的语词和概念体系在内容上得到了相当大的补充和改造。今天，只要我们翻开任何的一部现代汉语的词典和百科类书籍，均可以不费力气地就找出很多在文言和古代汉语时代不存在和意义已经改造了的词语。像"物理"、"化学"、"民主"、"自由"、"科学"、"哲学"……。其中一部分更是直接的外文音译或者来自周边国家的外来汉文，如日语中汉文的直接转用，比如"干部"、"同志"、"派出所"、"坦克"、"引擎"、"咖啡"、"逻辑"等；另一部分则是根据外来概念的汉语语义加以新的组合，例如"银行"、"科学"、"世界"、"宇宙"、"天体"等；还有相当的一部分是古代汉语的旧词新用，文字符号还是原来的样子，但是意义已经发生了改变，以致最后约定俗成，成为所谓的旧瓶新酒，被新的外来和时代的内容灌注其间，从而成为现代汉语新的语词构成，像"诗学"、"文学"、"小说"等就属于此类。当然，肯定还有其他更多的情况。

很明显，这种历史性的语言转换，绝对不是一个简单的两两对译和凭空制造新词的技术性、工具性的操作过程，而是一场复杂的中外古今文化对话和选择性交融更替的艰难历程。不管是主动和被动，也无论是不是弱势文化对于强势文化的冲击性反应，它们可以说都是双向对话和跨界共创的结果。因此，就这些词语和概念本身而言，其间所包含的已经绝不是单纯的某一方面的含义，譬如纯西方诗学或者纯中国古代文论的意义，而是包含了熔铸古今的较为复杂的语义成分和学术内容。换一个说法就是，如果说它今天还有活力，那一定已经包含有现代的意义规定性了。

如果说我们过去受限制于历史的原因和条件，对这样的文化和语言事实缺少认真的研究，那么，在 21 世纪的今天，这类现象的考察、梳理和研讨，将完全有可能为我们对中国近代社会如何向现代性进化作细部观察和研究时，提供较为切实的文化和语义证词。

从此一角度去考察现代汉语意义中的"诗学"概念，在很大程度上，我们恐怕应该学会将其作为一种现代意义上的文艺学科概念来加以认识，作为现代中国文论中以旧瓶新酒形式而出现的新范畴、新术语来理解接受，这样也许能够更加接近某种历史的真实。

所谓现代汉语中的所谓"诗学"概念，它既不能简单地等同于西方的poetics，更不同于一般传统诗论中的"诗学"概念。同时，也不能因为中国古代文论中没有所谓广义的诗学理论范畴，而就去冒失地将其置换成"诗话"、"诗论"之类在今天已经不太可能有现代规定性的概念表述，或者干脆就把一个早已现代汉语语境中已经形成的重要中文学术理论概念硬推还给西方。这里，我们的理解性误读，或者就错在简单地在今日现代汉语的"诗学"概念与西方历史的poetics之间划了一个绝对的等号，以至于硬是要要求这个已经多少现代化了的"诗学"概念回到中国的前现代古典时期去。

新近学者们的研究已经十分有说服力的证明，像现代汉语中的"诗学"这样的概念，其意义生成的实际上是由来自三个方面的意义源流所混合构成：一是对西文的翻译转换，如poetics；二是对传统文论的阐发再造，如传统文类意义上的诗学；三是对现代文论的建构性开创，例如现代理论意识的渗入等等。说具体一点，现代汉语中的"诗学"概念，显然是在"传统"和"西方"两大资源的共同影响下，融汇了较多现代意识的新生汉语文论概念。①这一见解的启发性在于，它使我们跳出了语言符号的单一语义关系理解，进而看到了同一"能指"后面所包含的复杂丰富的意义"所指"。

---

① 参见徐新建的论文《比较诗学：谁是"中介者"？》，载《中国比较文学》2001年第4期。本小节内容较多参考了该论文的观点。

首先，在poetics的学术范畴意义上，"诗学"确实有所谓"西词中译"的意义。它在基本的学科范畴规定上，确实是首先指向以西方意义上的文学，即以审美性文类为研究对象的艺术学科。但是它一旦经过所谓的语言翻译转换，即古人所谓的"格义"，一旦poetics被用"诗学"这一汉字语词符号所来表达，汉语文化的传统因素便自然地涌入了其间，于是它就很难再简单地与poetics划上完全一致的等号。poetics作为符号一旦脱离了西方文化和语言语境而进入汉语文化环境，便变成了汉语文化思维的材料，他的所谓"汉语性"显然就是不可避免的。因为当你用这一汉语符号来展开你的学术性思维的时候，你的头脑中浮现的不可能仅仅是与poetics以及其他西方文论概念相关的东西，除非你百分之百的用英文或者其他外语来进行思维，而这对于一个母语是汉语的人来讲，几乎是不可能的。因此，你在涉及"诗学"这一概念的时候，同时也会联想到中国文论当中的相关概念，譬如"诗论"、"诗话"、"诗学"、"文论"等等。可以说，通常一个看似从西方译介过来的概念，一旦成为汉语的符号表达，在意义上它就已经身不由己地居于中西之间了，它在符号转换完成的那一瞬间，汉语的意义在不知不觉当中就已经渗透其间。因此，在以汉语表达任何外来观念的时候，这观念就很难说是什么纯粹西方或者外来的东西了。

其次，"诗学"这一符号的现代使用，并非是汉语词汇系统完全的生造和重新的组合，而是所谓旧瓶新酒，是借用了传统中国文论中涉及诗歌文类研究的概念，即所谓狭义的"诗学"概念。因此，这个语词相关的历史诗学的语义成分也会源源不断地以各种方式进入这一概念的现代范畴，进入运用这一概念范畴的研究者的思维；这个时候的研究者，已经不再是以狭义文类批评的所谓"诗话"、"诗论"的概念进入分析，而是从文艺现象的整体规律性观照和抽象去介入思维、言说和讨论的。否则，为什么我们今天谈"意境"、

"风骨"、"神思"、"滋味"、"通感"等术语的时候，都是把它作为整个文学艺术创作和批评的概念来理解，而并非局限在古代诗歌创作的疆域之内。原因就在于我们今天是在现代汉语和现代文学批评理论的语境下在使用这些语言符号概念，他们在经过历史的过滤和筛选之后，在性质和意义的涵盖面上，都已经发生了较大的扩展、改变和提升。

于是我们可以断言，从古代文类和文体意义上的"狭义诗学"，向现代性的文学研究意义上的"广义诗学"的现代性意义转换，恐怕大致都摆脱不掉这样一个意义认知、更新、添加和提升的现代学理演进过程。

所以我们也就可以说，一个古代文论的理论符号，当它在中西交汇的现代汉语学术语境中被使用的时候，它同样也就情不自禁地处在了古今之间，从而很难在纯粹古代的意义上去使用它。

特别是在今天的文学理论和比较研究的领域，情况更是如此。也许，一个研究中国古代文论或者古代诗歌的学者，在他的学科范围内提及"诗学"概念的时候，多少会与现代意义上的"文学理论"的概念明显区别，而更多去关注它的诗歌学研究的意义，以及一定程度上对整体文学创造的价值。但是，对于大多数文艺学和比较诗学学科的研究者，在经过了现代一个较长时期的理解接受和适应之后，已经逐渐习惯于将其作为一个现代文学理论研究的宏观替换性概念来使用了。

就此而言，传统意义上的"诗学"概念在现代汉语语境下的意义提升，深化和扩张，本身正是它的一种现代转换成果。如果我们试图在概念范畴的意义层面上来探讨中国古典文论的现代融入和转换命题，"诗学"本身的意义变迁就是一个绝好的例子。其间的变化过程、意义的伸缩和范畴的扩展等等问题，都是极富启发性和值得清理总结的。

最后，特别值得提出的是，作为现代汉语意义上使用的"诗学"一词，在被加上了"中国"这样的定语后。其含义在这样一个本土化的现代进程中，很快就有了一系列新的意义开掘，它至少包含了三个方面的新含义：

一是强调这诗学是属于"中国的诗学"，而不是西方的诗学，由于有了现代的地域和文化疆界的规定性，它的内涵和价值方向都因此而被情不自禁地加以了限定。这样，在理解和运用的时候，其一定程度上已经初步具有了抵制西方诗学话语强势覆盖和语言暴力诠释的文化免疫力，所谓南橘北枳，尤其是在文化的交往关系中，同化和价值转向都是常有的现象。

二是所谓"中国诗学"，如同我们今天讲"中国文学"、"中国史学"、"中国哲学"、甚至"中国法学"一样，都是一个包含了一定历史意义但同时有熔铸了现当代意识的完整的学科概念。是一个从古至今，源源不断的活的话语传统。是在以追求文化中国的现代性为目标，在与传统和域外文论理论不断对话交流和展开现实的批评实践的过程中构建起来的现代中国文学研究的学科概念，它并非是只限制于用来言谈古代或者说19世纪以前的中国文学现象。有关20世纪现代汉语语境下的中国文学的研究也同样是它的有机组成部分，而且是它的关注重点。一旦从当下的时空位置去看百年来的中国现代文论进展，它本身早就已经成了新的传统。因此，现代汉语语境下的新的"中国诗学"概念，也就自然构成了我们新的传统的组成部分。我们没有理由因为其与传统的差异和与西方的关联，就要将其驱逐出现代文艺研究的话语概念系统。

三则应该加以澄清的是，在今天的意义上，谈什么"中国诗学"或者"中西比较诗学"等等，其实都是在世界和本土文化的现代性和文化多样性追求前提下的学术建构，是现代学术意义上的学科称谓。它既是一种表述的语言策略，同时更包含着以所谓知识创新为目标的学科建构和概念革新。它与中外传统的过去确有关联，但是它本身应该是一个属于新的时代的学科现象，它作为学科理念自己本身就具有相当大的想象和创造空间。它的"学科意义"比它的"学科命名"确实能够昭示更加深广的思想和学术前景。这也是我们在辨析中西文论和诗学的诸多问题时不应该忘记的思考前提。

根据上面的分析，应该可以见出，如果说在中国古代文论的领域，缺乏像所谓西方意义上的广义"诗学"概念，其相关内涵也多有结构性错位的话，那么，一旦将其放到20世纪现代汉语和现代学术的语境中来讨论，则像"诗学"这样的概念的出现，不仅事出有因，涵义丰富，而且具有现实学术要求的合理性和必要性。至于像"中国诗学"这样的学科概念，基本上就可以理解为20世纪中国文学研究的学科性创造了。其独创性和合理性应该是不言而喻的。而以此为研究基础的中西比较诗学的命名当然也就应该顺理成章，而没有理由被视为是学科概念的西方逻各斯认同和自我的失落。

看来，问题只是在于，我们应当从什么立场和角度去看待这些命名和话语的规定性。尤其应该引起重视的，不是这一学科命名的合理性与否，而是在于你怎么去理解和诠释它的源流和现代内涵。任何简单的"以西释中"或者"以中释西"都是不可取的。至于脱离现实生成语境的还原性追问，也只是把问题引向了事情的原初起点，它有利于澄清一些含混的认识和警惕西方中心主义的影响，但不可能据此去颠覆学科现实的存在和命名这一客观事实。不过，如果忽略概念的历史原初起点去任意命名和诠释，也同样可能让人看不清学科的历史面目和问题，甚至在研究上过多受西方学理的掣肘。这当然同样也是应该要加以警惕的。

方法即意义[①]

我注意到在中国比较文学以及其他学科的发展史上,方法和方法论思想的重要性:如果把方法纯粹看成一个中性的、技术上的问题,而不和学术的价值导向联系起来,盲目沿着一个方法做下去,很可能就把特定价值给导入了,一旦导入就不以人的意志为转移,你沿着这一方法去做的话,就有可能掉入学科陷阱。比如说,在世界比较文学的历史上作影响研究,影响研究出自法国学派,关心欧洲文学的价值影响和美学导向。简单地沿着这个方法学去研究影响发展的路线、传播的路线以及接受的路线,你就不得不按照它的文学价值观和规范体系去判断文学的是非,永远处于它的经典结构的边缘,处于被改造和启蒙的地位,所以德勒兹才会强调说"方法就是意义"。我们这些做比较文学的,一走进这个学科,基本上在19世纪以后的文学研究当中,一说影响,就只能主要研究西方对非西方的影响。有学者试图想倒过来研究非西方对西方的影响,但在方法学的体制上和研究的基本策略上没有改变,加上语言、文献、资料以及问题意识的差距,从整体上就导致了你无法翻身。美国后来想出了新的所谓平行研究范式,就是想挣脱这种束缚,取得一定的优势。目前我们也在摸索与中国本土跨文化研究的方法学问题,发现多年来我们始终把方法学当成技术层面的东西,应该有所改变

[①] 节选自《方法就是意义》,原载《中外文化与文论》,2013年第2期。

了。所以，我建议我们应该拿出一点时间斟酌一下相关的方法学问题，而不是简单搬用别人的方法。现在，这个项目提出要将人类学、历史学、民族学、比较文学以及新兴学科的知识和方法结合起来使用，还要把文献综述和实地调查、问卷、访谈等结合起来，这是很不容易的方法构架整合，不研究和选择怎么行呢？

在"多民族文学的共同发展研究"中，核心和关键词是"共同发展"，基本上没有现成的研究范式可供套用，因此在研究的方法学的选择上，也许不能简单地借用别人的方法，而是要有自己的东西。你的方法性的核心关键词和结构如果不对，就可能把你的整个研究引向你不想去的入口，到时候，一旦项目全面启动，那个门开着，你不想去你也得去。譬如如果我们研究民族间的文化关系，那么关系里面有没有主与次关系，有没有主体与客体关系，有没有先进与落伍关系，启蒙与被启蒙等关系？我们试图平等对话，但是历史的资源和历史的惯性有时候是不允许平等对话的，你想平等也平等不了。所以必须在与价值理念相关的方法论上有革命性的改变，才会有新的入口和研究路径。

比如现在我们在讨论世界文学的时候，就陷入了一个怪圈，一套西方经典放在那里，一套各种现实、浪漫、现代的主义放在那里，一套西方文论演进的历史和方法放在那里，要研究世界文学，你就只能用这个方法来研究，而这个方法研究的结果可能导致什么呢？不言而喻。我在《中国比较文学》上发表的一篇文章里面谈到这个问题，假定我们了不起，让一两首李白的诗歌、几句《论语》挤进西方文学占主体的经典结构中，其结果只能是使自己的处境更加尴尬。因为如同达姆罗什索要，这时候别人无论在量上还是主题上都处于主导地位，而且他们的经典会在你的衬托下变成超经典，你不过是经典的附属和仿制品而已。于是，你就好像一个丑女陪衬一个美女，处境会更加尴尬，我觉得这是不可取的。但是如果我们换一个思路,关注历史和现实的文学和文化生产的共创关系,也就是把文学发展的历史看成一个共创的历史;经典的结构是多样的,世界文学不仅仅是几十部经典著作的座次和有限换位,而是要进一步从文学存在的生态、流动、关系和视野去理解,世界文学的概念才会在新的方法思路的视野上获得个性。由此,很多民族间文学的研究所存在的问题也就可能会找到新的读解之道,因为"共创"就是你中有我,我中有你,我参与了你,你参与了我。我上个月参加了"汉学典范转移与比较文学"座谈会,《中华读书报》等也报道过,我就强调这样的观点,如果在方法学上不进行改造革新,不把你的方法与学术的价值目标和观念意识更新结合起来,在借鉴的基础上审视和建立起自己的一套方法,而仅仅是搬用别人的东西,我觉得是相当危险的,所以我觉得这一点应该引起我们的警惕。

比较的前世今生[①]

——比较意识的历史生成与方法论意义

一、比较是这个时代的文学研究"宿命"

1878年11月25日—12月6日,全国外国文学研究工作规划会议(广州)期间,北京大学杨周翰教授在题为《关于提高外国文学史编写问题》的发言中说:"比较是表述文学发展,评论作家作品不可避免的方法,我们在评论作家、叙述历史时,总是有意无意进行比较,我们应当提倡有意识的、系统的、科学的比较"。他同时介绍了西方比较文学学科的情况。这是1949年以来国内首次公开倡导比较文学学科研究。1879年8月《管锥编》出版。1983年8月29—31日,中美双边比较文学研讨会举行(北京)。1985年10月,由社科院、北京大学、复旦大学等35家单位发起,中国比较文学学会在深圳成立。杰姆逊、佛克玛等20多位国际学者,130多位正式代表,130多位列席代表参加。至今学会已经召开了9届年会1800余人次出席,派代表团出席了国际比较文学学会第十一至十八届年会,前后150余人次出席。截止2011年,作为二级学科的"比较文学与世界文学"专业在国内招收研究生的院校单位已经突破百所,教员上

[①] 本文系在本书中首次发表。

千，每年有几百人以不同的学历层次毕业于这个学科。这样的数量只有在中国的 13 亿人口比例和世界第一的研究生规模下你才不会觉得不可思议。

比较文学虽然是源于 19 世纪欧洲的学科，但是，它在改革开放中国的学科化复兴，却是因为自身的内在需求和主体选择。

20 世纪后半叶以来，随着世界政治多极化、经济全球化与文化的多元化作为当代历史的大趋势的难以逆转和不断发展。人们发现，不同的族群在思维、文化、传统、习惯、文学以及关于宇宙和世界的观念之间所存在的极大差异性、理解错位和文化误读并没有伴随交流的频繁而弱化，反而益加突出。于是，通过各种参照系的比较和阐释，试图去进行各种沟通、整合和建构的欲望越加强烈，跨文化比较的要求和比较学科的兴盛成为了当代学术难以拒绝的潮流。

尤其在中国，自 20 世纪 80 年代改革开放以来，情形有些类似 19 世纪后期的欧洲，各种以比较命名的学科成为时尚，譬如比较人类学、比较神话学、比较生理学、比较语言学、比较法学、比较经济学，比较心理学、比较哲学、比较史学、比较考古学、比较新闻学、比较社会学、比较美学……数不胜数。当今中国大学的人文社会学科，几乎没有不以比较为名目的分支学科。

可以说，跨文化比较是开放社会的必然学科态势。自 1840 年以来的中国与世界的关系，其实就已经决定了，在碰撞和冲突中，在追求中国文化和学术现代性的路途中，我们都不得不与非我的文化展开对话和比较。中国一代又一代的志士仁人，名流学者所操作的思想工具，多数也没有离开过文化的中外古今比较。

其实，说到底，任何国别文学，首先都是比较文学，而一切文学研究首先又都是比较文学研究。"那是因为，一切文学，一切国别文学，一切具体的国别文学研究，首先蕴含就着某种根本性的比较。而作为学科的比较文学也许只是对于必然的、无所不在的比较的某种正式承认。"(伍晓明未刊稿)。比较是我们的无法推卸的责任。"比较,是因为他者已然在此,已然在我们面前,并且始终都会让我们感到出乎意外。比较,是因为他者在要求我们对他者的提问做出负责的回应。因此,如果比较文学有其必要性的话,那是因为我们始终需要研究和思考自己的文学与他者文学的关系。"(伍晓明未刊稿)

二、跨文化比较不是无师自通的方法工具

但是,作为一门跨越了三个世纪的学科,比较文学至今还是常常被误解为一门几乎不需要学习就可以无师自通的学问。

因为,在一般人看来,比较嘛,有谁不会呢?的确,"比较"作为通过类比来辨别世界和自身的自然思维方式,从来就是人类都会自动去运用的方法。正如《辞海》等工具书所界定的:比较是"确定事物同异关系的思维过程和方法。根据一定的标准把彼此有某种联系的事物加以对照、从而确定其相同和相异之点,便可以对事物作初步的分类。"因此,说到什么是"比较"?一般人都觉得是属于常识范围的方法。人们甚至可以说,连处在镜像阶段(拉康理论)的婴儿都会比较,我为什么不能?于是,既然人人都可以"比较",那么在学界中,顺理成章地,也就人人都可以从事比较文学的研究了。

在眼下国内各家自称为比较文学与世界文学的学科单位和人群中,各自理解的比较文学学科概念简直可以说是五花八门。外语院系的教师可以说,我是中国人,虽然主要通过外文读解域外经典,但却是用中国化的思维研究外国文学,所以,我的研究天然的就属于是比较文学。中文院系的教师也说啦,多数时候我们讨论的就是

用汉语翻译和表述的"世界文学"经典作品，经过了两种以上语言和文化的交汇，连研究的文本本身都已经比较文学化了，更何况所用的研究语言和方法都是介于中外之间的，所以，我的研究怎么可能不是比较文学？

甚至一些比较文学科班出身的学人也认为，只要具备相应的语言（主要是外语）工具和一定的中外文学和文化修养，只要研究对象涉及两种或两种以上民族、语言、文化和学科的文学现象比较，不管基于何种价值立场和主体局限，似乎都可以视作为比较文学了。

于是，比较文学在中国仿佛成了人人皆可一显身手的学术自由广场。

然而，事情果真是这样吗？我看未必！

各位应该都能明白，任何所谓的研究，都离不开价值伦理的支撑。而比较文学学科特定的价值追求，问题意识和学术目标等等，也都将会直接影响到学科方法和研究范式的有效性。也就是说，在学科价值理念与研究范式、方法之间，实际上存在着某种内在的因果逻辑关系。特别是在当下所谓现代性和多元文化的语境中，"比较"如果不能建立在坚定不移地拆解文化中心主义，肯定多元文化共生权利，坚持价值倾向和发展担当互补共存的意识基础之上；如果没有这些价值理念的导引，那么，不管是一般意义上的比较方法，还是跨越文化、语言、民族的比较研究，同样都不能保证推导出真正期待的，贴近真相的学术性结论。

特别是近年来，由于我们忽略了这种学科价值理念的定位，看轻了比较的历史内涵和时代差异，对它的学术目标和方法原则加以简单化、甚至庸俗化的理解和运用。于是，一切 1 + 1 = 2 式的拉郎配式比较、简单化的比附、对严谨的学术研究和事实考证的亲视、对独特的文学性探讨和审美批评的忘却以及对"阐释"和"对话"诸方法途径的缺乏悟性等等，都多多少少与这种对于"比较"概念的简约化、常识化理解发生了关联。于是，不仅法国学者基亚说"比较文学实际上是一种被误解了的科学方法"；克罗齐更是从一般方法论意义上出发，根本就否定这一学科存在的合法性，他认为"比较方法不过是一种研究的方法"，"这种方法并没有他的独到特别之处"，"看不出有什么可能把比较文学变成一个专业"[①]；甚至时至今日，在这一学科的发源地法国，也不时有人质疑比较的意义。以至于1997年巴黎三大比较文学院院长巴柔来北大演讲的时候，还风趣地开玩笑说"幸亏我们什么也不比较"。显然，他在玩笑的后面隐喻性地表达了对无立场的、简单异同论的、为比较而比较的批评。

当然，不管怎么说，比较文学仍旧是离不开比较的。问题只是在于，我们应该如何历史性地去理解和认识"比较"的不同内涵及其对于文学研究的意义。我们尤其应该关心处在今日所谓中西文化冲突和现代性追求的语境下，文学为何要进行比较？不比较可不可以？同时也要关心，在经历了长期的学科积累和演变之后，作为本学科方法论主体之一的所谓"比较"曾经发生过什么样的变迁，其间容纳了什么样的学理要求和方法内涵，今日的状况又如何。当然，我们还应该追问，到了今天，我们是基于何种问题意识去展开比较？这种比较的价值目标将会如何影响到比较文学学科方法和研究范式的有效性？正因为如此，我们需要仔细清理比较作为一种方法论意识形成的前世今生，需要对他的内部逻辑结构有清晰的理性认识，若非如此，我们没法认真去展开真正的跨文化比较。

三、一般认识论意义上的比较意识

首先，我们必须要意识到，今日之比较文学，完全是作为现代

---

① 转引自《比较文学》，高等教育出版社，1997年，第4—5页。

学术特征的所谓跨文化比较潮流的学科表现之一，它其实不是比较文学一门孤立的学科存在，而是全球进入国际化和多元化时代的一种普遍性的学科方法论潮流。

于是，除了比较文学之外，你也将同时面对着大量以"比较"命名的学科现象，譬如，比较文艺学、比较史学、比较哲学、比较心理学、比较人类学、比较教育学、比较经济学、比较法学等等。

很显然，这里的所谓的比较，绝不是简单地和随便地把任何两个东西放到一起来比较就行，而是一种代表着现代学术精神的学科研究范式和方法取向。

就中国的文化处境而言，其经济、文化和学术发展的世界性落差、历史资源上的自信、追赶和超越的欲望以及作为普遍参照的现代性视域，正是它的问题意识所在。面对这一核心问题和价值目标，跨文化的"比较"不仅仅是需要借助种种外来的参照系，更需要在比较中通过超越寻求类同和差异的深入研究去发展和深化我们的思想认识，并且试图以此作为基础去建立现代条件下中外新的国际文化关系。这就是所谓为何而比较的问题。也即是说，在当下展开的"比较"，首先要解决一个重要的文化立场问题，因此就必须回答，你的这种比较是建立在何种文化立场和观念的基础之上？

为了梳理清楚问题所在，我们需要略为回溯一下中外比较论述发生的历史和认识论根源。

首先，我们必须承认，比较作为人类思维的基本方式，可以说是无论中外都是古已有之。自人类的心智开始觉醒以来，它就是一般人类思维和各种学科研究都会自然地运用的认识感知过程和方法。

这种比较的起点和参照首先是人自身。古希腊哲人普罗泰戈拉就说过"人是万物的尺度"，而据说是中国最古老著述的《易传·系辞上》中也说要"近取诸身，远取诸物，而后触类引申"，最初的人类基本上就是通过自己作为参照系去感知和区分世界万物的。

随着认识的深化,这种感知和判断的过程与人类在世的经验积累相关联,经验或者说知识逐渐成为比较的又一种重要的价值参照系。《老子》第二章中就说"天下皆知美之为美,斯恶也;天下皆知善之为善,斯不善也。故有无相生,难易相成,长短相形,高下相倾,音声相和,前后相随。"

西方比较论的言说者亚里士多德也认为,"若想编出好的隐喻,就必先看出事物间可资隐喻的相似之处",而要看出相似之处就必须加以比较或者说"类比"。

看来,所谓比较,几乎可以说就是人类认识全部事物的方法和经验知识延伸的前提,其中甚至包括经由这样的比较去认识人自身。

不过,早期一般认识论意义上的比较,主要还是人类为了解决事物的外在普遍性类同以及可能的差异问题。是关于区别人的一般性存在特征的方法学基础。是所谓人与非人,人与外部物质世界,人与自身群体关系的基本意识。所谓通过类比而明确男女老幼、大小多少、高低长短、美丑好坏等。他一般不会涉猎种族、语言、文化传统等核心文化价值立场问题。

这样的一般认识论意义上的比较,至少包含至少了三层意义。1. 与自己比较,以自身作为参照系;2. 与外部客观事物比较,以物质世界的表面存在形式为参照系;3. 与他人进行比较,以人的一般存在共性和差异作为参照系

显然,这样的比较与现代性视域下的比较文学的问题意识关系不大,它可以作为一般人类认识论的基础,作为走出混沌未开状态,进入具有历史和文化的"人"的方法前提,但还构不成今日所谓现代条件下比较文学学科进行比较的核心问题意识和比较的价值立场。

但是，根据这一原则，在任何所谓称为比较文学的研究中，由于它的研究对象将涉及两种或两种以上的民族、语言、文化和学科的文学和文化现象，因此，"比较"将是永远是不可避免的，也是十分必要的。但是，要使它真正被视为作为学科的比较文学的根本方法属性之一，显然还必须满足其他一些新的基本条件和内容。这就是我们关注和探讨的重点。因为，既然所有其他的学科都可以而且应该运用比较的方法，那么比较文学学科的采用，却实在算不上有何特别，它也更没有什么权利将其视为自己的专利。

四、古典时代的比较方法

所谓古典时代的比较，也就是指所谓单一民族文化相对独立发展时代的比较意识。

在这种所谓古典形态的社会中，国家和文化地域之间缺少真正的交流和融合机制，各自都是在自身文化的历史语境中内在发展，并且形成了自成体系的文化关键词系统和关于人、世界和宇宙的理论价值体系。

譬如中国的儒道二元互补和天人合一文化体制、古希腊的此岸与彼岸两个世界对立和后来的基督教神学世界观以及古代阿拉伯伊斯兰社会以"真主"为核心的文化体制和南亚以佛教、印度教思想为价值选择的文化传统等。

在所谓这样的古典时代，所形成的任何一种孤立发展的文化体系，都十分坚定和固执地认为，只有他们才是世界和真理的代表，譬如：柏拉图的"理念"、基督教社会的"上帝"和"三位一体"；黑格尔的"绝对精神"；伊斯兰教的"真主"即真理；中国思想诸家的"道"即是真理的最高体现等等。

也就是在这样系统且封闭的思想系统和价值立场指导下，所谓学术追问的终极与某种被悬搁起来，神圣化起来的、不言自明的、永恒的价值，亦即真理是等值的。在这里的所谓比较，价值判断已经被先行的确定。那就是，上帝伟大，真主即真理，道之永恒不可改变，一切只是理念的模仿之模仿，如此等等。在这样的价值理念支配下，比较的结果也早已经不言而喻，就算你的比较是跨语言，跨文化的比较又怎么样，结论并不会有什么真正的改变。所以，在这种语境下，其实并不需要什么真正平等的对话和比较。因为，既然是平等的比较，就意味着承认这个世界上有着和自己价值相类似的参照系，有着与另外一种文化平起平坐的权利，他们可以相互分享真理的地位。而这样的判断对于其中某一文化的权威性、唯一性和真理性而言，无论如何都是大逆不道的，不可接受的，具有自身颠覆性的。因为，一旦接受，就意味着对自身真理性和合法性的否定。

延伸开去，这也是世界上那些以基本信仰为核心的，文化间的冲突数千年以来一直没法调和的根本原因和困境所在。将这种信仰推广到政治领域，所以以色列的沙龙与巴勒斯坦的阿拉法特，布什与本·拉登恐怕之间，恐怕至死也不会有真正的和解，更遑论认同。他们之间以任意一方作为主体和价值标准去展开的跨文化比较，结果都只是在不断地证明自己的正确和对方的谬误。

文学的比较恐怕亦然，你如果始终坚持文化和文学上的中心主义和部落主义立场，就算你跨越了文化、语言和种族去展开了比较，结果多数也只能是以证明对方的局限和自身的完美告终。不管你愿不愿意，信仰所在，往往就难以客观，这也是从事跨文化的文学比较时所要时时加以提防的立场和倾向。

五、西方文化扩张时代的比较学科

我们甚至有充分的理由证明,即使是比较文学学科诞生之后很长一段时间内,某种文化中心性的立场也仍旧在制约着比较文学学科基本理念的真正实现。

这也将意味着,我们今天应持有的比较文学价值立场,即使是与比较文学学科诞生时的19世纪风行一时的比较也同样有着明显的,甚至是质的不同。

学过比较文学原理的人都多少知道,19世纪各种比较学科的兴起,是和西方资本主义在世界范围内的崛起密切相关的,这些学科的催生与那个时代的资本主义精神,思想、经济理念和科学技术发展分不开。诸如资本的扩张、工业革命、世界贸易和市场、都无非是在说明在同样的事实而已。而与此相应的自然科学的系列突破、哲学上实证主义和认识论方面的进展,文学上现实主义、浪漫主义等潮流的盛行等等,也都带来了社会科学和人文学科的繁荣。这类学科的兴起和发展,有助于人类超越自身民族文化的视野局限去认识和吸收"他者"的文化。正如韦勒克曾经说过的,"比较文学的兴起是为反对大部分19世纪学术研究中狭隘的民族主义,抵制法、德、意、英等各国文学的许多文学史家的孤立主义。"(《比较文学的危机》),应该说,这一时期的西方学科发展,对世界学科思想的贡献是毋庸置疑的。它的学科成就正好就是我们今天不得不面对的大量学科舶来的知识处境。也使我们在学科的基本知识结构方面几乎别无选择。看看今天各国大学的院系内,但凡是稍微具有现代经典意识的学科似乎都与那个时代的学科构建有着千丝万缕的关系。

但是,作为这种学科建构的副产品,却有两件坏东西至今阴魂不散。一个是社会存在形态上的西方殖民主义,另一个则是文化意识形态上的西方中心主义。这种文化中心主义恶性膨胀的结果，就是把文艺复兴和启蒙时代以来一直存在的，对东方和其他地区文化的学习态度扫荡殆尽，变成一种视西方逻各斯理性中心主义权威至上的文化扩张主义。

建构在这种学术立场上的所谓"比较"，似乎与生俱来、不可避免地会沾染上西方文化自我中心主义的影响。这种思想的一个明显特征就是，假定西方的一切都是先进的，而非西方社会的一切都是落后的，因此必须加以启蒙和教诲。其结果自然是想要泯灭掉非西方文化的本性和特点，抽空他们的文化精髓，然后将他们的一切都纳入西方文化的价值体系去。直至今天，在比较文学这一移植来的学科的理论预设、研究范式和方法论原则中，多少仍旧都可以找到它的痕迹。

比较文学学科当然没有例外。早期西方的比较文学研究一方面对非西方文学采取忽略的态度，只是热衷于西方文化内部的文学比较研究；而另一方面，他们也喜好居高临下地谈论西方文化是如何"影响"了非西方的文学，而对非西方文化给予西方文化的影响却装着视而不见。如果说，他们对非西方文化的忽视，还可以从资料和视野的局限去加以辩护的话，而当论及他们心目中理想的未来文学图景时，其西方中心主义的理念便变得十分直截了当了。也就是说，他们一点都不忌讳，其所谓"世界文学"，实际上多数指的是西方文学，而当他们讨论所谓"总体文学"的价值目标的时候，其实也基本上是以欧洲的文学传统作为范本来展开的。

这当中似乎只有极少数的研究者成为例外。譬如歌德，他1827年在与爱克曼的谈话中就预感到文学在世界范围内发展的可能性，宣告"世界文学的时代已快来临"[①]。之所以说他的世界文学观念较

---

① 歌德：《歌德谈话录》，朱光潜译，人民文学出版社，1982年，第113页。

少偏见,并且多少还和东方乃至中国传统文学相关联,乃是因为在他的论述中对东方文学表达了平等的欣赏态度,譬如他对包括中国古典小说在内的非西方文学的评价和敬意。但是归根结底,作为德国19世纪浪漫主义文学的旗手之一,歌德在《浮士德》中对于非西方的描述,本质上还是充满了今日所谓东方主义的气息。

而在多数人心目中,以西方文化来替代世界各民族文化似乎已经是顺理成章的事情。法国著名的比较文学家洛里哀就曾经说过:"至于近世,西方在智识上,道德上及实业上的势力业已遍及全世界。东部亚细亚除极少数偏僻的区域外业已无不开放。即使那极端守旧的地方也已渐渐容纳欧洲的风气。如是,欧亚两洲文化渐趋一致已属意中之事了。""而民族间的差别将渐被铲除;文化将继续它的进程,而地方的特色将渐渐消灭。各种特殊的模型,各种特殊的气质,必将随文化的进步而终至于绝迹。到处的居民将不复有特异于人类之处;游历家将不复有殊风异俗可访寻。一切文学上之民族特质也都将成为历史上的东西了。"①如此的"比较",无疑还是与今日多元文化时代比较文学的价值理念大相径庭。在这样一种学术氛围下,你不可能期望他们公平地对待非西方的文学及其理论;而建立在此一基础上的比较,其精神实质多数也只能是文化上的中心主义和扩张主义的,它与我们今日所理解的现代意义上的比较精神仍然相去甚远。

六、多元文化时代:比较的价值重构和方法自觉

既然19世纪以来的比较文学价值理念及其比较意识,也还是承担不起作为今日现代学科的文学"比较"的方法学历史责任,那

---

① [法]洛里哀:《比较文学史》,傅东华译,上海书店,1989年,第351、352页。

么，纵然他们创造了这一学科，拥有某种学科史上的专利权，其学科理念的实现和现代学术担当的历史责任还得另寻主体。所以，我们今天仍然有理由相信，未来真正的比较文学学科的推进以及重要成果的取得，很可能会崛起在非西方的某些地域。而在这一学科领域，中国学界显然有着相当有利的学术资源环境条件和历史机遇。

那么，什么才是现代意义上的"比较"研究呢？支撑现代比较文学之"比较"方法的文化立场和价值理念应该如何？我们究竟又该怎样去展开所谓代表现代人类精神的文学比较？

首先，至少在中国这样一个正在追求文化现代性的后发国家里，所谓现代比较文学的"比较"，如前面一开头所说，它只能建立在坚定不移地拆解文化中心主义，肯定多元文化共生价值立场，强调相对文化价值和发展担当的观念基础上。没有这些价值理念的支撑，一般意义上的比较方法，甚至是跨越文化、语言、民族的比较研究，也不能保证得到这个时代的文化对话所期待的结果。

而这些新的文化理念和学科意识的产生，自然是与20世纪科学、社会和人类思维方式的进步，与学术研究中学科思想的改变密切相关。就宏观的环境而言，则是由于人类的生存和发展格局进入了一个剧烈的转型时代。譬如知识经济、信息社会、科学上的相对论、量子力学、大爆炸理论、电脑和互联网技术、政治上的多元世界格局、经济的全球一体化进程、文化上的相对主义对于中心主义的挑战、新的社会文化理论等。大量新的理论成果和社会文化实践，作为全新的参照系，正在改变着人类的生活和思考方式。

所有这些也都在不断地改变着我们从古典时代以来就形成的各种关于学科认识的观念和真理意识。其中一个最重要的改变，就是自觉地承认事物本身内在的多样性，这也就意味着承认它们的相对性。于是，在研究它们之间的相互关系之时，各种外来的参照系也就变得不可或缺。因为没有参照就谈不上关系，而有了参照，比较也就不可避免。也正因为如此，作为现代精神的比较学科不仅属于比较文学，在今日现代性视域下，它同时也是更多学科的选择。因为，依据现代的知识理念，任何一种所谓的学科研究，其实都有点盲人摸象的味道。从每一个局部看去也许有道理，但从整体上却未必能够把握真相。这一方面是学科的局限性，同时也实在是人的局限性，是人的思想宿命。因为人之所以为人，在这个世界上也是一类有限的存在。所以德里达才会说："人只是晚近的一个发明，而且很可能是接近终点的一个发明。"

这样就把今天的人们逼迫着走到了一个多元参照和学科整合的时代。无论你的学科研究再精深，它也只能透视事物的某些方面，而事物本身却具有多方面的性质和意义。引入一个新的参照系，就意味着有新的性质显现出来，参照无限则性质无限。因此，只有对同样的对象事实加以多学科、多文化的所谓参照性"比较研究"，才有可能接近所谓的"真相"。这里所谓现代意义上的"比较"，其实是对人的认识有限性和历史性的一种认可。是一种平等的、理性的、在外来参照系映照下的、不断有各种性质显现出来的学科认识论。进而言之，这是具有平等参照系的比较研究，是对所谓绝对真理、对所谓理论的普遍有效性，对终极价值的强烈质疑和拆解。而真正要展开这样的比较，一定而且必须建立在一个重要的前提之下，那就是有各种可以把握和具有比较价值的参照系的引入和它们之间互为参照的比较性对话。

在这种学科发展大趋势的影响之下，比较文学在关注自己新的学科走向和文艺研究新的入思途径的时候，它的学科历史、研究特性和话语模式，也必然使它成为从文学研究的立场去参与这种文化对话的理想途径，成为多元文化时代文学研究的最佳理论和方法选择之一。

基于这样的学科理念和价值意识，我们今天所谓现代意义上的

"比较"文学不仅仅要跨越地域、文化、语言和学科的疆域，也注定离不开各种"非我"文化参照系统的比照。同时，这里至关重要的一点还在于，作为重要的学科意识和价值理念，参与比较的任何一种文化，无论是作为比较的主体还是对象性的"他者"，都必须承认自己的"非中心性"和"不完美性"，承认自己的"真理有限性"，这也就意味着不同文化之间是平等的、互相提问、互为参照的对话关系。由这种比较并结合其他方法范式的研究所做出的判断，也都是有限的和受到时空所局限的相对"真理"，其性质的显现由于人类历史和认识的发展演进，总是在不断的演绎发展下去，比较的学术研究也将不断前行。这也许就是所谓现代意义上"比较"研究方法的新学理内涵和价值意识罢。

我们今天身处的是这样一个各种文化多元并存的世界，他们之间互相依存，互为参照，互为主体，却不能够互相替代，而且，各自的存在都是以对方的存在为前提，因此，自然也就离不开交流，离不开对话。当然也就离不开建立在此基础上的比较学科和方法，离不开基于此种理念的比较文学和比较文化研究。

2012 年 7 月 22 日于西二旗

跨文化研究范式与作为现代学术方法的"比较"[①]

——北京大学陈跃红教授访谈

邹赞(以下简称邹)：陈老师您好，您多年来从事比较诗学研究，并坚持为北大中文系本科生开设"比较文学原理"课，为研究生开设"比较诗学"课，您的课程非常注重培养学生的方法论意识，尤其是在进行比较文学论文的选题时，您强调要首先追问"比较"的有效性，"不比较可以吗？"这已经成为大家耳熟能详的经典语。随着全球化的日益深入，不同文学/文化间的交流对话也越来越频繁，为了防止不必要的"误读"与隔阂，很有必要构建起真正的"比较"学科意识和比较文学方法论。然而不容乐观的是，原本学理性十分严谨的比较文学在中国当前的学术实践中却被极端简化、扭曲了，人们随便拿起两个作家、几个文本乱比一通就以为是比较文学。您觉得造成这种混乱局面的原因是什么？

陈跃红(以下简称陈)：你提的问题具有重要的现实意义，方法"从来不是某些人所认为的虚的东西，它是一套在学术实践中逐渐形成的思维和问题追问结构，与学术史、学科史的研究紧密联系，我们做任何研究都要对方法的学术普适性与学科特殊性进行追问，从某种意义上讲，方法即是研究的灵魂。比较文学之"比较"从来就不是一种纯粹的比较，它是一种多元的文化对话。作为跨文

[①] 原载《社会科学家》，2010年第11期。

化研究范式的比较文学，首先就应当跳出单边文化的立场，要以包容他者文化的心态来确立自我与参照系之间的精神逻辑关联，从这一意义上说，跨文化研究范式的建立与作为现代学术方法意义上的"比较"是分不开的。

"比较"是人类习以为常的思维习惯，比如日常生活中的美与不美就是通过比较而得出来的评判。正因为"比较"的相对性太强，因而往往造成很大的误区。许多人认为"比较"就是人类与生俱来的自发意识，不需要讨论。比较文学曾一度在中国兴盛到有些泛滥，一个重要的原因就是人们认为做比较文学很容易。学术圈曾流行这样的说法：如果做不了中国文学，也做不了外国文学，那就去做比较文学，因为比较文学不外乎就是给中国人讲外国文学，给外国人讲中国文学。这种认为比较文学不需要学习、"比较"可以无师自通的观念在学界比比皆是，例如对外语系科从事外国文学研究的学者而言，一个中国人以中国式思维去阅读和研究莎士比亚或乔叟，就认定是天然的比较文学。中文系老师教外国文学，多年来一直很少去读外文原典，往往接触的是用汉语翻译表述出来的世界文学故事。尽管傅雷的译作将巴黎外省生活表现得栩栩如生，但由于读者接受的不是法文原著，译介过程中肯定存在误读和意义的变形，傅雷笔下的巴黎外省与巴尔扎克的描述也就必然有差异。典型的例子还有林纾翻译的《茶花女》，茶花女的形象几乎被改造成《陌上桑》里秦罗敷的翻版。由此也容易产生一种误识：阅读研究中文翻译过来的外国文学作品，仿佛本身就处于比较文学的场域中，无需进行内在逻辑的追问。甚至科班学习比较文学的一些学者，也以为只要通晓两种以上语言、具有相应的文化修养、最好有一定的国外生活经历，就理所当然地可以从事比较文学研究，这几乎成为学界压倒多数的看法。诚然，精通数门外语并拥有国外生活体验是从事比较文学研究的优势，但它们还远远没有解决这一学科研究的根本理念和方法问题。

邹：我非常赞同您的观点，学术方法上无师自通的理念导致了比较文学的庸俗化倾向，既然比较文学不是望文生义的比附，那么判定一个比较文学论题是否成立就应当具备一套严谨的问题价值前提和方法逻辑标准，您认为应该如何去定位作为跨文化研究范式和现代学术方法的"比较"？

陈：首先，我们不能把"比较"一词简约化为常识性直觉判断的层面，"比较"一定要与价值追求、问题意识和学术目标结合在一起。那种"X 比 Y"的比附之所以导致了比较文学学术中大量的"1 + 1 = 2"式无效研究，也极易导致把文化差异当成结论的研究，问题常常就出在这些地方。"比较"的价值就在于要有"1 + 1 > 2"的判断，要保证其中存在不作比较就发现不了的学术命题，于是，这里面就必然会涉及一系列问题价值判断和方法学上的问题。

要深入追问"比较"的意义，必须进行三个层面的思考。首先必须要问，"为什么要比较"、"不比较可以吗"，如果不比较也可以，那就没有比较的必要了，例如，专治古代文学的老师在研究杜甫诗歌的格律时，就没有必要去考察当代诗歌的发展现状，也不用去追溯西方文艺复兴之后诗歌的韵律情况。其次，如果决定要比较，就必须回答"在什么层面上去比较"，是在思想史、学术史、学科史，还是在某一主题或者审美意义上的比较。再次，鉴于比较文学的发展已经跨越三个世纪达 100 多年的历史，它在不同时期已经发展出了各种相应的研究范式和方法路径，因此，我们在进行比较时，必须明白是在什么样的学理和方法论指导下展开的。如果是阐发研究，就应当警惕阐发研究所可能导致的危险性，人们常常以为阐发研究就是借用一种外来理论分析处理本土的个案，这种认识显然是偏颇的。事实上，对外来理论资源的借用，存在着萨义德所谓的"理论旅行"问题，理论都产生于某种特定的语境（context）之中，比如女性主义在很大程度上是白人中产阶级在沙龙中生发出来的话语资源，如果照搬这样的理论来处理中国西部农村女性的自杀问题，就肯定存在陷阱。欧美女性主义理论所应答的焦虑往往是娜拉出走后的焦虑，旨在追求爱情的丰富性，更倾向于形而上层面的思考，而中国西部农村女性的自杀现象常常与生存联系在一起，很少关涉内在的精神层面。我通过这样的例子仅仅是企图说明："比较"不是无师自通的，我们在"比较"的分析实践中必须高度重视文化差异与逻辑结构上的不同，避免挪用外来理论话语资源所可能导致的陷阱。最后，在当下中国语境中做比较文学研究，还要充分考虑今天的比较与以往的比较的语境和前提条件有什么不同，确定我们是基于哪种主体的价值观念和问题意识去比较。比较文学在历经100多年的发展过程中，形成了影响研究、平行研究、阐发研究、比较诗学以及诸如形象学、主题学等诸多范式，这种"范式化"特征也恰好说明了这门学科的科学性和方法系统性。另一方面，这些范式却又都是西方比较文学已经界定的研究方法，与我们当下的学术研究存在着时空上的差异，所以我们在分析当下中国的现实问题时，要注意到研究语境已经发生了变化，要质疑原来的方法是否依然有效，要对自身所处的语境与传统的研究范式进行二次整合，其中包括对价值立场的修改。

邹： 您前面提到了所谓一般认识论意义上的"比较"的问题，根据拉康的"镜像阶段"理论，人类个体身份的确证首先是以自身作为参照系的。比较文学是从跨文化、跨族群、跨语言角度讨论文学，由于种族、语言、文化和宗教上的差异，不同群体的文化价值观念彼此相距甚远，因此在"比较"的意义上容易剑走偏锋：一是完全搁置自身的参照系，把"非我族类"的一切都合法化；一是将自身孤立起来，对其他的参照系视而不见，这样又可能导致盲目自大的文化沙文主义。您认为这里所谓以自身为参照系所进行的"比较",对于我们今天理解"何谓比较"有着怎样的启示意义?

陈:一般认识论意义上的"比较",其初始阶段就是和自己"比",如婴儿的"镜像"阶段,首先看到的是镜中自我,然后看见父母族类,于是开始意识到自己的存在。只有通过比较,人类才能感知到自身的存在性,这种比较仅仅是为了解决人和事物的类的认同和相对差异性的工具,但是它构成了人认识世界的基本方法依据。远古时期,人类生活在彼此隔绝的氏族群落中,有意识的部族交往尚未形成,人们在进行比较时不外乎出现两种情况:其一,以自己的族群为参照系进行比较;其二,以自身的文化为参照进行比较。这两种"比较"都存在同样的误区,即缺乏真正的"他者"参照系,自身的参照系被神圣化地搁置。这种一般认识论意义上的比较很难构成比较文学方法论意义上的"比较",但它启发我们一定要学会寻找适当的参照系,在他者镜像中去获悉和确认自我文化的核心价值,并注重文化间的交流与相互尊重。这同时也表明:比较是一种不断变化和生成的认识论,一种复杂的知识结构,需要认真学习。

邹:我们不妨从历时维度追溯"比较"意识的变迁。西方文化的源头是所谓的"二希"传统,古希腊罗马是一个创建文化元话语的轴心时代,其建构起来的价值观念在当时具有绝对的原创和主导地位,像《诗学》、《理想国》、《论崇高》等文艺理论经典著作都诞生在那个时期,可以说,轴心时代的"比较"完全是"单边"意义上的,与我们今天所说的"比较"大相径庭,但我觉得前者对后者应当具有某种程度的启示意义。

陈:古希腊罗马时期,也包括中国、印度、阿拉伯的古典时期,都是属于单一文化相对发达的时代,也就是人们常说的轴心文化时代。在这种时代所形成的任何一种孤立发展的文化体系,都十分坚定和固执地认为,只有他们才是世界和真理的代表,譬如:柏拉图的"理念";基督教社会的"上帝"和"三位一体";黑格尔的"绝对精神";伊斯兰教的"真主"即真理;中国思想诸家的"道"即是真理的最高体现等等。在这里的所谓"比较",价值判断已经被先行地确定,那就是:上帝伟大,真主即真理,道之永恒不可改变,一切只是理念的模仿之模仿,如此等等。在这样的价值理念支配下,比较的结果也早已经不言而喻,就算你的比较是跨语言,跨文化的比较又怎么样,结论并不会有什么真正的改变。所以,在这种语境下,其实并不需要什么真正平等的对话和比较。因为,既然是平等的比较,就意味着承认这个世界上有着和自己价值相类似的参照系,有着与另外一种文化平起平坐的权利,可以相互分享真理的地位。

因此,我们在回溯轴心时代的"比较"意识对于跨文化研究范式的"比较"的启示意义时,应该强调两个面向:其一,要对轴心时代建构起来的价值观念率先加以解构,解构那种"真理先行"的文化中心主义,对于那些拥有文化关键词和历史价值深度模式的民族,尤其应该防止步入这一误区;其二,轴心时代的"比较"与我们今天所说的"比较"依然相去甚远,不可盲目崇信。

邹:那么,我们沿历史的路径走下来,到了近代西方文化扩张时代,学术与意识形态的关联愈加紧密,文学成为西方国家兜售价值观念的重要载体,在西方文化掌握绝对话语霸权的情况下,文学/文化思潮的"理论旅行"具有什么样的新特点?

陈:近代各种比较学科的兴起,是和西方资本主义在世界范围内的崛起密切相关的,这些学科的催生与那个时代的资本主义精神、思想、经济理念和科学技术发展分不开。这类学科的兴起和发展,有助于人类超越自身民族文化的视野局限去认识和吸收"他者"的文化。正如韦勒克曾经说过的,"比较文学的兴起是为反对大部分 19 世纪学术研究中狭隘的民族主义,抵制法、德、意、英等各国文学的许多文学史家的孤立主义"（René Wellek《比较文学的危机》）。但是，资本和文化的扩展也同时衍生出一些不好的副产品，一个是社会存在形态上的西方殖民主义，另一个则是文化意识形态上的西方中心主义。这种文化中心主义恶性膨胀的结果，就是把文艺复兴和启蒙时代以来一直存在的、对东方和其他地区文化的学习态度扫荡殆尽，变成一种视西方逻各斯理性中心主义为权威至上的文化扩张主义。建构在这种学术立场上的所谓"比较"，似乎与生俱来地会沾染上西方文化自我中心主义的影响。这种思想的一个明显特征就是，假定西方的一切都是先进的，而非西方社会的一切都是落后的，因此，必须加以启蒙和教诲。其结果自然是想要泯灭掉非西方文化的本性和特点，抽空他们的文化精髓，然后将他们的一切都纳入到西方文化的价值体系里去。直至今天，在比较文学这一移植来的学科的理论预设、研究范式和方法论原则中，多少都可以找到它的痕迹。西方文学意图建立所谓的"总体文学"，其内在实质是想把西方的个体化的文化普适化，其价值目标基本上是以欧洲的文学传统作为范本来展开，其所谓的"世界文学"，实际上多数指的是西方文学，这样的比较与我们今日所理解的现代意义上的"比较"精神仍然相去甚远。

邹：当世界进入一个多元文化时代，全球性的文化/文学交往与对话众声喧哗，一方面，西方学者试图套用他们的模式来研究中国文学，比如刘若愚对中国文论的考察、蒲安迪对明代四大奇书的研究和宇文所安对唐诗宋词的阐释，虽然不乏新意，但总是难以摆脱理解上的隔膜；另一方面，国内也有学者跃跃欲试，高谈阔论中国文论世界化，期望以中国古代文论的某些核心概念去套解西方小说。这两种做法似乎都未能处理好"自我"与"他者"的位置关系，您认为多元文化时代的"比较"面临着怎样的困境，对中国比较文学的突围有何启示？

陈： 首先，处于今日多元文化时代，比较研究将面临更复杂的阐释挑战，学术史的深度研究证明，不同文化之间存在一种共创的历史渗透和生长关系，因此，文化之间应该是"和而不同"的。对于追求文化"现代化"的"后发"国家而言，必须在坚定地拆除自我与他者双重中心主义的基础上去进行比较，在文化共创的历史价值维度基础上去区分文化是非、文化贡献和参与意义。西方学者套用西方理论来研究中国文学，或多或少给人一种"隔"的感觉，这其实是因为他们站在西方学术话语的主体性立场发言，作为研究对象的中国文学成了参照系，二者并没有形成平等对话的互为主体关系。大陆以及港台学者也有尝试用《文心雕龙》、《诗品》、《沧浪诗话》中的文论话语和分析思路去阐释西方小说，这往往又确证了另一种自我的主体性姿态，忽略了他者的主体性，起到的效果只能是一厢情愿的自说自话。两种情况都说明了自我与他者应该"互为主体"，但并不"互为替代"，要学会从对方的角度去思考问题。

其次，多元文化时代的比较也面临一些困境，比如理论的失效问题。理论一旦走出了自身的文化疆界，必然面临着双重失效的处境（理论运用失效、逻辑关系演绎失效），理论的语境化决定了它的阐释效用，刘若愚用艾布拉姆斯的四要素理论套解中国文论，或者我们的学者用"言不尽意"等关键词去解读康拉德的小说，都存在理论方法与阐释对象的文化错位险境。另外还有所谓通约性的困扰，多年以来都有人试图寻找覆盖所有文化的统一批评理论，其实是另外一个误区，一个更大的中心主义陷阱。要解决这些困境，除了深入平等对话，以他者的处境为自己的处境，把自己作为问题，引入多种参照系，达成一种多边对话、众声喧哗的效果，在理解—比较—对话—分梳—共创的联动中去寻找机会之外，目前还看不出更好的办法。

至于有什么启发意义，我想至少可以有三点思路：首先，我们在进行文化交流时要充分考虑到"需求",仔细揣摩对方是否真的需要,以近年来兴起的汉语热为例,人们对中国语言文字的学习兴趣倍增,但真正想研究中国问题的实在太少,我们在大规模组织专家学者翻译中国文化经典,出发点很好,但也应该考虑清楚对方的需求心理。其次,应该质疑、反思"越是民族的,就越是世界的"论调,越是民族的,不一定越是世界的,中国文学必然要与世界其他各国文学交融碰撞,只有经过选择、改造之后的民族文学经典,才能真正融入世界文学的河流。再次,我们要警惕西方学者在研究中国问题时的偏差和误解,同时也要提防自身对他者文化的偏见,我曾经将其归纳为三面镜子,即意识形态的偏光镜、考古学的放大镜、扭曲变形的哈哈镜。我们要时时回看真实历史和现场中本真的我,而不是存在各种各样偏差的镜中自我。

邹:随着当代西方文艺理论的长驱直入,种种半生不熟的文论话语充斥着学术界,加之中国古代文论的核心范畴尚未经过有效的现代转换,于是有学者提出"中国文论失语症"问题,并且引发了关于中国文论究竟是否"失语"的论争。如果从"比较"的有效性角度出发,您认为"失语症"的提法是否妥帖?它的根本症结是什么?

陈:我一直不太喜欢这种说法。跨文化比较和共创生成意义上的中国现代文论发展,在近代已经有了自己的理论"小传统",而且已经成为本土和海外中国学界的研究对象。至于它的形态如何?问题所在如何?学理和话语偏重如何?都可以讨论,但是,传统并没有完全在近代文论和文化历史的生成中缺席,只是呈现方式不同罢了。"失语症"的判断有失机械和简单表面了。

邹:比较文学方法的跨学科挪用也已经成为一大趋势,比如比较经济学、比较法学,比较政治学,跨文化广告研究、跨文化传播策略、跨文化媒介经营管理等,但这种方法的借用对于相关学科而言常常是无意识、不自觉的比较。那么，是否有可能建构起一套完善的人文和社会科学比较方法论，使得作为现代学术方法的"比较"为其他学科所用呢？

陈：这的确是一个很有趣也很有跨学科意义的问题，我曾经和来北大访学的苏州大学马中红老师合作发表过一篇学术对话，题目就是《网谈录：比较文学方法的跨学科应用及其前景》。我至今还记得她以阿迪达斯球鞋上的广告为例，分析了广告跨文化传播中的文化麻痹和文化过敏问题，非常有启发性。我们生活在一个全球化的交流时代，跨国交往的频率越来越快，交往的空间也越来越广阔，它已经深入到了人类社会的每一个角落。仅从我们人文社科的角度去看，这种交流之间的文化误读和文化理解的问题，已经成了最普遍、也是最亟待解决的问题。也就是从这个意义上来讲，跨文化的比较研究将不再是比较文学学科的专利，而是我们这个时代几乎所有学科的内在需求。值得强调指出的是，尽管比较文学学科本身常常受到质疑，但是它在研究方法论和研究类型方面的结构系统性和严谨性，却是非一般的学科所能比拟，所以，如果你能挪用比较文学学科的方法，尝试去做其他人文社会科学学科的跨文化比较研究课题，肯定大有可为。

邹：这样的例子在文化研究领域也十分普遍，比如人们常常引证罗兰·巴特对一个黑人士兵向法国国旗敬礼的封面图像的分析，还有大量的关于芭比娃娃、好莱坞电影和时尚广告的文化分析，基本的研究路径都是敞开文化文本，解读其中隐含的、深层次的性别、阶级和种族主义意识形态，我想这些研究大都普遍采用了跨文化比较的视角。

陈：是的，例如人们往往都会把一些品牌广告的反种族主义表达读解为某种种族主义意识形态的象征话语，西方公司如果用非西方地域形象和少数族裔形象做广告，多数会被批评为"东方主义"

隐晦的霸权话语，这在全球化时代的文化传播中表现得尤为突出。这种误读和误解的造成，正在于我们骨子里的文化部落主义思想在作怪，也在于我们对他者文化和艺术的个性特征缺乏了解，不能站在跨文化的立场上去理性地看待问题。于是，在面对跨文化传播现象时，如何卸掉历史留给我们的文化和意识形态包袱、消除文化偏见、包容非我文化的特异性、站在"和而不同"的立场去实现不同文化之间的交流和对话，就成了现实赋予我们的课题。很显然，文化误读的普遍性存在必然导致对这种现象的读解和认知的理论方法在不同学科具有类同的价值。从这个意义上讲，将比较文学/文化的研究理念和方法，有机地应用于相应的人文社科领域并不存在特别的困难和陷阱，或者说，对于问题的解读更加有所助益。当然，事情也未必那么简单，这当中，同样也有文化差异和文化类同的比较研究问题，同时也牵涉到现代文化研究中的话语与权力的运作等等。不过，可以肯定，比较文学在它的过去和现在的发展过程中所形成的研究理念、范式和方法，对于非比较文学的诸种学科都应该有很好的借鉴和参照意义。

当然，一个学科的方法和研究范式，在往其他学科挪用时，一定要考虑它的可行性和问题适应性，并不是所有的方法和原则都可以简单搬用的，尤其要警惕其中的文化陷阱。一套成熟的跨文化比较研究范式的建立，将会有助于比较文学方法的跨学科挪用，相信我们以后肯定还会见识到更多以"跨文化"或"比较"命名的新的学科分支和研究课题。可见比较文学学科一点也不寂寞啊！这至少是由于中国文化在近代以来的命运和问题意识所注定的，跨文化比较和对话，无疑是这个时代中国学术研究的某种"宿命"。

邹： 您长期耕耘在比较诗学领域，并取得了令人瞩目的学术成果，请您推荐几本比较诗学方面的权威读本，谢谢。

陈： 呵呵，这个问题如果在 15 年前我很容易回答，因为国内外出版成果都不多,到了今天就麻烦了,我课堂上给咱们研究生开出的参考书就近百种。我在北大出版社印的那本《比较诗学导论》的附录也列了几十种。如果硬要推荐几本,我觉得钱锺书的《管锥编》、叶维廉的《比较诗学》、刘若愚的《中国文学理论》、张隆溪的《道与逻各斯》、张法的《中西美学与文化精神》、宇文所安的《中国文论:英译与评论》都不错,至于供查阅的辞书类,乐黛云等主编的《世界诗学大辞典》至今很有参考价值。

中国语境中"诗学"概念的现代内涵[①]

中国古代的"诗学"与西方的 poetics 概念,在意义内涵和范畴体系方面都存在着表述性和意义性的差异,这是诗学史上不争的事实。但是在比较诗学研究的实践中,这种差异却常常被人们所忽略。

这里,不妨让我们先做一个简单的比较:

在古希腊神话的时代,人们普遍认为,诗歌不是被吟诵者想出来或者诗人写作出来的,而是被视为某种灵感的产物,至于灵感的来源,当然不是来自人本身,而是来自天神,来自神力和神的附体。诗人实际上只是神的子民或者使者,是一些特殊的天才,他们在葡萄酒浇灌所导致的迷狂状态下代神立言。用古希腊诗人品达在其《赞美诗》中的话说就是:"神告诉诗人的事情人是不能发现的。"[②]因此,诗人的歌唱全都不过是作为神的传声筒,并不是他自身心智的创造。在这样的认识前提下,诗学没有意义的。

柏拉图虽然承认诗歌是诗人凭借神启和酒力,使自身陷入迷狂状态下的产物,但他对诗人是否是在代神立言却持怀疑的态度。认为他们常常"胡言乱语","不可信赖"。因此,他同时也认为,诗人

[①] 本文系在本书中首次发表。

[②] 转引自塔塔科维兹《古代美学》中译本,中国社会科学出版社,1989年,第54页。

作诗也就是类似绘画这样的技艺，是对具体个别事物的摹仿，而事物不过是理念的影子，因此诗歌就只能是理念的影子的影子了。由于柏拉图承认诗歌有摹仿事物的一面，这就为后来亚里士多德的摹仿学说和诗学观念的建立开启了思考之门。作为一种技艺和创造的"诗"和"诗学"开始成为人文学术的可能。

亚里士多德在《诗学》的一开头就指出的，诗学的研究对象包括史诗、悲剧、喜剧、酒神颂等等①，也就是说，其关于诗的理解至少包括了史诗、戏剧诗和抒情诗三大类型；这种看法与西方后世在此基础上发展出来的文学概念大体相当，它在宏观的意义上囊括了作为叙事文类的小说以及各种戏剧和诗歌等主要的文类。与此同时，在文类学的意义上也渐渐细分出了狭义的诗的概念，那就是与小说、戏剧亦及散文相对的文类。于是诗在西方就有了广义和狭义的区别。一个是特指的文类，一个是整体的所谓"美文学"。这里，一个"所指"同时具备两个相关联的"能指"，可以说是异义而同名。

至于中国古代关于诗的产生的言说，却与神灵没有太大关系，而是被视为个人心智和外部世界互相作用的产物。《毛诗序》中就说"诗者，志之所之也，在心为志，发言为诗。"那么，中国人用诗来干什么呢？言志而已。古老的《尚书·尧典》中就说了，"诗言志"。这从一开始就规定了中国诗歌的功用传统。孔夫子说得更具体，通过诗可以去认识人、社会和自然，"小子何莫学夫诗？诗可以兴，可以观，可以群、可以怨。迩之事父，远之事君，多识于鸟兽草木之名。"②所以，在发生学的意义上，中国人的诗学观念更多理

---

① 参见亚里士多德《诗学》中译本，罗念生译，人民文学出版社，1982年，第1页。

② 《论语·阳货》。

性和自然的成分。

中国纯文学的源头几乎完全是诗。而且一说诗,首先就是指《诗经》,或者说,"诗"常常就是《诗经》的简称,这在古代中国文论的言谈语境中是约定俗成的。同时,众所周知,中国又是出了名的诗歌发达的国度。写诗,甚至一度是古代中国国家考试的重要科目,诗写得好,可以做公务员,当大官。因此,说到诗,在古代中国,同时也是指各种诗体的有韵的文字,如骚体、乐府、古体、近体律绝等,或者亦可以说就是西方意义上的所谓"抒情诗"。即使是在今天,中国古代文学学界谈论诗的时候,也仍旧多数是在文类和文体的意义上界定自己的言谈疆域。所以,中国的传统诗学论述,尽管其间也往往涉及普遍的文学理论问题,但在话语体制上,较多的主要还是和西方文学部类中狭义的"诗"和诗歌批评的概念通约,而较少进入西方文学理论意义上广义的"诗"和"诗学"范畴。诸如荷马式的史诗、悲剧、喜剧以及后来的叙事文类,诸如小说,在理论概念上与中国的传统诗学完全不发生关系。

显然,中国的"诗"与"诗学"的概念,并没有西方传统那种理论普遍"广义"和文类指称"狭义"的清楚区别。中国古代"诗学"在其理论的涵盖和话语体制上,历来边界就很不清楚。就学理上讲,中国的"诗学"当然会关涉到某些普遍的文艺理论问题,是我们今天历史的研究中国文艺学的基础;但就其话语传统而言,则纯然是诗歌文类的研究,"诗学"几乎略等于"诗歌之学",甚至往往就是抒情诗的批评理论。

因此,我的一个需要强调的观点就是:在历史和传统的意义上,西方与中国古代以来关于"诗"和"诗学"的概念,只有部分的兼容,不可混为一谈。

但是，存在这些差异却并不意味着它们不可以在"比较诗学"的学科境域下展开对话。历史的差异性仅仅是意味着它们各自在知识传统方面的区别，这在异质文化之间是十分正常的现象，而一旦历史语境发生变化以后，所谓时代的学术精神诉求和诠释立场也就随之会发生变化，如果双方能够在一些关键的话语概念上找到基本的现代共识，差异就可能变成交流和借鉴的资源，而不是人们通常理解的障碍。

让我们先看看西方诗学的现代转化过程。自亚里士多德的《诗学》初步建构起西方诗学话语的框架以来，经由鲍姆嘉通（Baumgarten，1714—1761）、康德和黑格尔等人代表的近现代美学理论资源的介入和艺术学科的确立，为西方古代的"诗"向现代"文学"的概念转化建立起了历史联系，同时也顺理成章地为从"诗学"到"文学理论"的转化铺平了道路。因而在今日西方学术传统中，研究者们谈论文学研究的时候，无论是使用"诗学"这个古老的概念，还是使用"文学理论"这个现代的术语，在概念的运用上都具有某种互换性，它都是意味着一类关于文学的普遍性理论研究。原先属于文类学意义上的"诗歌之学"的涵义，早已经独立开去，并逐渐为文学理论界淡忘。

事实上，今天包括中国在内的非西方社会对于所谓"西方诗学"的理解，都是作为一种普遍的文学理论来接受的。

而中国的情况却有所不同，前面我们已经指出，古代中国并没有今日西方普遍文学理论意义上的"诗学"（poetics）概念。当然，这并非是说中国古代文论中没有"诗学"这个词，实际上，远在西文的"poetics"等被译入以前，"诗学"一词便已在中国文学论述传统中普遍存在，甚至作为著作的名称流布世间。只不过其所关涉的内容更多是文类意义上的诗歌批评理论研究，是单一意义上的有关诗歌的创作和批评著述而已。当然，这也并不意味着，在这些命名为诗学的论述和著作中，没有关于一般文学理论的问题，而是说，在术语和概念范畴所涉及的论述范围规定上，它仅仅是指向诗歌这一独特的文类研究，这是传统中国诗学研究与西方明显区别的地方。

但是，进入20世纪以后，事情发生了变化，西方理论作为一种时代的强势话语，进入到了包括中国在内的非西方世界，于是，两种明显不同的诗学概念发生了碰撞和交流。今日所谓用现代汉语表述的"诗学"概念，也开始逐渐成为今日中国学界讨论一般文学理论问题的学术范畴。

但这并不意味着它们之间没有差异。本文的另一个重点，正是试图对这一过程和相关的问题加以简略的描述和分析，并且试图去观察其中的类同和差异。

在作者看来，中国现代汉语中的"诗学"概念，在从一个诗学文类学的批评术语到成为一个广义的文学理论重要概念的转化过程中，大致经历了三个层面的过程：

对西文 poetics 概念的翻译性、理解性的文化转换。

对中国传统"诗学"概念的选择性扬弃和现代阐释。

基于当代文学发展基础上的现代文论观念的建构和发展。

在比较诗学的学科意义上，这三个层面的转换，既是一个中西观念交流的跨界共创过程，同时也是一个中国自身的文学理论朝着现代性走去的古今对话过程。其间必然容纳进相当复杂的历史和现实的语义成分。

首先，包括"诗学"在内的各种西方理论和观念，在作为外来理论的一种形态被引进入中国的时候，并非只是一种简单的语言文字的符号形式转译，也不是一个简单的词语和概念的对译。其间的情况实际上要复杂得多，它包含着一种艰难的文化选择、对话、诠释和整合的过程。

我们完全有理由这样断言，任何一个中国的接受者和翻译者对西方理论的读解，都只能是一种译介性、选择性和利用性的读解，而不可能对其实现真正原汁原味的转述和呈现。因为，任何中国的接受者，不管他的外语和西方文化知识多么丰富，他所拥有的外来语言和文化知识，都只能是基于中国文化血统基底上的"习得"，而不是其文化血液中流出的"本能"。因此，在他的翻译读解之间，必然面临两种以上文化和语言的互动性处理过程。甚至一些看似特别典型的外来观念和术语，一旦变成汉语思维的表述符号，无疑也都会经历他自身所拥有的中国语言和文化的过滤和改造，从而转化成为文化交汇后的新事物和新概念。所以，当某种所谓西方诗学观念以现代汉语的形式呈现的时候，各种中国文化的资源内容也已经通过语言和话语氛围不同程度地掺和了进去。这里，既包括我们自身理论需求的选择性重点，也就是需要什么理论的问题。毕竟，我们不可能把西方的东西整体地搬将过来，而是要根据需求进行选择。譬如1949至80年代以前，来自俄苏的理论较为盛行，西欧理论则是希腊罗马和19世纪的各种主义有较多介绍，而80年代以后，现代主义和各种新的颠覆性、解构性的批评理论成为一时的译介时尚。

同时，这些理论观念也需要经由汉语的话语体系去对外来理论进行翻译和阐释再造，让非汉语文化的西方概念和理论在这样一过程中逐渐成为现代汉语文论的表述概念和范畴，成为人们习以为常运用的话语构成。譬如所谓"浪漫"、"现实""自然主义"、"诗学"等等。这当中实际上也就必然包括使中国文化及其理论话语成分融入其间的"中国化"过程。

最后，在这样一个跨文化的转换过程中，由于现代文化环境和批评实践的需要，理论概念原先的性质和疆界也常常会发生改变，甚至在一定程度上脱离自己的本体而走到对方阵营中去的情况，这也并非是没有先例的。

譬如古代南亚佛教进入中土后，逐渐转化为中国的禅宗以及其他的教义流派的情形，如天台、华严和藏传佛教，但却没有人否定它们作为中国思想资源组成部分的命名和存在意义。事实上，现代西方的许多学科和思想，在被引进到殖民地或者半殖民地的非西方学界以后，有时候，演变成了非西方学者用来批判西方殖民主义和西方中心主义的理论工具的事例，这也是可以学术界普遍的现象。像人类学、社会学、多元文化理论、后殖民理论、文化研究理论等等都是。比较文学在今天非西方世界的发展，也同样表现出了类似的趋势。

于是，当我们在现代语境中，用基于现代中国文化的汉语语言系统来表述"诗学"这样的概念的时候，它实际上已经包含了多重的语义。

首先，现代汉语中的"诗学"概念，已经与西方的 poetics 建立了难以分割的联系，现代汉语的"诗学"确实就是 poetics 的"西词中译"。它在基本的学科范畴规定上，取得了以审美性文类为研究对象的现代学科关键词地位。原先中国传统诗学中没有的概念和范畴，诸如"结构"、"叙事"、"冲突"、"审美"、"意象"等等来自西方的术语，开始成为中国现代诗学的有机组成部分，并得到批评界普遍的接受和运用。

其次，在涉及"诗学"这一概念的时候，中国文论当中的许多相关概念，譬如"诗论"、"诗话"、"诗学"、"文论"等等，也会自然的进入我们思考的视野。这将意味着，通常一个看似从西方译介过来的概念，一旦成为汉语的符号表达，汉语的意义在不知不觉当中就会渗透其间。"诗学"这一符号的现代使用，可以算得上是所谓旧瓶新酒，是对传统中国文论中涉及诗歌文类研究的狭义"诗学"概念的借用。因此，这个语词相关的历史诗学的语义成分也会源源不断地以各种方式进入研究者的思维；中国诗学和文论中一些概念，譬如"意境"、"风骨"、"神思"、"滋味"、"通感"等，开始作为普遍性的文艺理论范畴进入我们关于诗学的理论视野。当我们今天在现代汉语和现代文学批评理论语境下使用这些语言符号概念的时候，他们在性质和意义的涵盖面上，都已经发生了历史性的改变和提升，成了现代诗学的重要术语范畴，从而完成了从古代"狭义诗学"，逐步向现代"广义诗学"的转变过程。

最后，这个被现代汉语接受和转化的"中国诗学"概念，作为现代中国文学批评理论的有机组成，由于它所具有的多元文化的思想资源，也由于它所面对的研究对象所具有的文化和时代独特性，即一百多年以来处于现代转型和发展中的中国文学事实，它的内涵和价值方向都被加以了限定。在理解和运用的时候，于一定程度上，它早已经不自觉地成为了与西方诗学对话的一方，从而初步具备了自身诗学的现代话语风格，并且开始培养某种避免他者语言暴力诠释的文化免疫力。

其实，所谓"中国诗学"，如同我们今天讲"中国文学"、"中国史学"、"中国哲学"、甚至"中国法学"一样，都是包含了历史意义但同时有熔铸了现当代多元文化意识的完整的学科概念。是一个从古至今，源源不断的活的话语传统。是在以追求文化中国的现代性为目标，在与传统和域外文论理论不断对话交流和展开批评实践过程中构建起来的中国现代文论学科概念。从当下的 21 世纪的立场出发，认真去看待百年来近代中国现代文论的进展，现代本身也已经成了传统。作为现代汉语语境下的"诗学"概念,也就成了中国诗学新传统的重要组成部分。

有鉴于此,在今日所谓全球化和多元化的学术语境中,建立在"中国诗学"和"西方诗学"共同话语平台上的"中西比较诗学"研究,显然也已经具备了学术存在和发展的理由。而基于现代中国诗学的历史资源和理论内涵,它不仅可能,而且应该对世界诗学在21世纪的发展有自己独特的贡献。

2004 年 8 月 9 日

比较研究范式的形成与发展[①]

一、方法与范式的互动

关于比较文学方法论的探讨之所以显得必要，在于通过这种关于学科研究手段和操作方式的反思性理解。从而将问题提升到清晰的意识层次上加以抽象和确认。在这一意义层面上，方法是对研究实践的再一次抽离和普遍化，而在本章将要讨论的研究范式则有所不同，它是居于二者之间的过渡。相对而言，研究范式更接近具体的学科研究实践。换句话说，方法可以游离出既定的范式甚至超越学科去发挥普遍的效用，而范式却似乎不行，它只好在学科的范围以内去演绎自己的角色。就此一意义而言，在确认一个学科的架构和性质特征时，对它的研究范式，尤其是作为范式理论具体表现形式的研究类型的分析和论证有着至关紧要的意义。具体到比较文学，包括比较方法在内的各种方法，只有通过研究范式，也就是说通过大大小小的各种研究类型才能有效地作用于研究对象。然而多少有些令人遗憾的是，一直以来，学术界似乎对这二者之间的区别和关联缺乏清晰的认识，于是我们不断可以见到这样的情形：某些专谈比较文学方法论的著作，却往往将比较文学特有的研究类型与

[①] 本文系在本书中首次发表。

一般人文研究的普遍方法混为一谈，而某些关于研究类型探讨的文章，又常常将当今学术研究中具有普遍意义的方法作为比较文学独特的研究类型介绍，甚至提升到有关学派学术理论支柱的意义上加以强化，这不仅会引起学界的误会，而且极容易成为对比较文学持否定观点的人士消解比较文学的一条证据。很显然，方法与类型二者之间关系的夹缠不清，无疑只会加剧我们试图规范这一学术体系的困难，使本来就歧义甚多的比较文学学科面目变得更加模糊，因此，似有进行认真区分和辨析的必要。

首先，普遍的研究实践都肯定这样一个前提，即在研究方法与研究范式（类型）之间存在密切的关联，比较文学并不例外。如果我们将比较文学作为人类整体文学研究的其中一个大的范式来看待，那么，毫无疑问，这一学科的研究范式的形成在很大程度上是和"比较法"这一特定的方法论原则联系在一起的。马克斯·韦伯在谈到关于古代文化研究的不同原则立场和观点时，曾经区分过由于不同的价值目标和方法原则所决定的不同研究范式：一种是认为古代文化具有绝对的价值，是永恒有效的不朽文化规范，是具有普遍意义的学术客体；另一种看法则认为，对于古代文化，就其真实的个别性而言是无限远离我们的，因此，希望洞见其真实的本质是完全无意义的，然而从审美的角度去看，它却是绝对独特的、极有价值的、通过主体进行个别沉思的崇高对象；由这两种原则立场出发，就国别文化研究而言，自然会形成两种不同的学术范式及其方法，即载道的和审美的研究。然而也还有第三种关于文化的研究观点，这种研究的目标在于要求"这种资料能够用于获得可应用于不仅我们自己的文化而且'任何'文化的前史的一般概念、类比和发展规律。一个恰当的例子是比较宗教研究的发展——没有对古代的详尽无遗的把握，要达到它现在这么高的水平是不可能的，而关于古代的研究只有通过严格的语文学的训练才有可能。根据这一观点,只有古代的文化内容适合作为建构一般'类型'的启发手段,古代才会进入思考的范围。"①

从最后一种原则立场出发,无疑将形成一类独特的研究范式,即跨文化的研究范式。显然,这一范式的形成不得不依赖于两个重要条件,一个是研究的特定学术目标,即多种民族文化的某些共同规律性研究,另一个条件则是适应于这一目标的比较方法。韦伯在这里给出的是比较宗教研究的例子,但它显然也同样适用于比较文学研究。

试将比较文学研究作为一个大的独立的研究类型看待,认真考察一下它与其最重要的比较方法原则之间的关系,也许多少能够廓清一些二者之间的区别和联系。首先,一种研究类型的形成总是会与某些特定的研究方法产生血肉相关的联系,但是,类型不等于方法,甚至方法本身也并不总是注定非得从研究类型的母体生长出来不可。事实上,"比较"从来都不是比较文学学科的专利。往远处说,比较不过是人类思维的基本方式和普遍的研究方法之一。朝近处看,比较文学学科在20世纪的形成,更多的也是受到了相邻学科如比较解剖学、比较生物学、比较哲学、比较宗教学、比较语言学等的影响和启发,并且从它们那里借鉴了比较研究的具体方法。尽管只是从这一学科的命名本身(且不管它是如何的不科学和不确切),便可见出其与比较方法的密切关系,但事实上,从比较文学学科形成伊始,其任何研究类型都并非是、也不可能是以比较作为唯一的研究方法的。诚然,作为跨越民族、文化、语言和学科的研究类型,比较文学在具体研究实践中常常缺少不了问异求同的比较分析,然而,如果没有其他相关方法的综合运用,任何课题研究的价

---

① 马克斯·韦伯《社会科学方法论》,朱红文等译,中国人民大学出版社,1992年,第151—152页。

值目标仍旧难以从纷繁的材料集合中浮现出来,并由此得到合理的定位。以历史较长的影响研究为例,如果离开了事实考证的文献学方法、译介学中的语言学方法、文学研究中关于社会历史关联的语境研究方法等等,纯粹的比较将是没有意义和不可想象的。由此我们可以推论出有关方法与类型关系的第二方面的认识,这就是,一种研究类型常常需要运用多种具体的研究方法去展开研究,而另一方面也存在这样的情况,即一种具体的研究方法也会根据需要而被运用到不同的研究类型当中去。事实上。具体方法在研究类型中的运用至少可以区分出以下的情形:首先,在最基本的方法层面,比较文学研究作为文学研究的一个重要范式和切入途径,一般文学研究的基本方法不同程度的都会有选择地被运用于其间;这里所谓"一般文学研究的基本方法"主要是指曾经适应于国别文学的研究方法,它至少包括文学史、文学理论和文学批评等方面的研究方法原则。作为一个比较文学研究者,他不仅应当具有这方面的知识结构,而且可以根据需要将这些有关的研究方法运用于自己的研究实践,他尤其不应当仅仅是简单地套用国别文学的研究结论。其次,既然是比较文学研究,当然要求研究者以跨文化的、国际的眼光去看待和分析问题,因此就理所当然地要运用属于比较文学的研究方法去解决问题,其中就包括各式各样的比较方法,譬如语言的比较、叙事话语及其修辞的比较、意象的比较、文类的比较、主题的比较、跨学科的比较以及运用对方理论反观自身的双向阐发和比较等等,在种类繁多的比较过程中,不同民族和不同文化传统的某些文学差异和特点,包括艺术形式、价值取向、审美趣味等,就有可能清楚地浮现出来,而这些差异和特点又往往是纯粹的国别文学研究所难以发现的。最后,对于更深一层次的比较文学而言,它并不满足于仅仅发现差异和特点,而是要试图寻找不同文化的文学之间的某些中介话语和理论"共相",即某些可能与人类发展共性有关的文学和文化价值的规律及其普遍性。要追求这一学术境界,最终就不可避免地会选择所谓总体文学的研究方法,就需要调动哲学、社会学、人类学、心理学、文化学甚至自然科学诸方面的知识,运用总体综合分析的方法去寻找规律性的因素。尽管在具体研究实践中,问题并非能够分得如此清楚,但就方法运用原则而言,其规则大致只能在此一框架之内加以考虑。这里涉及的只是一个研究类型中多种方法运用的情况,反过来看,一种方法也常常被分别运用到不同的研究类型中去。且以比较文学研究中常提及的两种基本方法,即注重历史性的实证方法和注重文学性的审美批评方法为例,一般讲,前者是影响研究的方法学标志,而后者是平行研究的理论旗帜,在五六十年代关于比较文学发展趋向的国际性学术辩论中,各执一端的两派学人为此争论不休。而正是在这场辩论过程中,有识之士逐渐意识到,方法并非某种研究类型的专属,在方法上走极端往往不是导致僵化就是走向空疏,只有根据研究对象的需要而综合地运用各种方法,才有可能获取较理想的学术效果。因此,有必要发展一类新的比较文学研究策略:

"它将历史方法和批评精神结合起来,将案卷意见与'文本阐释'结合起来,将社会学家的审慎与美学家的大胆结合起来,从而最终一举赋予我们的学科以一种有价值的课题和一些恰当的方法。"[①]

说简单一点就是,审美批评的方法既可以用于平行研究,也可以用于影响研究;同理,历史实证的方法也不仅只用于影响研究,它同样也可运用于平行研究或跨学科研究。基于上述比较文学研究的历史经验和理论逻辑,可以得出关于方法与研究类型之间关系的

---

① 艾田伯:《比较不是理由》,参见《比较文学研究译文集》,干永昌等编译,上海译文出版社,1985年,第102、103页。

第三点认识，这就是，在研究方法与研究类型的生成关系上。尽管二者之间有着千丝万缕的联系，但二者均存在自己独立的成长逻辑和活动区域，而且往往并不同步。相对而言，研究方法具有更大的学术活动空间和跨越科际的适用性。因而，在学科的性质定位上，与其说纯粹方法上的个性具有理论说服力，倒不如说，由综合因素造就的特定研究范式及其各种研究类型更接近学科的学术特征。如果承认这样的分析多少算得上言之有理的话，那么，就比较文学学科自身的理论建设和发展而言，在继续重视研究方法的同时，就的确有必要加强对与比较文学研究领域有关的研究范式及其大小研究类型的深入探讨。

从来自对比较文学学科的批评性意见中，我们也可以从中感觉到纯粹从方法论着眼的弊端。早期对比较文学学科持否定性看法的学者，往往就是从对研究方法的抨击去展开其论证的，意大利著名美学家本尼第托·克罗齐（Benedetto Croce，1866—1952）就曾经说过："比较方法不过是一种研究的方法，无助于划定一种研究领域的界限。对一切研究领域来说，比较方法是普遍的，但其本身并不表示什么意义。……这种方法的使用十分普遍（有时是大范围，通常则是小范围），无论对一般意义上的文学或对文学研究中任何一种可能的依靠程序，这种方法并没有它的独到、特别之处。"所以，他认为"看不出有什么可能把比较文学变成一个专业。"①

在国内，也曾有人提出过"比较文学消亡论"的观点，其立论的一个重要支点就是认为，比较文学作为以国际性的眼光和比较方法研究文学的学科，一旦等到其他多数文学研究学科的人们都具备这种眼光和方法意识之后，比较文学学科也就消亡了。上述批评的着眼点基本上都是集中于比较文学的方法论特征上。姑且不论这种

---

① 转引自《中国比较文学》，1988年第2期，第92、94页。

对"比较"作为比较文学学科方法原则的理解显得过于简单和缺乏本体论意义上的限定，也不论比较文学学科在方法运用上的多样性和复杂性，并非一"比"就灵。只要稍微注意一下一百多年以来，比较文学在其发展的历史过程中所形成的范式和各种具体研究类型，就会发现问题并非如此简单。这种种类型的形成并非仅仅是由某种方法所决定，而是经由了实践的经验总结、历史的淘洗并因为现实对其有所需求而得以存留和发展。至于决定这些研究类型的因素，则至少包括与国别文学研究有所不同的特定价值倾向、侧重不同的研究对象、区别较大的研究范畴、因研究目的差异而导致的研究方法的特殊组合等等。所有这些因素，以许多代学人的心血和经验去实现有机的黏合，遂成为我们今天所见之大大小小的比较文学研究类型。要消解比较文学学科的意义，不仅需要消解与之相关的比较方法，也要能够消解与这些方式有关的各种因素和整个一套研究类型系统，尤其要以消解比较文学研究的价值需求为前提。这在目前的语境条件下，几乎是不可能的。无可否认，由于文学研究现实需求的变化或比较文学在不同民族文化地域的历史使命不同，有些类型的价值意义会衰减甚至蜕变，而与此同时，一些新的研究类型又会产生，如中西比较文学兴盛以来，与阐发研究和跨文化研究有关的研究类型就不断崭露头角。但无论如何，在比较文学研究的基本目的需求始终存在，甚至还正在变得越来越强烈的当今人类社会，正是这些行之有效的范式和类型，作为比较文学学科最为坚固和生命力最强的构成部分，始终维系着学科的历史性演进，并推进这一学科由欧洲本土向包括亚洲在内的世界各地区的扩展，使今日的比较文学在真正国际性的意义上不断发挥其作用。在今天和未来可以相见的岁月里，只要时代对于文学有着国际性的、跨文化的、跨语言和跨学科的研究需求，这些研究范式就会以不同的面目发挥其效用，各种研究类型就会在不断对自身的扬弃过程中得到新的发展。消亡之说又从何而谈起呢！看来，即使是为了比较文学学科本身的现状和未来发展着想，的确需要将关于研究范式和类型方面的研讨，作为未来一段时期内比较文学学科理论建设深化的重要方面来加以强调。这种探讨不应该仅仅是统计学和实用主义的梳理，而至少应当深入到学科本体论的层次，就有关范式和类型发生形成的前提和条件，内在的知识和方法结构，研究侧重和价值功用，可能的学术洞见与不见，发展变化的前景和消亡可能性等方面，做一番较为认真仔细的研究。以期从方法论之外的另一个层面，对比较文学的学科定位和学术拓展提供有内在说服力的支持。

二、研究类型的建构与流变

各种研究类型是比较文学学科基本研究范式的具体表现形式，同时也是大量比较文学研究实践的经验总结。研究类型的发生、形成、命名定位、流变和消亡等，总是与学科的历史发展相关联。诸类型在学科内的组合方式、价值分量、地位的升降和迁徙，也始终与学科的学术倾向和时代命运血肉相连。这当然并非是比较文学独有的学科现象。不过值得加以注意和强调的是，比较文学基本上是属于那种类型化倾向特别突出的学科。有的学者将其称之为"类型性"[①]。离开了范式和类型的讨论，许多比较文学的学理问题就不易说清楚。一般讲，在国别文学研究中，人们对研究角度、方式和对象等与研究范式有关的因素，也同样会给予极大的关注。如同80年代中期有所谓"新理论"、"新方法"之热。但是，人们很少会像比较文学学科那样，打开一本专著，阅读一篇文章，讨论一个课题，

---

① 参见赵毅衡、周发祥编：《比较文学研究类型》一书的"前言"，花山文艺出版社，1993年。

总是要先问问是什么样的研究类型。譬如，是影响研究还是阐发研究？是主题学问题还是文类学问题？是译介学课题还是形象学课题？……并往往以此作为评判某一研究课题之学术意义的重要切入点。在比较文学学科教学体制内部，有关研究类型的教学在教材和课时中均占了相当重要的比例。以研究类型区分专业方向和作为选题的圈定范围是普遍认可和习惯了的学术常识。绝大多数的著作和论文，也总是能够让人一望而知是属于哪种研究类型，或者是哪几种类型的综合运用。甚至学科的学术总结和评奖也常常有以类型归类的习惯。所以，将类型化倾向作为比较文学的有关重要特征，恐怕是合乎学科实际的理论界定。

我们在前面说过，类型的形成和结构是由综合的学术因素所决定的，但是就具体类型分类的命名而言，则多数有某些因素依托的重点，包括不同高低大小的类型层次，也常有其学术因素依托的侧重。一些类型主要是根据具体研究内容加以划分，如主题学、文类学和思潮流派研究之类，是以不同的研究对象作为类型划分的主要因素。另一些类型则以某一文学现象的不同研究范畴加以区分，譬如就"影响"这类文学现象而言，如果是从接受者的角度出发，去讨论某一文学现象（作家、作品、思潮流派等）在其形成发展过程中所受到的外来影响，对造成这一切的外来根源作"寻根"式的考证和追索，揭示其间种种因果关系，我们将其称之为"渊源学"；而如果颠倒一下位置和研究方向，从影响的"放送者"的立场出发，从造成某一文学现象的外来根源出发，去探讨这一根源对于某一文学现象所施加的影响及其意义，尝试找出某种规律性的东西等等，我们就称之为"流传学"了。如果既非从根源出发，也不是从作为结果的现象本身出发，而仅仅是关心居于"放送者"到"接受者"之间的"媒介者"，关心影响这一过程所经由的途径、方法、手段、问题及其因果关系等，就成了通常在比较文学中所称的"媒介学"。

实际上三者所面对的文学现象都是一个，只不过进入的角度和设定的范畴不同而已。当然，以所使用的方法及其性质特征作为研究类型划分的根据，更是该学科普遍认可的方式。就大的类型而言，如果在方法论的依托上，是以追根溯源的历时性事实考证为主，以所谓"影响"为研究起点。自然就圈定了一个界限清楚的研究类型，即我们常说的"影响研究"类型。如果是以关心文学现象之间的"文学性"，即以美学探讨作为基本的方法立场，试图在基本无甚具体联系的前提下去讨论某些文学现象之间的歧异和共相，深化我们对于文学的普世意义的理解。则将为比较文学确定一更加广泛的研究类型，即所谓"平行研究"。我们甚至可以依据对于比较方法使用的不同情形，作进一步的类型细分。在平行研究中，文学作品之间的探讨自不待言，如果是文学理论之间的比较探讨，就形成了一个具体的研究类型——"比较诗学"。而如果是间接地以一个民族或两个以上民族的文学理论去阐释某一民族的文学作品，就有了一种新的研究类型——"阐发研究"。至于以文学去与人类其他知识领域进行比较研究，就会形成一类更大的研究类型——"跨学科研究"。如此等等。如果有进一步的研究需求和划分根据，我们还可以做更多和更具体的类型区分。但是，有一点应该指出，类型的区分和命名必须有研究实践发展的现实根据和需求，并且回过头来能够进一步指导该类型的研究实践活动，否则，任何主观臆想地构思出来的所谓"类型"和类型组合的罗列，除了造成学科理论的繁琐化和思维混乱外，没有什么别的价值。

由以上的分析可以见出，有关比较文学研究类型的形成根据和分类标准，一直以来都是很不统一的。之所以如此，与比较文学在其不同的历史发展阶段中研究领域的扩展、研究重心的转移和学科观念的转变有关。在早期注重事实联系的阶段，围绕着影响研究这一大的范式和领域，逐渐形成一些相关的研究类型，大至前述渊源学、媒介学之类，小至原型研究、形象研究、改编研究等。20世纪50年代以后，随着平行研究的兴起又出现一些研究类型，大如主题学，小如母题研究、题材史研究等，而七八十年代以来东西方比较文学的开展，尤其是中西比较文学的兴盛，使诸如阐发研究、比较诗学之类新的研究类型得以脱颖而出。在阐发研究这一类型下，又可分出单向阐发与双向阐发之不同。在比较诗学这一类型中，又可具体再区别为范畴研究、术语研究、方法论和话语研究等等。至于跨学科研究和文化研究成为最近一个时期的热点以后，与之相关的一些研究类型也就逐渐成为探讨的重心。譬如文学与人类学、文学与宗教学、文学与市民文化空间、文学与大众传播媒介、文学与当代高科技、信息网络社会与文学观念等，作为新起的研究类型，它们在当下和21世纪的比较文学研究中，都将扮演重要的角色。而在未来的岁月里，随着社会和文化的快速转型和复杂变迁，新的研究类型的不断出现，不仅不令人感到奇怪和吃惊，反而应该说是完全可以预期和有必要加以促进的。

  作为比较文学研究类型形成根据和划分标准的多样性和多元性特点，对于研究本身来讲，当然应该说是具有开放性和学术活力的表现，是好事情，然而，就学科理论建设而言，在研究类型的规范化和系统化方面，却碰到了不易解决的困难。相当一个时期以来，比较文学研究者们都在试图借助某种分类标准，将各种研究类型纳入一个完整统一的研究框架，建构一个具有可操作性的有机系统，但结果总是不尽如人意。原因是显而易见的。首先，依不同的分类根据建构起来的各种类型组合，却试图以某种分类标准将其统一起来，必然面临纲目不清的局面，相互牵扯，同质异象，终归是难免顾此失彼。其次，不同的标准，意味着在方式、方法、对象、范畴、研究性质以及价值取向上的差别，各自有自己的类型组合原则和领属方式，一旦硬要捏合在一起，一方面，自然就会出现并无真正有机逻辑关系的假整合现象，其中会掺入分类者太多的主观因素，另一方面，必然会有太多溢出体系之外的特例需要加以解释。特例过多，体系的稳定性就会动摇。最后，即便勉强构建了一个类型体系，其实践的意义又如何呢？常常出现的情况是。某些类型在不同的类型层次间不断重叠，其实是大同而小异。如主题学，在平行研究中有，影响研究中也有，跨学科研究中也会出现，按现行的分类方式，究竟放在什么位置为合适呢？而某些人为划分的类型，并没有太多的实践意义，纯粹是为着体系的完整性而制，基本上是空摆设。如在跨学科研究的"文学与自然科学"类型下，再分出一些亚类，像"文学与数学"、"文学与物理学"之类，一个学者如果高兴的话，可以把自然科学的一大批学科都与文学排列起来，成为洋洋大观的以文学为中心的放射性类型组合，然而，这样的分类除了换一个学科作为对象之外，在学理上和研究的价值意义上与其他类型并无太大差别。也许，我们该换一换思路来考虑问题，对于像比较文学这样一门处在不断变动过程中的开放学科，运用黑格尔式的逻辑体系论方式，试图构建一套包罗万象的类型体系，似乎在学术思维方法上就存在问题，或者说它甚至就不符合比较文学学科的精神原则。在如何去认识、理解和总结比较文学的研究类型这一问题上，恐怕有必要像理解比较文学的定义一样，需要从开放性、动态性和过程性的原则去考虑问题，而不是试图以一个包容性的结构体系去固定它。就比较文学学科而言，它所包含的学术现代性特征之一，就是在其发展的历史进程中，因了研究实践的现实需求而不断调整和改变自己的学术定位和价值趋向，并由此形成新的学术范式和研究类型组合，这些类型组合在特定的学术环境条件下自有其内在的逻辑合理性和系统性，但是，与以往的类型组合和后来又出现的类型组合之间却存在较大的分别，故很难统一于一个完整的体系内。明智的选择应当是将类型问题作为一个过程来看待，着力去探讨各种类型及其组合在比较文学不同发展阶段的意义,去梳理它们在以后阶段中的流变,去考察在岁月的过滤之下,有哪些类型能够得以留存和更新,并且是如何汇入到新的类型组合中去,成为新的有机组成部分。在这里,类型的内在学术价值和生命力是研究者所应该关心的重点。至于它是否能够结合在一套周密完整的架构之中,这倒是属于其次的问题了。

在有关比较文学研究类型的诸种问题中,关于类型的结构层次和大小主次问题似乎也有值得反思的必要。目前通行的描述方法是,将比较文学先划分为文学范围内的"本科研究"和似乎是文学范围以外的"跨学科研究"。然后将本科研究再划分为"平行研究"和"影响研究",有的著作则加上"历史类型学研究"、"阐发研究"和"接受研究"等,各家看法不等,但都试图自圆其说,都将这一部分称之为"主要类型"。然后在此基础上再分出各自的所谓"次要类型"。例如,将影响研究分为"渊源学"、"媒介学"、"流传学"以及与影响有关的"主题学"和"文类学"等。将平行研究再分为"主题学"、"文类学"、"类型学"、"思潮流派研究"、"比较诗学"、"阐发研究"等。而跨学科研究又分为"文学与艺术"、"文学与社会科学"、"文学与自然科学"等。在所谓次要类型的基础上又再次分出更多的细类。譬如将渊源学分为"原型研究"和"母题研究"。将媒介学分为"翻译研究"、"旅游研究""文化传播研究"、"外交文学"。将流传学分为"改编研究"和"形象研究",而将文学与社会科学分为"文学与哲学""文学与宗教""文学与社会学""文学与心理学""文学与法学"等等。前面的文学与自然科学的分类问题已有讨论,其主观和机械这里就不必再提。如果就是这样层层深入推进,似乎还可以不断进一步再细分下去。甚至可以最后贴近某一具体的或人为规定的研究课题去分类。然而,一旦这样一套主次大小各归其位的类型组合的结构图式完成后,你就会发现其与当下的比较文学学科研究现实有着太远的距离。第一是同类异位,例如前述"主题学"就同时出现于影响研究、平行研究和跨学科研究这三个所谓主要研究类型中。而"比较诗学"也未必只是平行研究范式的专有,不同民族之间文学理论之间的事实性接触和影响,在当今往来交流极其便利的信息社会中,已是普遍的现象,有关的比较研究也屡屡可见。例如从比较诗学角度去研究"五四"以来中国现代文学理论的进展,就不能不涉及马克思主义文论的译介和实际影响。故很难将比较诗学只是限定于平行研究这一大类之中。第二是同类异名,仍以比较诗学为例,一般讲,比较诗学是它的通名,但在同一体系中的另一分类标准则将作品与作品的比较、理论与理论的比较等称之为"直接比较"这一类型,所以你又可以称其为"直接比较类型",而如果是对某一时期或思潮流派之间的文学理论做跨文化的比较,是不是有该称之为"思潮流派诗学研究"的类型呢?第三是主次易位,在比较文学的研究实践过程中,特定时空条件下设定的类型结构次序,常常很快就被现实的学术进展所突破。譬如文学与文化的关系研究,在通常的比较文学研究中,文化或者是作为研究的语境,或者是作为研究的附带价值取向存在,或者是作为跨学科研究的一部分而存在,但是近年比较文学研究的一个重要趋向恰好是比较文化研究的分量日益加重,在一部分学者的心目中,文化研究甚至有取代"文学"成为比较文学主要价值目标的趋势。一个明显的例子就是90年代以来美国比较文学界围绕比较文学发展前景的学术论争,争论的其中一方就明确认定,文化研究是未来一个时期内比较文学研究的价值目标所在。[①]不管这场争论的结果如何,仅就比较文学的惯常研究类型结构而言,确实是一种有

[①] 参见查尔斯·伯恩海姆主编《多元文化主义时代的比较文学》一书。约翰·霍普金斯大学出版社,1995年。Charles Bernhaimer, *Comparative Literature in the Age of Multiculturalism*, Baltimore and London: The Johns Hopkins University Press, 1995.

力的震撼和挑战。通常比较文学最基本的的研究类型划分,是将比较文学分为文学范围内的本科研究和跨学科研究两大类,然而面对这一挑战,又该怎样来确定基本的类型划分呢,是单独划分出一个与之并列的"文化研究"类型呢?还是从总体上去认定当下和未来一个时期内的比较文学在本质上就应该是一种文化研究?从而让本来是属于跨学科研究范畴或者说本来就无所谓类型的文化研究,一跃而成为基本的大类或者是根本的深层价值归宿?这的确是值得深思和耐人寻味的问题。再例如翻译研究,在一般的比较文学著作中,它本来是属于媒介学的次一级细类的研究,可是如果注意一下近二十多年的情况,翻译研究已经惶惶然成为比较文学当中最基本和最重要的研究类型之一,以至90年代以来,有的学者甚至认为,原本作为比较文学一个分支的翻译研究,近年以来已经成长为一门独立的学科,并且认定:

"现在是到了重新审视比较文学与翻译研究之间的关系的时候了。"[1]

无论比较文学意义上的翻译研究是否真的将很快作为一门独立的学科而脱颖而出,但有一点可以肯定,即再试图不顾现实改变地将翻译研究安置为影响研究——媒介研究——翻译研究这样的第三等级细类,恐怕已经不太可能了,它已经或正在由低向高、由小到大、由次要类型向主要类型作快速运动,其生命力不可等闲视之。也有这样一些类型,它们在不同的文化语境中所处的地位大小高低均不太相同,譬如比较诗学,过去在西方或者说欧洲文化语境中,它基本上是处于比较文学研究格局中较次要的研究类型。因为西方文艺理论基本上是源自希腊罗马以来的诗学传统,欧洲不同民族之

---

[1] 参见苏珊·巴斯奈特所著:《比较文学》一书。Bassnett Susan, *Comparative Literature*, Oxford and Combridge: Blackwell Publishers, 1993, p.160.

间文学理论的概念和话语,很难说有多少根本性的差异和矛盾,对于对话、协调和汇通的要求,也未必有东西方之间的问题那么迫切。然而,一旦将比较文学置于东西方或者具体到中西方的文化语境中,情况就将发生变化。中西文学交流和文化对话中的大量误读,在很大意义上,正是由于各自所持的理论话语存在较大歧义,在术语、概念、范畴的运用各执一端,在审美的价值倾向和认知方式上各有其途,盲目搬用则难免出现南辕北辙的误解。因而从中西比较文学研究的目标着眼,使双方在文学理论话语上达于基本的理解、协调和认知,从而使其在处理具体文学现象时均能超越自身,在设身处地的从对方着想的同时,也使自身的话语为对方所理解,以至尝试建构一个双方认可的讨论问题的诗学空间。所有这一切,不仅是诗学本身的课题,同时也是中国传统诗学通过现代转化为世界认知的问题,尤其更是开展中西比较文学研究而又可能减少误读的基本前提,是极为重要而又十分迫切的任务。基于此,在考虑中西比较文学的研究领域选择、研究类型主次定位和确定孰先孰后的次序时,无论如何,比较诗学都是必须优先加以考虑的。不能因为历史上的或者说以往西方比较文学理论的分类传统如此,我们便只能比葫芦画瓢,不敢越雷池一步。从关于研究类型的困扰,可以进一步启发我们考虑一个具有全局性和普遍性的问题,即在探索建构中西比较文学的学科理论的时候,既要考虑这一学科的基本原则和学术传统,更要考虑中西比较文学研究的当下语境和实践需求,由此去决定自身的价值目标,筛选合适的方法路径,确认适当的研究范围,认定重要的研究类型,在实践中不断调整和深化学科的内在学术结构,逐步形成自己的理论特色,并以这样的理论和实践成果去与其他国家和民族的比较文学界对话,至于这种特色是否会被称为比较文学的"中国学派"或者其他的什么称谓,那多半是应该由别人来认定的事情,对于中国的比较文学研究者而言,当务之急是精心耕耘好自己的田园。

最后,有一个问题仍旧需要再一次强调和澄清,这就是概念、术语和称谓上的同名异义问题。我们提及的许多术语和概念,如影响研究、阐发研究、跨学科研究、比较诗学、主题学、文类学、形象学、翻译学等等,绝大多数情况下,指的都是某类比较文学的研究领域,研究范式,更具体地说,是指研究类型。类型和方法有密切的关系,但不是一回事。研究类型自己有着超出方法以外的价值、范围、对象、范畴诸方面的综合构成和学科意义。不宜混为一谈。在一门学科的历史发展进程中,由于不同时期以及不同学养的学者对同一术语的理解和定位不同,因而在运用上存在歧义也是常见的现象,认真加以清理和重新区分,本身就是学科理论研究的一项工作。尤其是对于像比较文学这样远非已经完全成熟了的学科。然而,在尚未找到更好的命名和区分方式将它们明确区分开来之前,我们在理解的时候,切不可简单化地望文生义,而是要根据具体的内容审慎地细加分别。

三、类型化研究的功能模式及其价值取向

在对研究范型与方法的关系和研究类型的建构及其流变加以初步的讨论和梳理之后,现在我们可以进一步来探讨比较文学类型化研究的形成背景、功能模式及其在研究实践中的价值取向了。正如本章前面所指出的,比较文学是一门类型化倾向比较突出的文学研究学科。换句话说,比较文学研究的历史经验及其特色,尤其是它不同于一般国别文学研究的学术视角、对象范畴、论证途径和方法论特色等,往往就是从具体的研究类型中体现出来的。因此,对于其类型研究的功能模式及其特征的理解和把握就显得至关紧要。在具体的研究操作过程中,能否完成一项真正意义上的、扎实严谨

的、合乎学术规范的比较文学研究课题,在很大程度上,的确是要取决于研究者本人对于有关研究类型的功能和特点的把握。当然,对于一个研究者而言,他并没有必要熟悉和掌握那些自有比较文学以来陆续形成的所有研究类型,而一本学术目的明确的比较文学学科理论著作,也完全没有必要不考虑现实需要地罗列和呈示出所有的类型。在一般的情况下,明智的学者会根据一套基本原则来强调他的类型选择。这些原则大致可以归结为以下几个方面:第一是典范性。所谓典范性,它意味着这种类型在比较文学发展的历史上发展得相对比较经典、比较完善且有一定的代表性,对于我们理解什么是比较文学研究类型的内在特征有指导意义。其二是现实性。所谓现实性,在这里有两层意思,一是指这种类型对于解决现实中国学术语境中迫切的文学问题有明显作用;二是指此一类型在研究选题和方法路径上有比较具体的可操作性,不致使入门者如老虎咬刺猬,无从下口。其三是前瞻性。首先是指某些新起的类型,它们虽然在理论上有待完善,在实践方面成果也未必突出,但是在可期的未来有着良好的研究前景;其次是过去虽有此一类型,但在整个类型格局中地位不太重要,而在目前的环境条件下重新获得了新的理论动力和研究资源,正显示出越来越强的生命活力,研究前景看好。其四是能够举一反三。即对一种类型的介绍和剖析应该有利于对其他相关类型的认识,同时,如果能够有助于未来新的类型的发现、总结和推广,就更加功德无量了。

笔者希望着眼于学科现实的问题和未来的发展,通过重要问题的讨论,进一步去深化对比较文学学科的认识和理解。因此,笔者所确立的问题重点除了前面有关方法与范式的互动关系、研究类型的建构与流变以及有关类型研究的功能模式及其价值意义问题之外,在后面的部分里,还将继续讨论阐发研究类型与中西比较文学的学术诉求、新的思想理论资源与研究范式的更新、解构和重组等现实理论焦点以及与之相的关学科发展前景问题。

所谓类型化研究的功能模式和实践价值意义,主要是指某一研究类型所具有的主要学术功能及其形成的历史语境、其对于研究对象的内涵和外延限定、价值预期及其与相关类型之间相互阐发依存的关系。应该说,这是以往的著作中较少涉及或者说有所忽略的方面。而我们认为,对于比较文学的具体研究实践而言,这无疑是一个相当重要的问题。试想,如果仅仅是认识一个个的研究类型,而对这些类型的学术功能及其与其他相关类型的内在联系缺乏了解,对研究类型与研究对象的复杂关系缺少认识,其结果很可能是机械地、孤立地和僵硬地去看待这些类型。一方面是面对今日纷纭复杂的文学以及文化世界,另一方面是接受过去形成的一个个孤立的研究类型,如果没有对类型的真正认识,其结果要么只能生搬硬套,削足适履,要么就是眼花缭乱,无从下手。特别是在社会生活和文学现象正变得越来越复杂的今天,情况更是如此。

进入 20 世纪后半期以来,全球社会的物质世界和精神世界都在发生着巨变,人类正经历着认识论和方法论的重大转型,我们正处在一个无论在规模和深度方面都表现出强大震撼力量的文化转型时期。转型社会的冲击波所至,遍及各知识领域,包括文学研究在内的人文学科也面临振荡和改变更新,过去那种学科越分越细的趋势出现逆转。正所谓合久必分,分久必合,其中一种新的趋向就是跨学科研究和科际之间的整合成为世纪末的学术潮流。对一个重要探讨研究对象,一个学科往往难以独立解决问题,而是视为一系统工程,同时调动多学科的力量,采取总体分解、综合研究的方式去解决问题。过去那种单一学科、单一范式和单一方法的研究方式带来的弊端日益明显,急需改变,非如此,不能适应快速复杂的世界变迁。学科之间是如此,学科内部也同样面临这种冲击和更新自身的要求。就比较文学而言,作为一门在其复杂历史进程中,始终将开放性和开拓性视为自身传统的学科，作为一门视学术的现实需求为最终使命，总是在实践中不断调整和深化自身理论的学科，中国的比较文学完全应该在这一普遍的学术趋势推动下，面对21世纪，反省和调整自己的学科目标和研究姿态，以适应中国和世界的比较文学发展。这种反思和调整，既包括总体上的学科战略目标和理论走向，如有关比较文学与文化研究关系的学科论争，有关世纪之交文化转型时期比较文学新历史作用的讨论，有关比较文学学科定位的省思等等。这些思考当然都是完全必要的。但与此同时，我们也应该对学科内部的学理、方法、范式诸问题做一番认真的反思和调整，以适应现实和未来研究操作实践的需要。

基于这样一种学术背景来考虑比较文学研究类型的功能和意义，应该是到了以某种新的视角来认识和理解类型问题的时候了。诚然，作为在研究实践中类型化倾向十分突出的一门学科，比较文学在其百年历程中先后形成了大大小小的众多研究类型，为这一学科研究领域的拓展和深化及其在文学研究界地位的确立扮演了重要的角色。然而，随着比较文学历史性地步出欧美学术界，在东方和第三世界学术文化领域一试身手，特别是在像中国这样一个文化和文学历史久远、成就辉煌，而近百年来却又面临学术理论落伍的大国，当舶来的比较文学于80年代应时复兴，再次登上中国的学术历史舞台，在经过一段时间以西方比较文学理论为范式的借鉴和跟进以后，必然要冷静下来思考这种理论范式对于中国文学研究实际的适应性问题。这其中至少包含两个方面的意思，一是源于西方的比较文学学科，其理论产生的文化土壤与理论范式本身的内在机制和功能是相一致的，因而，当运用这种理论范式去处理西方文学问题时，二者之间也是有机契合的。而另一方面，今日中国的文学和文化所面临的问题与昔日建构比较文学的西方历史环境有许多根本的不同之处，在学术的价值取向和研究对象诸方面都有重大差别，一且不加改造或者只稍加改良就试图运用这类理论方法来解决中国的文学问题时，在经历了最初的新鲜尝试和由无知到逐渐了解的过程以后，理论范式与研究实践的价值错位和内在矛盾就会逐渐暴露出来。特别是从20世纪80年代初至今，在经历了近二十年的努力之后，中国的比较文学在队伍、学科建设、教学和科研等方面都日渐走上了专业化和体制化的道路，从中国比较文学未来的发展出发，也必须审慎地重新思考自身的学术目标和学科理论建设问题。在这样双重的语境条件下，有关传统学科理论范式与研究实践之间的矛盾问题就益加变得尖锐和迫切起来。这里面自然也包括了这里讨论的研究类型问题。如何解决这类冲突，本身就是一项重要的比较文学理论课题。

  我们在追索比较文学于19世纪在欧洲产生的各种背景条件和学术根源时，常常提及许多显在的社会历史和知识性的原因，譬如社会历史方面的资本主义的崛起，工业革命的胜利，世界性商业贸易市场的开拓。思想理论方面的哲学实证主义和社会学的兴盛，自然科学的一系列重大突破带来的认识论革命，其他比较学科的影响。文学本身原因则有社会历史批评的风行，现实主义和浪漫主义文学的繁荣等等。[1]但是，人们有时候却往往忘记了这一学科得以形成和发展的潜在的意识形态立场和文化战略动因。而实际上，19世纪同时也是西方中心主义思想达于登峰造极的时代，它借助欧洲资本主义在各个方面的历史进展而日渐膨胀。这一思想在哲学精神上强调自希腊罗马以来的西方逻各斯理性中心主义的至高无上权威，由此而形成的西方文化传统、价值观、思维和行为模式等，都被视为具有科学的和普世的真理性，因而应该为世界其他民族所效法。这种

---

[1] 参见乌尔利希·韦斯坦因：《比较文学与文学理论》的"附录一 历史"，刘象愚译，辽宁人民出版社，1987年。

文化中心论的恶风所及,使文艺复兴和启蒙时代以来尚存的,对东方和其他地区民族文化的学习态度扫荡殆尽。随着而来的就是由文化上的中心主义走向文化上的扩张主义,视亚非拉第三世界文化为非科学、落后、愚昧的存在物,除了具有所谓"奇异性"的猎奇和欣赏价值外,更多的是需要教诲和启蒙,需要泯灭掉自身的本性和特点,竭力效法和靠拢现代西方文化。从19世纪以来形成于西方的众多社会和人文学科的理论预设、研究范式和方法论原则中,均可以不同程度地找到这种文化中心论的思想渗透和制约的痕迹。例如当时曾经盛行一时的考古学、人类学、社会学、民族学、民间文学以及所谓东方学等。国际学界公认的中国著名人类学者费孝通先生就曾经说过:"人类学原本是本世纪初年的白种人到他们的殖民地(非西方的文化环境)去研究那里的部落人的生活的一门学科。最先是哥伦布发现新大陆,然后一大批欧洲人海外移民,做买卖、做海盗、发展资本主义。欧洲人到了世界各地除了掠夺物质资源之外,同时还会碰到各种不同文化的人。有些旅客、商人、传教士曾把他们所见到的事情记录下来。那个时候有一种观点认为西方文化以外的文化都是落后的,因而认为这些落后民族都需要接受欧洲的先进文化,也就是要求世界的西方化、资本主义化,这在白种人看来是他们义不容辞的天职。"[①]

于是他们就采取各种强制或者是诱导其自愿的方法,企图利用自己一时间占强势地位的文化去取代其他价值观念不一样的非西方文化,其口号是仿佛中性的和有普世价值的"现代化",但隐藏其后的却是以欧美的价值标准为中心的"西化"。而19世纪以来,在相当程度上也是为着这一目的而建立起来的与研究非西方

---

① 费孝通:《从人类学是一门交叉的学科谈起》,载《人类学与民俗研究通讯》,北京大学人类学与民俗研究中心等三单位出版,第30、31期,第5页。

社会文化有关的上述众多学科，无疑都被浸泡于这样的麻醉液之中，在科学研究的口号和旗帜下，自觉不自觉地从事着将非西方民族的传统文化抽空和纳入西方价值体系的工作。巴勒斯坦出生的美国学者爱德华·赛义德把这种局面称之为西方学界对非西方文化的主观武断的东方化，这种所谓东方学是被西方命名和规定了的"东方主义"。

"东方主义的所有一切都与东方无关：东方主义之所以具有意义完全取决于西方而不是东方本身。"①

学科的实践告诉我们，同样诞生于19世纪末欧洲中心主义文化氛围中的比较文学不可能是一个例外，只不过它是在另外一类口号，即"世界文学"或者"总体文学"的口号下从事目标一致的工作。其实，在早期西方比较文学学者那里，所谓"世界文学"实际上多数时候指的就是西方文学，而所谓"总体文学"的价值目标，基本上就是以西方欧洲文学传统作为范本的。他们的研究要么从根本上忽略非西方的文学，只热衷于西方文化之间自身的比较和研究；要么就是居高临下地谈论西方文学是如何"影响"了非西方的文学。至于非西方文学的传统、价值和个性，在西方传统经典文学的阴影之下早已被遮蔽得无影无踪。既使是像弗里德利克·杰姆逊这样极其愿意为非西方文学一辩的学者，也只是说有区别于西方现代主义以来的文学传统，不应该像读普鲁斯特和乔伊斯类的作家那样的去随意批评第三世界的文学不合时宜，而应当当作他们的"民族寓言"来看待：

"所有第三世界的本文均带有寓言性和特殊性：我们应该把这些本文当作民族寓言来阅读，特别当它们的形式是从占主导地位的

---

① 爱德华·赛义德：《东方主义》，Edward W. Said, *Orientalism*, 1979年，第21页。

西方表达形式的机制——例如小说——上发展起来的。"①

至于第三世界文学在文学的内在品格、形式技巧、审美特征等方面的独特个性和创造性,哪怕即使是杰姆逊这样的西方马克思主义文论家,也是将其忽略不计的。更何况众多本来就是自觉地站在西方文化中心论旗帜下的比较文学研究者了。

研究的实践是处于这样的状况,那么,在这种实践历史中形成的比较文学学科理论又怎么可能是公允和具有包容非西方民族文学研究的普遍性呢?于是,如果要真正从东方或者中国本土比较文学研究的实际以及21世纪的学术趋向去考虑比较文学的发展和使命,学科理论的根本反思和改造便不可避免地,或迟或早地要被提上学科研究的议事日程。在世纪末的今天,中国比较文学界似乎已经可以考虑这项工作的可行性了。任务无疑是艰巨和复杂的,需要从大处着眼,但更应该从一些具体的和操作性比较强的问题去着手。这里关于研究类型的省思正是出于这一学术动机。我们应该如何看待从西方借鉴来的类型范式,怎样认识这些研究类型既往的功能意义和价值预期,如何探索适合东方尤其中国本土比较文学研究的类型范式,所有这些,无疑都是今日中国一代比较文学学者无可回避的迫切课题。

通观自比较文学作为一种学术研究于20世纪20年代出现在中国本土七十余年的学术历史,尤其是作为一门学科自80年代以来发展兴盛于新时期国内文学学术研究界近二十年的历史,无论在学术价值目标,还是研究的学术内容和对象方面,都与传统的西方(主要是欧美发达地域)比较文学研究有着重大的区别,这种差别性必然会影响到中国比较文学研究界对于西方比较文学研究类型的借鉴选择、批判改造。同时也要求中国比较文学研究者们根据本土的研究

---

① 杰姆逊:《处于跨国资本主义时代中的第三世界文学》,中译本载《新历史主义与文学批评》,北京大学出版社,1993年,第234、235页。

实际去发展、创造和建构适合自身需要以及时代需求的新的类型，事实上，中国的比较文学研究者们正是这样去实践并且有所建树的。因此，在从中国学者的立场去介绍比较文学学科理论的时候，自然应该认真去总结和强调这一方面的努力和成就。

中国比较诗学六十年(1949—2009)[①]

一

比较诗学(comparative poetics),如果不考虑其复杂的学科历史而只是做简略的学科概括,其实就是从跨文化和国际性的学术视野去展开的,有关文艺理论问题的专门性比较研究。它既研究具有历史事实联系的、国际间的文学理论关系史,也研究并未有事实联系,但基于人类文学共生共创关系基础上的多元文化间文学理论问题。它与一般意义上文艺研究的核心差别,主要就在于其特有的"跨文化"立场和从事比较研究者的"多语种"和"跨学科"的知识背景。

在今日中国,文艺的理论问题之所以需要从跨文化的视野去研究,至少是基于这样一些重要理由:首先是近代以来,中西文论之间存在的、由历史造成的现代性落差;其次是自先秦孔孟和老庄以来,我们所拥有的、具有原创性话语特征的中国诗学和文论传统资源亟待精神延续;再就是现代中国文艺理论研究追求自我突破和现代性发展的欲望和策略。存在落差,拥有资源,具有追赶和超越的强烈愿望,面对所谓"西方"这样一个现代性的参照系,就不得不

[①] 原载《汉语言文学研究》,2010年第1期。

借鉴、参照、比较和游走于中西古今之间，以图通过所谓跨文化和比较性的对话，去发现自身，更新自身，以图实现中国文艺研究在21世纪的现代突围。这种学科选择正好在一定程度上反映了中国文艺研究的现代性超越和世界性融入的大趋势。

也正因为如此，比较诗学研究在中国是一个不可回避和宿命般需求的学术命题。早在20世纪初，也就是学科化的比较文学理论尚未引入中国以前，中国的学者们就已经在自如地运用比较诗学的方法来研究文学理论问题了。譬如王国维1904年发表的《红楼梦评论》，1908年发表的《人间词话》；鲁迅1908年发表的《摩罗诗力说》等等。当时一些最优秀的研究成果，往往就是以比较诗学为代表的，譬如朱光潜的《诗论》（1942）、钱锺书的《谈艺录》（1948）等。由王国维建立起来的关于文学、文化和思想史研究的一些方法原则，所谓"取地下之实物与纸上之遗文互相释证；取异族之故书与吾国之旧籍互相补正；取外来之观念与固有之材料互相参证"（见陈寅恪《静安遗书序》），以及钱锺书所谓"取资异国"，"颇采'二西'之书"，通过互参互照，"以供三隅之反"的研究理论和方法，从一开始就有着自觉的学科价值理念和问题意识。在这些主张中，人们真正容易认同的往往又是"师夷长技以制夷"（魏源《海国图志》）；是"中体西用"，"别求新声于异邦"（鲁迅语）；是对域外思想和方法的"同情的了解"（陈寅恪）；是"兼收西法，参合诸家"以达到"会通以求超胜"①（钱锺书）。他们试图融古今中外为一炉，坚定地相信"东海西海，心理攸同；南学北学，道术未裂。"②而无论是东方西方，人作为所谓无毛两足动物，也都具有共同的"诗心"和"文心"，正所谓"心之同然，本乎理之当然，而理

---

① 参见《明史·徐光启传》。
② 钱锺书：《谈艺录·序》，中华书局，1984年，第1页。

之当无疑然，本乎物之必然。"①也就是说，在深层的人性和文学艺术的本性方面，无论中外都具有许多共同的东西可以加以对话和沟通，而中国特有的传统文论思想资源，不仅可以成为现代中国文论建设的基础和生长因子，而且于世界的文论发展也可以大有补益。正是这样的学术理念和方法原则，确立了现代中国比较诗学最有突破价值的研究理路。

二

如果我们此后半个多世纪的文艺研究能够始终遵循这些思想和方法理念去实践，则今日中国的文艺研究也许会是另外一种局面。遗憾的是，在从20世纪50年代到70年代将近30年的一段时间内，这种跨文化意义上的文艺研究在中国内地人为地被忽略了。在那一段特殊的历史时期内，由于中国内地的学术环境，除了如钱锺书这样的个别人，在私下仍旧做着自己的研究之外，在整体上基本上不可能开展什么系统的比较诗学研究，也更不可能有专业论述的出版。在极左文艺思潮占统治地位的情况下，如果有谁斗胆把中国文论和西方诗学作为建构革命文论的讨论基础和资源，其命运除了成为革命大批判的对象，不会有更好的结局。更何况比较文学学科在当时的苏联早已被作为资产阶级反动的文艺方法被批得体无完肤，而相当长一段时间内，中国的文学学术研究又都是常常照搬苏联的体制，既然这种学术路径在当时的苏联已经是过街老鼠，那么，在中国它也就不会有任何机会出笼了；至于到了"文化大革命"时期，主流文艺思想除了更僵化，左得更过分以外，其理论体系与话语格局也并无根本性的改变。在这样的氛围中，比较诗学的研究除

---

① 钱锺书：《管锥编》第一册，中华书局，1979年，第50页。

了销声匿迹，似乎也找不出比这更好的命运。

当然，这也并不意味着此一时期中国没有比较诗学的研究，但它们主要由海外和台港的华人学术界来加以推动的。事实上，作为一门现代意义上学科化的比较诗学，在西方也只是到了 20 世纪 60 年代才逐渐成气候。从 70 年代起，它很快被引入中国的港台学界，那里的学者一方面承继了"五四"以来中国学人的研究传统，例如叶维廉在他的代表作《比较诗学》的序言里，就曾经谈到自己在治学路上受到"五四"精神和诸如宗白华、朱光潜、梁宗岱、郁达夫、茅盾、钱锺书、陈世骧等人的影响。他说："像我的同代人一样，我是承着'五四'运动而来的学生与创作者。'五四'本身便是一个比较文学的课题。'五四'时期的当事人和研究'五四'以来文学的学者，多多少少都要在两个文化之间的运思方法，表达程序、呈现对象的取舍等，作某个程度的参证与协商，虽然这种参证与协商，尤其是早期的作家和学者，还停留在直觉印象的阶段，还没有经过哲学式的质疑。"[①]可见，"五四"的的确确为后人提供了从事比较文学研究的基础。另一方面，进入六七十年代的港台和海外华人学界，相对于大陆无奈的文化封闭的情形，他们已经可以更方便和更直接地去领受真正学科化国际比较文学潮流的影响和刺激。尤其是他们这一代研究者，相当多的人是在欧美，特别是在美国院校的比较文学系或者英美文学系受到系统的西方文化和理论训练，这基本上决定了他们的学术选择和问题倾向性。检索那个时期台港比较文学研究的成果，以叶维廉的《比较诗学》为代表，比较诗学领域可以说是当时比较文学研究的突出亮点。除此而外，周英雄的《结构主义与中国文学》、郑树森的《现象学与文学批评》、王建元的《雄浑观念：东西美学立场的比较》、古添洪的《记号诗

---

① 叶维廉：《比较诗学》，"比较诗学序"第一页，台湾东大图书公司，1988 年。

学》、张汉良的《读者反应理论》等，都具有强烈的比较诗学特色。其中每一个具体的研究者，基本上都是以一种至两种西方理论为参照，较为深入地去考察中国文论的问题。在研究重心上，这一批学者比较优先处理和侧重于探讨的，往往是诸如中西共同理论规律的追寻，某种跨文化普遍使用的批评架构的探讨等。他们的学术追求目标在于，认定从诗学发展本身的地域差异和文化个性出发，中西双方甚至世界各民族的理论，都应该具有各自的原创价值和世界贡献，也都有权利和资格具备谈论的元语言性质，因此，不能因为对方一时的话语强势，便放弃自己的理论自主性，甚至成为别人理论框架的填充物和延伸性的注脚。而任何跨越文化地域的诗学阐释，也就是所谓比较诗学的研究，从一开始就应该是双向性的互释互证，只有把它们放到一个平等的谈判桌上，一个可以互相提问的话语平台上，去谈判、对话和协调，这样，才有可能去探求真正的所谓理论的普遍性问题。

但是，问题在于，处于当时中西文化语境不平等，文学及其批评理论发展落差较大，语言和学术意义的世界地位失衡的情况下，如何将这些理论逻辑和学术见解贯彻到底？以港台和海外华人学者的力量和学术身份，试图将中国的诗学理论推向世界，并得到普遍性认可的努力，有时候往往会遭遇西方理论话语世界不屑地转过身去的背影，这也许正是在出现了80年代的台港比较诗学理论研究高潮之后，海外和台港的比较诗学研究又一度沉寂的原因之一吧。

三

中国内地比较诗学学科发展的学术机遇，是伴随着80年代改革开放的春风而出现的。三十年来，因为其特定的时代氛围和资源土壤而得到了迅速的发展，很快成长为世界比较诗学学科研究的重要一翼。

回首历史的轨迹,我们大致可以将中国比较诗学的发展脉络归纳为三个阶段:

第一阶段(1978—1988),学科自觉意识的觉醒。

这一时期的开始,无疑是以1979年中华书局一举推出钱锺书四巨册的《管锥编》作为标志的。该书承继了作者《谈艺录》以来的研究风格,却进一步打破了更多语言、文化和学科界限,以更加广博的知识面和跨文化涉猎展开视野。作者以《周易正义》、《毛诗正义》、《左传正义》、《史记会注考证》、《列子张湛注》、《焦氏易林》、《老子王弼注》、《楚辞洪兴祖补注》、《太平广记》、《全上古三代秦汉三国六朝文》等十种经典为对象,旁涉中英德法多种语言,千余种中外著述的材料,旁征博引,探幽索微,针对中国学术和文论话语的表达和存在特点,力求从中探讨那些"隐于针锋粟颗,放而成山河大地"的文艺现象和规律性问题,并且将它们置于国际学术文化的语境和材料中加以现代性的处理和确认,一举在中国和国际学术界打造起一座跨文化学术和文论比较研究的丰碑。

《管锥编》涉及的学术面相当广泛,并不全是比较诗学的问题,但是,其中关于中西文论与诗学关系和问题的大量研究成果,无论在方法、范式,还是学理思路方面,在这一领域都有深入的推进和原创性的发明,更不用说丰富厚实的材料和众多新颖的见解了。在宏观历史的较长时段的意义上,我们也许可以说,学术的进步与时间的进化演进是相应的,但是,在诸如十年,数十年、甚至数代人的意义上,后来者,却未必就能够超越它的始作俑者,而在中国大陆20世纪80年代以来的比较诗学研究中,钱锺书很可能就是这样的一个始作俑者。他让后来者为中国比较诗学研究的原创性成果而骄傲,同时也面临难以超越的沮丧。

诚然,钱氏的学问是不能以一个什么比较文学家或者比较诗学家去加以概括的,但是,他在文论研究方面独树一帜的跨文化研究理路,却为中西比较诗学的研究开出了示范性的路径之一。正如在和张隆溪的谈话中,钱锺书先生就曾经指出,"文艺理论的比较研究,即所谓比较诗学是一个重要而且大有可为的研究领域,如何把中国传统文论中的术语和西方的术语加以比较和相互阐发,是比较诗学的重要任务之一。"①

继钱锺书之后,老一代学者的学术积累也陆续问世,如王元化的《文心雕龙创作论》(1979年,上海古籍出版社)、宗白华的《美学散步》(1981年,上海人民出版社)、周来祥《东方与西方古典美学理论的比较》(1981)、蒋孔阳的《中国古代美学思想与西方美学思想的一些比较研究》,以及杨周翰的《攻玉集》(1983年,北京大学出版社)等。在这些著述中,普遍都具有明显的比较诗学研究特点。例如王元化先生的《文心雕龙》研究与此前所谓"龙学"著作的一个明显不同,就是引入了西方文论的观念作为参照对象;而宗白华先生在他的美学散步过程中,中西方的对话总是在他的闲庭信步过程中碰出火花;至于杨周翰先生,作为中国比较文学学会的首任会长,他的著述更多了一份学院派比较研究的学科严谨,在他的笔下,许多17世纪英国作家的知识结构中,关于中国的叙述和传说,竟然不断成为其创作想象力的重要基础,而当弥尔顿乘着想象的中国加帆车在"失乐园"中疾驰的时候,中国这个被想象改造过的东方帝国,已经在不知不觉中成为了西方人世界意识和美感诗学的组成部分。

第二阶段(1988—1998),体系化学科建构的努力。

80年代中期以后的中国学术界,是一段让人难以忘怀的激情岁

---

① 张隆溪:《钱锺书谈文学的比较研究》,见《走出文化的封闭圈》,三联书店,2004年,第189页。

月。思想的解放带来了学术的普遍复兴性建设。这一时期也是中国比较文学学科复兴的大好时光,作为其标志性的事件,就是1985年秋季,中国比较文学学会在改革开放前沿城市深圳的成立。当时的国际比较文学学会会长佛克玛曾经在1988年于德国慕尼黑召开的第十二届国际比较文学学会年会的开幕之辞中,高度评价了这一时期中国比较文学研究复兴的意义,他说:"我们学会近期的一件大事,就是中国比较文学学会于1985年秋季成立。中国人在历经数载文化隔绝后对文学的比较研究和理论研究的兴趣,是预示人类复兴和人类自我弥补能力的有希望的征兆之一。"①

在这一时期,比较诗学研究的进展迅速。新起的国内一代学者,明显受到来自三个方面的启发和借鉴:即"五四"以来前辈学者的经验和成就;台港和海外华人学界的学科知识和成果;国内文学和文艺学研究领域兴起的新理论和方法热潮。由此他们能够敏锐地意识到比较诗学研究对于中国文艺学研究走向世界的意义,于是在这一领域急起直追。

从80年代后期开始到90年代末,比较诗学研究在比较文学界的研究声誉日隆,每三年一届的中国比较文学年会暨国际学术研讨会,比较诗学专题讨论的参与者众多,成果也不断丰富。这些成果无论在研究的广度还是深度方面与前一时期都有新的开掘。有的注重研究具有历史影响关系的中西文论关系史梳理;有的注重对中西诗学之间某些概念、范畴的比较研究;有的则尝试展开中西诗学宏观层面的总体把握,如认为西方诗学偏重于模仿、再现、写实、求"真",而中国诗学则偏重于物感、表现、抒情、求"似"。尤其值得注意的是,有别于早期倾向于异同罗列和差异区分,这一时期则

---

① 中译文见《中国比较文学通讯》,北京大学比较文学与比较文化研究所编,1988年第3期,第1页。

普遍转向于将诗学问题纳入现象产生的文化语境之中来加以探讨，在此基础之上，很快便出现了把微观的概念比较和宏观的文化探求结合起来的著述，也出现了试图系统比较性清理中西文论和美学体系关系的专著。

十余年间开始陆续有较多专门的成果问世，作为比较诗学和广义跨文化文论研究著述的出版一时相当普遍，据不完全统计，仅仅从1988年至1998年间，出版的相关专著和论文集就已经超过了50种。主要的著述有：《中西比较诗学》（曹顺庆，1988年，北京出版社），该书以单纯的中西范畴比较研究见长；《拯救与逍遥》（刘小枫，1988年，上海人民出版社），该书作者虽声称主要不是以诗学和比较诗学为主题，但是作者的审美阐释学立场和明显的中西作家二元对立比较模式，使其在比较诗学研究领域的研究角度独树一帜；《中西美学与文化精神》（张法，1994年，北京大学出版社），该书最大的特色是作者对于中西美学和诗学范畴系统差异的精当把握和细致入微的分析，读来说服力很强；《西方文论述评》（张隆溪，1986年，三联书店），则是借助中国的观念介绍西方文论，看似信手拈来，实则颇有深意；黄药眠、童庆炳主编的《中西比较诗学体系》（1991人民文学出版社），试图体系化地梳理中西诗学的主要线索节点；此外还有卢善庆的《近代中西美学比较》（1991）、狄兆俊的《中英比较诗学》（1992）、周来祥与陈炎合著的《中西比较美学大纲》（1993）等；尤其值得一提的是乐黛云、叶朗、倪培耕主编的《世界诗学大辞典》（1993年，春风文艺出版社，钱锺书题签），该辞典眼界宏阔，立意高远，遍邀国内文论各领域的学人共同撰写，在中国文论研究史上，第一次把中、印、日、阿拉伯、朝鲜文化地域的文论和美学思想与欧美诸国的诗学观念平等地加以梳理和重点介绍，东西方文论观念范畴和著述理念都融为一书，进行整体全方位总体性的平等介绍，从而为后来的研究者提供了一个全面和严谨的范畴阐释和理论资源空间，并且在一定程度上改变了当代文论研究中提到外国文论一直以来总以西方为中心的写作倾向，为学界所称道。

就整体而言，这一时期的比较诗学著述的学科化、体系化尝试目标非常明确，研究者往往具有自觉的比较诗学方法论意识；在研究视域方面，既有对中外诗学比较的逻辑起点、学术向度和可比性等理论问题的深入思考，又有对相近诗学范畴和命题的横向比较和价值钩沉，也还有从文学阐释学和价值本体角度去展开的学术追问，均试图进一步将中国比较诗学的研究引向深入。

尤其是进入90年代末，中国比较诗学研究又出现了具有研究疆域突破性的扩展。首先是研究的范围不断扩大，如曹顺庆的《中外文论比较史·上古时期》（山东教育出版社，1998年）试图把印度、日本、朝鲜、越南、阿拉伯等民族文论也纳入了研究的范围。王晓平等的《国外中国古代文论研究》（江苏教育出版社，1998年）则将诗学研究的触角延伸到海外汉学领域。其次，是研究视角与方法日益丰富，如王岳川对20世纪西方文论的著述；钱中文等主编的《中国古代文论的现代转换》（陕西师大出版，1997年）；叶舒宪、萧兵等人对中国古典文学的文学人类学诠释；王一川的形象学诗学研究，等等。其三，在研究的层次上也不断有所提高，如杨乃乔的《悖立与整合：东方儒道诗学与西方诗学的本体论、语言论比较》（文化艺术出版社，1998年）等，开始尝试从哲学和审美本体论的高度去关注跨文化的文艺理论问题。

这一时期比较诗学学科化一个值得注意的进展就是，"比较诗学"作为一门研究生课程，开始出现在国内的研究生教育讲坛，在教学、研究和人才培养方面也得到了普遍的重视和较大的发展。譬如，最先被批准的比较文学博士点，其研究方向基本上都是以比较诗学为主，例如全国第一个比较文学博士点地北京大学比较文学与比较文化研究所，首先确定的培养方向就是比较诗学方向；而暨南大学的博士点则是认定为比较文艺学方向；至于四川大学的博士点则选择了以古典为主的比较文论的方向。因此，从根本上讲，它们的基本研究方向实际上都是"比较诗学，"而且研究的重点普遍都是放到了中国古典文论与西方诗学的比较研究领域。只不过由于各自的专业强项不同，而各自的表述和侧重点不太一样罢了。

这一时期以来，由于队伍的壮大，参与者知识结构的差异，以及教学培养中的师承关系等等，国内的比较诗学研究领域开始分化集结，出现一些各具特色的重点研究群体。

譬如以北大、社科院、北师大为主的北京、华北地区的学者群体，比较重视西方诗学理论的引进、译介、传播和消化；重视基本诗学概念、范畴和研究范式的研究；近期更关注中国文化经典中的跨文化诗学问题的深入探讨，力图站在思想文化和现代性宏大叙事的高度，重新去读解翻新经典中的诗学意义，从而引出一系列相互关联的研究命题。在此后一个时期出版的北大等校比较诗学博士的著述中，均可以见到这种突出的研究侧重。譬如中国诗学阐释学的现代意义问题，与此相关的言意问题，隐喻、反讽、象征诸形态的转换生成问题，跨文化诗学中的"时间"问题，叙事问题，近代中国审美现代性的产生和外来影响问题，基督教思想中的诗学问题，《诗经》解释学问题，《孟子》及其先秦儒家著述的意义生成和对话研究，隐喻的跨文化研究，现代性意义上的中国小说理论的生成问题，钱锺书的诗学研究范式和成就等等。

以四川大学为主的西南地区学者群体，则主攻文论总体规律和传统中国文论名著的阐释，后期也关注中国文论和思想经典在西方"理论旅行"的遭遇问题。时有热点问题抛出，引发学界争论。譬如中国现代文论话语的"失语症"问题、中国古代文论现代转换问题等。他们强调对于中国文论体系价值意义的挖掘、对中国古典阐释学理论的宏观考察、对中西诗学概念的异同比较、对传统诗学名著如《文心雕龙》等的理论现代性申说以及从非主流的民间立场对于诗学问题的颠覆性批判建构等等。

以暨南大学为中心的广东、华南的学者群体，一度更注意从哲学、宗教、语言和美学等层面去追问和辨析诗学的问题，尤其注意佛教与中国文论的关系、现象学意义上的传统诗学理论还原、基本诗学概念的生成性追问等。除此而外，国内也还有不少高校和研究机构的学者致力于比较诗学的课题研究，有的侧重对于中西比较诗学海外资料的整理、有的着重对跨文化的理论交往和对话理论的探讨，有发掘马克思主义、尤其是西方马克思主义的思想资源对于跨文化诗学交流的意义，更有的从文学人类学、文学社会学的多种角度，试探重新建构和叙写中国的文论话语等等。

尤为值得强调的是，20世纪90年代后半期以来，国内文艺理论研究界对于文论的比较研究有越来越重视的趋势。1995年8月、由中国社科院文学所和外国文学所两个研究所和一批重点高校发起，成立了"中国中外文艺理论学会"，并在济南召开了成立大会和首届国际学术研讨会，这意味着在原有的比较文学队伍之外，一大批国内文艺研究的精兵强将，从学科意义的认同上进一步开始致力于中外文艺理论的专门研究。中国社会科学院集中国文学，外国文学和少数民族文学等研究机构的研究力量，成立了比较文学研究中心，把研究的重心和主要的项目放到了比较诗学领域，开始对中国与不同国家的文论和诗学关系按照国别和文化地域展开更深入的研究，一套国别性的比较诗学丛书也有望在几年后问世。

第三阶段(1998—2009)学科研究的渐次成熟和文化身份觉醒。

走进新世纪，中国的比较诗学研究正方兴未艾，渐入佳境。

进入20世纪90年代以来，比较文学研究的学科化进程日益加快。主要表现为以下三个方面。

首先，是向中国教育界和学术界全面普及了比较文学的学科理论知识，在高校和研究机构初步建立了一支专业的和兼顾的比较文学研究队伍；其次，组建了自己的学术组织机制，譬如团体、杂志、丛书出版和国内外学术交流管道等；其三，则是由于三代人的努力，积累了相当的学术研究经验和可观的学术成果，在国内外建立起了不可忽视的影响。在这一基础上，比较文学在中国大学和研究机构体制中的地位从最初的不被重视，到一步步得到国家机制的承认。1995年北大召开"文化对话与文化误读国际学术研讨会"，国家教委主任亲自出席作报告；而2001年北大召开"多元之美"国际学术研讨会的时候，教育部副部长也亲自与会。尤其是1998年随着比较文学学科被国家认定为汉语言文学一级学科下面隶属的二级学科（比较文学与世界文学），从此正式实现体制化，一整套学科教育体系的框架开始快速形成。与此同时原先所有的大学中文系的"世界文学教研室"也变成了"比较文学与世界文学教研室"，课程教学和研究生培养都开始向比较文学倾斜。这样的学科规模，即使是与西方比较文学的发达国家相比，也已经算得上是洋洋大观了。尽管这当中始终存在这样那样的问题，但就整体上讲，在经过二十余年的努力之后，比较文学终于在学科体制建设方面迎来了大发展的局面，它正确地反映了当代中国的文学和文化研究与时俱进地走向现代性和国际性的历史趋势。

作为比较文学学科最重要组成部分的中国比较诗学研究也由此进入了它的发展新阶段。可以说，随着世纪初对新时期文艺理论发展总结反思的展开，在整个文艺学领域和比较文学的学科范围内，以中外文论的历史和平行发展关系研究为主旨的比较诗学的研究分量和学术价值变得益加突出。原有的研究群体格局正在发展，作为比较文学重点学科的北大和川大等单位，都在比较诗学领域加大了研究力度。新的研究群体也正在崭露头角，国内不少院校的比较文学与世界文学学科以及文艺理论学科，例如北师大、人民大学等，许多都不约而同地把研究侧重投注到了比较诗学以及相关的跨文化理论研究方面，比较诗学也成为了研究基地的学术方向，重点科研项目和学科发展生长点的重要学术选项。

所有这些，都从一定意义上说明，比较诗学的研究，亦即中外文学理论的跨文化研究，在21世纪的中国正在坚实地走向新的深度和广度，并且，它已经不再是比较文学界一家的重要学科分支，而是成为了国内文艺理论研究界的共识。

这一时期国内比较诗学各研究群体的研究呈现出了不断深化和扩展的趋势，表现出一些新的特征。

首先是研究的领域方面进一步拓展，并逐步超越以西方文论对中国的影响为研究重心的倾向，开始关注和清理中国传统文论在本土以外的传播、影响和意义。毕竟自20世纪以来的近百年间，西方，尤其是英语世界对于中国文论的译介和研究相对而言已经有了很大发展。仅仅是在北美和英国等其他英语世界里，到2000年为止，关于中国古代文论的博士论文、研究专著、专题论文和翻译评述，可以统计到的大约已经超过了五百余种，中国不同时代的文论著述和各体文论也都受到了不同程度的研究和关注。尽管中国文论的西传在规模和深度上都无法与中国对西方文论的引进相比，但是这种双向的交汇和相遇，毕竟实现了材料的大量译介和积累和人才造就，而面对研究上不断深化的要求，进入中西诗学之间正式的对话和比较就是研究者的必然选择。在21世纪研究深化的今天，重新去回溯这一历史的过程，从而可以将我们的问题意识建立在一个比较理性和明晰的基础之上。因此，如何清理和读解中国文论的海外流传事实，认识和借鉴相关的学术成果，开始成为新阶段比较诗学的一项重要工作。早在1996年乐黛云等就率先编译了《北美中国古典文学研究名家十年文选》（江苏人民出版社）；1997年黄鸣奋出版了《英语世界中国古典文学之传播》（上海学林出版社）；均对英语世界的中国文论研究进行了梳理和重点介绍；2000年王晓路的由博士论文改定出版的《中西诗学对话——英语世界的中国古代文论研究》（四川巴蜀书社），更加系统的专题介绍了这一领域的西方研究成果。进入21世纪，包括宇文所安等人的文论专题著述陆续得到译介出版，一时间对中国文论经典海外译介的研究成为关注重点之一，借助现代阐释学、译介学、语言学等对这种现象展开的研究在北京、上海、南京和四川学界成为风气，至今不衰。其次是对于包括印度、日本、朝鲜半岛在内地东方文论及其与中国文论关系的研究渐成气候。严绍璗对东亚文化圈中汉文学及其所在国家文学观念形成的关联研究，关于超越东亚话语的特殊性而寻找普遍性的主张，黄宝生、郁龙余等对印度古典诗学的系统研究等，都在一定程度上使得向着西方理论一边倒的倾向得到了有效的改善。

其二，则是学界在跨文化诗学研究的深度上，逐渐超越了因误解比较方法而引起的简单化二元对立分析的模式，以及脱离文化共创复杂语境，急功近利的试图迅速找到所谓中西共同诗学规律的"乌托邦"努力。在文论研究的侧重上，从"比较"开始走向了"对话"，从外贸式的争"盈亏"走向了探索文化"共创"的内在机制和问题。学者们开始尝试从学术史发展的文化差异和思想史发展的不同脉络去探讨各种文论关系问题。例如张隆溪创意于国内，完成于北美并在美国以英文出版的《道与逻各斯》一书，1998年被翻译回来由四川人民出版社出版后，其关于文论对话的阐释学机制的深入分析对学界影响颇大；余虹的《中国文论与西方诗学》（北京三联书店，1999年）对"诗学"概念范畴有相当深入追问；陈跃红《比较诗学导论》（北京大学出版社，2004年）中关于问答逻辑、提问原则、方法结构和深度模式的梳理等，都无疑是诗学比较研究提升性思考的进一步开启。与此同时，学者们和新晋的比较文学博士群体于前期启动的研究也在这一时期纷纷结出硕果。譬如张辉的《审美现代性批判——20世纪上半叶德国美学东渐中的现代性问题》（北京大学出版社，1999年）；曹顺庆等编写的《中国古代文论话语》（巴蜀书社，2001年）；史成芳的《诗学中的时间观念》（湖南教育出版社，2001年）；代迅的《断裂与延续——中国古典文论现代转换的历史回顾》（西南师范大学出版社，2002年）；刘耘华的《阐释学与先秦儒家之意义生成》（上海译文出版社，2002年）；张沛的《隐喻的生命》（北京大学出版社，2004年）；等等。这些著述不少都是由较为扎实的博士论文改写而成，在学理上有着较坚实的资料基础和较严密的问题逻辑，而且宏观式的全景梳理有所减少，专书专题的论述逐渐增多；肤浅的价值判断减少、深入的分析越来越多；情绪化的民族文化浪漫情绪减弱，理性的对话增多了起来，学术层次无疑有了较大提升。而作为"北大—复旦比较文学学术论坛"成果的论文集《跨文化研究：什么是比较文学》（北京大学出版社，2007年）许多论述也广泛涉猎了上述命题；另外一本《比较文学与世界文学——乐黛云教授75华诞特辑》（北京大学出版社，2005年）则收录了十多万字的专题论述；与此同时，由周启超主编，中国社科院外国文学研究所文艺理论室集体著述，数量达80万字的两册《跨文化的文学理论研究》分别由百花文艺出版社（2006年）和黑龙江人民出版社（2008年）推出，以其不同语种，不同国别专业学者的研究实力，对俄罗斯以及斯拉夫文学理论，印度古典诗学，日本文学思想，欧美古典和现代文学理论及其与中国古典和现代文学理论发展的关系，进行了深入的探讨，成为这一时期比较诗学研究的重要收获。而所有这些，都突出地成为了学科化渐次成熟阶段中国比较诗学研究进展的标志。

　　第三，也是最重要的学术突破，则是从近几年开始，中国比较诗学学界结合西方比较文学文学研究存在的危机和问题，开始理性地反思自身的学术文化身份,问题意识确立和方法学的结构问题。

作为比较文学学科重要的理论研究层面,既有的学科史清理已经证明,比较诗学在欧美的发育和生成,在整个比较文学的研究范式中都是属于最晚也是最不成熟的。在真正跨文化文学理论比较研究的实践范畴,他们甚至比中国人晚了好几十年光阴。20世纪初叶以来中国学人在比较诗学领域的自觉摸索和实践,应该有理由和有学术资源为它的学科范式建构和方法学形成展开主动的提问,既有的研究实践也应该生长了一些新鲜的知识内容,遗憾的是到现在为止我们还没有认真清理和总结。究其原因,恐怕还在于已经走上而立之年的当代中国学术还缺乏费孝通先生所指出的所谓现代"文化自觉"和对于自身学术主体身份的认知信心。使得我们在学科理念上一味以欧美为标尺,将他者的问题当成自己的问题,将他者的范式当成自己的范式,将他者的标准视为自己学科的标准。于是,我们的危机意识往往不是来自于自身研究,而是来自于国际比较文学和文学理论界的动向,来自于国际年会和美国学界的学科阶段性报告,甚至是国际汉学界和中国研究领域的风向。而一旦西方学界反思性的宣布"学科之死",本土中国学界常常就会陷入学术上的危机境地,

而实际上,面对欧美学界学术反思的再反思,将有可能把我们真正逼回到中国比较诗学自身的学术处境和问题意识原点上来,使我们重新审视自钱锺书以来中国比较诗学学科发展的历史价值和学术意义。事实上,欧美的比较诗学发展在相当长一段时间内,由于多数情况下面对的是具有希腊罗马本源类似性的文化传统,其所谓比较诗学,一直局限在"文类学诗学",即有些学者所谓"比较诗艺"的范畴,直到20世纪七八十年代〔包括韦勒克、艾田伯、谢弗勒(Yves Chevrel)、迈纳(Earl Miner)、宇文所安(Stephen Owen)等人的努力〕,才逐渐转向跨文化的文学理论比较研究,研究成果也相当

有限。而中国学者从20世纪初以来的研究，从一开始就是建立在了跨越文化、跨越语言的文学理论比较研究起点上，即所谓"文艺学诗学"的范畴，并且出现了《谈艺录》《管锥编》这样的巨制鸿作和众多成果。20世纪80年代以来，中国比较诗学六十年的发展，尤其是最近三十年的努力，总的趋势是从非学科化零散研究向学科化的系统研究整体推进。尽管众声喧哗，珠沙俱下，但一条基本向上的演进线索和范式构建轨迹还是可以辨认。譬如，从理论概念范畴的简单1+1配对式（如迷狂与妙悟）比较，走向共同论题（如言意关系）的多方对话式探讨；从以西方理论为范式去"整合"中国文论到寻找"相切部分"和"共相"的交集互补；从野心勃勃的要建构统一"普世性"理论，到主动解构自身，尝试去搭建包括非西方理论（如印度，日本，阿拉伯）在内的，具有文化差异的多元复数理论的对话平台；从借助赛义德"理论旅行"的概念，倡导开展"国际诗学关系史"研究，进而认识到当今世界理论本身的跨学科、跨语言和跨文化特性，从而倡导广义的，包含文化思想史反思的比较诗学研究，进而倡导在中国传统文论甚至东亚文艺理论的研究上超出特殊性的局限去寻找普遍性问题，尝试主动提问和自觉建构本土具有现代性特征的文论体系，从多元文化共创的思路去探讨国际间文学理论问题，等等。由此可以见出，中国的比较诗学研究的确具有自己特殊的价值取向、问题意识和发展路径，并且已经初步摸索出了一些较为适合自身文化和理论特征的研究范式和方法路径，有必要进一步加以总结和重新去认识其价值意义。

总之，文艺研究的跨文化向度和国际化特征，无疑是21世纪文艺理论研究的重要路径和必然选择，而比较诗学的内在理论逻辑正是要求超越单一民族文化的视野去看待和处理文艺命题，因此，它与世界文艺研究的未来发展趋势是相吻合的。任何一种地区和国家民族的文学理论，即使是盛极一时的现代西方理论，在今天这个文化多元化的时代，在文学生产、传播、消费和评价普遍国际化的语境中，都将会遭遇到由于历史和文化差异导致的理论失效和通约性困扰，都将面临对话沟通的迫切需求。而未来的中国文论现代性命题和中国现代文艺学的建设目标，也都将期待在古今中外文化间不断的比较、对话、沟通和共创的过程中去逐步推进。因此，尽管人们可以对比较诗学作为学科研究的理解不同，命名不同，说法不同，进入和研讨的方向也不尽相同，然而，总体的目标都是试图从跨文化的路径去深入文艺问题的内层，从不同角度去逼近问题的实质。就此而言，作为比较文学学科重要分支的比较诗学，此前曾经为推进中国的文艺研究现代进程有过自己的贡献，而在未来的岁月中，它仍将注定会继续扮演至关重要的角色。

对话逻辑与跨文化阐释

阐释的权利[1]

——当代文艺研究格局中的比较诗学

诗学的当代存在方式

20世纪中国文艺理论的发展史能够比较容易地证明，人们并非今天才意识到可以从跨文化的立场去探讨某些普遍的理论向题。自西风东渐，尤其"五·四"以来，无论由于欧美文艺观的引进，或者因为马克思主义文艺思想的主流传播，都在有意无意地把研究者和批评家引向一种超越个别民族诗学传统范围的思路。譬如王国维、鲁迅、朱光潜、钱锺书诸家所做过的那样。然而，真正意义上的中西比较诗学倡导，毕竟还是比较文学学科在中国（自然包括港台）兴起后的事情。此前，我们对不同诗学传统之间的零散比较时有涉及，但在"比较诗学"这一相当专门化的学科概念下进行系统研究尚未形成自觉。事实上，中西比较诗学作为通用的研究术语，也只是近二十年的事，其发生和发展，与文艺研究自身的需求和历史机遇密切相关。

在过去相当长一个时期内，无论是西方还是东方，在文艺问题研究中都缺乏自觉的"比较"意识。这是由于多少年以来，我们已

---

[1] 原载《北京大学学报》，1994年第1期。

经习惯在一种文化圈子内,用一种诗学模型去考察文艺现象,逐渐形成一种文化惯性。在相对封闭的历史条件下,这种文化惯性使我们觉得似乎这就是文艺研究的本来面目,天经地义,没有什么异常,以致有时甚至会误以为我们的"模型"可以放诸四海而皆准,可以用来"套"一切文艺现象。问题恰恰就出在当历史条件转换,研究对象多元化时,当你真把你的"模型"放诸四海、譬如用东方诗学去套西方文学,或将西方理论框架来套中国文学时,便出现了观念不同、尺码各异等一系列问题。也即是说,当你用一种文化传统体系内生出的美学价值标准去衡量另一体系中的文艺现象时,便会发现一系列的错位、误读、歪曲,以及相当程度上的无能为力感。这种现象所提示的是一个明白无误的信息,即在一种文化体系内,生产不出具有某种跨文化价值的理论模子。从根本意义上,任何理论都只是一种认识取向,一种研究策略,看似最完善周密的任何理论,也不可能涵盖川流不息、曲曲折折、千变万化的存在经验。更何况出自单一文化传统中的理论,其局限性自然更大。一旦要尝试解释其他传统中的文学现象时,便难以避开阴阳错配和束手无策的命运。就西方研究者而言,他终于会意识到,世界上很多文艺现象和作品的产生,并不完全依据于柏拉图、亚里士多德的美学原则,自有另一套模型系统去支撑;而对于一个今日中国的文艺批评家,他也会逐渐明白,除了儒释道的架构、《文心雕龙》的体系外,也存在着另外不同的,关于文学的观感思构程式和审美价值观。不同的体系要达到相互了解和认识,要走出这样一个理论上的"三岔口",便不能仅仅依靠文学自身的自然交流,还需要理论上的对话和沟通。一旦这种对话欲望日渐强烈达至一定程度,比较诗学自然应运而生。

试看当代世界,社会的开放和文化交流的频繁,使文艺产品不再可能是锁在国界之内的"专利"。昨天在斯德哥尔摩才获诺贝尔奖的作家，今天他的作品译本就会出现在北京、东京、台北的书店柜台上；而一个在中国大陆有争议的作家，他的作品很快就会成为波恩、巴黎或加州学者关注的对象。在今天，只要你具有基本的阅读能力和文化修养，你的阅读对象就绝不止于一种文学传统的范围。书店、报刊亭、地摊的商品构成和图书馆、私人藏书的内容都在昭示某种多元文学共存并进入你的消费视野的事实。你无可回避，你别无选择。如同今天多数人的物质生活方式日益"世界化"的趋势一样，在文学消费方面，你也情不自禁地在"世界"之中了。一个文学研究者，他虽然命中注定一开始只能被抛掷和生活在一个特定的地域文化圈子中，但在今天的历史条件下，他不可能像驼鸟一样，只把头埋在单一文化传统的沙丘中。世界正向你走过来，你就只好向世界走去。无论你情愿与否，你都必须不断调整自己的视野，走入不同文化的诗学对话，并逐渐适应在一个理论"他者"的注视下，进行理论的调解、兼容、相互阐释和发明。也就是说，历史要求你把文学理论认识的框架和范围推向更大外延的"圆周"。于是，文艺研究就不能不从"民族的诗学"走向"比较诗学"，在对话中寻找可以相互理解的"话语模式"、"共同美学据点"，探讨某些"共同文学规律(Common Poetics)，在一个跨文化的持续讨论会中来关心文艺和文化的世界性问题。这是一个特定的文化时空环境，在这一环境中，比较诗学就是文艺研究者的某种"命运"。换句话说，比较诗学正是诗学在当代条件下的某种存在方式。你可以回避或有意忽视它的存在，但这只能意味着你在世界和现实面前背过身去，也意味着世界将你放逐回"过去"和"历史"当中。即使是一个纯粹的单一民族诗学研究者，譬如一个中国古代文论学者，在今天的环境下，当他授课时，面对的往往是满脑袋中西文化杂糅一气的学生；当他著述时，"拟想的读者"也绝非是当年的士大夫们；而当他出国开会讲学时，更不可能面对异民族的文化竟视而不见，他的话语无论褒贬，都已含有诗学比较的意味。因此，从狭义上讲，比较诗学是一个相当专业化的学科和研究圈子，而从广义上讲，比较诗学就不可避免地成为当代文艺研究的话语方式选择了。

中西对话中的古今对话

当代中国的比较诗学研究，从一开始就是以中西诗学对话的形式展开的。于是，向西方人传达一种什么样的中国诗学形态，就成为比较诗学工作者与传统诗学专门家之间的分歧之一。在有比较诗学研究以前，传统中国诗学理论的专门家被视为理论传统的守护神和权威解释者。他们熟悉中国诗学的传统形态，谈起来如数家珍；他们深晓这一传统的奥秘，已近乎心领神会；在他们的心目中，古典中国诗学传统是一个既成的、不变的、封闭的完整形态。尽管由于版本复杂、注家甚多、其说不一，但在追求和把握这一诗学传统的"原义"上，他们始终是锲而不舍的。因此，面对中西诗学对话中某些企图作出现代阐释的尝试，他们基本持批评态度。常见的批评往往是质疑：这是中国文论本来的意义么？有没有曲解和误读？他们的渊博和征引常常使年轻的学者被置于尴尬地位。显然，权威解释者的立场是要求在中西诗学对话中，要以"原装"的、不加阐释和话语转变的形态去面对西方，展示一个不变的历史意义和传统价值，而这恰好只是一种近乎乌托邦式的努力。这里的分歧不在于传统中国诗学是否需要走向世界，并展开与世界的对话问题，在某种程度上，民族诗学研究者有着更强烈的潜在文化自信，更愿意将中国文化传统推向世界。争论似乎只在于中国诗学应该以一种什么样的形态去与世界对话，是古典的价值和话语形态，还是现代的价值和话语形态？前者无须言谈，后者则需要进行现代转换。进一步说，在中西对话的同时，是否应该如冯友兰先生所言，亦存在着一种具转换意义的古今对话。[1]这里且不说有没有一个不变的中国诗学的凝固形态(仿佛超时空的),我们姑且假定它存在,那么,如果不加阐释地去与具有当代形态的西方诗学对话,其结果不仅是落差和错位,而且只能是另一种形式的"三岔口"或自说自话,所谓中国诗学现代形态和对话机制的建立依旧是一句空话。发展中西诗学对话的一个重要目的,就是要从中西诗学比较入手,借助于"他者"的参照,由外在比较达于内在的超越,使中国诗学由古典形态实现其现代形态的转换。显见,中西对话与古今对话互为表里,缺一不可。由此而论,向西方人传达出一个不变的中国固有诗学传统并不是比较诗学的根本目的。比较诗学应在双重对话中重建关于诗学的价值理解,重建一种具有更大圆周的话语和意义系统,以面对世界性交流共生状态下的共同文学命题。从发掘、传播走向解释、转换和重建,在这里比较诗学有其存在的特别理由。

事实上,所谓"原义"的执着和肯定,也大有可讨论之处。抽象地谈原义并不困难,一旦涉及具体的概念和范畴,"原义"就将被置于特定的"语言"和"时空"当中,从而变成一种动态的、会生长的活的东西。

从语言的立场去看,当你用语言(文字)去呈现对世界的美学和诗意理解时,语言无疑会切割、定向、定位,甚至歪曲你的理解。任何用语言文字呈现为"本文"的诗学体系,结构模型和概念,都只是部分的"显现",部分的"真理",其丰富的意义只有与那些被语言所掩盖切割的意义同时呈现时,才能展示其相对完整的形态。要实现这一点,就必须对"本文"加以言说、分析和阐释,非如此,不能重建"本文"的诗学意义。中国历代文人为了不歪曲古人的"原义",强调"述而不作"的治学传统,即对古人的"本文"只

---

[1] 冯友兰:《三松堂自序》。

进行"注""疏"式读解，只转述古人意思而不作自我发挥，以为这样便维护了经典的原义。但事情并非如此简单，任何陈述都非简单意义上的再现，而是包含了阅读主体的理解，当你带着自己的先在经验结构和指向性去"注、疏、转述"的时候，便不可避免地溶进了对"本文"认识、扬弃和发明，也就渗入了主体的选择和判断。因此，这一"注、疏、转述"的过程，本身就是一个阐释的过程，一个以"原义"为起点，向着未来的知识积累。正因为如此，历代读书人学习经典，不仅要求读原典，而且要看注、疏，最好是熟悉多家的注疏观点，因为它们已构成一个生长了的意义组合。你注六经时，不仅是经典在向你走来，同时也是你主动地向经典走去，经典的现代形态就衍生于主体与经典的注视和对谈当中。相对前代而言，后世的读解都是一个对阐释传统的现代性进程。汉之于先秦、唐宋之于六朝、明清之于两宋，都是一个"现代化"的过程，是一种对于"传统"的发明。即使是在这种"述而不作"的历史中，随着不同的注、疏的出现，经典的意义也常常出现由边缘至中心，由中心至边缘的移位、补充和扬弃，甚至从一个示意中心走向另一示意中心，主流变支流、支流变主流，旧的意义消失，新的意义生成。否则，何来两汉经学，魏晋玄学，程朱理学，明清朴学的差别。宋代朱熹编订《四书》，集各家解说加上自己的理解而作"注"。用金克木先生的话讲，是典型的"述而不作"[①]。但结果却确立了一种文体的榜样——八股。八股之题，八股之体，五百年均出于此，朱子前的文人无此一说，朱子本人也未曾预料，但事实就是如此，这里不仅是在解释经典，而且是在权威地规定经典了。那么，由得历代文人对"原义"进行选择和阐释，为什么却否认今人阐释的权利呢？今天似乎并不在"历史"之外嘛。

---

① 参《读书》，1993年第1期，第128页。

同样，处在特定"时空"中的"原义"，本身也呈现出它流动的存在。"原义"提示了基本的言谈范围，但在不同长度和广度的时空状态下，其意义的规定性有所不同，任何传统诗学的意义都不可能超越时空而抽象地存在，对于它的理解也只能在一定的时空中来展开。不同的时间点和空间范围，意义的内涵和外延都在变。而在漫长的历史时间和空间中，诗学概念的意义则沿着基本的言谈范围不断萌芽、生长、扬弃和发展，稳定不变是相对的，变动则是绝对的。譬如讲"道"的概念，最早见于金文，只是道路之意。"一达谓之道"。以后经《易》、《左传》、《老子》、《庄子》、《荀子》以至历朝，意义始终在不同的时空中生长发展。由金文"道路"之用，至《易》"一阴一阳之谓道"，《老子》之"道可道，非常道"，并逐渐融入"言说""理性"之意，引申出"天人之道"，"虚无之道"，"佛道"，"理道"，"气白气之道"，以至近代通行之"人道"。"道"作为中国思想最核心的观念，其逻辑和历史演进可粗略勾勒出一部中国哲学演变史。诗学论及文与道的关系时，自然不可能包容全部"道"的意义。《文心雕龙》讲"道沿圣以垂文，圣因文而明道"，"经也者，恒久之至道"①多指"天道"和"人道"两方面，前者指万物本体、世界本质、社会运动变化的规律，后者指政治原则，伦理规范，以及由此衍生出的等级制度等。于是"天人合一"遂为文艺所载之道。延至宋代，"弘道"上升为中国诗学之大法，后世申发讨论缕缕不绝。在今天的历史条件下来考察"道"，同样不可避免选择、扬弃和申发，其他诗学范畴亦当如是。由中西诗学对话最终应促成中国诗学的古今对话，比较诗学作为使民族诗学在"他者"逼视下，通过扬弃、选择、蜕变，而以新形态呈现于世界的理想途径之一，西方诗学所走过的历史路径似乎可以从侧面证明这一点。

---

① 见《文心雕龙》"原道""宗经"二篇。

理论霸权与方法学认同

中西比较诗学的兴起同时也面临着来自西方的诘难。对于中国诗学这样一个"新"理论对手的挑战，西方学者一方面表现出关注的热情，但同时也表示了普遍的怀疑。1991年东京第十三届国际比较文学讨论会上不少西方学者就有类似的心态。本次大会在东方的日本召开，其本身就有某种象征意味，即比较文学终于走出欧美的圈子，站到了跨东西文化的立场上。当会议主席厄尔·迈纳教授在致辞中以流利的英语和日语演讲时，代表们报以热烈的掌声，似乎一个东西交流的理想时代已经来临，然而，当进入实质性的理论对话时，争论立刻就出现。中国的乐黛云教授作《中西诗学中镜子隐喻》的报告，尝试通过中西诗学运用镜子这一比喻的不同立场和方式探讨二者诗学上的不同特征，尤其强调中国以镜子比喻作者的心，呈现一种空幻和虚静的境界。西方有的学者就质疑其不可理喻，似乎中国诗学的这种看法近于天方夜谭。这一方面见出西方学者对中国语言和文化的隔膜，另一方面也见出其理论上的自我中心主义。一般西方学者可能懂数门欧洲语言，但面对汉语往往望洋兴叹，远不如中国人对欧洲语言的了解，更何况对充满玄学意味的诗学理论了。因而尽管有交流对话的兴趣，但他们在东方中国的诗学知识上却是相当陌生的在理论思维上，他们总是情不自禁地流露出"西方中心"和希罗文化传统的情调。以孔子、老子、庄子、刘勰、严羽去与柏拉图、亚里士多德、康德、黑格尔对话，在他们眼中确实有天方夜谭之感。可见文化的自我中心主义的消失并非一朝一夕之事，光靠换座位和发宣言不可能从根本上解决问题。

实际上，多数西方学者对中西比较诗学作为一种诗学研究的理论立场和价值意义并不真正了解。中西之间的文化落差和不平等交流，构成了中西诗学关系上的不正常局面，即西方高位，中国低位，西方译介中国少，中国译介西方多，西方话语具现代形态，中国诗学话语呈现为古典形态。这就逼使中国人面对强大的西方理论话语的挑战，急需回应和对话，并且企图在这种回应和对话中发现和重建民族诗学的"意义"，改变不平衡的局面。事实上，从事中西比较诗学的研究者，多数都是海内外的中国人。就西方学者而言，除少数目光敏锐，有远见卓识者外，一般人依旧满足于当代西方理论的强盛现状，对他们说来，不对话并不影响其理论的处境和学术生存，而对话倒有可能消解西方理论普遍性的"神话"。假定承认可以用另一种与西方不同的思维方式来谈论诗学的概念，如"镜子"之类的不同理解，对于西方文论的主流地位无疑就是一种挑战和质疑。进一步而言，如果可以通过对谈而达于不同诗学在一种共同话语框架中的共存，于是，言谈和阐释的权利就不是一方的"专利"，而是共同的拥有了。接受这样一个事实并非一件愉快的事情。或许在某些西方学者看来，与其让别人来消解自己的"神话"，倒不如先指认对方为天方夜谭。有趣的是所谓"天方夜谭"在某种意义上正是西方人对"东方"这一概念的命名，即异国情调与神秘的疆域，一个非我的神话。一般讲，这倒是比较符合西方自我中心主义一贯的风格。

其实迄今为止，比较诗学又何曾对当代西方理论构成多大威胁。它只是一个刚起步的研究领域，任虽重而道却远。寻找可以对话的概念和范畴已十分不易，更何况追求相互认同的美学据点和话语模型。至于所谓"共同诗学"，更只是一种遥远的历史展望。任何一种观念的趋近、认同和约定俗成，都有一个漫长的时间过程。数千年互不相关，各自发展，自成一体的诗学传统，而今要坐到一起来交流对谈，并逐步走向理解，绝非一代人所能完成的使命，任何急功近利的浮躁，效果只会适得其反。近年来的比较诗学研究，在价值判断和理论普遍性方面的讨论颇多，而关于对谈原则和方法学深度的研讨就较少涉及。这也许是一种策略上的失误。我们并不反对关于普遍性的追寻，而是就目前去看，建立一种对谈原则和研究的方法学基础，多做具体的局部的相互阐释工作，似乎更有价值，它比许诺一种"规律"普遍性的获得和价值的普遍认同更为现实。具体讲，就是要先取得阐释权利的相互认同，而认同的前提则是一个能协调双方的话语和方法学基础。韦斯坦因教授直言不讳地怀疑跨文化诗学比较的价值。① 而佛克马教授却明智得多，他认为："在我们的价值判断中，普遍性的机遇极少，在我们对知识的寻求中，普遍性的机遇虽多一些，但仍然有限。普遍性的最佳机会就在于我们使用的方法中。"因此"如果有关主张普遍性的某种方法论的想法正在受到拒斥的话，那么我们的国际性大会就将沦为某种供不同思想观点交锋的战场。事实上，可超越意识形态的某种方法论问题，对于研究（地域性或全球性的）文化差异以及这些不同的文化在彼此交往中的问题，有至关重大的意义。如果我们摈弃关于这种方法论的想法，那我们也必须放弃对存在于我们的文化价值与其他文化中盛行的那些价值之间的差别所进行的科学探讨"。② 此话当然不是无的放矢。我们的比较诗学研究的确有必要减少一些关于价值判断和普遍性预设的声音，而多一点关于方法学基础和对话原则的讨论，后者的隐含价值将透过客观、公平和宽容渗透入方法和原则之中。

---

① 韦斯坦因：《比较文学与文学理论》，英文版，印第安纳大学出版社，1973年，第7页。

② 佛克马：《东西方及其他地方的诗学：批评还是研究》，载《中国比较文学通讯》，1992年1—2期，第3页。

诗学阐释学传统与对谈原则

既存的诗学传统作为一种历史事件,是不可能像自然科学的许多门类如化学、物理,可以用实验来验证和重复的。在社会和人文学科中,建构假说,以探讨社会历史运作因果规律的做法,被证明有很大局限性。本质地看,包括诗学在内的多数人文研究,其实是每一个生活在所谓"当代"(历史中的"当代"或今天的"当代")中的人们,为着解答现实的困扰,并朝向一种未来的期待。是回过头来对以往历史传统(政治、经济、文艺、哲学……)的意义和事实的整理和理解,是一种再探讨和再阐释,可以称之为"阐释学的探寻"(An Hermeneutic Inquiry)。广义地讲,人文研究就是一种关于人和世界的阐释学,因而,比较诗学,不妨可以理解为两种以上不同阐释学思路的交流和对谈。中西比较诗学即为西方诗学阐释学与中国汉语诗学阐释学的对话。在西方诗学阐释学中,有着从狄尔泰、施奈尔马赫至胡塞尔、伽达默尔、保罗·利科尔的解释学哲学背景和内核,但它并非仅仅局限于作为这种理论背景的现象学和存在哲学,而应具有更大的广延性和包容性。同理,汉语诗学解释学既有中国文化研究传统中训诂、考据,义理学说的严谨和老庄道家思辨逻辑的背景,但同时它的思路却是指向中国文学和诗学现象的意义整体解说。正是这一特定的阐释对象,要求超越上述思想来源,达于对中国人文精神的广泛吸收,譬如佛教的阐释思路,如所谓言论方便,修为顿悟等等。

中西两种不同的诗学阐释学思路,由于所处的不同历史文化背景和现实发展程度,在追问诗学的"意义"方面各有不同侧重。西方阐释学在走出古老的解经学和法学阐释学以后,实现了历史性的转换,在 20 世纪取得了它的现代形态——当代哲学阐释学。因此,在理论上较为注重理论的超越，对原有价值意义敢于作理性的审视，进而对既有意义进行拆解、限定，以图重建历史的"意义"。在诗学领域中具有较强的革新倾向，所以讲"阐释的循环"，讲"存在"与"语言"之间解不开的情意结。而汉语解释学至今并未出现向当代哲学层面转换的震动。受传统小学和经学影响，保留更多古典形态的痕迹，所以更重原典的注疏和转述，以追寻古人"原义"为鹄的。不管是"我注六经"或是"六经注我"，也不论是"述而不作"或是既述又作，都是围绕历史传统进行或近或远的阐发读解，很少去怀疑意义建构的基本内核，更不会尝试作"意义"的颠覆。在中国诗学发展中，即使是最具革命意义的"诗文革新"运动，也往往披上"古文运动"等复古外衣，打起尊古、原道、宗经、征圣的旗号，把自己的发明藏匿于古人思想的注解当中，在代代因袭中偷运"私货"。所谓借古人酒杯，浇现代人诗心的块垒。稳则稳健，但难有西方诗学阐释学的理论冲击力，许多富于创建性的思想，被掩埋于层层因袭的历史话语囚笼和近乎含混模糊的描述中，一切有待重新阐释和建构。

比较诗学研究思路的提出，正为这两种追寻意义的系统相汇合提供了一个特别的空间。在一个共时性的对等位置上，看一看两种不同的诗学路子面对作为人类精神存在方式之一的文学时，因历史和方法学原则的不同，曾经作出、可能作出和应该作出怎样的意义回答。因此，从一定意义上说，中西比较诗学不一定理解为两种自成一体的不变传统的比较。也不尽在于两种诗学价值观能否沟通。更不在于那个在一定历史语境中几乎不可能出现的"共同诗学"乌托邦。而在于当两种以上不同的诗学阐释传统和方法原则终于坐到一起来的时候，能否在对谈和争论中探讨一种相互取长补短、综合发挥，具有钱锺书先生所言的"打通"特征的诗学阐释观和话语方式。从而比固守单一诗学传统的时代能更加深入地谈艺说文，讨论多元文化状态下的文学和诗学事实，尽可能地呈现生命的诗意。

不同诗学问释传统的对话对诗学本身的发展，也是有启发性意义的。比较诗学综合双方阐释理论的优长，面对历史的诗学意义的再阐释和再建构，可以提示一种阐释性的历史深度。对于任何一个诗学"本文"，包括术语、概念、范畴等等，不妨先从中国式的经典阐释层面入手，首先在"本文"的"客观性"层面追问诗学家通过"本文"实际上说了些什么；继而追问在"本文"与当时特定"语境"的影响和关联中究竟说了些什么，即所谓意义的第一次生长；然后，将"本文"置于历史的发展中，看一看不同时空当中历代诗学家对这一"本文"的言谈和解释，追问在本文和原来语境的基础上，这一诗学概念又继续说出了什么。是为历史传统中的意义，所谓意义的第二次生长。到此，汉语诗学解释学的古典形态已再无能为力；借助西方现代诗学解释学的方法，我们还可进入第四个层面的追问，即透过不同文化传统中类似观念和"本文"的比较诗学考察，依赖当代诗学的利器和诗学家的洞见力，去发掘上述三个层面之外这个"本文"的"意义剩余"或"深部结构"，替原典或原诗学家说出他理应说出但始终未能说出的不尽之意，是为意义的再阐释和再激活，不妨称为意义的第三次生长，最后，站在当代思想的超越性立场上，可对"本文"的意义和"真理性"结构进行"拆解"，清理原先意义构成的内在悖论和矛盾本质，运用现代思想与传统进行批判性对谈，在"重构"的过程中，进一步达到意义理解的"创造性转换"，挖掘"本文"或"概念"在当代和未来所必须说出的意义深度，并为本文开出一个无限敞开性的意义拓展空间，为未来的意义生长搭起一座继往开来的方法桥梁，此为意义的再生和永远敞开。这或许能为比较诗学的未来拓出一片新的天地。

足见，将比较诗学理解为两种以上不同诗学阐释方法和立场的对谈、选择和配合取向，提供了一种超越简单诗学价值比较和判断的理论困扰的可能性。阐释和对谈原则自身蕴含的创造力在本质上具有某种开放和延伸的性质。从阐释的立场看,艺术作品的"真理性"既不是孤立地存在于作品中,也不是孤立地存在于审美主体的意识里,而是存在于二者相互对话和阐释的无限过程中。所谓不同诗学阐释传统的交流对谈,同时也是"意义"从过去经由现在并朝向未来的一种"沟通"过程。"经典"可以在对谈之中复活,"原义"可以在阐释中得到扬弃和发明,而"传统"正是在这种历史性的相遇和汇通中走向其现代和未来。如果这一思路尚未游离出比较诗学应运而生的历史要求、思考境遇和研究现状的话,那么,它或许可以被视为使这一学科反思自身,走向深入的某种理由和策略。

中西之间与四方对话[①]

一、阐释学提要

对于比较诗学学科而言,我们不仅需要对一些基本的诗学概念进行还原性的所谓现象追问,同时,就这一学科而言,作为一种跨文化理论对话,它必须是在传统的基础上去追求所谓理论的现代性发展,所以,如何对传统进行新的阐释,便成了这一学科的重要方法路径追求。于是,比较诗学将不得不面对种种有关传统和现代的阐释学问题。

这里,所谓比较诗学意义上的阐释学展开,实际上就是借助现代阐释学的理论和方法原则,立足于中国文论追求的现代性主题,以西方理论范式为参照系,以现代人的认识能力作为基本维度,以中西古今对话为方法,对传统文论从整体观念、理论逻辑、论述范畴、术语概念、修辞策略等等展开阐释性言说,对其各个方面的理论话语层面加以界定和探讨。譬如:探讨经典生成的意义、诗学话语体制的结构过程、术语范畴的现代表述和意义重解、本土诗学的表述方式以及符号体制与西方诗学的表述方式以及符号体制的对话融通可能等等。其目的主要在于,通过对于历史的诗学概念系统施

[①] 本文系在本书中首次发表。

加现代意义上的符号(话语)化更新,意义重新言说以及新的思想灌注,从而使之以现代的符号面貌和意义内涵重新纳入到现代诗学体系之内去,使其成为具有现代文学阐释能力和意义生长能力的新的理论构成部分。

而为着这一可能的方法思路的展开,我们首先需要对什么是阐释学有所了解。这里所说的阐释学,主要是指现代西方阐释学,但是,作为其对话的另外一方,也包括对于中国传统阐释学思想的关注和发掘,并且还隐含着一个所谓重建中国文学阐释学的学术远景目标。

1. 阐释学的历史由来

"阐释"而能够成为一门学问,这是由语言在社会生活中所起的特殊作用以及它与人的存在的意义所决定的。可以说,在一切有着人的存在,有着人的思维和行动的时空环境中,就一定有"语言"的出现。不管这语言是有声的还是无声的,也不管是口头语言还是固化为文字的文本,不管是具体的语言还是文化性的话语,甚至人的行为,人的存在也必须以语言作为其实现的先决条件。在此一意义上,语言是人类认识和实践的必然场所,同时也是存在的家园。"人类的经验,从根本上说,是语言性的"[①]。我们的一切意识和认识,都是以我们对于语言的认识作为基础而得以把握和固定下来的。然而语言(包括文字)生成和发展的历史性和地域性差别,决定了它不可避免的多义性、片面性和变动性诸特征。这就使我们借助于语言去确认自身和外部世界的努力不断受到阻碍和遮蔽,为了使语言对于人及其外部世界的确认更加接近人类所理解的所谓"真

---

① 伽达默尔:《哲学解释学》(*Philosophical Hermeneutics*),柏克利:加州大学出版社,1976年,第19页。

实",阐释学便作为一门学问应运而生。

就"阐释"的主要历史内涵而言,东西方各民族都有属于自己传统的阐释之学,如果说有差别。主要还是表述的语言形式和内容的规定性有所不同而已。譬如中国传统的经学释义学,甚至讲求训诂、音韵、文字的所谓小学,以及文学上的评注点校之学等,也都是中国传统阐释学的基本存在方式。

在一般阐释学看来,语言文字以及今日所谓被称为"文本"的东西,只是用以作为还原和重建"文本"所指事物的观念的出发点。正是在这样一个相当宽泛的意义上,我们今日称为"学科"、"学问"之物,也都可以被看作为关于某一知识领域的广义的阐释学。比较文学同样也不例外。明白这一点,对于理解本文的内容具有十分重要的意义,但却并非直接目的。本文的目标主要还是讨论作为当代文化理论的现代阐释学与比较诗学的内在关联。

今天我们所谈的阐释学,主要是指现代的阐释学,而现代意义上的阐释学基本上是20世纪西方哲学和文化学术研究的产物。60年代以来,它特定的本体论和认识论特点对文学研究已经产生了极大的影响,不仅形成了引人注目的文艺阐释学学科,而且直接导致了接受美学的产生,推动了文艺研究重心的历史性转移。

在比较文学领域,由于现代阐释学理论和方法的影响和运用,给诸如比较文学学科理论、阐发研究、影响研究、译介学、比较文化研究等方面带来了新的理论支点和方法启迪,不同程度地刷新了这些领域的研究。因此,探讨现代阐释学与比较诗学的理论关联和实践意义,也已经成为比较诗学自身理论研究的重要课题。

西方现代阐释学是在古典阐释学的基础上,经过一系列认识超越和现代转化而建立起来的。阐释学(Hermeneutics)一词早在古希腊时代就出现了,它是以希腊神话中的信使神赫尔墨斯(Hermes)的名字来命名的。赫尔墨斯的工作之一是把主神宙斯的旨意传达给人间。由于神旨本身是超越凡人的理解的，为了让凡人能够理解神的意思，就必须对神旨进行翻译、说明和阐释，这三层意思正好构成了早期阐释学的基础。在亚里士多德时代的古希腊哲学家看来，"阐释"的目的就是排除语词的歧义，使之与命题判断之间保持单义性。这种探讨对于古希腊逻辑学和辩论术的发展都有明显推动意义。

到了中世纪时期，阐释学主要是作为《圣经》研究的一个方法论分支。其作用是将圣典中所蕴含的上帝的意图，通过注解和阐释而使之昭明并为人所理解。因而被称之谓"神学阐释学"。为着从典籍中理解先验独立存在的神的意图，必须调动一切认识手段，包括文字的考释，句段的分析，语境（context）的了解等等，这样一来，也同时促进了文字的考证和诠释之学的长足发展。

进入文艺复兴和宗教改革时代，阐释学开始逸出解释圣典的范围，扩大到对整个古代文化的阐释方面，其意义在于对古代文本进行新的理解和诠释。这种新的阐释取向开启了阐释学作为人文学科的一般方法论之门，使之有可能成为具体地为历史学、文学、法学、哲学等人文学科提供某种方法论的精神学科。

正是在这样一种社会普遍转型的历史氛围中，德国浪漫主义宗教哲学家施莱尔马赫（Friedrich Schleiermacher，1768—1834）出来对各个学科领域的阐释学思想进行了综合，形成了具有认识论色彩和普遍方法论特征的一般阐释学。他的一般阐释学以"理解"作为理论上的基石，坚持认为，人类自身的发展史即是一种不断延续的理解进程，就各种历史和现实的文本而言，由于时间距离和环境空间的变化必然造成词语意义的变迁，由于对作者个性心理的不了解必然招致理解上的误解，因此，正确的理解，换句话说即避免误解，便成为阐释学的核心问题。所谓"哪里有误解,哪里就有阐释学。"①为了达于真正的理解,必须恢复作品所产生的历史语言环境并揭示作者的心理个性,这就要求作为理解方法论的阐释学应该满足两方面的要求:

(1)对文本语言和语义的理解,必须掌握作为文化共享资源的语义规则。

(2)由于文本中包含着作者的原意和个性特征,读者必须经过心理上的转换而进入作者之内心,这样才能达到真正的理解。

18、19世纪在德国兴起的历史意识或历史主义,引发了阐释学重心的再次位移和发展,而这一进展是由德国生命哲学家和阐释学家狄尔泰(Willem Dilthey,1833—1911)来完成的。狄尔泰主要从经验、历史与人生的关系入手。他认为经验对历史乃至整个人生始终保持着经久的活力与意义,与人的内心有着超越观念的沟通,因此对于历史和文化文本的解释不是在研究一个已经逝去的对象,而是在研究和理解我们自己。狄尔泰对阐释学的推进表现在三个方面:

(1)理解不同于说明。说明是自然科学的方法论,理解才是人文学科的方法论。前者企图直截了当地去说明和圈定某种"真理",后者则认为,所谓真理就是对于前人及其更先前的人们关于某一主题的解释的再解释的最高成果。

(2)历史在人文学科中具有至关紧要的地位。人是历史之人,理解自己必须理解历史,理解历史是为了理解自己。每一

---

① 施莱尔马赫:《阐释学》,德文版,海德堡,1959年,第15、16页。

代人都带着自己由历史而来的经验，去接触、去理解、去重新解释历史，并从这种理解和解释中展开历史的意义，同时又往前延伸了历史。因此，对于作品的任何读解，都须将之置入历史的网络中去，所谓阐释也就是我们和过去的生活进行生动联系的一种活动。

（3）在历史人生中最重要的是经验。经验不是随风而逝的飘浮在生命表层的泡沫。经验是生命存在的形式，它保存在历史当中，由历史来加以记忆，随时影响着个人对自身和世界的理解和解释。因此，所谓解释和理解则是一种从生命到生命的运动。

正是在这种认识过程中，狄尔泰觉察到以史学、文学、哲学为代表的人文学科的特殊知识性质以及由此而来的独特的人文学科方法论的可能。即在阐释学中能够为整个人文学科提供能实现理解的一般方法论。这种方法论显然从性质上有别于直线因果式的自然科学方法论。这一理解曾经触发了欧洲大陆知识界关于自然科学与社会科学关系的论争，甚至波及到"五四"以后的中国思想界，引起30年代轰动一时的科学与玄学之争。

从古典阐释学到施莱尔马赫和狄尔泰的一般阐释学，都是在一种具有客观性的方法论和认识论框架中的改进和创造，它把恢复文本和作者的原意视为最高目标。如狄尔泰所言："阐释学方法的最终目标是：要比作者本人理解自己还要好地去理解这个作者。"①这里假定了一个既无偏见又无"前理解"（preunderstand）局限的客观的阐释者。可是根据狄尔泰自己对"阐释的循环"（hermeneutical circle）

---

① 见《狄尔泰全集》第五卷，斯图加特，1914、1977年德文版，第331页。

的解释，"对整体和它的个别部分的理解是相互依赖的"①，这种循环不仅存在于传统的整体与部分的关系中，也存在于人的有限存在与历史认识的无限过程。人的经验的片面性与理解所要求的全面性的矛盾循环中，所有的理解都是相对的和没有终结的。因此这个超越作者的绝对高明的阐释者并不存在。狄尔泰就这样掉进了他给自己预设的"阐释的循环"的陷阱。要走出这一陷阱，就必须使阐释学超越认识论的藩篱而继续向本体论的理解升华。

使一般阐释学走出认识论局限，提高到本体论的理解，从而实现向哲学阐释学转变的这一哥白尼式变革，是由20世纪的两位德国哲学大师来完成的，他们就是海德格尔（Martin Heideger）和伽达默尔（Hans-Georg Gadamer）。这场变革的关键在于，你必须认识到，不是人通过理解去认识什么，而是人通过理解而存在着。理解不是人的认识方式，而是人的存在方式。海德格尔通过其划时代的名著《存在与时间》开始，从人的此在性、历史性和人存在于语言中等重要命题出发，通过对此在的时间性分析，把理解作为此在的存在方式来把握，对传统阐释学中例如阐释的循环、时间距离等一系列难题做出了富于创见性的解释。在海德格尔看来："理解的循环，并非一个由随意的认识方式活动于其中的圆圈，这个词表达的乃是亲在本身的生存论的先行结构"②。这就意味着，理解不可能是客观的。理解不仅具有主观性，而且还受制于"前理解"，一切解释都必然产生于某种先在的理解。阐释的目的是为了达到一种新的理解，这种新的理解又将作为进一步阐释的基础，如此不断循环延伸。于是，理解就不再是去把握一个不变的事实，或者说所谓不变的真理，而是去理解和接近历史的人的存在的潜在性和可能性。追求新知也不再

---

① 狄尔泰：《创造者的选择》，1976年英文版，第262页。
② 海德格尔：《存在与时间》，1962年英文版，第195页。

是理解的目的,而是为着解释我们存身其间的世界。"说到底,一切理解都是自我的理解。"①理解一个文本不再是找出文本中不变的内在意义,而是在超越中回返去蔽的运动过程,是为着揭示和敞开文本所表征的存在的可能性。

海德格尔的历史性突破,使阐释学由一般精神科学的方法论转变成为一种哲学。但是海德格尔是从存在主义角度进入阐释学的,阐释学的问题在他看来只是存在主义问题的一个方面。他关于阐释学的洞见常常被存在主义思想的光芒所遮挡。只有当伽达默尔在后期海德格尔思想的启迪下,经过长期的探索,于1960年出版了哲学阐释学巨著《真理与方法》的时候,海德格尔对阐释学的开创性贡献才伴随着伽达默尔的成就而光芒四射,并从此同伽达默尔一起居于现代哲学阐释学科的中心地位。

自那时以来,几乎所有关于阐释学的论争都似乎是在围绕《真理与方法》这部著作所揭示的思想来展开的。在海德格尔和伽达默尔的思想周围,或补充,或批判,逐渐形成了现代哲学阐释学的研究群体和思想网络。如以创造性丰富补充伽达默尔为主的保罗·利科(Paul Ricocur,1913)。重弹一般阐释学旧调的美国文学理论家赫希(E. D. Hirsch)和意大利法律史家贝蒂(Emilio Betti)。将精神分析、马克思主义与阐释学结合起来形成所谓批判的阐释学的哈贝马斯(Jürgen Habermas)。以及具有后结构主义和解构主义阐释学思想的米歇尔·福科(Michel Foucault)和德里达(Jacques Derrida)等人。至此,现代哲学阐释学作为西方当代哲学和思想重要流派的地位便无可动摇了。

现代哲学阐释学不仅给二次大战以来的西方哲学带来生机与活力,尤其对本世纪后半叶的文艺理论研究造成了极大的影响,这种

---

① 伽达默尔:《哲学解释学》,1977年英文版,第55页。

影响一方面表现为催生了文学阐释学、接受美学和读者反应理论等新的文学研究学科。另一方面更表现为它为文学的价值关怀、文学的意义理解行为、人与作品的诸种关系以及文学作品的认识模式等方面都找到了全新的解释。使诸如比较文学在内的既有文学研究学科获得了新的理论动力和研究视野。其中十分重要的一个方面就是，现代解释学的基本思想和方法原则，为从跨文化视野去研究文学思想和文学批评理论的比较诗学，尤其是为追求中国传统诗学走向现代进程，并探索建设具有现代性特征的中国文学批评理论的中西比较诗学研究学科提供了重要的思想资源和适合学科特点以及中国文学思想特征的方法学基础。

2. 现代诗学阐释学的认识突围

现代阐释学作为当代人文哲学的重要理论资源，其之所以备受关注，正在于这一理论的基石是立足于一种人道主义的基本认识：即"人"之为人，不仅仅是血肉之躯，而且有自我意识。进一步说，则是人有思想，人在时空进程中具有不停顿的、永恒的反思能力，能够不断地超越自身。所谓"阐释"的丰富性和永无止境的奥秘也正在于此。

现代诗学阐释学对传统文艺研究的超越，也正在于其对于作为文学创作和鉴赏批评主体的人的格外关注。在现代阐释学看来，艺术理解和阐释不仅仅是主体的认识和行为方式，而是作为此在的人的本身的存在方式。由此出发，阐释学关于艺术真理、艺术的理解与阐释，艺术的功用和意义等问题都形成了自己的基本立场和独到见解。正如伽达默尔在《真理与方法》一书的导言中所概括的："本书的探究是从对审美意识的批判开始，以便捍卫那种我们通过艺术作品而获得的真理的经验，以反对那种被科学的真理概念弄得很狭窄的美学理论。但是，我们的探究并不一直停留在对艺术真理的辩护上,而是试图从这个出发点开始去发展一种与我们整个阐释学经验相适应的认识和真理的概念。"① 正是在这一基础之上,现代诗学阐释学对一系列重要的艺术本体论和认识论命题进行了重新反思。

(1)关于艺术真理问题。通过对审美理解的分析,伽达默尔重新审视了艺术真理问题。他认为,艺术的真理存在于意义的连续性中,这种连续性既超出创造者的体验,也超出欣赏者的体验,从而代表着一般体验的本质方式而蕴含着一种无限延续的整体的经验。在伽达默尔看来,真正的艺术是在时空进程中连续不断被理解接受的艺术,作品只有在被理解和感知的过程中,其意义才会得到实现。阅读一首诗,观看一幅画,演奏一曲音乐,上演一出戏剧,都是艺术作品的继续存在方式。因此艺术作品的真理性既不孤立地存在于作品里,也不孤立地存在于审美主体的意识中,其真理性和意义存在于特定的审美理解活动中,存在于此后对它的理解和解释的无限过程中。他曾经说:"……对艺术作品的经验从根本上说总是超越了任何主观的解释视域的,不管是艺术家的视域,还是接受者的视域。作者的思想绝不是衡量一部作品意义的可能的尺度,甚至对一部作品,如果脱离它不断更新的被经验的实在性,而是光从它本身去谈论,也包含某种抽象性。"② 按照伽达默尔的说法,艺术作品的意义依赖于作品本身与过去、现在和未来之间的沟通,因此艺术的真理和意义永远是无法穷尽的,它处在时空延续的无限过程中。这样,伽达默尔改变了传统阐释学单纯寻找作品原义的倾向,要求从人的历史性存在去看待文艺现象,强调艺术经验天生具备的历史、社会环境制约因素和主体与作品之间的依存关系,从而以全新的角度清理和确认了审美理解与艺术真理的本体论关系。

---

① 伽达默尔:《真理与方法》,蒂宾根,德文版,第XVII、XVIII 页。
② 伽达默尔:《真理与方法》,蒂宾根,德文版,第XIX 页。

（2）偏见，前理解、视域融合（Horizontverschmelzung）和阐释的循环。理解的历史性构成了我们的偏见。所谓偏见是指在理解过程中，人无法根据某种客观立场，超越时空去对作品做出"客观"的理解，这就必然产生偏见。而在理解作为一种认识论模式时，理解的目的只是为着克服主体及其时空偏见去认识作品的客观意义。但理解的本体论却认为，自有艺术以来就未曾存在过纯客观的理解和意义，因为人不能脱离自己的历史性，而恰恰正是人的历史性构成了理解的基础。如果说这是偏见的话，也只能是一种合法的存在，合法的偏见。问题不在于抛弃偏见，因为这是做不到的，而在于如何理解偏见，并使它成为理解过程中的积极因素。海德格尔把这种偏见称之为"前理解"[①]。任何理解和阐释都依赖于理解者和阐释者的前理解。前理解包括三层意思：

① 前有（Vorhide）。人必然要无可选择地出生和生存于某一文化中，历史文化在人意识到它以前就已经占有了人，成为其无奈的规定性和进行理解的先决条件。

② 前见（Vorsicht）。人从文化中接受了语言以及如何运用语言的方式，获得了语言所赋予的关于自身和世界认识的知识和局限，并且必将把它们带入理解之中。

③ 前知（Vorgriff）。在任何理解之前，具有一定经验和知识的人必然形成自己的某种观念、前提和假定。他的头脑不可能是一块白板，而是带着这些前理解去进入意识的理解过程。

从一定意义上讲，在艺术生产中，正是前理解成了历史赋予创作者和阐释者的一种产出性的积极因素。因为它为他们提供了特殊

---

① 海德格尔：《存在与时间》，德文版，1979年，第150页。

的视域。视域作为一种观察审视的范围,它包括从某一特定观点出发所能看到的一切。人如果不是置身于这样的视域中,就不可能真正理解任何文本的意义。无论是原初作者还是后来的阐释者都有自己的视域。文本中总是含有作者的初始视域,而阐释者总是带有由现实语境决定的当下视域,读解的过程在一定程度上也可以说就是这两种视域的对话。这两种视域由于时间距离和历史文化差别,总是存在各式各样的差距和错位。伽达默尔认为,理解者和阐释者的任务就是不断扩大自己的视域,使两种视域交融在一起,或者说是使自己的视域与其他的视域相接触和交流,从而实现视域的融合。这恰恰就是比较文学和比较诗学研究得以展开的存在基础。在视域融合的条件下,理解者和理解对象都会超越原先的视域,到达新的更高更丰富的新视域,从而为更进一步的理解提供基础,这也可以说是跨文化文学研究的根本目标。

视域融合不仅是历时性的,而且是共时性的,在视域融合过程中,历史与现实,客体与主体,自我与他者构成了一个无限运动的统一体。当然,所谓视域的历史和现实划分主要是出自于阐释学的策略。在实践中,视域的变迁是一个不断延续的生成发展过程。而我们区分的目的在于突出现实与传统的紧张关系,强调视域融合的价值意义,而不是以区分和固化这种对立为目的。真正的视域融合必将意味着,历史视域在理解过程中将不断得以显现,但作为理解的结果或者说当下状态,它又将自觉隐退或被抹去。

有了对前理解和视域融合的新认识,关于"阐释的循环"也就可以有了超越狄尔泰的积极理解。根据狄尔泰的观点,所谓阐释的循环,是指对整体意义的理解依靠对各部分的理解,另一方面,对各部分的理解又依赖于对于整体的理解,部分和整体构成一种循环关系。在文学作品中,这种循环包括单个词语与作品整体之间的关系;作品本身与作者心理状态的关系;作品和它所属的种类和类型的关系等等。但是,"我们遇到了各种解释的一个共同困难:整个句子应当根据个别的词及其组合来理解,而充分理解个别部分又必须以对整体的理解为前提。"①因而,阐释的循环的困扰在于,置身于历史中的人不可能跳出历史之外去审视历史,而作为其万千分之一的个人又如何能够真正把握被其包裹于其间的历史整体呢?也就是说,那个藏身于历史迷雾后面的"意义"和"真理"的庐山真面目,它有可能深藏何处和以什么方式存在呢?

根据一般认识论的模式,这个固定不变的"意义"和"真理"恐怕永远都找不到,所以阐释的循环恐怕就只能是一种近乎恶性的循环。但是如果从本体论的立场出发,从作为历史存在物的人的局限性去考虑问题,这个谜底却有可能在人的身上寻找某种解答。因为,既然探索历史、创造历史和阐释历史的都是"同一个人",因而我们所迷惑不解的东西,从根本上讲并不是作为对象的不变的意义客体,而首先应该是我们自身。我们对于对象的理解其实也就是对于自身的理解。我们用眼睛观察物质世界,用心灵去反思精神世界,最终始终是在审视我们自己。既然偏见和前理解是处在历史中的人进入理解和阐释的出发点和前提条件,循环是为着人的存在追问的循环,那么,人不仅不应该回避它,而应该将自身作为循环的有机部分,理智地和自觉地加入这种循环。由于人作为一个鲜活的因素的加入,于是,尽管在阐释的循环框架下的理解,"总是相对的,永远不可能完成的"。但人在这种阐释活动中不断对世界的揭示,当然也包括人对自身存在价值的揭示,却都并非是无意义的,而是开启了一个不断延续向前的,包含过去、现在、同时也指向未来的理解和认识过程。

(3)效果历史(effective-history)与问答逻辑(the logic of question

---

① 狄尔泰:《创造者的选择》,英文版,1976年,第259页。

and answer)。既然人是处于过去、现在、未来的关联中,那么,在这样一个过程中,源于历史的人要理解自身,首先必须理解历史。而作为过去的历史要存活于今日,又必须经由当代人的理解,后人怎样理解历史,历史又怎样对于后人施加影响,历史的意义怎样和作为理解者的人一起处在不断形成的过程之中?所有这些就是阐释学中的效果历史问题。

所谓效果历史,按照伽达默尔的观点,"真正的历史对象根本就不是对象,而是自我和他者的统一体,或是一种关系,在这种关系中同时存在着关于历史的实在以及历史解释的实在。一种名副其实的阐释学必须在理解本身中显示历史的实在性。因此,我们就把所需要的这样一种东西称之为'效果历史'。理解按其本性乃是一种效用历史事件。"①这就是说,如何事物一旦存在,它就已经存在于一种特定的效果历史中,因此对于任何事物的理解都必须有所谓效果历史意识。当我们面对浩如烟海的文学典籍之时,我们所投向的关注重心和忽略,以及古代的人和事通过我们的理解而得以有选择的呈现和隐退,这一过程当中本身就充满效果历史的意识。我们在任何时候的理解都是在历史之中的行为,历史只有通过我们的理解才能得以呈现和复活,在理解中我们于无形中又成了历史的一部分。

在此意义上,一切历史都是现代史,理解过去意味着理解现在和把握未来。人类正是通过与理解对象的"阐释学相遇"去接近理解的所谓真实性。而效果历史则向我们显示了进行创造性理解的可能性。"预期一个答案,就假定了问问题的人是传统的一部分,并将自己看作为它的听众,这就是效果历史的真理"。②这将意味着对历

---

① 伽达默尔:《真理与方法》,德文版,第305页。
② 伽达默尔:《真理与方法》,英文版,1975年,第340页。

史现象的任何认识都是以效果历史的结果为指导的，人类正是在效果历史的不断理解中不断超越自身，人类在不断更新发展着的"效果历史"中，始终不断地重新书写着自己的历史和传统。人的境遇的变换延续特点和视域的局限性，既决定了人的存在的未完成性，同时也决定了我们理解历史和历史影响我们的效果历史的生动和不断变动的性质。

在所谓效果历史的过程中，视域的区别与融合反映的只是这一过程的基本特征。但从另一方面去看，理解者、阐释者与被理解对象之间却存在一种天然的对话的关系。一次理解就是一个对话事件。对话使问题得以敞开，使新的理解成为可能。这种对话模式是以一种称之为问答逻辑的方式和步骤得以实现的。在问答逻辑模式中，被理解的文本不再是一个被动的客体，而是一个能够主动提问的"另一个主体"。文本将一个又一个问题呈现和言说出来。为了回答文本的问题，我们也必须相应的提出自己的问题，历史文本与文本的历史性本身也包含着对问题的一次次解答，只有了解了这种解答以后，才能从更高的层面上去重建相互视域融合后的新理解。

为此，必须从文本的视野进一步提高到问题的视野，使文本的提问和自身的回答都处在现实的提问状态下，成为未决状态。因此文本或者传统的重建，譬如说，中国传统文论的现代性转化，就不再是我们作为研究主体的，单纯的主体的单向运动，而是在相互对话过程中带入现实的认识以后的新的理解和建构。并为更新的下一次对话和理解打下了基础。阐释学的问答逻辑消解了传统的关于理解者与文本之间主客对立二分的思维模式，他使理解者与文本之间成为一种主体与主体的对话关系，双方或者说多方都带着自己的视域，带着自己的提问和回答，平等的进入对话，在互为主体的相互问答运动中力求超越自身的视域局限，去追求新的视域建立和开启艺术与生命理解的新天地。

当代诗学阐释学在上述一系列命题上的认识超越，同时也为中西比较诗学确立自己的新的方法论基础，建构了自己的认识和对话原则平台，为比较诗学的发展提供了重要的现代思想的理论依托。

二、古今对话：传统诗学的现代性展开

通观近二十年中西比较诗学的进展，其不遗余力的探讨如果稍微概括一下，大致可以归结为两个突出的价值目标：

一个是所谓中国诗学传统的创造性转换命题。就其目的而言，它实际上是要探索如何使中国传统诗学资源中有生命潜力的部分向现代敞开，使其合理的成为中国现代诗学的有机构成部分和未来生长基础。这即是所谓中国诗学的现代性命题。

另一个目标则是企图在跨文化的诗学对话中，以中国诗学为一方，积极寻找加入国际性诗学对话的"话语模式"或称"共同的美学据点"。意图在于确立或突出中国文论传统在世界文论格局中的价值和地位，也就是所谓中国诗学的世界意义命题。

基于上述两大目标，在中西比较诗学研究中，实际上存在着互相纠缠而又泾渭分明的两条对话思路：一条是古今对话的思路，一条是中西对话的思路。围绕这两种思路的探讨过程不可避免地会碰到许多理论和实践上的难点困扰。譬如如何看待传统的问题、关于原义的争论、意义的生成和阐释模式，中西诗学对话中的阐释的循环问题以及有关的对话原则和方法学的理论基础等等。面对这一系列问题，恰恰正是现代诗学阐释学的思想和方法原则为我们提供了极富创造性的探讨角度和思索的理论基础。

比较诗学对中国诗学传统的现代读解，其首先面临的就是如何看待传统的问题。

对待既有的诗学传统，常常有一种僵化的态度，就是把它视为封闭的、凝固的、不变的形态，在与另一种文化对话和比较交流的时候，不管对方是否能够理解和接受，不管是否适合现代的文学现实语境，没有任何的现代读解和话语协调，一味的照抄照搬出来。以为只要翻出半柜子古代的文本，抬出几套祖宗诗法文法的话语家法，搬弄一串串所谓"载道"、"言志"、"景外之景"、"象外之象"、"见月忘指"、"羚羊挂角"的术语概念，作几组罗列排比式的分析对照，甚至完全不考虑概念范畴的背景和对象，仅仅是凭借表层的符号类似性，就可以大胆地来一番你现在才有而我家老祖宗过去就有的阿Q式解释。喊喊中国文论传统渊源久长，博大精深的口号，就以为向外部世界推广展示出了一个"原装"的中国诗学的真实形态。这种几乎完全自说自话的，独语的，乌托邦式的努力，扔给他人的近乎就是一具诗学的木乃伊，它既没有生命活力，也没有现实的文学现象阐释功能，不仅无助于传统的弘扬和发展，甚至往往歪曲和损害了传统的形象和价值。

在现代阐释学的意义上，文本照搬和考古式的对待传统，不仅抹杀了传统构成的丰富性，更重要的是忽略了传统作为一种从过去延续至今，又必然从现在走向将来的活的存在。其实，就中国诗学的真正传统而言，它从来都不是固定不变的一种凝固体，在其数千年历史时期的不同阶段，也都曾经表现为不同的存在形态，而就其历史发展路径而看，则体现为先人大师的原初话语在历代的阐释下，不断变化、扬弃、丰富发展的生动过程。这实际上意味着，即使是今天看去已成为历史的传统诗学，在他的发展运作过程中，也是以一套类似河网式的，包含主流和支流、港汊与小溪的精神水系在发展运动着，甚至就是到了近代和"五四"以来，古代文化与现代文化之间一度出现巨大断裂性振荡以后，传统的潜流也始终还在现代的喧嚣层积下面流淌着。我们可以负责地说，在作为历史和现实存在的人的意义上，传统从来就没有消失，即使是在最激进的年代里，他顶多也就是处于一种缺席性的在场状态而已。

例如以诗学中的言意关系范畴而论，从《易传·系辞》的"子曰，书不尽言，言不尽意"到《庄子·外物》中的"言者所以在意，得意而忘言"；从魏晋"言意之辨"到《文心雕龙》的"文外之重旨"；从司空图的"言外之意"到后世各种与之相关的"神韵"、"性灵"、"境界"诸说，言意关系从解经学的观点逐渐变为诗学的范畴，从执着于言不尽意的困扰到对言外之意的自觉追求，均经历了一个历代不断加以创造性理解与阐释、融合与超越的过程，今天仍在不断发展之中。①如果只是执着于某一时空条件下的成说，不经过一番创造性的理解和超越，不仅不会有今日中国诗学关于言意命题的丰富内涵，恐怕这一认识连走出古典经学的圈子也有困难。因为即使是在魏晋时代的王弼那里，"言意之辨"也主要只是一个关于《易经》阐释的义理问题。

事实上，传统并非一成不变地留存在以物化形式保留下来的典籍文物和历史遗迹之中。在未经特定时代的主体去"阅读"和"激活"以前，传统的意义并不存在，传统的意义只能出现在现实主体与历史文本的对话和阐释活动之中，只能不断生长在当代人的意识里。于是便少不了扬弃和发明，少不了话语方式的现代转换，否则就很难称之为传统。正如伽达默尔所言："历史理解的真正对象不是事件而是意义，所以把历史理解说成是主体去接近一个自足存在的客体，就显然不是正确描述这种理解。事实上，在历史理解中总是

---

① 见拙文《语言的激活：言意之争的比较诗学分析》，载《文学评论》，1994年第4期，第104、106页。

已经包含了这样一点,即朝我们走来的传统是在现在之中说话,我们必须在传统与现在这种调解当中理解传统,或者进一步说,我们必须把传统就理解为这种调解。"①

如果承认现代阐释学对于传统的分析是符合传统在历史中的实际情形的分析的话,那么关于什么是传统诗学"原义"的争论便不难解决了。

执着于原义与执着于传统的困扰其时均大同小异,历代文人出于维护经典"原义"的目的,极其强调一种"述而不作"的治学传统,即对经典的文本只作"注""疏"式读解,只转述而不加以发挥。似乎经典只允许有一个,而注本却可以有成百上千。人们以为这样便可以有效地维护住经典的原义了,殊不知任何陈述都不可能是原样的再现,而是包含了理解主体的认识。"当你带着自己先在的经验结构和指向性去'校、注、疏、述'的时候,便不可避免地渗入了你的选择和判断,你对文本的任何处理行为都必然是一种阐释,是一个以所谓'原义'为起点,不断向着未来的意义积累和生长的过程。正是元典与注疏读解在历史中有机地构成了一个动态的意义组合。你注六经时,不仅是经典在向你走来,同时你也在主动地向经典走去。经典的意义始终呈现为一个发明和运动的过程。"②如果说有什么称之为"原义"的东西存在的话,它只可能体现为一些最基本的生命困扰,一些与人的历史性存在相关的言谈范围,一些由特定时空和语言环境所决定的意义的有限展开。而且随着视域的改变,它必定会在运动中生长、扬弃和丰富自己,这将意味着,它在历史的每一规定性的时空中只有以现代形态出现才具有积极的价值意义。

---

① 伽达默尔:《真理与方法》,英文版,1975年,第293页。
② 见拙文《阐释的权利》,载《北京大学学报》,1994年第1期,第50、51页。

再以"道"这一重要概念为例,它的原义在先秦铭文中最初只是"道路"之意,"一达谓之道"。此后随时代变迁和历代的阐释逐渐生出丰富的意蕴。《易经》说"一阴一阳之谓道,"遂有二元之分;《老子》曰:"道可道,非常道",渐融入"言谈"、"理性"、"虚无之道"等多种含义;后世则发展出"天道"、"佛道"、"理道"、"心气之道"、"万物之道",以及近代之"人道"种种。不仅成为中国哲学的核心观念,也成了诗学的主要价值目标,即所谓"言志""载道"等等。《文心雕龙·原道》中说"道沿圣以垂文,圣因文而明道",既指万物本体、世界本质、社会发展规律的本体之道,也包含政治原则、伦理规范、等级制度等工具之道。等到将"天人合一"视为文学应载之大道之后,"弘道"终于成了中国诗学之大法。而今人张隆溪在其著述《道与逻各斯》(*The Tao and the Logos*:*Literary Hermeneutics*,*East and West*)中,则主要取其"道"的"理性"和"言谈"这两组与西方"逻各斯"概念较易对话沟通的层面来展开分析,使之既让对方有基本的理解,又在比较融合中产生洞见,这无疑为提升中国传统诗学为世界所认识做出了有益的尝试和努力。①

所有这些都无不证明,"原义"只有在现代阐释学的意义上才是中西比较诗学研究的理论前提。对于比较诗学而言,重要的不在于寻找一成不变的所谓诗学的"原义",而在于如何去理解和追问这一久已被悬搁的观念,使之尽快走出古典诗学阐释理论关于原义的种种误区,从而对诗学意义的生成和阐释方式有更接近今日知识水准的全新理解。

现代阐释学在"阐释的循环"命题上与古典阐释学的不同,在

---

① 参见张隆溪:《道与逻各斯:东西方文学阐释学》(杜克大学出版社1992年)的基本观点。

于后者相信在整体与部分的依存与循环过程中无法做到"客观的理解",无法寻找到文本的"原义",从而成为恶性的循环;而现代阐释学则认为文本的创造者和阐释者都是"人",他们的偏见和前理解都是作为"人"的局限性而不可避免的,于是,意义的生成和发展只能是一个相对的、无限趋向未来的过程。因此,加入到循环中去,就是理智地进入意义的不断动态生成过程,是一种积极的有价值的循环。

就中国传统诗学而言,其过去的意义生成是历代的阐释主体对居于特定时空中的诗学文本进行不断阐释的结果。既有的诗学观念是主体与对象之间相互对话,相互作用的动态生成物。前述关于"道"和"言意关系"命题的分析展开便可以证明这一点。与此相应的,则是在今日的语境条件下,在作为对象的传统诗学与作为主体的今人之间,在传统诗学文本与20世纪中国以及世界的文化背景之间,在中国诗学与世界其他民族诗学之间,所谓传统诗学的现代转化,也即是这样的一轮新的循环。而一轮新的阐释循环的开始,绝非是一种学术上的随意选择,而是中西比较诗学对于现代历史要求的主动回应。这也将意味着,对中国传统诗学加以新的言说和阐释的意义,不仅是为着建设属于自己的现代文论话语,为着与当代世界文论主潮的平等对话,而且更是为着这一诗学传统本身的生命延续和发展,是中国传统诗学薪火传递,生生不息的内在需求!

三、中西对话:互为主体的应答逻辑

然而,我们不能不注意到,对中国传统诗学的现代言说和阐释,始终只是中西比较诗学的众多价值追求之一,而且这一追求的实现,除了依靠阐释学意义上的"古今对话"之外,由这一学科思路所决定的"中外对话"更有至关重要的意义。

无论是为着传统诗学的现代阐释，还是为着在比较中寻求某些跨文化的诗学共相，或者甚至如某些人所说的"规律"探寻，中西比较诗学的学术目标都是在努力追求中国的现代性这一世纪性主题的语境下展开的。双方在现代世界中处境的历史落差反映在诗学领域，则表现为20世纪西方文艺理论话语的持续张扬和中国文论话语的日渐退缩。在铺天盖地袭来的西方文论话语的喧哗中，中国文论在话语和诗学符号系统的学术市场"拥有"上，显示出"失语"症候愈来愈重的倾向。为着摆脱这一处境，中国传统诗学迫切需要更新重建自己的现代话语系统，但是为着重建自己的话语，他又没法不借助于参照系，也就是说，不能不以大军压境的西方话语作为参照。这几乎是现代中国文化，甚至是整个中国社会发展的普遍困境。于是中国的比较诗学研究必然要在古今对话的同时展开中外对话，从而与前述古今对话一起，共同构成今日诗学关系探讨上的所谓双重对话，也可以称之谓中西古今的四方会谈。

　　当然我们必须注意到，这种中外对话范式的建立和区分，实际上包含着很复杂的相互依存关系，常常是你中有我，我中有你。有些问题表面上是古今之争，但是实际上却是中西问题；有些问题表面上是中西问题，但是本质上却是古今问题。譬如中国小说叙事理论的探讨，其中既要考虑到西方小说译介及其小说叙述理论引进对于现代中国小说叙事话语演变的明显影响，同时也要考虑到中国小说叙事传统自身在其发展过程中，内在的朝向着现代性的继承创新，诸如像明代文人学士对传统小说《金瓶梅》、《西游记》、《三国演义》、《水浒传》的结构和叙事创新，清代曹雪芹通过《红楼梦》对于小说的叙事方式和意义话语生成的现代性开掘等。

　　无论如何，所谓中西问题的关系矛盾一直以来始终是突出的。如果要以现代性为价值标准去更新传统中国的诗学话语系统，除了与自身传统的对话之外，基于中国文化发展的现代处境，与西方话语的对话交流就注定成为不可比避免的功课。而要开展真正的中西对话交流，有两个重要的前提必须解决：一个是对话双方的关系地位问题；另一个则是相互理解沟通的话语平台问题。

首先，关于对话双方的关系地位，这并非只是一种情绪化表达，或者说作为文化意识形态归位以及文化本位立场的所谓"平等"和"不平等"问题。就话语的历史和现实存在而言，不平等早就是一个客观的存在。就目前而言，西方理论话语的强势影响已经不是一天两天，而是伴随其经济强势存在了一个多世纪的事实，看情形，如果不发生意外巨变（譬如世界大战），这种不平等的局面还得持续相当长的一段时期，这就是我们今天所面对的理论现实。

无论你是如何地强调和呼吁对话的平等，如果不是从学理上去证明其必要和必需，多数情况下也只是本土学人站在中国本土一厢情愿的向对方喊话而已，而且由于使用的是汉语表述，有时候这种喊话几乎近于独白。如果真的尝试要去改变这种不平等的局面，重要的首先不是要从文化意识形态上去计算得失和划分立场，而是要真正从世界文化发展的未来和实际需求去论证这种西方文化独大局面的危险性，从学理上去证明这种现实存在的不平等状况的学术非正当性，并且以合乎学理和理论逻辑的分析探索思路去尝试颠覆它。

在前面论及现代解释学的理论超越的时候，我们曾经说过，在阐释学的关系意义上，阐释者与所谓被阐释对象之间的关系无论多么复杂，实际上还是可以归结为不同表现形式的对话关系。

一次阐释活动就是一个对话事件。这种对话模式是以一种称之为应答逻辑的方式和步骤得以实现的。在应答逻辑模式中，被理解的对象不再是一个被动的客体，而是一个能够主动提问的"另一个主体"。对象将一个又一个问题呈现和言说出来，为了回答对象的问题，阐释者也必须相应地提出自己的问题。阐释过程中的这种逻辑应答关系，是现代阐释学理论的基本出发点之一。阐释学的应答逻辑消解了传统的关于阐释者与被阐释者之间主客对立二分的思维模式，他使二者之间成为一种主体与主体的对话关系，双方或者说多方都带着自己的视域，带着自己的提问和回答，平等的进入对话，在互为主体的相互问答运动中力求超越自身的视域局限，去追求新的视域建立和开启艺术与生命理解的新天地。

具体到中西之间的诗学对话，无论现实中的西方话语有多么的强势，而中国传统诗学话语如何处于不利的地位，但在阐释性对话的意义上，它们都是具有历史和现实生长能力的活的存在。也就是说，他们各自都具有自己的主体性维度，他们各自的此前和此后的命名和存在，都并不依赖对方为必需的前提条件，而只是一种参考系。中国诗学无论是多么的沉寂，它也并不是一个完全被动地等待别人去阐释的对象性"文本"，而是始终具有超越自身可能的主体存在。同样，西方诗学无论具有多么强的现实影响能力，也始终会带着它自己主体的历史"文本"和前理解，也可以说，具有它自己先天的历史视域局限性。因此，它们都是主体，同时又都是并非能够完全自主和超越一切的主体。它们的相遇和对话，不可能是通常所言的主客体对峙关系，而是一种你—我关系，一种不得不面对面的对话关系。总而言之一句话，它们之间互为主体，同时也互为客体。

当然，中西之间这种互为主体的对话关系也不是毫无差别的，面对问题的时候，如果谁取得提出问题的权利，谁就变成了主动的"提问者"，而后者就成了"被提问者"，只有处于这样一种问与答的关系中，才会不断有新意义的产生。因此，所谓阐释，也就是一种问与答的辩证法。没有提问，就没有回答，没有提问，无论传统还是现实的诗学存在都只能保持沉默，对话也就不成立。但是，问答式的对话必须有明确的问题意识，而所有这些问题都又都受限于双方的效果历史和理解的视域，从而注定只能问其所问，答其所答。正如伽达默尔所言："只有当诠释者被主题推动着、在主题所指示的方向上作进一步的询问时，才会出现真正的对话。"[①]在这一基于前理解的阐释视野下，互为主体是前提之一，问与答是前提之二。对话只有在这样的条件下展开，才有可能具有生成性和合理性的价值。

基于上述关系和前提，如果进一步来探讨中西比较诗学对话要求的某些基本原则就较为顺理成章了：

第一，必须坚持对话中冷静理性的平等原则。

不平等的文化现实所可能赋予对话双方的文化立场偏见尽管在表现形式上不同，但在本质上却往往有惊人的一致性。

强势的一方，有居高临下的自负，往往情不自禁地走向文化的自我中心主义。譬如所谓过去的欧洲中心主义和今天更为广义的西方中心主义都是这样。他们一方面把自己的文化观念作为具有普适性的全球价值来推广，另一方面却对其他的文化采取漠视冷淡甚至视而不见的态度，或者说至多是作为考古文化人类学的样品加以欣赏。

而弱势的一方，面对强势文化的入侵，在呼唤平等对话无果，急于求成的情形下，由于丧失耐心和信心，很可能就会走向文化上的部落主义，孤芳自赏，封闭自得，对本我文化不加鉴别的一概称颂，拒绝文化上的交融互补和现代进步。

而在本质上，双方都是表现形式不同的某种文化孤立主义，都与历史文化发展的现代进步潮流格格不入。因此，如果不是为着一味地对抗，而是要通过对话去消解偏见，推动各自和世界文化发展的进步。就必须反省各自的文化立场偏见，不是从现实的地位高下

---

① 伽达默尔：《哲学解释学》，中译本，上海译文出版社，1994年，第12页。

出发,而是从历史长时段过程中文化发展的坐标曲线演进观察,从历史上文化之间的影响互补和各自文化地位消长变迁的更多事实出发,理性地去认识到各自现实文化地位的阶段性、暂时性和必然转化性,从而在包括诗学对话在内的文化对话过程中,客观地看待自己和别人的文化,在保持自身文化尊严的同时也尊重非我的文化,以学习、借鉴和吸收的态度去参与对话。

就西方的诗学对话者而言,它的修炼在于真正地注意到自身文论体制的历史发展性和现实有限性,并且学会尊重和学习非西方的诗学成就。而对于非西方诗学而言,要看到并且承认西方文论在近现代发展过程中众多学科领先的事实,客观面对现实的理论话语处境,同时,既要有强烈欲望,抓住机遇,借助他人的经验参照尽快往前追赶,也要反省自身诗学话语体制的不足和落伍方面,认识到这是一个需要一定时间段和历史条件才能逐步发展和改变的理论处境,需要用极大的耐性和坚韧的意志,不断一砖一瓦的去逐渐建构自身诗学的现代体制。

这里,不是急于用历史的诗学成就去与现实的西方诗学"比",而是按思想的理性和现代学术的规则去"说",去对话。所谓对话的平等,不是以历史的"我"去与现实的"他"比较,而是设法让现实的"我"在各方面都内在的成长强盛到这样的一种程度,那就是使包括对方的优势也转化为"我"的优势,从而使"他"不得不尊重并且平等面对,甚至主动的学习。有自信才有理性,也才有耐心。

尤其是对于处于文化现实弱势的一方,所谓冷静理性的平等对话原则,首先就是以承认不平等现实的时间性存在作为前提的。

不断争取主动提问的原则。

我们前面已经讨论过,中西诗学之间的对话模式是以一种称之为应答逻辑的方式和步骤得以实现的。这种应答逻辑消解了传统的关于阐释者与被阐释者之间主客对立二分的思维模式，使二者之间成为一种主体与主体的平等对话关系。

虽然主体的前理解和视域限制决定了它的对话局限性，但同时，它既然有自己的主体维度，也就有超越自身的生长可能。的确不错，尽管在对话中双方都是主体，但是，在这一对话的应答过程中，如何争取提问的权利却具有特别重要的意义。是处于主动发问的位置，还是处于被动回答的位置，其对话的效果也会明显不一样。谁取得提问的权利，作为话题的"问题"或者说"主题"就在问题意识和追问的方向上较多的倾向于提问的一方，谁就有较大的可能控制话题的预设价值方向，并且利用对方的文化资源和视野来论证、补充、扩展和证明自己的主题，并且从对话中获取较多的自身进展。正如前面所引伽达默尔的观点，真正的对话是在主题的推动和指引下，沿着主题指示的方向去推进的。因此，在中西诗学的对话过程中，强调平等关系固然重要，然而，在实际的对话过程中，争取提问的主动权才真正具有关键的实践价值。

以近代以来的中西关系为例，大多数情况下都是西方在发问，而我们则穷于应付性的回答。列强的兵舰开进来，大炮都轰到紫禁城下了，于是我们意识到要有自己的"船坚炮利"；西方的火车汽车、机器钟表等洋玩意儿一股脑地涌进来了，于是我们又意识到要"科学救国"；而当在世界上都屈指可数的堂堂北洋舰队让比自己还弱小的倭寇打败之后，关于制度和文化意识形态的反省才提上议事日程。

文化上，文学上，诗学上也都是同样，西洋各种的主义、理论轮番地进来，本土于是轮番地应对和试验，真正是前赴后继，不屈不挠。从近代、"五四"、20世纪三四十年代、八九十年代，甚至都到了21世纪之初了，还是兴味不减，一个高潮接着一个的高潮。

谁最先引进了某种主义或者理论,并且抓几个中国本土的例子来加以实验说明,谁就可以在中国的文化界和学术界领几天风骚,造就成为一时的学界名人。

先是现实主义、浪漫主义、自然主义、象征主义、唯美主义以及各种各样的现代主义进来。接下来就是诸如别林斯基、车尔尼雪夫斯基一类"斯基"的俄苏左翼文论,和以革命现实主义为代表的革命文论独领风骚的时代。然后到了20世纪80年代以来,又是各种各样的形式主义、结构主义、精神分析、符号理论、现象学、读者反映—接受理论、解构主义,截然不同的西方马克思主义和后现代等的热门天下。而走到新的世纪转换时期,面对全球化潮流的挑战,诸如后殖民理论、文化研究理论等又开始大行其道了。眼下,当政治和思想界挑起的文明冲突论甚嚣尘上的时候,某些适合了冷战结束以后的世界局势,尤其是9·11以后国际政治情势发展,鼓吹西方价值至上,为西方当权者所青睐,能够满足西方化帝国梦想的理论也开始逐渐浮出水面,譬如某种改头换面的新保守主义或者说政治阐释学等。这一回,又不知国内学界该如何应对了。不过有一点可以肯定,就是我们还是又一次被提问了,被动的应对一定是避免不了的。因此可以说,一百多年来,至今我们也没有改变这种被提问的被动局面。这就是我们在跨文化对话中的现实处境和全球文化身份。

应该说明的是,问题并不在于该不该引进各种西方主义和理论,也不在于这种引进的数量和持续的时间延伸维度。在一个开放的,信息化的和全球化发展的世界里,无论是任何学科,这种引进不仅不是多了,反而是深度和广度都远远不够。因为只有真实全面地把握住了这个世界的发展成果和趋势走向,才有可能在前沿性的起跑线上展开竞争。因此,真正的问题其实是在于如何去看待这些东西的心态和使用它的原则。

首先，作为异质文化语境和经验的产物，应该明确这些都是"他人"的，并且首先也是为着他们自身问题的理论建构和实践尝试。其次是所谓"参照系"的心态，那就是，这些个主义或者理论什么的，对于"我们"，对于中国而言，都只是一类仅供参考之物，是一定程度上可资借鉴的东西，而不是可以在中国复制套用的理论，更不应该成为我们现实基本的思考和理论写作范式。所谓借鉴他人，一则是为着看别人在国际学术社会对话中怎么"说"，而当我也来"说"的时候，他们怎么才会"懂"。二则是如何像对方一样，能够向国际学术界提出出自于自身文化的、又为世界关注的、有意义的原创性和普遍性的问题。

举例说，如果我们在向域外，尤其是向西方介绍中国文学史上的作家作品的时候，只是告诉他们说，杜甫是现实主义的、李白是浪漫主义的、李商隐是象征主义的、李贺是颓废主义的等等，结果对西方读者而言，感觉会如何呢？

首先，它会觉得西方的这些所谓主义和理论真的有全球的普适性，可以用来诠释任何文化和民族的文学现象，当然也包括像中国这样文学底蕴深厚的文化传统。

其次，他会认为，中国的文学批评理论大概没有什么有特色、没有个性化独创的东西，否则，何必用西方理论来诠释。既然用西方的理论已经足以解释这些经典的文学现象和作家作品，那么，其他的理论也就没有什么关心的必要了。

回头看看多年来我们所编写的普遍的文学史、文论史、文学概论、美学导论、或者说其他的理论著述等，它们之所以只是在本土流行影响，自说自话，却难以为外部世界、尤其是为西方世界所尊重和引述，也不被他们当作既有传统学术个性，又有现代学科特色和价值的独立理论体系所接纳，其重要的原因之一，恐怕就是太像西方学科和理论的东方改写本和注释性版本了，其内容和风格从根本上缺乏自己文化的创意、缺乏自己的价值倾向、问题意识和话语个性。

而假定我们能够像某些在跨文化学术对话中已经具有提问能力的学者所做的那样，自信和严谨地主动向西方提出某些独具中国文化和文论特色、而又同时具有现代国际学术价值的问题来，其在对话中的关系情形就会迥然不同。

譬如钱锺书关于中国诗学中"人化批评"或者说所谓生命批评的论述①、关于"通感"的讨论②。叶维廉关于汉语语法及其诗学表现特性的比较性分析③。张隆溪关于书写文字的表意悖论及其诗学意义的研讨、关于"道"范畴与西方"逻各斯"范畴及其对于中西诗学传意特征的辨析④等等。都在一定程度上表现出这种原创性和文化个性的特征，值得加以注意和效法。

上述诸人的这类话题之所以具备主动提问和展开跨文化诗学对话的资格，乃是因为他绝对是一个出自于本土中国文化传统的独特命题，同时又是一个可以具有跨文化诗学推广整合意义的课题，对于世界性诗学的发展有相当的补充参考价值。站在中国文化的立场，关于如何来确定这类跨文化诗学提问的学术命题，钱锺书早在六十多年前就提出了相关的基本原则，今天看来仍旧富于现实意义。根据他的说法，此类问题一般须具备下列特点：

---

① 钱锺书：《中国古有的文学批评的一个特点》，载《中国比较文学研究资料》，北京大学出版社，1989年，第44页。

② 钱锺书：《通感》，载《比较文学论文集》，北京大学出版社，1984年，第21页。

③ 参见叶维廉：《比较诗学》一书第二章"语法与表现"，台湾东大图书公司，1988年。

④ 参见张隆溪：《道与逻各斯》一书第一章"对书写文字的非难"，四川人民出版社，1998年。

"(一)埋养在自古到今中国谈艺者的意识田地里,飘散在自古到今中国谈艺的著作里,各宗各派的批评都多少利用过;惟其他是这样的普遍,所以我们习见而相忘。

(二)在西洋文评里,我们找不到他的匹偶,因此算得上中国文评的一个特点。

(三)却又并非中国语言文字特殊构造的结果,因为在西洋文评里,我们偶然瞥见它的影子,证明一二灵心妙悟的批评家,也微茫地,攸忽地看到这一点。

(四)从西洋批评家的偶悟,我们可以明白,这个特点在现象上虽是中国特有,而在应用上能具普遍性和世界性;我们的看法未始不可推广到西洋文艺。"①

总而言之,你所提出的首先必须是一个具有普遍性的、相对典型的中国诗学问题。其次,它又必定有某种人类的内在相通性。具备了这样的条件,把握了这样的问题,通晓了世界诗学的大势,在跨文化对话中,中国诗学就可以变被动回答转而向世界主动发问,真正参与到现代性的世界诗学建构过程中去。

只是,真正要做到这一点,却并非是一件轻而易举的事情。哪些是典型的中国诗学问题?这些问题又如何具有人类诗学的相通性,并且曾经为域外的诗家学人偶然领悟过?当下世界诗学建构的特点大势是什么?每一个条件的确立都需要艰苦的学术努力和双方互动的长期认知过程。

最后还有一点必须强调,鉴于跨文化对话中话语霸权存在的事实,出于中国文化传统而提出的问题,有时候,或者说相当多的时

---

① 见钱锺书:《中国古有的文学批评的一个特点》,载《中国比较文学研究资料》,北京大学出版社,1989年,第46页。

候,会遭遇西方不愿倾听和应答的情形。面对这种情形,除了继续反省我们提出的问题,即作为跨文化诗学对话中大家共同的问题它是否成立之外,至于话语的文化区别及其理解难度,则是需要等待对方花费功夫去学会适应的。

对方如果拒绝应答,或者说干脆不屑一顾地转过身去,这种情形在当下的国际学术交流不是个别现象,至多只能说明对方的傲慢和无知,而傲慢无知难道不正是落伍的开始吗。所以我们不必太沮丧和郁闷。至于作为提问一方的我们,无论对方是否愿意倾听,都一定要坚持自己的立场,不断地提出问题,逼使对方正视问题。而当问题积累到对方不应答已经别无退路的时候,中国诗学的现代超越机遇也就可能正在来临。

第二,始终坚持由多重视域融合走向新的诗学建构的原则。

在本节一开始的时候我们就强调过,要实现中西之间真正的对话,一个重要的前提就是合理的对话关系的确立。在这种关系中实现的平等原则和主动提问的原则,为诗学对话的价值合理性和意义创生可能性提供了基本的学理前提。而另一个重要的前提则是需要一个有效的对话平台,使得对话的各方在这一平台之上都能够找到自己的位置,并且有充分使用自身话语资源的天地。阐释学关于视域之间的理解融合及其关于阐释学循环的现代积极性理解,则为这一复杂对话平台的建立及其有效性提供了另一重要理论前提。

现代阐释学的原则告诉我们,任何理解和阐释都必须依赖于理解者和阐释者的前理解。也就是由个人的历史、文化、及其观念所形成的认识和理解事物的特定视域。在艺术生产中,正是这些各自不同的、特定的视域,赋予诗学最初的创作者和后来的阐释者各自的创造性能量和诗学理解的生长性基础。

诗学文本中总是含有作者的初始视域,而后世的历代批评家总是带着他由当时现实语境决定的当下视域。因而,整个读解阐释的过程，在一定程度上也可以说就是这两类视域之间的持续性的历史对话。古今中西的诗学各方，由于时间和历史文化差别，总是带着自己视域的洞见和盲区进入融合性的对话。按照伽达默的观点，现代诗学阐释者的任务就是要不断扩大自己的视域，在前述所谓双重四方的历史性和共时性的对话中，使自己的视域与其他的视域相接触和交流，从而实现新的视域融合，并且超越原先的视域，到达新的更高更丰富的新视域，努力去实现各自诗学理解的现代转化和提升。

在这一视域融合过程中，被转化的不仅仅是中国的古典和现代诗学，同时也包括已经处于一定程度的现代存在形态的西方诗学。这将意味着，就当下的时段去看，西方诗学也是属于历史的存在物，它本身也要通过克服自己的中心主义情结，并且在与非西方诗学的融合过程中去朝向未来提升自己。

真正的现代跨文化诗学对话必将意味着，无论是中国还是西方的历史诗学，在理解过程中都将不断得以显现，但作为新的视域融合的结果，历史的诗学又将自觉退居幕后，从而不得不把出场登台表演的责任交给当下可能的、新的诗学形式。在这一意义上，无论是中国的古典诗学，还是西方的现代诗学，在当下的现实境遇中，在走向 21 世纪的新路途中，都存在着通过不断地积极阐释性循环而走向新的面貌转换的可能和必要。

在一定意义上，中西古今诗学之间在一个平台上的对话，也可以视作为一种现代条件下的阐释的循环，而有了对前理解和视域融合的新认识，关于"阐释的循环"也就具备了超越狄尔泰限定的可能。前面说过，阐释的循环的困扰在于没有考虑人自身的历史性和有限性。人本身就在历史之中，并且成为历史的万万千分之一，它与历史整体之间的循环互动关系，因为人自身的有限性和历史进化性，从而使所谓"意义"和"真理"的追寻，由于失去了关于人这一要素的不变和稳定性，从而也失去了它的确定性，既然找不到固定的意义，所谓阐释的循环就很可能是一种恶性循环。

但是如果从本体论的立场出发，换一种观点去看待人的有限性，却可能在循环中发现曙光。既然探索意义、创造意义和阐释意义的都是"人"，因而我们对于对象的读解也就是对于我们自身的读解。也即是说，我们用我们的五官去观察外部世界，用大脑去反思精神世界，用话语和文字去说明这个世界，其实最终都是在拷问和梳理我们自己的存在及其有限性。既然我们人的存在和有限的经验世界是我们进入理解和阐释的出发点和前提条件，而作为部分的我们与整体世界的意义循环追问同时也是为着人的存在的追问，那么，人就应该将自身视作为这个循环的有机部分，理智地和自觉地加入这种循环。也就是说，由于人作为重要的鲜活因素的加入，尽管在阐释的循环框架和过程中的理解和阐释，总是没有终极结论的、处于历史时间过程中的有限意义，而不是终极"真理"，但人在这种阐释活动中不断对世界的揭示，当然也包括人对自身存在价值的揭示，就是一个不断在进步的上升运动，并且总是在逐渐接近这个世界的存在意义，同时也开启了一个不断延续向前的，包含过去、现在、同时也指向未来的意义理解和认识的上升过程。

我们曾经论及，中西比较诗学的核心价值目标，从根本上说也就是在于中国诗学本身的现代性和国际化命题。这里还可以换一种说法，既是这种学科性的现代努力，其实也是为了摆脱中国现代诗学缺乏自身主体性话语的尴尬处境。

而为着摆脱这一处境，我们既需要利用中国传统诗学的资源去强化更新自己的现有话语，同时，为着更新提升自己的话语，又不能不以大军压境的西方话语作为参照。因为后者在时间历程和认识循环上已经走在了我们的前面，它在追求其现代性过程中的经验和教训，是我们无可回避的参照物。

除非我们愿意一切都从头再来,然而这却好比是让时光倒流一样的困难,或者说是现代的掩耳盗铃行为。

于是,中国的比较诗学研究在这样一个平台上,却必然同时展开古今和中外的双重对话。也就是说,要更新前行,必须依赖与西方话语的对话交流,而要开展交流,则我们既有的诗学话语又必须是一定程度上可以相互理解沟通的理论话语。这意味着,中西古今之间在这个对话的平台上,需要在作为人的基本共同性、文学艺术的历史类同性,诗学话语的历史继承性以及现代交流的互通基础诸方面达成某种程度上的协调,以之作为在这个话语平台开展对话的基础。

其实,这些作为对话的前提、条件和基础,一直都是存在于中西对话的关系格局中的,只不过,我们有时候因为习以为常而忽略了这些前提条件的存在,有时候又因为太多地关注它们之间的差异,而忘记了一直以来就存在于它们之间的,相互赖以交流的共同基础。其实,自有跨文化交流以来,他们就在支撑着这种交流的延续,如果不存在下面讨论的基础,一部中外文化交流史便无从谈起。

1. 对话是以人作为人的诸多共同性作为基本前提

如果没有这一基础,所有的所谓对话都不可能成立。因为,只要是人与人之间的对话,而非人与动物的对话,它们之间就必然具有人的自然和社会存在共性。

首先,只要是人,无论种族、肤色、血统和文化如何,也无论是男女老幼或者今人古人,他们都具有人类生命存在形式的内在一致性。在人的形成、生长发育、谋生发展、两性结合、生殖繁衍、群体结构、退养衰老等方面,具有类似的规律行为和延续链条。同时,更重要的,还不仅仅在于人是区别于地球上一切其他生物的生命共同体，是所谓地球这个星球上唯一的"无毛两足动物"（钱锺书），更是在于他们生命的存在和经验方面有着基本的一致性。也就是说，我们几乎所有的人，都是置身于一种人与人、人与社会，人与自然，人与自身历史的、独特的地球生命结构体系中。

居于这样一个独特的生命结构体系中，在宇宙和地球历史的演进，在人的自然历史的发展构成中，作为人类他们所不断面临的问题和困扰，在许多基本的方面都是具有相似性的。譬如关于食物、关于温暖、关于安全、关于性、关于环境、关于发展的一系列基本欲望。无论如何，也无论任何群体和个体，谁都必须加以面对和在这样的一个生命结构中来加以解决。这也是联合国总是常常把这些问题作为自己的主要议题的原因。它因此也注定了我们作为人的思维和行为的基本命题，而所有其他的相关主题，则注定都是由此延伸开去，变化开去的。至于作为人类精神存在方式之一的文学，它的基本主题也主要是由此基础的出发和延伸。也正是基于这样的基本关系，不同文化之间对话的基本命题和主题基础才得以成立。

其次，基于我们共有的身体、头脑、感官和心灵等基本的生命存在形式，因此，人类对于生命的体验也就有了基本的矛盾共同性特点。而当这些存在的体验和它的矛盾冲突，以一种特殊的语言符号形式记录和表达出来的时候，无论他是多么原始的吭唷呼喊，还是多么精致的史诗巨著，也无论他们的形式和内容差别有多大，它们也就都成了我们今天称之为"文学"的东西。

人类生存体验的矛盾冲突，天然的构成了文学的基本意义表述结构。譬如生与死、爱与恨、时间与存在、欢乐与忧伤、离别与聚首，希望与绝望、奋斗与命运、自我与他人等。在这样的生命存在结构中，作为各种自然和社会关系总合的人，他们之间的每一个人，都无可逃避地处于种种复杂的关系中，他们所面临的全部存在关系，基本上都会被转换成各种基本的人类矛盾冲突形式得以呈现。尽管由于文化和其他因素的影响，这些矛盾冲突有着千差万别的表现形式和主题转换，但是作为人的生命和心理体验格局的基本对立统一关系，却依然是有着相似的矛盾运动形式。而且，尽管这些生与死、爱与恨、欢乐与忧伤等矛盾关系，在不同的时代，不同的文化群体中，被赋予和覆盖了不同的价值评判。譬如文化的、族群的、阶级的、派系的等等，但是，这些都不过是人类出于不同社会群体的，出于不同的文化和价值认识而归结的价值方向。在根本上，它并没有改变上述那些基本的矛盾关系。譬如你张三可以同情林黛玉，李四可以喜欢薛宝钗，王二麻子可以恨贾宝玉，或者别的人又颠倒过来，但是，他们之间的矛盾关系格局却始终没有改变。而正是基于这样的基本矛盾关系和冲突模式，跨文化诗学对话才有了共同的意义结构范式。

2. 对话是以人类文学艺术发展的历史类同性为先在条件

从中外文学艺术的历史发展和结构体系去看，尽管他们有着如此明显的文化、认识和实践的差异，但是如果沿着历史的轨迹，从文类、主题、题材、矛盾冲突结构等有关方面的历史发展过程去考察，你将会发现，他们在基本的历史发展格局上，始终存在许多普遍相似的地方。

譬如从主题和题材史去看，关于宇宙创生的神话，关于洪水的记忆和传说，关于逝去的生命和历史的记忆和想象、关于未来社会的期待；以及诸如"爱情与义务"、"战争与和平"、"金钱与道德"、"权利与良心"等题材和主题，在不同文化，不同民族的文学中都是普遍存在，屡见不鲜的。

而从文类史方面去观察，尽管各地区和民族在其文学发展史上，不同的文类发展也存在各自不同的侧重，有的民族在一定时期抒情文类较为发达，比如宋元以前的中国，诗歌的发展处在黄金时代；也有的民族在一定时期内叙事文类曾经占据重要地位，比如19世纪前后的法国、俄国等民族，无论是现实主义还是浪漫主义的小说创作都达到了高峰。但是，从宏观的粗线条的文类历史看，它们之间仍旧存在很多相似的规律性走向。譬如世界大多数民族的文学发展，都是先有口头文学，然后才有文字记录的文本，而神话和传说总是最初的文类，继而有诗歌，有散文并且逐渐过渡到小说文类，至于戏剧文类的发展，则是要看叙事文类和表演艺术在这一文化地域的发展和结合情况而定。有的成熟得早，如古希腊戏剧；有的成熟的稍晚，如中国的宋元杂剧；有的则更晚一些，如文艺复兴时期的英国戏剧和启蒙时期的法国戏剧等。但就其整体而言，世界各民族文学的发展，一般都是有着相对次序发展的文类①历史路径。而这一切，又都是与人类社会发展，尤其是生产力的变迁演进及其内在阶段性相关联的。正如广播、电影、电视文类的出现是以同样的技术传播媒体的出现为前提，近日所谓网络和动漫文学的出现，也不过是电脑和互联网出现后的文学艺术的必然产物。它们所反映出的，正是人类存在和发展的这种类似性和共同性在文学上的表现。

如果我们深入一些去考察，在文学发展的其他的方面，还可以发现更多的相似性和共同话题。

3. 人类诗学话语的历史继承性和交流程度作为对话的基础

同样，诗学作为关于文学的言说，其与文学本身一样，无论在各种文化。民族和族群之间有多大的差异和争论，但是，它们也都具有人的自然和社会存在共性，具有上述文学发生学上的诸多共同

---

① 有关小说文类史的分析，请参见伊恩·瓦特：《小说的兴起》中译本，第1—2章，三联书店，1992年。

前提和话语命题。

我们都已经有所理解，中西之间各自的诗学话语绝不是凭空出现之物，而是历史性的诗学发生、发展、并且不断更新演进的产物，是原初诗学话语带着自己的原初视域，在历史的时间流程中，不断与不同时代的诗学视域不断对话阐释的产物。它自身的阐释性循环和进展，使其本身就成为一套既有原初基底，又具有历史性不断融合扩展的内容特点的文学言说体制。

诚然，在中西诗学或者文论之间，一直存在众多表述差异和意义倾斜，不过，作为所谓的"文艺理论"，它们所面对的探讨对象毕竟都是所谓"文学"。也不管我们对文学这一概念的理解有多大的差异，但是，恐怕我们一般都不会否认，"文学是人类生活经验及其梦想的特殊表达"这一基本判断。而作为对文学经验和文学现象进行思考和表达的中西文论或诗学，其在一系列有关文学思考的基本命题方面，必然存在自身的历史继承性和众多对话共同的基础。

譬如关于在本体论的意义上追问"何谓文学？"、在认识论领域追问"文学何为？"、在价值论上追问"文学的功能？"、在语言论的意义上追问"如何是文学？"等等。而正是这类话题和追问方向的历史继承性和话题共同性，构成了我们展开中西比较诗学研究的起点和最切近的前提。

假定说，单一文化内部的诗学发展是一种古今诗学之间阐释性循环的过程，那么，诸如中西之间的诗学对话，则又是一套更为复杂的跨文化阐释性循环过程。尽管我们所走进的这一循环，既是现代诗学发展的必然要求，同时也是中国诗学发展本身无奈的选择，但是，由于存在上述一系列关于人类存在共同性、文学发展相似性和文论发展继承性的前提和条件，又具有了现实交流基础和理论认识的超越，因此，比较诗学学科的发展本身并不是完全被动和没有出路的。

现代阐释学关于传统、前理解、视域和视域融合、效果历史和对话原则的一系列理论洞见，作为理论的参照已经在启示我们，包括诗学传统在内的各种历史传统，它们既然是一个在历史时空中运动着的活的存在，那么，所谓现代的西方理论同样也包含着关于西方诗学过去的传统成规及其运动发展，包含着古希腊罗马以来的古代文论思想及其演变的历史，因而，它也是一种流动于过去和现代之间的活着的存在，不错，它当下是现代的理论话语，但是，它同时也是历史的沉积物；同样，被视为只属于古代传统的中国诗学，在经过20世纪的洗礼，经过王国维以来、或者说"五四"以来数代文论家的阐释，尽管还远没有达到西方文艺理论的现代性形态，但是，它在今天的话语体制，也未必已经不具有某些现代文论的因子。事实上，在所谓中国现代文论中，不仅有各种明显的西方影响，传统的影子也时时隐现其间。譬如在现代诗歌的批评理论中关于形式、格律、意境、"戴着镣铐跳舞"的讨论；在现代白话小说的理论发展中，中国式的叙事传统，譬如《红楼梦》的叙事创新影响；在现代散文发展中，古代杂文文类、小品文文类等的影响等等。

于是，我们便可以理解，西方的现代中同样有着它自己活着的、来自于过去历史中的传统；而在中国看似凝固的传统中却始终不断酝酿着现代的因子，有着内在的现代性契机，并且已经不断地在影响了现代。而相对于未来新的跨文化诗学发展和建构而言，无论是中国文论，还是西方诗学，就其当下和未来的走向而言，他们又都是确定无疑地是属于"过去"的存在。这将意味着，不仅是中国传统诗学的话语系统正在渐行渐远地走向历史深处，就是西方现代诗学的话语系统，在21世纪超越文化藩篱发展的新的诗学发展面前，他们也同样会逐渐走向历史的深处去。

只不过，相对而言，西方诗学距离当下的诗学建构更近一些而已。于是，在关于诗学的新的历史要求面前，中国和西方均不同程度地站到了一个被称之谓"跨文化对话"的共同起跑线上。这就可能为双方一定程度上的平等对话找到了绝佳的话题和起点。因为，在此以前的西方诗学，无论多么具有现代性的特征，但它毕竟只是基于特定文化传统和现实的产物，而在从跨文化的立场和视野去谈文论艺的意义上，现代西方诗学也和我们一样，一切都刚刚开始起步。

至于中西文论不同的历史和视域差别，从一个侧面反映出来的，必然是各自在过去的历史时空中探索文艺问题的不同侧重和长处，这将为双方在融合过程中的交流互补和视野扩展提供资源的可能。因此，我们完全有理由相信，双方尽管有落差，有不平等，但中西诗学只要坚持互为主体，互为参照的长期融合对话，在这一跨文化的特定的历史语境中，以各自的视域相互接触、试探和碰撞，并不断地反观自身，改进自身，启迪照亮自身和对方，不断探讨种种能够跨越双方诗学的新视域，在不断的循环往复中探寻中西诗学对话的中介性"话语"和对话性主题，那么，未来跨文化诗学的价值预期应该是有着极大发展和建构可能性的。

正如现代阐释学的原则告诉我们的，只要我们是理智地主动加入这一跨文化诗学的循环，我们就不仅不会丢弃自己的传统，而只会使传统得到趋于现代性和国际性要求的发展和提升。事实上，这已经不仅仅是现代阐释学理论的推理论证，它同时也已经为近二十多年来，或者说自"五四"以来中西比较诗学的众多研究实绩在不断证明着。

西方理论与中国传统文论的现代阐释[①]

——以比较文学的阐发研究为例

一

在由中国本土和海外华人世界所展开的中西比较文学研究中,曾经陆续有多种研究范式和研究类型被尝试运用过,然而其中突出地被称为中国比较文学研究者首创并率先总结的研究类型,当属所谓阐发研究,其与之相关的理论问题和学术评价也是中国比较文学学术界争议较大的问题。

关于"阐发"一词,英文中有一近似的字是 illumination,一般英文辞典的基本意思是:照亮、阐明、解释、启发等意思。阐发研究的概念提出或许与此有一定的关系,但是真正意义上的阐发研究确实只是中西比较文学研究实践的产物,与这一西方概念并无本质上的联系。作为比较文学研究类型的阐发研究,一般主要是指用外来的理论方法去分析、阐明中国本土的文学创造物,尤其是古典文学遗产,也即以形成于一种文化系统中的文学理论批评模子去分析处理形成于另一文化系统中的文学现象,有时候也有某些学人结合本土的理论方法展开双向或者多向的阐发。不过就目前为止的研究

[①] 本文系在本书中首次发表。

实践和成果而言，多数情况下是援用西方文学理论的批评方法来处理中国的文学现象、文学理论和文学作品。从事过这类研究的学者，自本世纪初比较文学被介绍入中国本土以来已经延续了好几代人，他们当中不仅有大陆中国的研究者，也有相当多的港台和欧美海外华人学者，还包括一批近年来崛起于汉学界，以中国文学研究为其专业学术方向的西方学者。在这支队伍中我们可以排出长长的一列令人刮目相看的学者名单，如：50年代以前即有梁启超、王国维、陈独秀、鲁迅、朱光潜、吴宓、钱锺书等，而从那以后的研究者就可谓洋洋大观了，仅海外学人，顺便列举便有如夏志清、叶嘉莹、高友工、梅祖麟、刘若愚、叶维廉、韩南、浦安迪、余宝琳、斯蒂芬·欧文、余国藩、伊维德等。国内学者更多。可以这么说，如果没有这种类型的阐发研究，中西比较文学的研究将出现相当大的一块缺失。另一方面，一直以来，也有学者尝试以中国传统的文学理论去阐发西方文学作品和现象，不过相对而言，这一领域的研究就比较稀见，业绩有目共睹的学者也较少，譬如朱光潜、钱锺书、叶维廉诸人，而且他们的研究也较少以中国传统文论的批评话语去直接处理西方文学作品，多数情况下是进行双方或多方的理论比较和阐发，在严格的意义上，这与其说是一种阐发研究，倒不如说是中西比较诗学研究更妥当一些．但不管怎么说，从中西比较文学研究的实践立场来考虑与之相关的西方文论与中国文论的现代建设问题，阐发研究无论如何都是值得注意的重要方面。

二

仅从20年代末吴宓到美国师从白璧德学习比较文学归来，在东吴大学、清华大学等校开设相关的比较文学课程开始，有学科自觉的比较文学研究在中国本土和海外华人学界也有了七十余年的历史,而与之相应的阐发研究其历史甚至更长,早在"五四"以前,王国维即运用西方文学理论对中国小说戏曲进行过阐发研究。在以叔本华的悲剧理论对《红楼梦》阐发分析的基础上,他提出作为一般人在日常环境中由于各种关系的牵制而形成的悲剧,《红楼梦》可谓"悲剧中的悲剧"。陈寅恪先生在总结王国维的学术成就时,即认为他的三大贡献之一就是"取外来之观念,与固有之材料互相参证"[①],以之用来进行文学理论批评的著述和小说戏曲研究,这大约是中国最早期的阐发研究实践了[②]。既有的资料说明,尽管阐发研究作为一种比较文学研究类型的正式命名,是在70年代中叶由台湾比较文学学人所确认的,但是作为一类研究类型的使用却是自世纪初以来,由大陆本土学人的前辈学者开其先河,并且以其令人瞩目的成绩影响于后人。因此,当我们立意对这一研究类型的生成原因和发展状况加以描述和总结时,就不能不从这样一个较远的历史起点开始,否则难以窥见事实的全部真实面貌。

实际上,西方比较文学的类型理论中并无所谓阐发研究,而它之所以在世纪初的中国很快出现,并且自中国有比较文学开始就成为一代学人情不自禁的选择,其原因是与20世纪中西文化交流和碰撞的特定历史环境密切相关的。近代以来,中国作为一个地区性政治、经济、文化中心的天朝大国逐渐落伍于西方列强已是不争的事实。这种落伍不仅表现在政治、经济、军事诸层面,同时也表现在思想文化等学术层面。至19世纪中叶,这种落伍所招致的危机已使中国到了亡国灭种的边缘。救亡图存的压力迫使一代又一代的志士仁人去向自己的西方对手求教,从对船坚炮利的欲求到对民主共和

---

① 陈寅恪:《王静安先生遗书序》,见《金明馆丛稿二编》,上海古籍出版社,1980年,第219页。

② 参见陈惇、刘象愚:《比较文学概论》,北京师范大学出版社,1988年,第78—79页。

的渴慕,进而意识到批判封建文化传统、从事思想文化革新的重要性。鸦片战争以后,国门渐开,西方文化开始大量涌入,新兴的西方文化与古老的中国文化发生了必然的碰撞,文化的落差日渐凸现,中国的一代知识人士试图经由文化的更新去唤醒国人,改造民心,以发奋图强,重振中华。文学曾被视为实现这一目标的最重要途径,从梁启超的小说革命到鲁迅的弃医从文可谓一脉相承。而借用西方的思想理论,去批判性地重新理解和认识旧有的自身传统,无疑是那个时代的文化学人首选的和最有效的方法论途径,当时的人们并不忌讳这种做法,并以此为时尚而加以鼓吹。关于这方面,只要翻翻当时出版的著作和杂志即可一目了然。这其实也是所谓势所以然而又不得不然,其间既有不少主动的寻求,当然也包含诸多无奈的选择。于是,从那时至今,一切援用舶来的思想理论对于中国传统文化现象的认识和处理,都可以视为一种广义的阐发研究。

80年代中期热闹一时的新理论、新方法热,90年代关于所谓理论话语"失语症"的争论,以及学界关于重建中国文论话语的呼吁,其间都隐含着一个潜本文,即中国缺少自己的现代文艺理论和批评方法,于是不得不借助于外来的、生成于它种文化系统的理论方法去分析和处理本土文化系统中过去曾有和现实发生的文学现象,也即是需要借助他者(the Other)的思想话语去阐明、照亮自己的文化和文学文本的意义。这似乎也可以称之为普遍意义上的阐发研究。这种意义上的阐发研究之所以成为20世纪中国学人自觉和不自觉的普遍学术选择,实际上,是由前面所提及的历史文化背景所决定。它有一个明确的学术前提,即近代以来中国与西方之间所存在的包括文学理论批评在内的明显文化落差,正是这种差距使众多中国研究者不得不借他人的酒杯来浇自己的块垒,进行各种阐发的尝试。对于中国人而言,它同时又包含着一个世纪性的学术主题,即对于中国学术文化的现代性追求。为着这一追求,既然在当时中国这样一个自身封闭的文化传统中不可能生长出一套现代性的学术文化来，那么走向现代性的第一步，就必须开放自身，借用他人的镜子来照一照自己的形象。至于这个镜中的自我是否真是自己的真像，那当然是有待进一步去深入检验的问题。实际上，从任何理论立场对于文本的关照总是"洞见"和"不见"互生的，何况是基于文化系统差别如此重大的理论和文本之间的阐发和对话，糟糕的误读和创造性的悟读几乎都是必然会出现的事情。问题只在于我们该怎样去认识和理解这种阐发和读解。只要上述学术文化的前提和主题仍旧存在，作为其策略性学术选择的阐发研究就会在相当一个时期内被中国学术界不断运用下去。也是基于这样的学术前提和主题，我们于是也可以理解为什么以西方文学理论批评方法去阐发中国文学文本的研究如此之多，而以中国传统文学理论批评方法去阐发西方文学文本的情况却相对较少的原因了。实现平等的双向阐发，甚至使以中国文论话语去阐发域外文学文本成为比较文学阐发研究的主流，作为一种理想的学术追求，它当然离不开学者的鼓吹和努力，然而更重要的是，这一切都必定有待于与相关的历史文化前提和学术主题的变迁。

三

至于比较严格的比较文学意义上的阐发研究，它虽然不能简单等同于上述广义的阐发研究，但其生成和发展的历史文化背景和学术目标却大致是接近的。这里所谓的严格比较文学意义上的阐发研究，既有学科分类和理论推演限制的理由，也是几十年来中国比较文学研究实践的总结，于是，所涉及的阐发研究范围相对就狭窄一些，在理论方法的运用上更加严格一些，在学理上的理性意识更明确一些。一句话，它有着学科的自觉意识。就内容和范围而言，它主要是指有意识的运用西方的文学理论，尤其是 20 世纪文学理论的批评方法，对中国的文学作品和现象，尤其是经典的、传统的文学作品和现象所作的跨文化分析研究；它同时也包括以传统的中国文学理论批评方法对西方文学作品和现象作类似的处理；此外它更希望能够以两种以上文化差距较大的文学理论批评方法对多种文学作品和现象作综合的分析和研究。20 世纪六七十年代，当中国大陆本土因人所共知的原因而处于与西方世界的文化隔绝状态之时，台湾和香港地区的比较文学研究和北美地区的中国文学研究却走向了兴盛。在方法和研究类型的采用上，不少学者都势之所然地运用西方理论批评方法来阐释中国文学作品，从而接续上了"五四"以来阐发研究中国文学的历史进程，并发展为一时之盛。执教于美国的余国藩先生在 1973 年 11 月 2 日提交给美国现代语言学会年会比较文学讨论组的论文中指出："过去二十年来，旨在用西方文学批评的观念和范畴阐释传统的中国文学的运动取得了越来越大的势头，这样一种趋势预示在比较文学中将会出现某些令人振奋的发展。……应该指出，运用某些西方的批评观念和范畴来研究中国文学，原则上是适宜的，这正如古典文学学者采用现代文学技巧与方法来研究古代文学的材料一样。"[①]

台湾已故外国文学与比较文学学者朱立民先生在评述以刊载英文比较文学学术论文为主的学术杂志《淡江评论》前三期时也指出："许多论文是研究中国文学的，而大多数作者用的是西方现在流行的批评方法，这就是我们当前所需要的。"[②]

尽管这些论述从今日比较文学研究的立场去看不无商榷之处。

[①] 参见余国藩：《中西文学关系的问题与前景》，载美国《比较文学与总体文学年鉴》（YCGL），印地安纳大学编辑出版，1974 年，第 23 卷，第 50 页。

[②] 古添洪、陈慧桦编：《比较文学的垦拓在台湾》，东大图书公司，1976 年，第 4 页。

在当时也引发不少学术论争,但它确实也反映出阐发研究作为一种比较文学的方法策略和研究类型,较容易成为跨文化的中西比较文学研究的学术选择,并且造成了一时普遍运用的风气。这一时期毕竟和以往有所不同,学者们的学科自觉意识较强,并力图从中西比较文学研究的立场去进行理论总结,于是,也就是在 70 年代中期,一些学者从方法论的角度给予这种研究以正式的命名为"阐发法",所谓"援用西方文学理论与方法并加以考验、调整以用之于中国文学之研究。"①它虽然与我们今日作为研究类型探讨的阐发研究有所区别,但从学科的学理上来认识这种研究的特点,却认真是从这个时候才正式开始的。此后一些大陆学者或从方法的立场、或从类型的角度对这种研究的方法、理论以及内涵和外延作了较多补充,如提出双向阐发,理论间的阐发、跨文化原则等等,力图使之相对而言变得更加完善。

资料显示,自 80 年代迄今,除比较文学研究界之外,国内对中国古典文学作品和现象作阐发研究的呈逐渐上升的势头,其研究范围遍及小说、诗歌、戏剧和许多文学史现象。1993 年国内召开的中国古代小说国际学术研讨会的会议综述在论及这一转变时指出:"小说批评理论研究,在 80 年代以前,一直是大陆学人的弱项。在扫除了几十年来由于非学术因素的干扰造成的明显失误和由于单一视角造成的批评理论盲点之后,小说研究吸收各种西方理论,调整建构了新的小说批评理论范式。例如,为突出小说的叙事艺术特征而借鉴西方叙事学理论;为突出小说作为语言艺术而借鉴新批评理论;为把握中国小说想象、虚构及同一情节的流转变异而借鉴西方原型说;为改变以往小说与政治的直线因果联系而努力把握小说的文化

---

① 古添洪、陈慧桦:《比较文学的垦拓在台湾·序》,东大图书公司,1976 年,第 2 页。

心理中介,把握小说形式和小说类型在文化结构、文学结构和小说结构中的地位和作用及三者之间的联系。"①

该综述还列举了一系列论著来证明国内学者运用西方理论来分析阐发中国古代文学作品的状况。至1996年10月在天津召开的中国古代文学研究的回顾与前瞻学术研讨会,也进一步对研究者尝试以新的理论方法来治中国古代小说的多元化态势表示肯定。足见国内古代文学研究界在这一研究领域的涉猎程度。至于海外尤其是欧美的中国文学研究界和以中国文学研究为研究对象的比较文学研究界,利用各种西方文学理论批评方法对中国古代和现当代文学进行研究分析几乎是普遍的选择,近十多年来更表现出日渐兴盛和日益深化的势头。究其原因,从策略上讲,对于生活在海外和西方世界的学者来说,若以中国文学为其研究对象,在研究角度和方法的选择上,倘若按照中国国内传统的治学路子去操作,无疑是扬短避长,事倍功半,从语言、资料、文化学术氛围到治学传统诸方面都难以和文化中国的本土一较短长,而以西方文论、尤其是以20世纪风行一时的西方文学理论批评来处理中国文学现象,则是扬长避短。尤其以一种文化的理论批评方法去读解另一种文化的文学,尽管存在误读的风险,然而,其间可能引出的洞见和新意以及提升一种民族文学的意义至世界性文化普遍价值的学术挑战,确实是极富诱惑力的。对具有西方血统而又生于斯长于斯的外国学者而言,以本文化的理论去研究中国文学,无论出自任何目的都是理所当然的事,何况这还是一个充满发现的机遇和可能的文化矿藏;至于留学或移居海外的中国人,做这样的阐发研究,相对于外国学人,则是发挥其占有文学文本的长处,而相对国人,则又是发挥其占有西方

---

① 引自《文学遗产》中国社会科学院文学研究所编辑出版,1993年第6期,第117—118页。

批评话语的长处,因此,跨文化的阐发研究就成了他们的必然选择!除去六七十年代台港和海外赴欧美学人的努力外,八十年代以来又有大批中国大陆留学人员的加盟,其阵容和声势自然就有些蔚为壮观了。而从时代发展和中国文学研究对于世界文化的意义去考虑,随着中国国际地位的提高和开放交流的扩大,中国文化和文学的价值和意义越来越为世界所看重,中华民族源远流长、博大精深的文化资源和文学成就对于世界各民族文化发展的借鉴价值无疑是不可限量的,从这以角度去认识问题,则国际学术界对于中国文学研究的重视也是现实的需要,潮流所至、势之必然。

即以中国古典小说的阐发研究为例。国内真正具有现代意义上的小说研究大致始自本世纪初,尚不足百年。而在西方,真正运用某些理论方法所展开的专门性研究,大致只是最近几十年的事,此前的所谓研究,基本上是以翻译介绍为主,即使是零星的专题研究也主要侧重于中国式的考据和资料资料整理,中国式的评点和欧洲大陆历史年鉴学派的综合描述,较少令本土中国研究者重视的成果和新意。然而,自50年代以后情况发生了较大的变化,首先是二次大战以后,于传统的汉学研究中心欧洲之外,在西方又形成了另一个新的汉学重镇,即以美国为主的北美汉学研究以及近年来十分热闹的当代中国研究。为着冷战时期的政治和社会需要,政府部门和民间基金组织投入了大量的资金于此一领域的开发。尽管这种研究主要以政治、历史、经济、社会和思想史为主,但是传统的中国古典文学研究仍然占据相当的分量和位置,与中国古典文学相关的师资、研究人员和研究生培养均能自成系统,作为一支可观的队伍与欧洲的中国古典文学研究遥相呼应,齐头并进。根据不完全统计,近五十年来欧美各大学和研究机构完成的与中国古典文学相关的博士论文已不下五百余种。①其中相当一部分为古典小说研究,由此可以窥见其规模和实绩。其次也正是这一时期,新兴的各种人文、社会科学理论,尤其是各种文学理论在北美学术界大为盛行,蔚然成风,似乎不谈时新理论便无以论文学,以至西方文学界有20世纪是理论的世纪、批评的世纪的说法。这种风气必然对那里的中国古典小说研究造成影响.研究者在选题和决定研究角度和研究方法时,无论从赞同还是反对的立场出发,多少都会考虑到时代的学术趋势,况且,影响常常是在潜移默化和主体的不知不觉中完成的。一个研究者可以声明自己不受影响,但这并不能保证他的著述和话语中没有被影响的痕迹。再就是学科知识积累发展的过程所至,包括中国古典文学研究在内的汉学研究作为一门从西方的立场研究中国的学科,要走上正常的研究格局,在人才、资料、翻译介绍、知识和经验的积累方面,都需要一个酝酿发展和从量变到质变的过程,既然各种因素正好在本世纪的后半叶已陆续具备,在这样的学术环境中,中国古典小说的阐发研究在海外成了气候,也实属再正常不过的事情。于是从50年代至今,在欧美出现了一批可观的阐发研究中国古典小说的成果,成就了一代有相当学术影响力的研究者群体。他们当中有以研究白话小说见长的韩南(Patrick Hanan),有以新批评方法读解中国古典小说知名的夏志清,有以运用原型批评理论和结构主义叙事学分析《红楼梦》等四大名著著称的浦安迪(Andrew H. Plaks)以及余国藩等,有结合中西文论去阐释中国古代诗词的叶嘉莹、高友工、梅祖麟、叶维廉、余宝琳、斯蒂芬·欧文(Stephen Owen)等人,有以中国的考据评点与欧洲史学方法结合研究中国古代小说的杜德桥(Glen Dudbridge)、雷威安(Andre Levy),有以西方

---

① 参见黄鸣奋:《英语世界中国古典文学之传播》,学林出版社,1997年,第9页。

语言学理论、结构主义、叙事学、原型理论、解构主义修辞学等理论专题研究中国历史小说、神魔奇幻小说文类、笔记小说、白话文学、文人小说等见长的王靖宇、伊维德（Wilt L. Idema）、何谷理（Robert Hegel）、芮效卫（David Roy）、高辛勇等人。80年代末期以后，更有一批来自中国大陆和港台的学人加入这支西方研究者的队伍，呈现出新的学术活力和强劲的发展势头。这整个一代学者的研究几乎覆盖了中国古代小说的大多数领域，如魏晋文言小说、敦煌变文、唐传奇、宋元白话、历代笔记、明清长篇小说、短篇文类、情色小说、谴责小说等等，不少名篇名著甚至有多种西方理论方法的探讨。在20世纪中国古代小说研究的历史路途上，形成了一片独具特色的海外景观。在80年代中期以后，其中的部分成果被陆续译介到中国国内，以回返影响的方式，对本土的文学研究造成了相当的冲击和影响。在中西比较文学研究的历史性开拓中，这应该说是一种有特色的进展和值得重视的学术倾向.

四

尽管阐发研究在中西比较文学研究中有如此普遍和长期深入的运用，但是对它的质疑和批评也似乎从来就没有停止过。包括本身就多用此法进行研究的域外学者，他们从自身和海外学人的实践体验出发，对阐发研究的困扰有极简练的总结：

"我们都知道，在这学科中用力最勤、同时也是最受诟病的莫过于所谓的阐明法（illumination）。阐明法使用外来的理论架构，来阐明本土文学。这种方法的好处在于能发前人所未见；但缺点乃在西法硬套，令人有生吞活剥、囫囵吞枣之感。当然，所谓应用之妙，在乎一心。阐明法并不一定循由西方理论到中国作品这么一条单行道。批评家往往在实践上，证明理论的地方性，并给予理论修正，矫正欧美中心的沙文主义。不过理论体系通常有其封闭性，能作多少修正是个问题，再说从外国理论的立场，作品改变理论的效果究竟不大，正如狗尾摇狗身，幅度必然不大。"①

　　这段论述基本上道出了人们对阐发研究的批评和质疑。首先是所谓对于西方理论机械盲目的生搬硬套问题。不加理解和选择地使用一种理论随意去"套"一种实践现象，恐怕是所有人文社科研究在理论借鉴初期都会碰到的问题，即使单一民族文化内部自身的学术研究也多有此类情形，而在跨文化的文学探讨如阐发研究里，稍有不慎就可能落入生搬硬套的陷阱，这几乎是事先就可以预料的情况和风险。海外学界有一个广为流传而又近乎笑话的学术争论故事：事情涉及中国古典诗词中常见的蜡烛意象，譬如红烛、烛泪等，多与种种有关爱情的比喻和象征有关，于是有学者试图以弗洛伊德的精神分析理论去加以阐发，认定蜡烛从根本上讲就是男性生殖器官的象征，洋洋洒洒写出宏文发表。此论一出，学界大哗，于是有学者质疑道，若以此见解去分析李商隐的《夜雨寄北》"君问归期未有期，巴山夜雨涨秋池。何当共剪西窗烛，却话巴山夜雨时。"这"共剪西窗烛"该是一个多么荒唐恐怖的意象啊！其与作品本意又何止相差万里。这当然是一类极端的例子，不能够以偏概全，就此彻底否定阐发研究。实际上，阐发研究能够令人信服，为人称道的例子也并不在少数，譬如前述浦安迪、余国藩诸人的中国古代长篇小说研究；高友工、梅祖麟、叶维廉诸人的中国古代诗词研究；钱锺书、刘若愚等学者的理论综合阐发等。阐发研究出现生搬硬套的原因，当然有理论模子和运用对象之间的文化差异带来的错位和不可避免的误读，然而在很多情况更与研究者的学养素质有关，与涉及具体问题时对外来理论和本土文学本文之间关系的认识

---

① 周英雄：《比较文学与小说诠释》，北京大学出版社，1990年，第4页。

理解程度和运用有关。所谓"应用之妙,在乎一心。"就是强调研究者本身的素质和研究深度的至关重要性。如浦安迪、余国藩诸人的中国古代小说研究,如果没有对中西理论和文学的良好素养,尤其如果缺少对西方结构主义叙事学和中国阴阳五行观念之间的潜在关联的认识,就很难从一个角度去敲开中国古代长篇小说的形式结构硬壳。正如在整个比较文学学科的发展过程中常常为人诟病的简单比附和肤浅比较一样,在很大程度上并非学科和理论本身的罪过,而往往是研究者的素质和研究态度问题。比较文学研究在学科本质上,比起国别文学研究而言,由于学者必须面对跨文化的知识和语言能力要求,实际上是极其复杂严谨而又难以操作的学科.而有时候人们将其理解得太简单了。

其次是关于单向阐发的弊病问题和双向和多向阐发的必要性问题。从学理和世界各民族平等的文化诉求出发,作为一种学术方向,为了避免任何文化上的沙文主义亦即中心主义的弊端,双向和多向的阐发研究是完全应该的。但是在具体的实践中,也必须正视当代世界范围内文化和学术理论存在落差和不平等的现实,要实现相互认可的双向平等阐发这一目标,还有待学者的努力和大环境的改变,它往往是由于某类文化的内在需求所决定的。我们今天之所以多取西方理论来阐发本土文学,自然是为着与前述文化上的"现代性"世纪主题有关的目标,在西方出现如此类似的内在需求以前(如启蒙时代对东方和中国的寻求一样),我们不可能希望他们像我们取法西方理论一样,也用中国的理论去普遍地阐发他们的文学。而涉及面对一个个具体的研究个案,出于对研究者本人的打通中外的知识结构要求和研究的严谨与周密。则完全有必要在借助西方理论批评方法来处理本土文学现象时,时时都应注意到其与本土理论批评方法之间的潜在关联和多方面的对话,并力求从多种理论和方法的角度,对文学文本和现象作综合的处理。这应该是阐发研究较为理想的形态。至于这样做会否因此而对外来理论有所修正和补充，这基本上不应该是出自中西比较文学阐发研究目的，本土的文学没有必要为着证实外来理论的普世性或者补充修饰它而充当文化的资源，欲取欲弃，在当下的历史和现实环境中，主要还是为着我们自身文学和文化的发展所决定。西方的理论范式并不意味着就一定有成为跨文化的普世价值的必然性，对于本文作者而言，其关注的焦点刚好相反，那就是，通过这样的阐发研究努力，能否在重新阐释中国传统文学本文的同时，对于中国传统文论的观念和话语体系也提供某种照亮、发明和现代阐释的机遇。

五

实践证明，只要这种研究是建立在扎实的历史资料整理和严谨的理论分析基础上，上述机遇是完全可能存在的。且再以中国古典长篇小说的阐发研究为例，海外如夏志清、韩南、蒲安迪、余国藩、王靖宇、伊维德、高辛勇等学人都有所尝试。例如浦安迪在对史料、版本、作品研究史和文本细读的基础上，运用结构主义、原型批评和新批评的诸种方法，对四大奇书的原型与寓意、作为"奇书文体"的结构特征、回目与意义、修辞与叙事、小说文体在中国的生成史与西方的差别诸方面进行了详尽的比较分析研究，[1]得出了与现代小说史家不同的结论。他认为：尽管有民间口传文学的因素，但从根本性质上讲，包括四大奇书和《儒林外史》等在内的

---

[1] 参见浦安迪：《红楼梦中的原型和寓意》，普林斯顿大学出版社，1976年。Andrew H. Plaks, *Archetype and Allegory in the Dream of the Red Chamber*, Princeton University Press, 1976. 《明代小说四大奇书》，普林斯顿大学出版社，1987年。*The Four Masterworks of Ming Novel: Ssu ta chishu*, Princeton University Press, 1987. 后者有沈亨寿等中译本，中国和平出版社，1993年。

"明清章回小说的六大名著与其说是在口传文学基础上的平民体创作,不如说是当时的一种特殊的文人创作,其中的巅峰之作更是出自于当时某些怀才不遇的高才文人,即所谓'才子'的手笔。"①

为了证明这一重要论断,他通过关于奇书文体的源流分析,长篇百回定型结构及其变体、次结构与作品内容的结构关系,关于叙事修辞策略和诗、词、曲、歌寓意的丰富内涵等方面的精到分析,认定这些作品的最后写定本,即嘉靖和万历年间问世的《三国志通俗演义》、《忠义水浒传》、《金瓶梅词话》和世德堂本《西游记》完全"迥异于当时流行于世的通俗小说:从它们的刊刻始末、版式插图、首尾贯通的结构、变化万端的叙述口吻等等方面,一望可知那是与市井说书传统天地悬殊的深奥文艺。它与同时代的吴门文人画派、江南文人传奇剧其实同出一源。由此我认为,我们不妨按照'文人画'、'文人剧'的命名方法,用'文人小说'来标榜'奇书文体'的特殊文化背景,庶几不辜负这些天才文艺作家的突出艺术成就和一片苦心雅意。"②进而在对奇书文体的叙事特征进行分析的基础上,浦安迪把审视的视野进一步扩大到对整个中国传统叙事文类的关照上去,相当有说服力地证实明清长篇章回小说不仅是一类特别的文人小说,而且在文类意义上作为中国叙事文类前无古人的崭新文体,前承《史记》后启来者,把中国的叙事文体发展到了虚构化的巅峰境界。通过与西方叙事传统的比较,且进一步发现中国明清章回小说并不是一种与西方的 novel(小说)完全等同的文类,二者有各自不同的家谱,也有各自不同的文化功能。一般讲,西方的叙事传统大致经历了一条 epic(史诗)—romance(罗曼司)—novel(小说)的系统发展路径,是一个一以贯之的连续的发展过程;而中国的

---

① 浦安迪:《中国叙事学》,北京大学出版社,1996年,第21页。
② 浦安迪:《中国叙事学》,北京大学出版社,1996年,第24—25页。

叙事文类发展历史显然有明显区别，在中国，"历史叙述"（historical narrative）与"虚构叙述"（fictional narrative）之间显然存在极为密切的关联，这不仅表现在叙事作品的内容与历史的关系，所谓"演义"者是也，而且在叙述方式上，也多有先秦以来历史叙事传统的大量继承，中国旧称小说为"稗史"可谓一语道破天机。从明清奇书文体回溯中国叙事文类的美学传统，其与历史的血缘关系可谓源远流长，而大致走过了神话—史文—明清奇书文体的历史路径。如果此一分析能够最终成立，则中国的叙事文类可以找到一条与西方的 epic-romance-novel 相互对应的比较研究途径。从而有望改变本世纪以来在文学批评和文学史研究中偏重以西方叙事模式为元话语的偏向，并为中国叙事文类的研究深化和使中国叙事传统以系统的、现代特色的理论形态进入国际性对话提供了一种新的思路。这样的研究尽管在具体的分析上不无可商榷之处，但对今日亟待更新的中国叙事研究理论和方法领域无疑是富于启迪性的。事实上，80年代以来，国内在中国传统叙事学理论方面的成果取得和理论进展，在相当程度上就曾经受到海外学人研究的影响和启迪，我们不仅应当有勇气承认这一点，而且有必要认真总结其间的成败得失。本世纪以来，特别是近几十年来海内外对中国传统文学的阐发研究，在小说、诗歌、戏剧和其他文类和文学史现象方面都有大量可圈可点之处，并在一定程度上影响于80年代以来中国文学和文论研究的进程，然而目前学界似乎较多关注的是西方理论的直接影响，而对这一通过海外中国文学实证研究的回返性影响途径尚缺乏重视和深入的清理，有必要提请关注。

六

就现实需求而论，阐发研究无论作为方法还是作为研究类型的合理性，在今天这样一个学术国际化的时代，其实践的可行性和理论必要性都是不言而喻的。中国文人常说"学术乃天下公器。"在过去，这个"天下"基本上是指中国，然而在20世纪末的今天，在一个广泛开放和交流的时代中，这个"天下"就只能是指涉一个更大范围的全球世界了。中国文学能够以对自己的跨文化阐发研究作为众多出发点之一，走出自己本土文化的"围城"，去与世界上的各种文化、理论和文学对话，在这样一个互识、互证和互补的历史进程中，更新自身，发展自身并证明自己在世界文学和文化格局中的意义，应该被认为是理智的选择。倘若再能够经由这样的阐发过程，进而为中国传统文论的现代阐释和转化提供观点、材料和思路，就更是功德无量了。而实际上，当代阐释学的思想，也进一步从理论层面支持和证实了这一选择的学术可行性。

当代阐释学的与传统阐释学的一个重大区别，就在于前者对于作为理解和阐释主体的人的充分重视。在当代阐释学看来，"人"之所以称之为人，而不同于一般的动物，就在于人有自我意识，也就是说有思想。人在时空的进程中具有不停顿的、永恒的反思能力，且能够不断超越自身既有的认识。所谓"阐释"的丰富性和永无止境的奥秘正在于此。而关于文学的现代阐释学理解与传统文学研究的不同，也正在于其对作为创作和批评主体的人的格外关注。在当代阐释学看来，文学理解和阐释不仅仅是主体的认识和行为方式，更是作为此在的人的存在形式。由人的存在的历史有限性和思维发展的特性所决定，任何理解和阐释都不可能是纯客观的。理解不但具有主观性，而且还受制于"前理解"，一切当下的理解和阐释都必然受到种种先在的理解和认识的制约。这种称之为"前理解"之物自然也包括以经验范式的形式而被肯定下来的种种传统"理论"和"研究类型"。无论这些理论是生成于哪一类文化体系之内，它在进入人的意识之后，便作为前理解的一部分参与新的理解，阐释的目的是为了在新的语境之下达到一种新的理解（新的理论），而新的理解又将作为进一步阐释的基础，如此不断循环延伸，人类的认识也就在这样的进程中得到自身的发展。于是，理解就不再是去把握一个不变的事实和现象，而是去理解和接近人的存在的潜在性和可能性。追求新知就不再是理解的目的，而是为着解释我们存身其间的世界。而理解一个文本就不再是企图找出一个文本中永恒不变的原义，而是一个在不断的超越既有认识中向前发展的回返去蔽运动过程，是为着揭示和敞开文本以试图表明人的存在意义的可能性的学术追问。根据阐释学的这一见解，阐发研究在一定程度上也就是本土文学在加入了跨文化的前理解（譬如西方理论）之后，在一个更大的阐释循环之内对本土文学的新的理解和认识。异域的文化和理论作为前理解中新的构成部分，开启了特殊的视域，为新的阐释提供了具有产出性的积极因素。而有可能达到更高和更深层次的新理解。理解和阐释本土文学并不是本土理论和本土学者的专利，在此一意义上，注重利用外来理论的阐发研究的方法和视野并无不妥。其研究的效果以及评价如何，至关重要的是还是进行阐发研究的人和批评者的知识结构、阐释能力和理解立场。

当代阐释学对于阐发研究的另一启示在于，相对于作为元语言的诸种理论方法而言，被阐发的文本不是等待理解的被动之物，而是阐发过程中的积极参与者。也就是说，在经由阐释者作为中间主动载体的理论方法和被阐发对象之间，存在的是一种积极的、互相提问的对话关系。一次阐发行为就是一次对话事件。对话式的阐发使问题得以敞开，使新的理解成为可能。在这样的阐发的过程中，被阐发的文本不会是一个被动的客体，而是能够主动提问的"另一个主体"。文本将一个个文学奥秘的疑团呈现出来，而新的理论话语则试图对其作跨文化的理解和解说。在本土文化内部被视为理所当然的理论与文本的交流互识，在跨文化的差异阐发中双方都只能处于提问状态。这种相互性的提问打破了理论与文本之间主与次、主动与被动,元话语与对象话语之间对立二分的模式。双方均带着自己差异极大的视域和前理解平等地进入对话,在互为主体的对话阐发中,去发现各自的问题所在并力求寻找超越自身局限性的途径。当理论与文本之间的阐发日益显出缺乏形而上的理论提升能力的时刻,跨文化之间的理论比较和阐发就被提上了议事日程。于是,阐发研究的终点往往就成了比较诗学的起点,亦即中外文论比较研究的起点。

中国现代诗学阐释学的可能[①]

在中西诗学研究的方法探讨过程中，基于我们自己中国文化的学术立场和学科理念，无论是应答逻辑的建立，还是中西传统诗学的现代阐释性展开，这些探索都必然隐含着两个内在的目标：一个是我们多次论及的中国诗学的现代性命题，另一个恰好是如何突显中国传统诗学的文化个性问题。而这两个方面相结合的具体理论存在形式之一，最有可能的状态应该就是所谓：中国现代诗学阐释学的建立。

然而，严峻的事实是，不同诗学体系的文化落差，必然给双方视域的融合带来极大的困难。人们尽管在理论上给予欧洲中心主义以普遍的批评，但却不可能在短时期内在实践中改变西方理论的强势地位，这是由近二百年以来西方在政治、经济和文化上抢占的优势位置所决定的。

当你愿意以平等和互为参照的地位与别人对话的时候，别人未必也会有这种意愿，而我们大家又都明白，一厢情愿是不可能结成好姻缘的。也就是说，如果没有长期的思想和时间准备，急于求成，则对话的意愿和努力仍旧会变成为另外一种形式的喋喋不休的"话语独白"。实际情况就是，在中国社会整体向着自身需要的现代性推进的过程中，有关西方中心主义的消解，传统学术观念的改

---

① 本文系在本书中首次发表。

变，以及中国诗学传统的转化更新，甚至也包括它的所谓国际学术市场需求等等，这一切，恐怕都需要经历长时期的争取和努力。

中西诗学的比较研究，由于其各自深厚复杂的文化和诗学知识传统背景，也由于前述古今中西多重视域的交叉和近代以来互为表里的复杂牵连，给对话和理解制造了重门紧锁的各种意识、历史、文化、学识和语言性的迷雾和障碍。这将意味着，为了成为一个合格的比较诗学研究者，对我们的知识结构、学术深度和语言能力都必然有更高的要求，博古通今已是不易，学贯中西则更难，然而，非如此，却又难有研究上的开阔眼界和穿透能力。

尤其值得强调的是，我们至今依旧未能为中西比较诗学研究找到比较满意和适合的学科本体论思想支撑，也缺乏系统的、在实践基础上总结的有效的方法论原则，从而导致目前的研究工作总是停留在表面。要么就是一般性的倡导、问题的罗列、浮泛的比较、学科理论意义和价值判断的简单肯定等；要么就是盲人瞎马似的个体研究尝试，有时候甚至诗歌研究与诗学研究不分，文论研究与纯哲学分析混淆，一般诗学研究与跨文化诗学追问互不相关，显得很难再深入下去。处于这样的学科状况，与其作自我感觉良好的"精神独白"，作过多"学派"的呼吁，不断提出某类诗学"规律"和价值"普遍性"的许诺，或者动辄发明一个什么"学"或者"学派"，总是满足于既有的一般性比较分析的成绩，倒不如把问题考虑得困难一点，深入一点。在现实的学术语境下，尤其应该回过头来，多作一些关于中西诗学阐释学的学科理论思索和方法论原则探讨，对以往比较诗学研究的成败得失及其经验进行有效的总结，在前人研究的基底上摸索可能的途径，而不必凭空去构想什么理论体系和宏大的理论命题。

事实上，"在我们的价值判断中，普遍性的机遇极少，在我们对知识的寻求中，普遍性的机遇虽多一些，但仍然有限。普遍性的最佳机会就存在于我们使用的方法中。"①倘若中西比较诗学在实践中逐渐完善了一套行之有效的理论基础和方法原则，而不是随意地、主观想当然地把一般比较文化研究和比较文学研究的所谓方法和模式硬塞到中西比较诗学的头上，则中西比较诗学的学术目标和价值预期也许会透过这些理论方法的运用而自然地浮现出来。

在这一方面，西方诗学阐释学从古典向现代的成功转化，其在理论和方法意识上的创造性，对于中国诗学阐释学的重建，无疑是极富参考意义的。

从本质上去理解，包括比较诗学在内的各种人文研究，其实是生活在当代社会的人们为着解答现实中的各种生存困扰而选择的追问和探索立场。这个所谓的当代，既是今日的"当代"，也可以理解为历史中曾出现过的无数个"当代"。不同时代的人们的知识视域，就是由这些所谓"当代"的现实语境所决定和制约的，是从现实的视域出发，面对各类传统价值的再追问和再阐释。在这一认识原则上，所谓的研究和意义追寻，均可称之为某种"阐释学的探寻"（An Hermeneutic Inquiry）。

正如我们在本章一开头就指出的，人文学科，广义地讲就是一种关于人及其所置身的世界的阐释学。于是，中西比较诗学无论从本体或者方法上，在其理论和实践层面上，也都可以视之为既有的中国诗学阐释学与西方诗学阐释学的交流和对谈过程。

在这样一个过程中，我们当下所面临的最大问题恰恰就在于，这两种阐释学之间存在着现代意义上的巨大发展落差。

如前所述，西方阐释学在经过了自觉的创造性探索之后，不仅实现了从一般方法论向哲学本体论的历史转变，而且使它的哲学立

---

① 杜威·佛克马：《东西方及其他地方的诗学》，载《中国比较文学通讯》，1992年第1—2合期，第3页。

场和方法体系成为 20 世纪西方文论发展的最重要的理论动力和思维路径之一。在现象美学、文学阐释学、接受美学、结构主义、解构主义、西方马克思主义文论、新历史主义、文化研究,当然还有比较文学等理论中,都很容易见到现代阐释学的身影。

如同我们在前面的章节中所言,具有深厚传统的中国诗学与整个中国社会在近百年来的命运一样,在现代落伍了,或者说几乎是别无选择的落伍了。它被无可奈何地留在了历史的门槛外面,就是说,它被拒斥在 20 世纪全球文论发展的历史机遇之外,未能及时地参与这一历史过程并实现自身的现代嬗变。而作为中国诗学的理论和方法支持的整个的汉语诗学阐释学体制,作为这一传统的重要组成部分,同样也错过了实现历史性和现代性超越的重要机会。于是,直到 20 世纪末,就整体而言,我们的汉语诗学阐释学理论仍然处在古典阐释学的思维泥沼之中难以自拔。

与现代诗学阐释学的要求相比,这种古典诗学阐释学存在着一系列需要厘清、发展和提升的地方:

首先,传统古典诗学阐释学的一大问题,就是诗学与经学的关系纠缠不清。可以说,诗学这个小兄弟在传统经学的大家庭中从未有过自己真正独立的地位。

一直以来,几乎大多数关于中国诗学的论述,都被笼罩和禁锢在经学话语的囚笼之中。诗学的所谓本体论探询,几乎就是原封不动地指向诸如"原道"、"宗经"、"征圣"一类"天"、"道"、"人"的宇宙观和家国天下政治伦理。而所谓诗学言谈的认识论价值指向,显然与纯粹的艺术论、美学论也无多大关系,却似乎都是帝王政治、国家伦理、圣人经典的"文学性"表达和"艺术性"的阐释。各种诗学的范畴、概念等等,譬如"赋、比、兴","言、象、意""情、理、气"以及"文道论"、"文气论"等,总是要以经典和圣言作为起点和归宿。至于历史上的诗学话语演变,则往往被埋在厚重的经学话语沉积之下，难见其美学真相。

以至今日有的研究者，还在坚持把历代经学上的话语权力纷争等同于文论上的诗学话语之争。于是，中国传统诗学话语的艺术历史发展过程，几乎就变成了充满杀气和刀光剑影的话语权力战争。鉴于此，如何使诗学与经学剥离，美学与经学剥离，让中国传统文论的诗学和美学阐释学抖落身上的历史重负，走向其独立自在的形态，将是其走向现代过程中的重要使命之一。

其次，传统诗学阐释学的另一困扰，是在历代层层相因的阐释过程中，忽略了人的历史性和能动性，及其在历史中不断的审美认识拓展和鲜活的艺术生命创造能力。在很多情形下，我们记住了"诗学"，却忘记了"人"，忘记了诗学只是人的存在方式之一。

中国历代的诗学传统，习惯把远古圣贤的"元话语"加以真理化和绝对化。于是，古代阐释学，尤其是那些较为僵化的流派和思想，往往把对"原义"的追求和对"正确理解"的渴望作为其最重要的价值目标，文本被看成不变的意义仓库，人们以为只要找到打开这个仓库大门的正确密码和钥匙就可以找到"真理"和关于文学的终极价值。于是，文本的文字、音韵、训诂和考据，有时候不仅仅是作为手段，甚至成为某一时期阐释研究的终极目的。经典的注疏和转述要求不能越过前人原义的雷池一步，文章义理的分析也以代圣贤立言为最高使命和荣耀。在这里，不管是"述"或是"作"，都只是在古典解经学的意义上基于所谓原初意义的有限读解，以致在诗学思想和范畴概念的发展上循环传承，夹缠不清，很难理出头绪和看清历史演进的线索。

古代诗学的发展运动过程中，普遍缺少大胆的革新和创造精神，即使是最具革新意义的"诗文革新"一类运动，也往往需要披上"古文运动"的外衣，打着复古主义的旗号，把自己的"发明"藏匿于对古代文本的注解里，在层层因袭的包装中偷运理论的"私货",借古人酒杯浇今人块垒。

这样一来,后世的历代诗学著述就被当成了圣人"元话语"的注释性、拷贝式复制的文本系列,历代文本自己的生命却被压缩到圣人话语的身影角落后面,作者本人和他的时代也被虚化成为一种"不在场"的存在状态。

于是,要从这些诗学阐释话语中分清哪些是有今人创造性的"新见",哪些是古人旧有的"陈说",有时候就显得相当困难。今人的视域在置入过去的文本视域之后,便陷入历史话语的囚笼和含混模糊的描述中。新的视域始终是一个迷离恍惚的影子,令人想见其真面目而不得。

其结果只能是,整体的汉语诗学的价值意义构成和它的阐释学理论方法,似乎看去缺乏清晰的推进线索,阶段性的认识提升缺乏独创明确的话语标志物,新见解常常以旧话语来言说。于是,基本的话语体制都似乎仍旧停留在远古的阶段,仿佛与现代世界的诗学话语主潮无关。

这样的分析,并不意味着传统汉语诗学阐释学在它历史的发展过程中没有进步、没有创造性。更不是说,他的理论和话语体制中缺少向现代性转化的生长性因素。而是强调她很久以来一直缺乏这方面的历史意识、言说语境和学术生命的自觉,缺乏对历朝历代每一个诗学研究群体和个体的"人"的价值突出,从而遮盖了诗学历史中时代和人的鲜活生命。

这也就意味着,如何恢复中国传统诗学活泼泼的生命体验,恢复"人"在诗学意义追寻中的地位,是中国诗学阐释学走向现代性的又一重要努力方向。这也是在接下来的一章中,我们对于诸如宇文所安那种"通过文本讲述一个文论故事"的写作策略多有讨论关注的原因。

中国的诗人和学者在本质上并不缺乏诗学的生命冲动和创造

力，只不过是古老的阐释传统压抑和遮蔽了他们的存在。今天我们强调所谓的传统诗学的现代转换，说到底，就是要焕发出这些生命冲动和创造性。

实际上，在中国传统诗学历史中，不同程度，或者说含而不露的，也都蕴藏着大量诗家学人的生命体验，有待我们用现代的眼光去发现和开掘。而在历代中国诗学的观念和话语中，的确也存活着许多富于现代生长性的诗学思想和成长因子。诸如"有无相生"以及"比兴""隐喻"的意义生成模式；"以意逆志"、"知人论世"、"仰观俯察"、"优游涵咏"、"人化批评"的意义阐释模式；① 以及"主体虚位"、"主客换位"、"以物观物"的各种诗学认识关照方式；贴近个体生命感悟、追求言外领会的言意关系的理论言谈模式等等。都是极富于创造性和现代生长性的认识。作为这一文化诗学传统特有的历史创造物，也都有可能在现代的阐释过程中被发现、被激活，并且生长成为现代诗学阐释学的有机成分。

考虑到上述两方面的问题，这第三个方面的问题则是，立足于中国诗学阐释学走向现代学科独立的发展方向和生命活力复归的要求，如何实现中国传统诗学在一般认识论话语的基础上，朝着本体论话语意义上的认知提升，将诗学的一般语言和美学追问，转化为对于人的诗意存在和意义探寻的根本性追问，这显然是中国诗学走向现代性存在的根本性和关键性努力的重要一环。

也就是说，不仅仅是人们要通过诗学去认识自然、社会和其他的什么，而更重要的是，在一定意义上，人类本身就是通过诗学而存在着。诗和诗学阐释不再是人的一般认识方式，而是人的基本存在方式之一。诗和诗学的历史性、存在性与局限性，同时也就是人

---

① 可参见王宇根：《"观"与"外"：中国诗学意义的动态生成与诠释》，未刊稿，北京大学1995年，硕士研究生学位论文。

的历史性、存在性与局限性。只有我们的理解逐步朝着这样的境界和方向努力,中国现代诗学阐释学的建构才会成为现实的可能。

具体一点说,只有理解了中国传统诗学的生成和阐释模式,把握了它的基本困扰方面,体会了它的动态特征和生长性构成要素之后,在各种外来话语范式的参照阐发下,建构中国现代诗学阐释学及其分析读解模型,才会有理论和实践的可能。

譬如,只有从整体上了解了中西诗学在人与世界的意义关系理解上的本体性差异以后,我们对中国诗学意识的建构起点和可能的现代价值等等,才会有较为明确的方向性展开。

按照一些学者的见解,西方诗学在理解诗与世界的关系上,是基于摹仿论的意识,也就是说,诗只是模仿的产物。这种观念来自于古希腊的哲学观念。所谓模仿(Mimēsis),在古希腊当然并非柏拉图首倡,但却是柏拉图将之提升到一般法则和系统解释的地步。于是,柏拉图将艺术的产生及其语言的呈现统统都纳入摹仿的范畴。既然物质世界的万事万物是对关于事物的"理念"(eidos)①的摹仿,而包括诗在内的各种艺术又是对摹仿的摹仿,因此,说到底,所谓诗不过是对具有真理性的"理念"的二度模仿,与真理隔着两层以上的空间。既然如此,诗人们的创作就并不像 poiētai(诗人)这个头衔所显示的那样是由于技艺所创造出来,而是由于灵感,是在迷狂状态下对于世界及其关于世界的"理念"的诗意模仿。

古希腊以来关于诗与无意识模仿创作的思想,直接影响了西方阐释学的诞生。既然诗人们对自己的作品并不真正透彻了解,那么文学解释自然也就不必以作者的意图作为最后标准。也就可以如施莱尔马赫所提出的那样,"甚至比作者更好地理解其语言",以及理

---

① 希腊文 eidos 与 idea 均派生自动词 idein(视、看),本义似为"可见的形状"。这两个词在英文中的通常译法是 idea,现代又多译为 form(s)。在我国哲学界较为流行的译法是"理念""理式""观念"等。

解文本本身。也就是说,人们甚至可以不必理会作者,而只要通过对文学文本本身的阐释,就可以去实现对于作品的不断深化理解。

与之不同的是,中国传统哲学讲求"天人合一",人本身就是世界的一部分,而离开了人本身的存在,这个外部世界也就无所谓"在"与"不在"。诗歌的所谓"意境",必然是主客融汇交互的产物。所以孟而康要说中国诗学是一种所谓"情感—表现"的诗学。因此,在诸多的学者看来,中国诗学思想更看重的是人如何通过诗歌文本去表达自己内心的情志,而不是再现外部世界的面貌。所谓"诗言志""诗缘情"也基本是这样的意思。这样,传统中国诗学阐释学讲究"以意逆志"、"知人论世"等等读解方法,正是要阐释者通过诗的文本去寻求和理解作者本人。你甚至可以注意到,所谓先秦诸子的著作,多数都是以作者来命名的,可见认识作者实在比认识它的文字更有意义,或者说,"中国文字的力量把作者变成了权威性文本。"[①]诗人的梦想并不是文本的存在与无,而是如何在关于文本的言谈中去实现人的不朽和永恒。

于是,当华人学者刘若愚试图用西方式的分析性方法去选择、剪裁、框定和重新读解中国诗学的文本体制的时候,宇文所安却从一个文化他者的目光和语言机制出发,试图以同情的眼光回归历史语境,去体察中国古典诗歌和诗人的世界,去诗意地走进那一个个的中国诗人和诗学家的内心。如果联系到两人各自断然相异的文化背景,于是,这种身份的差异和诗学读解策略截然颠倒的选择,其间暗含的深意,对于在对话中试图探索中国传统诗学走向现代进程的人们而言,显然应该是有着某种方法路径选择上的启迪的。

又譬如,在诗学本文,包括各种范畴、概念、术语等的现代读解方面,借助现代阐释学的认识开拓,于诗学阐释学的方法和层次

[①] 张隆溪:《道与逻各斯》,四川人民出版社,1998年,第81页。

上，我们也可以试探某种新的诗学意义探寻模型，这一模型大致由五个层面的意义阐释结构而成，简略叙述如下：

第一层，首先要考虑文本本身在其原初的语义层面上说出了些什么意义。

第二层，开始追问文本在与当时的语境关联中发挥出了什么意义。

第三层，继续探讨当时形成的意义作为理解对象，在与历代理解主体（诗人、诗学家、一般读者等）的视域融合过程中又生长出多少新的意义，同时某些意义又是如何隐退或消失在历史的阴影下面。

第四层，则不妨从现代的视域去对融含上述三层意义的历史文本进行现代阐释，以今人的知识疆域和分析能力，我们不仅应该对历史形成的诗学意义理解进行一番清理和定位，而且能够继续发掘其深部结构和未尽之义，并通过文本的激活和再阐释，从而使历史传统以现代形态存活于当代生活之中，成为当代诗学话语的有机构成。

第五层，则应是在中西诗学对话的深入层面上去展开。作为民族诗学的传统在面对截然不同的另一种文化传统的追问时，许多曾经是天经地义，不容置疑的意义层面和价值结构都将面临被"拷问"、被"拆解"的尴尬境遇，但同时也会碰到被接受、被补充和"重构"新生的历史机遇。

倘若有关中国传统诗学的各种语境、思想、基本观念、基本范畴、概念、术语等，都真正经历过这样一番现代阐释性的洗礼，其具有的相对的历史价值维度和现代生长性的精神和话语层面，似可望在现代诗学建构的语境和架构中继续发扬光大。

总之，在这一轮诗学的国际性阐释循环过程中，民族诗学传统的现代性和创造性转换不仅应该成为可能，即使是就众多具体的诗学要素而言，也都无疑会开启一条无限敞开的意义生长之路。

当然，上述一些阐释思路和层次模式的区分，也只是一种假定性的建构，是为着理解的方便和理论上的清醒而大胆加以设定的。在实际操作过程中，一切都完全可能是相互交叉，重叠并行的。

但是，我们还是有理由相信，这种尝试探索的目标，即要求它既保持古典阐释学的方法论优长，也体现出现代阐释学的开放性探索；既借鉴了现代西方阐释学的精神，也尽可能地去适应了汉语诗学阐释学的特定视域等，却应该是可以期待的。

在探索未来具有现代性和本体论特征的汉语诗学阐释学的历史路途中，类似的析解方法和阐释模式的尝试无疑应该是多样性的，而类似这样的跨越性、技术性探讨的意义，应该比匆忙地去强调双方的诗学价值比较，去呼吁地位的平等和席位的分配更重要得多。

也还是在这一意义上，我们始终认为：在诗学的一般宏观概念间和价值判定上做简单的比较甚至是比附，确实不是从事比较诗学探索的绝好理由，至少不是主要的理由和目的。当代中西比较诗学的迫切课题，与其说是要迅速地实现现代性的转化，要确立中国诗学的世界意义，倒不如说首先是要让古典诗学阐释学传统从历史徘徊的泥沼中走出来。只有经过艰难的中西古今对话，从而使传统诗学的表述话语融入现代的释义逻辑结构和话语体制；使其意义展开从一般认识论向哲学本体论追问深化；使其诗学阐释学的方法论尽快从传统方法论向具有本体意味的方法层面提升；如此等等。

也就是说，只有我们在关于诗学的思维和理解阐释路径方面有了革命性的改变之后，只有将中国诗学独特的文化视域和话语方式置入于现代理论的有机架构里面以后，只有在与包括西方在内的现代诗学视域的反复融合过程中，去实现自身的选择扬弃，从传统中许多富于生命力的生长点出发，全力去建构具有现代特征的汉语诗学阐释学。也只有当这种努力成为诗学研究界自觉普遍的追求以后，中国诗学的现代转化和世界意义才会成为可能。

当然，现代阐释学对于比较诗学的意义，并不仅仅限于在所谓方法论的层面，而是包括诗学理解的众多根本性的探讨。譬如它关于理解的普遍性、历史性和创造性的一系列认识原则，无论是在比较诗学研究视野的扩展，还是在具体文本的批评性读解比较方面，都提供了不少值得重视的探讨方向和方法启迪。这里不可能一一描述。

不过，需要提醒的是，任何理论和方法上的突破和洞见，必然带来新的遮蔽和局限。就现代阐释学而言，它对"理解"的过于强调和对文本蕴涵的"意义"相对稳定性的忽略，使它带有极大的主观色彩和相对主义成分；它对阐释行为中人的本体立场的强调和对传统阐释学的方法学价值的轻视，不仅使它带有存在主义气味，而且有着一定程度上的以主体的意志去消解历史的解构成分。它没有对于理解者的权利加以有效的限制，也没有对意义生长的语境和范围展开做出有说服力的描述。诸如此类问题的存在，必然给阐释的随意性和理解上的相对主义留下空子和借口。这是我们在此类方法运用上要时刻保持警惕的。

尽管我们目前尚不能肯定地说哪一种阐释是合适的，哪一种阐释是正确的，更不可能断言哪一种阐释是唯一的。但是我们却应该能够确认哪些阐释是随意的。哪些阐释是属于所谓"过度阐释"（Overinterpretation）[①]。哪一些理解和意义在有限的时空视域中是有一定范围限制的。这些不仅仅是我们在探讨阐释学与比较诗学的关

---

① 参见艾柯（Umberto Eco）《诠释与过度诠释》（*Interpretation and Overinterpretation*），中文版，香港：牛津大学出版社，1995年。

联时有理由加以注意的问题,同时也应该是我们的思想和诗学的理解底线。

现代阐释学为比较诗学的研究开启了某种理论和方法的支持,但它既不是包治一切的灵丹妙药,其使用也有一定的限度。在跨文化诗学对话的漫长路途中,可以尝试的方向还很多。在未来真正的现代中国诗学阐释学得以逐渐生成的过程中,无论在本体论、认识论还是方法论等领域,对话显然注定都是多声部的。

后现代思维与中国诗学精神[①]

将喧嚣一时的后现代理论与中国传统诗学精神置于同一桌面上，让它们相互对话，这难免有被讥讽为阿Q的危险。但想想又似乎没什么道理，世间万物都处在错综复杂且又剪不断理还乱的种种关系之中，决无超然物外的存在。至于它们能否放到同一桌面上来比较，全在讨论者能否找到这些事物间的某种有机联系，并且言而成理。世界上有哪种关系是天生铸成、万古不变，又有哪种关系是根本就断然不存的呢？钱锺书先生说得辨证："在某一意义上，一切事物都是可以引合而相与比较的；在另一意义上，每一事物都是个别而无可比拟的。"[②]今日所谓跨文化比较研究正应从中有所启悟，此一思路提示了比较研究的哲学本体论深度和方法学基本原则。那种要么把比较说得神乎其神，非大师圣人不能为；要么把比较视为邪门歪道，非拒之除之而后快者，缺乏的正是这种思想者的智慧和论文谈艺的眼光。

一

正如种种非此即彼、非是即非的二元思维景观有着极大的局限性一样，在人文领域，尤其探讨文学艺术问题，我们已经很难相信

---

① 原载《北京大学学报》，1996年第1期。
② 《中国比较文学年鉴》，北京大学出版社，1987年，第7页。

那种进化论式的发展观,非历史的进步观和单一文化自足的演化观。至于认为既有的便是落伍,新出现的便是先进,经典与前卫对立,传统与先锋为敌,非斗它个你死我活的诸般见解,透露出的无非是某种机械的,极其逻各斯理性中心主义的思路。

以70—80年代风靡欧美的后现代主义思潮而论,不少国内研究者往往把视野局限在西方学者们的讨论框架内去考虑问题,关注的重心只在西方语境中的现代主义与后现代主义的关系上。或认为是对现代主义的继承,或认为是对现代主义的反叛,并由此展开自己对后现代主义文化逻辑框架的圈定,给出后现代主义的文化价值定位,排列无所不包的20世纪后现代大师名单,抽象地回答国人关于"什么是后现代主义"的追问。在寻找莫衷是一的中国后现代主义文学的炒作活动中,把目光集中在少数几个有前卫意识的诗人和小说作者身上,不断得出一堆似是而非的无需验证的结论。这样做的结果所给人的后现代主义印象,仿佛是一个天外来客,一具与各民族思维逻辑发展和文化历史不相关的文化恐龙,一块柔软的橡皮泥,一团把握不住的光怪陆离的光影。本文无意卷入这种注定不会有结果的争论,而仅仅是从跨文化比较的立场出发,以中西对话的方式,尝试讨论所谓后现代的思维逻辑,美学意识与传统文化,尤其是与中国诗学阐释理论的精神和逻辑关联。具体地说,我的目的绝非是要证明后现代主义的精神向度充满历史深度感,而是试图提示一种普遍的历史忽略,即所谓高蹈独步的后现代文化景观,也不过是人类文化阐释传统及其表达方式的改头换面,是经过现代转换的历史话语和美学话语的又一种"说法"而已。因而它注定与传统有着千丝万缕的关系。当后现代主义从包括现代主义在内的传统的肢体上撕裂下来之时,它也许较远的偏离了西方文化的中心范式和阐释原则,但或许在有意无意之中却接近了另一种非西方的文化传统,譬如中国文化的美学思维路径和诗学精神。

从比较文学立场对现代主义文学的研究已经充分证明，现代主义在西方兴起的过程中，在相当大的程度上受惠于中国文化和诗学精神的影响、启发和推动。众多作家、理论家和艺术大师，如T·S·艾略特、埃兹拉·庞德、卡雷·史奈德（Cory Snyder）、艾米·洛威尔、博尔赫斯、威廉斯、奥逊、祖科夫斯基（Zukofsky）、金斯伯格（Ginsberg）、威廉·燕卜逊、理查兹甚至毕加索等人，都不忌讳非西方文化，尤其中国文化对他们的影响。他们立足于自身文化的问题和需求，通过对某些文化"他者"的艺术传统的选择、理解和创造性误读，在理论和创作上实现了西方现代主义的文学艺术革新。作为这种革新的结果，不仅使西方文学艺术走出了19世纪传统的巨大身影，找到了20世纪发展的新路，而且在美学精神和表达策略上与东方文化，尤其是与中国艺术精神建立起了某种程度上的汇通和交融。在现代主义的发展过程中，这基本上是带有普遍性的现象，因此不必赘述。

然而由此引出的问题则是，被视为现代主义之反叛或继承的后现代主义，其在艺术精神和表达策略上又如何与东方中国的艺术传统发生联系呢？换句话说，他们之间是否存在某种事实路径和精神上的关联？

这里首先要申明我的一种见解，即不管后现代主义是对于现代主义的彻底反叛或是创造性继承，它毕竟是从现代主义乃至更深远的传统中"走出"，因而不可避免地带有历史的"痕迹"，不宜作一刀切式的处理。理论界关于后现代主义与现代主义纠缠不清的关系争论和观点对立，正说明两者之间的种种生命粘连。从这种理路去清理、判断后现代主义的文学艺术与中国诗学和美学精神有某种影响联系和精神汇通之处，当不会是天方夜谭。以我的一孔之见，若将后现代主义问题植入历史的整体网络中，植入人类文化传统的时间和空间的综合运作进程中，作一跨文化的多向观察，虽然未必会有多少惊人的创见，但至少可以减少我们对这类西方新潮理论的突兀感、陌生意识和疏离效应。从人类文化在时间轴上的多元发展相互依存这种思路去分析后现代主义，中国因素的存在应该是肯定的。需要关心的只是这些因素在后现代的文化阐释逻辑和表述策略中扮演了什么样的角色，发挥过什么意义上的功用？

我们不妨把关注的重心集中在诗学的阐释路向、美学范式和艺术风格方面。由于文学艺术发展的特殊性，这些路向、范式和风格的演变，并不完全与晚期资本主义的兴起，后工业社会的来临，后现代哲学文化的流行而相应同步变化。文学艺术的相对独立品格和价值功能，使它与社会经济政治的运转并非贴得那么近、那么紧，而常常是在时空上保持着一种或前或后，若即若离的关系。并有着自己的一套扬弃规则，有自己的运转网络，且很难与社会的政治经济变迁作完全整合的处理。相反倒是与文艺领域内各种西方和非西方的传统有着精神上的种种联系，不太容易作干净利落的时间划分。而时下国内对后现代主义的介绍和分析，忽略的正是这一方面，并由此造成认识后现代文学艺术的不小的误区。似乎后现代主义完全只是后工业社会的应声虫。实际上，不止一个后现代理论家，如杰姆逊、阿诺德·豪泽尔等人都说过，后现代主义是一种新保守主义或现代保守主义，这无疑是他们注意到了后现代文化在与现代主义对抗中，对于先前传统的策略性回归和借用。尽管这种借用有着对历史的秩序和时间路线的有意颠覆，但在表达策略上，却有着走向"正典化"和回归历史的表面特征。正如斯皮尔伯格的《侏罗纪公园》和种种高级科幻作品中的巫术与炼金术色彩，骑士风味，古典风格一样，它们正变成后现代科技与信息社会中，一种解除历史深度威胁的文化符码；但同时它又可以视为对历史的另一种阐释和书写方式，并且往往以物化的艺术形式出现在当代的时空中。杰姆逊就曾经以后现代艺术为例说明文学艺术领域这种返古色彩的历史游戏:"后现代建筑的出现,像新古典主义的很特别的类比,用古典与摘句(一种'历史'的)游戏。在弃绝了现代主义的严谨以后,突然再现了一大串西方美学的策略:如此,我们有了一种矫饰复古(Mannerist)的后现代主义(像 Michael Graves),有了巴洛克的后现代主义(日本现代建筑),有了洛可可的后现代主义(像 Charles Moore),有了新古典主义的后现代主义(像 Christian de Portzamparc),甚至可以有现代主义的后现代主义……"①不少西方学者曾嘲笑所谓后现代艺术,就是在实用的外表上包装起无用的形式、结构和装饰,使商品换一种新奇的方式出现。譬如把合乎采光的正常的窗户规格,变成窄窄的,圆圆的;或者在摩天大楼顶上弄个瑞士式的小楼、小塔之类。但恰恰是在这里,后现代主义选择了以"游戏"的方式,利用传统文化艺术的资料来反对现代主义的现代传统。这当中虽有时间断裂和作为意义符码的能指链条崩落的感觉,进而呈现的只是一堆历史的碎片;但在这种五花八门,众声喧哗的共时性现实中,本文和物象自身都以一种难以言说的物质化的鲜明状态、以奇异的意识方式和美学感受去言说历史和现实,从而在对历史传统的"游戏"式运用中,成功的突破了现代主义的文化逻辑和时空结构。如果说所谓主体消解、走向模糊、复制、平面化、无深度性、光彩夺目的,商品广告式的精制和美丽等后现代美学策略的泛滥,是以幻象和仿制的形式拉开了与事物本真状态的距离,如波普艺术和沃霍尔的创作等;但另一方面,后现代美学在艺术生产、本文复制和美学产品平面风格的再现能力,都超过了人类感官知觉的现实极限和想象能力。它实际上已经是在要求艺术理解和阐释的新的空间和超空间,甚至要求人设法生出新的艺术知觉系统和超越传统的美学触角。后现代主义所要求超前预支的新的美学原则只有两种存在可能:

---

① 参见杰姆逊为利奥塔的《后现代状况》一书所作的序。

一种是指向未来,即预告未来高科技信息时代的美学消息;另一种可能则是指向过去,即寻找包括现代主义在内的传统美学原则形成过程中失落的某些"自然"的美学精神;甚至想寻找西方文化传统中没有或少见的,而其他文化传统中存有的艺术精神,包括某种"本原"的"普遍"的美学意识和人类文化记忆。

阿诺德·豪泽尔曾认为后现代主义否定了传统意识的独立个性,与商品拜物教妥协言和,作政治文化上的弃权。[①]因而它不仅使现代主义前卫艺术失去惊世骇俗的力量,同时也以游戏的态度否定了经典美学的崇高感,令两者都消融在物化的文化工业的汪洋大海之中。但是这种思路即使在西方文化的框架内,也只涉及希腊罗马文化以来,不断被过滤建构的主流理性传统,却并不包括全部西方应有的和曾经有过的美学和诗学精神,如第欧根尼式的或比犬儒派美学更贴近自然和生活的美学品格。至于进入跨文化领域,譬如在东方美学和中国诗学精神的范式里,后现代主义的双重否定并没有完全拒绝这类非西方的艺术原则,甚至常常表现出某种程度的靠拢。譬如对于生活与美学的关系处理,自然与诗的关联,观物态度和角度,生命的美学风范等等。正因为如此,便使我们可以站在东方美学和中国诗学的基底上,以独特的思路来考虑在西方视角内不易感觉到的、对于后现代主义美学策略的另一种可能的理解。譬如关于主体消解,意义的模糊化,生活的美学化,物我与物物之间的关系等等。

二

后现代文化和美学的基本特征之一,就是由于主体的崩落和消解所带来的一系列充满物欲的、无深度的快感效应。如各种表面物

---

① Aronld Hauser. *The Sociology of Art*. 1982, p.653.

像的狂欢,传统审美理性走向模糊化,历史和时间规定性的紊乱,事物的共时性空间存在关系的突出,能指和所指的漂移,传统能指链环的断裂,本文和话语之间的游戏与互玩,非个性化的弱审美的享乐主义等等,所有这些定位都不同程度的涉及了后现代主义的基本美学症候。但我在这里想提问的只是,这些特征是否仅仅是后现代信息时代才有的文化景观?它们是否只是后资本主义社会商品物欲膨胀后唯一的精神独子?在人类文化和美学的历史长河中,有没有它们的身影和痕迹?有没有一条来所来、去所去的,由现在不断回返历史的思索路线?依照跨文化的思路,从东方美学和中国诗学传统去观察,应该说存在这种历史联系的理由和可能。在一定程度上,就西方文化而言,这种经由千辛万苦、重重反叛建构起来的后现代主义美学表达策略,在许多方面与中国诗学的阐释方式有汇通之处。后现代主义的许多所谓"创新",在中国传统中有时候竟然是不言而喻的共识和被无意识认可的原则。在前者是作为前卫色彩极浓的边缘性"发明",而在后者却往往是习以为常的美学架构中心的"传统"。二者虽有文化时空背景的区别和本体论认识上的不同,但在美学和诗学的基本策略理路方面,却有着明显的交流和对话可能。

让我们试从主体的崩落和消解这一命题入手讨论。传统的西方宇宙模式和认识论在把实体从虚空里分离的同时,也把主体从客体中、把自我从他人中分离出来。突出主体的地位和自我认识世界的能力是西方哲学的一大特色。西方认识论是在一系列主体与客体、自我与他人、人与自然、已知与未知的二元关系中,不断地去探讨人、自然和社会,并相信经由人的力量可以洞穿世界的奥秘。即便是现代主义的反叛,也只是着力表现主体自我的怀疑、焦躁不安和明显的异化,而并未尝试去消解主体的存在,泯灭自我的意义。但后现代主义则大不相同,在后现代主义的哲学景观中,主体被宣告崩塌，自我化解为虚无，价值碎片化，个性被晚期资本主义高度发展的政治、经济和文化生产的严密组织所淹没、窒息以至死亡。表面上的个人主义空间被无所不在的社会信息网络穿透得千疮百孔，通明透亮；个体的想象力成为一个空壳，完全丧失了创造和凝聚艺术上的独特风格的能力，而是情不自禁、身不由己地成为普遍的时尚机器的一个组件，一块有复制能力的芯片；在被他人复制的同时也在复制他人。所谓独特的构思和创意，在后现代社会中只是一块换汤不换药的包装和拼贴事件。在此一意义上，自我的消解确实带来普遍的失落，带来了主客二分、主体居高临下的西方认识论和明晰话语的消解。然而我们不妨再往前走一步，考虑一下非西方话语的情形。试以中国传统美学话语为参照，立刻就可以发现，主体的崩落在西方可谓惊人的事件，而在中国传统中却是已经被历史认同了的规则；于是后现代主义的努力便内在地透出一种新境界的呼唤，一种向多元文化和美学普遍性靠拢的追求。在中国美学传统中，道家的思想占有至关重要的地位；而在美学的认识论上，道家所代表的正是主张消解主体自我存在的潮流。庄子说："天地有大美而不言，四时有明法而不议，万物有成理而不说……"[1]儒家的创始人孔子也说："天何言哉，四时行焉，百物生焉，天何言哉？"[2]那么，如何去感知和认识世界万物呢？道家的观点就是"无为"，所谓"无为"，包含着无心、无知和无我的状态，明确反对以君临万物的主观自我去对事物作定向、定位、定性的片面切割和处理，反对"以我观物"，而是让事物以其原真状态作自然的呈现。所谓"自然的呈现"，正有待于"主体的虚位"，能做到"天地与我并生，万物与我为一"，从而使人与宇宙万物处于平等相处的状态，以达物我之

---

[1] 郭庆藩：《庄子集释》，中华书局，1985年，第735页。
[2] 《论语·阳货篇》。

间，物物之间相互映照，相互呈现的理想境界。在这里，人及其自我只是万物之一，无所谓主客区分。物我之间如同物物之间一样，完全平等相处，可以自由换位，相互映证。所以中国诗学传统主张"以物观物"，"物物自现"，无须主观的自我去注入和证明其意义。在用汉语写就的古代诗歌中，的确很少见到"我"及其有关的人称名词入诗。大漠孤烟、小桥流水、雨燕落花、古迹今景，都不依赖主体的言说而作全方位的多向并出，共时再现，意义齐发。留给后人广阔的阐释空间。至于意义，即所谓"道"是完全毋需主体去开掘的，因为道"无所不在"，瓦盆是道，屎溺是道，山水是道；"目击"则可见"道存"，何须自我在一旁絮叨。

以今日之理解，古代中国诗学其实并未做到完全抹掉主体自我的存有和作用。事实上，只要有诗人的存在，就不可能完全消解主客之间的距离，如物象的选择，组合的偏重，阐释的框架安排等等，都暗示了诗人自我的存在。只不过让自我缩减和归位至与世界万物相平等的地位，并且在诗的本文中常常处于隐匿状态而已。但中国诗学的这类理论和实践，却明确地在提醒我们，在美学和艺术的思维发展进程中，要警惕由于主体自我的过分介入而造成认识世界和审美感受的切割和迷误。中国诗学的这种精神偏重，对于将主体的理性自我推到峰巅的西方美学，包括现代主义的美学观，都是一剂有效的泻药，也是一面可以映照出西方自我异化状态的镜子。

反观后现代的所谓主体消解和由此引发的各种美学和艺术症候：如意义的历史逻辑环节的中断，能指链条的散落，能指与所指关系的疏离，超时空的物象拼贴，内外及表里关系的平面化，无具体所指方向的艺术行为，共时性时空关系的突出等等。这种种被包括现代主义者在内的主体论者指斥为反叛基本传统和向世俗投降的行为，若以非西方的中国美学眼光看去，倒有几分像对于主体造成的意义遮蔽的"去除"，或是对于久已失落掉的原真美学状态的"找回",从而越出西方文化的理路,在东西诗学之间搭起一条精神连线。此一思路并非空穴来风,也不仅仅是来自现象的平行分析和逻辑的推论,在一定程度上曾受中国道家思想影响而又被后现代诸家奉为思想领袖的海德格尔,也有类似认识和言论:"老实说,人是什么?试将地球置于无限黑暗的太空中,相形之下,它只不过是太空中的一颗小沙,在它与另一小沙之间存在一英里以上的空无,而在这颗小沙上住着一群爬行者,惑乱的所谓灵性的动物,在一个偶然的机会里发现了知识。在这万万年的时间中,人的生命,其时间的延伸又算什么呢?只不过是秒针的一个小小的移动。在其他无尽的存在物中,我们实在没有理由拈出我们称之为'人类'此一存在物而视作异乎寻常。"[①]尽管空间分隔半个地球,时间有两千多年落差,可海德格尔竟说着与道家相似的语言。这逼使我们不得不把后现代主义的有关问题考虑得更复杂和宽泛一些,不得不跨过文化和历史的巨大时空去寻找某些有关人类诗学普遍性的线索。毕竟这是一个文化相对主义盛行和多元文化可能对话的时代。

三

追求意义的明晰性是西方美学的重要特征之一。即使是现代主义的隔着玻璃幕墙看人,对理性保持一种冷然幽默的批判态度,但其价值判断的清晰性和指向性却是毋庸置疑的,然而后现代主义却最终使这种意义的明晰性变成一块模糊的底片。由于自我的崩落令惯常的理性工具失效,多向无序的价值功能碎片使物象的真正意义变成一片模糊;拼贴、仿造、复制、时空路线的处处截断、行动艺术和过程艺术的瞬时性,均使周围的一切事物都处在把握不定之

[①] 中译文参见叶维廉著:《中国诗学》,三联书店,1992年,第41页。

中。失去深度的文化工业产品表现出的至臻至美和色彩缤纷，只是从物的本相和意义定位双重退却后的海市蜃楼。这些都聚焦出后现代审美的明显取向——模糊化。

事实上，西方认识论从泰勒斯到牛顿、黑格尔等延续至今，始终保持着一股占主导地位的、在物质和精神方面均追求明析性的潮流。当发现原子、几何学、逻辑学和理式的规则时，人们相信已经找到了把握自然、社会、人生的普遍第一原理和终极意义的钥匙。所以"知识就是力量"，所以如给一个支点便可以撬动地球、撑起宇宙。然而20世纪科学和哲学的进展，两次世界大战的残酷事实，都使西方人的信心受到毁灭性的打击；经由尼采、弗洛伊德、海德格尔、爱因斯坦等人的阐释，宇宙的整体感和世界意义的明析性反而变得模糊了。美学的生命价值追求在现实中成了笑柄。在现代人目光中所谓明析的理性所肯定的却是一个并不清晰的、荒诞的世界。正义、真理、美，以至所有的价值都显出游移不定的色彩。包括结构主义在内的种种现代理论试图重新找回明析的世界结构和意义，然而很快面临的却是解构主义毫不留情的否定和颠覆；在声称自由的社会里，对自由的追求带来的却是公理的不存和自由概念的模糊和混乱；正如学科细分带来知识边缘界线不清一样，分工越细，各种社会和人际关系越是含混不清；以保持和发展个性为目标的生存选择却使个人更加依赖他人，益加捆紧在社会的战车上；个性和隐私一样，为高科技、商品化生活和无孔不入的信息穿透，化为时尚的同义词，每个人都似乎无可逃遁！随意、不确定、无序、熵理论、混沌学说、多元、相对性、跨学科等，所有这些都提示着西方认识论已走到一个重要的十字路口。于是后现代主义应运而生，宣布放弃对明析性的追求，举起了模糊性的旗帜，认可了这个世界的无限的意义敞开。

后现代的模糊理论曾招致一片骂声。后现代主义者毫不犹豫地挥舞爱因斯坦的相对论、海德格尔的存在主义和弗洛伊德的无意识理论还击。然而他们也许压根儿未曾想到，在西方文化之外还有其他种文化历史地保有对模糊理论的认可，可以为他们助阵。譬如中国哲学和美学精神就颇得模糊之"道"。老子说过："道可道，非常道。"①庄子也说过："意之所随者，不可以言传。""则知者不言，言者不知"②在中国文化中，最高的意义是道。下至道路、道德、人道，上至大道、天道，多数是不可言说，无法穷尽的；美的最高境界也是道，并且此"道"其高其远只能"心向往之"，而不能最终完全把握；只能用心去感受，用知觉去领悟，包括渐悟和顿悟之途，而不能以工具理性去分析。就这个文化和美学的整体功能而言，基本上是一个由气、道、无、心结构而成的模糊世界，她可以感受而不可分析，可以领悟而难以言说，存而不论，知而不言，让活泼泼的生命和世界的本相作自然的显现。所以在美学话语方面重比喻式的人物品藻，重神、骨、肉、五官的感觉，而不作理性分析。在诗学表达策略上重意境、境界和格调精神，不作具体范畴和概念区分；更讲求对于理性分析和语言工具表达的不信任，念念不忘"得鱼忘筌"，见月忘指，由"言不尽意"进而追求"言外之意"。通过对明析的拒斥和对模糊的认同，去领悟和获得主观工具理性所不能达到的那种曲折、具体、丰富和深远的意义之域。

应该说，中国文化和美学的理路，并非完全否定对事物作言说、清理和区分的可能性，故有天地、君臣，有阴阳五行，有言意之分。有论理之别，有六合之内的可知可论，有可以言论的粗略线条和层次，所谓"可以言论者，物之粗也。"③因而中国的模糊论，是一种为防备工具切割定位的偏执和语言表达局限的策略。是为保

---

① 《老子》第一章。
② 《庄子·天道》。
③ 《庄子·秋水》。

有"道"的完善整一和世界丰富性的方法思路。作为农耕社会的结晶，对于保持自然与社会的稳定和谐，激发华夏民族文学艺术上的创造力，有着历史性的积极意义和未来的潜在价值。但于理性科学的发展，物质世界的认识，社会生产力的提高等，却未必是合于现实需求的选择。至于后现代主义模糊观，则与中国式的模糊论有着历史背景和认识取向的根本不同，所谓这"模糊"不是那"模糊"，后现代主义的模糊是高度科技化、工业化和后资本主义社会的逆子贰臣，是将明析追问到极至的放弃和反讽；其批判锋芒和力度是以游戏和玩世的方式得以实现。因而，在后起工业化国家，尤其像中国这样的发展中国家的现实目标进程中，其积极意义并不明显。这乃是由于社会发展的巨大落差所决定。而只有将其植入类似中国这样的非西方化国家的传统历史文化语境中，从历史追问的起点开始作跨文化的比较，方有可能从现实的一片混乱和喧哗中，看到后现代文化中模糊思想的一线曙光，并体味其世俗化的玩世不恭中所包含的返本开新的未来可能性。当然，这一切都必须建立在多元文化共存发展的合理基础前提之上。

四

后现代精神的另一典型症候是——世俗化。思想的世俗化表现为取消深度追求，放弃启蒙理想和价值追问，使一切变成平面的当下的欲望满足；精神的世俗化则是放弃批判精神，以游戏的方式卷入世俗的物象和本文的狂欢；而在美学和诗学上，则使个性化的独创变为普遍的仿制和复制；崇高感为众声喧哗所淹没，严肃艺术与大众文化的界线泯灭，精神贵妇与青楼歌女握手言欢；借助高度发达的现代媒介，如电影、电视、电脑网络、电子出版业等，艺术创造转化为商品性的生产和广告宣传性的铺天盖地的涌入；文化产品以空前的强度和浓度覆盖社会，成为一望无际的、普遍的、无差别的、舒适安泰的、弱化的美感享受。不少研究者指出，这是艺术的自戕行为，是精神的自渎，是美学和艺术的全面沉沦。情形果真只能是如此吗？

事实上，西方社会自荷马，柏拉图以来，文学和艺术在不断走向"正典化"的过程中，其创造和解读的活动日益成为少数人的权力，艺术创造被认为是神灵赋予少数人的天才能力，解读变为学院精英的专利；因此，所谓艺术创造的个性，文艺的批判功能，高雅艺术的生产和规范化，都不是普通人的工作，而是少数天才的灵感创造；文艺和美学的历史，就是由一系列天才人物的生平传闻和天才产品组成的封闭链环。在这种艺术社会学的框架中，天才担负崇高的创造使命，众人只能被动的分享果实；精英承担文艺的批判功能，大众只能被启蒙和表态；严肃的高雅文化负有引领大众通俗文化的使命；而在上帝的天堂中，只给前一类人和文化预留有位置。直到现代主义时期，经典文艺的这种孤绝、凄清和高傲自赏，算是走到了极端，成了只供分析而不可享受之物，成为与自然生命律动和大众生活美感毫不相关的东西。尽管窗外常有明媚的阳光，有生命的欢乐，有世俗的物质和美的欲望；但在包括现代主义者在内的天才眼中，生活只有难以忍受的沉重一极，只有一片凋零破败的思想荒原。按照这一标准去衡量后现代主义的文化艺术世俗化过程，正是一系列的堕落和沉沦。

然而如果从文学艺术的起源和本应有的理想状态去审查文艺的发展历史，就会意识到，所谓文艺的历史性进步，也同时是文艺的生命本相不断被从母体内分离的过程。在文艺的约法中包含着一系列的对立：如艺术与生活、精英与大众、常人与天才、本文与本相、美与生活、诗与自然、生命常理与文化的超常规……。我们要问的只是，这久已形成的种种分离和对立的二元景观，难道就是文学艺术本身应有的理想状态吗？如果回答是肯定的，那么不仅后现代的世俗化是荒唐的闹剧，甚至诸如文艺复兴运动，非贵族化的现实主义文艺的兴起，以及五·四文学革新等，其推广世俗语言，贴近现实生活，提倡大众美学，强调白话写作等方面的努力，都将大打折扣。甚至欧洲中心主义和西方经典结构也是不可怀疑和动摇的了。如果回答是否定的，或者说这种分离和对立包含文艺自身异化的过程，那么我们就不能不考虑到这一层，即后现代主义在融入世俗大众和商品洪流的义无反顾中，是否也包含复归原初本相的合理化因素呢？

原初状态的艺术与世俗的生产和生活曾经是分不开的有机一体。"今夫举大木者，前呼'邪许'，后亦应之，此举重劝力之歌也。"①"昔葛天氏之乐，三人操牛尾，投足以歌八阕：一曰载民，二曰玄鸟，三曰遂草木，四曰奋五谷，五曰敬天常，六曰达帝功，七曰依地德，八曰总万物之极。"②作为萌芽状态的诗歌，它是诗，但又是生产活动和生活方式的一部分；艺术的情感与生活的节奏相凝结而不分彼此，离开了生产和生活的各种活动，根本没有什么单独存在、超然物外的独立的文学艺术。考察今日尚存于民间的各种歌舞、戏剧以及各种仪式化和非仪式化的文化活动，其创造者、叙述表演者和欣赏者之间往往是三位一体的；艺术行为同时也是一种生产和生活方式，而不是分离出来的所谓"本文"，更非置于殿堂和收藏者家中的所谓"藏品"。以诗而论，无论中外，在其早期总是与音乐、舞蹈、仪礼、吟诵和表演融为一气。其生命呈现为一种与周围世界共存并相互感悟的"过程"和鲜活的"命相"，而不是课堂中供意义解读和思想批判的凝固为本文的"话语"。正如许多少数民族

---

① 《四部丛刊》载宋本《淮南子》卷十二《道应篇》。

② 《四部丛刊》载明刻本《吕氏春秋·古乐篇》。

身上的衣服、装饰、涂抹的身体色彩和仪式化的艺术活动等等，在原初的含义上，绝不仅仅是美学的功能，而包括丰富的生命价值意义。以此理路来理解后现代主义融入世俗的美学反省，其对经典艺术的崇高、个性、高雅和权威话语的破解，便有了令物质生产和日常生活美学化的思维革新逻辑，潜藏着对被历史遮蔽了的艺术本相的向往。60年代以来，西方一些后现代诗人和艺术家在将艺术创造与人的日常活动融为一体方面做过大胆的尝试，如即兴成舞、盲视作画、林间的诗歌即兴创造和吟诵、不留下"本文"的过程艺术、转瞬即逝的"发生"艺术等等。①这些活动不仅看不出某些理论家们所谓的向世俗商品广告世界的投降，也超出了沃霍尔（Andy Warhol）式的疯狂复制；倒是突出地表现出后现代艺术透过与生产生活场景亲密无间的合作，进而展开的对生活的思索和批评，对生命、自然和艺术的有机关系和人的审美知觉的多方面找回。这类艺术活动不仅突破了现代主义的美学规范，也超越了后现代主义的许多理论界定，显出回返艺术本原真相的勃勃生机。譬如卡普罗（Allan Kaprow）1976年在当时的柏林墙旁边，用面包、果酱和一部分空心砖砌了一段"甜的墙"（Sweet Wall），就不无诙谐地以仿制的形式讽刺批判了现实生活中的观念僵化和政治铸就的冰冷物质之墙的虚幻性；甚至无意间惊人的预言了十多年后柏林墙的真正倒塌。可见，一味的批评后现代艺术的沉沦，而忽略其中的文化反省深义，也未见得真正洞察了这一思潮出现于西方的"玄机"。

其实，这类将艺术生活化，生活美学化，以及使艺术过程化、行动化的尝试，也并非后现代人独创的发明，在中国的文化艺术史上记载有许多类似的事例：庄子的自然、素朴、无为以及主张"至乐无乐，至誉无誉"的生活美学风范对后世的影响自不必说；陶渊

---

① 叶维廉：《解读现代·后现代》，台湾东大图书公司，1992年，第52—106页。

明诗酒文章的生活方式也是以自然的生活美学去批判生活；六朝人认识到"会心处不必在远，翳然林水，便自有濠濮间想也，觉鸟兽禽鱼，自来亲人。"①诗人从未觉得比自然远去几许，高去多少；兰亭曲水流觞的佳话，正类似后现代的如生活的艺术活动的古代的一幕，令人悟到所谓后现代并不尽然是一个居于现在时态的时间故事；8 世纪生活在今浙江天台山国清寺寒岩上的诗僧寒山，"布襦零落，面貌枯瘁，以桦皮为冠，曳大木屐。或发辞气，宛有所归，归于佛理。"②其居无定所，游吟于洞中林下，以天地为家，连诗都是写在石边崖下树叶之上，无意留下纸帛之类的"本文"；甚至姓名也是虚无，寒山不过是人名，地名和心态的多重能指；其在生命、生活、自然与艺术融为一体的过程中，达到了充分的自由和心灵的彻底敞开。一千多年以后的本世纪 60 年代，寒山再度成为西方披头士一代(The Beatles Generation)崇拜的偶像，成为耳环长发、赤脚奔走、唱民歌和诵诗、玩爵士乐的嬉皮士们的宗师，成为隐身于都市繁华中的"群众英雄"(The Mass Hero)们的朋友。寒山与西方现代和后现代青年的这种心性联系，不也同样证明东方诗学与后现代思维之间，在互为"他人"的对话中存在着精神上的联系。诸如此类的故事还可以举出很多，如《世说新语》中刘伶裸居于室内，"我以天地为栋宇，屋室为挥衣，诸君何为如我挥中？"王子猷乘舟夜访戴安道，至门前不入而返，人问何故，则言："吾本乘兴而来，兴尽而返，何必见戴？"等等。不仅是生活的美学化。而且是相当典型的"行动"和"发生"艺术了。艺术在成为与生活以及生命追求亲密无间的行为的同时，尽管部分地失去了主体的关照和所谓崇高性，但并非完全世俗化为无意义的日常无意识行为，而是包含着强烈的

---

① 余嘉锡撰：《世说新语笺疏》"言语篇"，中华书局。
② 《大藏经》第五十册，第 830 页。

人性重建的强烈愿望。在此一方面,后现代艺术的实践者们与现代主义者并不完全对立,而是既有区别,又有联系。这也许恰恰是某些只重视理论和逻辑区分,却并不关注后现代在西方作为艺术和生活实践行为的理论家们所忽略的重要方面。

让我们再转引一桩后现代艺术的事件来结束这次讨论:80年代,美国一个叫苏姗·黎丝(Suzanne Lacy)的后现代艺术家,曾操办过一次融生活与艺术为一体的"演出"活动,称之为"耳语,浪花,和风"(Whisper, The Waves, The Wind)。有鉴于美国社会对老人的轻视和遗弃,她组织了154位62岁—99岁,不同国籍,不同种族和不同职业的老年妇女,请她们到加州的一个著名海滩的丽日蓝天,浪花白沙之下举行一次茶会。活动的当天,一排豪华大轿车驶至预定的地点,一帮年轻人扶持着这群穿着白袍,形象高贵典雅的老妇人走下车来,在庆典式的慢慢行进中,昂然进入事先安排好的沙滩,在一片白布饰盖的餐桌前坐下来,自然随意地喝茶谈天,谈论生活、现实和未来。此情此境,顿时引来大群市民的观赏,成为轰动一时的艺术事件。当我们试图对这一行动定位的时候,就很难说是艺术行为还是生活事件,或者是一次慈善的游艺活动,甚至也可以说是一次全体参与的社会问题讨论会,但也可以说是一次群众性的"演出"。它消融了高雅与世俗的距离,意义与生活的界线;它不要求现代主义式的艺术独立和思想抗争,但却充满着对生活与艺术的思索;它在成为一个生活事件的同时,又突出了老年人不同凡响的典雅、智慧和宁静。这一被称为后现代的"演出"活动所蕴涵的人性包容和艺术探索,留给人们许多值得再思的东西。至少,我们可以学着不必对后现代的文化和艺术探索作简单的拒绝,并留意到它与包括现代主义在内的西方传统和非西方文化精神的复杂关联。任何文化上的创新都包含着对传统加以反叛和继承的双重动力。后现代主义也不例外。尤其在中国语境中来讨论后现代现象,更不必只盯住几个前卫派作家去硬套，不妨也到老庄、玄学、禅宗公案和魏晋人的酒杯中看看。其实西方人在讨论后现代主义时，也并没有仅仅局限于当下和 20 世纪 50 年代以来的种种社会、经济、文化的变迁，因为据说自文艺复兴和乔叟以来，就不断有着属于那些个时代的种种后现代主义。由此我们还可以想到另一层，在如今这个倡导多元文化对话和交流的时代，对于后现代主义的讨论完全不必局限与西方文化和当下的有限事实，而应扩展开去，在与传统的对话和与非西方文化的比较中，也许会有更贴近实际情形的认识。后现代主义毕竟也只是当代世界的诸多文化反思话语的其中一种，它所提供的只是反思他人或我们自身文化的某种可能的思路。因此，不妨像看待其他传统或现代的理论话语一样，心平气和地去对待它。

一九九五年五月二十日

诗学的翻译与翻译的诗学[①]

一、视域融合与互译性"格义"

无论中西诗学对话的追问途径是多么的曲折艰难，也无论这种理论间的比较性建构层次多么复杂，纵使中西诗学对话已经具备了成熟的文化和理论语境，学会了极其开放以及平等地了解并且走入对方的历史传统世界，不断发掘出众多共同话题，但是，诗学之间的跨文化对话作为一种"跨语际实践"（Translingual Practice）[②]，最终都必然要落实到语言交际的实践领域来实现，也就说，要通过语言的互译去开启意义接受的通道。于是，我们就将不得不面临一系列有关诗学术语、概念、范畴和叙事修辞等方面的语言转化和译介策略问题。

在这样一场对话过程中，中西方的诗学概念为了让对方真正看见自己的面目，必然相互从自身的"母语"进入对方的语言，而这样一个过程，绝非是纯技术性地，中性地，从一个房间走进另一个相似房间的简单语言换位，甚至也不是形式化的所谓话语转型问题，而是走进了一座无穷无尽的博尔赫斯式迷宫，或者说是一座但

[①] 本文系在本书中首次发表。

[②] 此概念由刘禾提出，可参见其《语际书写——现代思想史写作批判纲要》一书，上海三联书店，1999 年版中的有关论述。

丁式的、由语言的地狱、净界和天堂组合而成的历练世界。来自异文化的思想和理论在这一迷宫和历练天地，要经历磨练、丢失、脱胎换骨的适应过程，也会在其中有所增添和获取，当它以新的语言面目再出现的时候，情形近乎于凤凰从浴火中的再生。

面对此一意义上的诗学语言调适、交流和融汇性的活动，如果主观想象性地以为，在中西诗学概念对话性互译的过程中，一个汉语词可以完全对应另一个西文词，一个中国诗学的概念可以对应于另外一个西方诗学的概念，从而实现中西诗学之间的整体意义交换和透明的翻译，这只能是一种关于文化交流的乌托邦理想。

无论是一般性的文化交流，还是诸如中西诗学之间的互译行为，它们之间的语义和符号关系系统的建立，其实都是一种历史性和人为性的复杂历史过程。这一过程本身就是中西诗学相互见面、认识、交流、协调的一个极为复杂的对话和阐释过程，并且这一过程将会随着认识的深化而改变，不会很快终结。于是，当我们开始追问，"道"为什么会被分别翻译成"the Way"、"logos"、"Tao"的时候；当"风骨"被分别翻译成"The wind and the bone"或者"suasive force and bone structure"的时候；当各种翻译的悖论和策略纠缠住译者的时候，问题的复杂性便开始显现出来。当此时，一般工具性的语言转换和技术性的翻译讨论已经难以触及问题的实质，而必须对这种翻译过程中的历史起点和条件、传统和意识形态掌控、意义的衰减和增添、语义的血统起源和混杂组合关系，相互间的诗学知识本土化过程中的语言策略等等，有相对更加深入系统的把握，只有这样，才有可能在如此的语言性理论实践过程中，走出非此即彼的二元对立思维惯性，在中西交汇、众声喧哗的现代诗学运动过程中，透视出这一跨文化理论实践的复杂性和变动性。并且希望这种跨语言实践的概念"可以最终引申一套语汇，协助我们思考词语、范畴和话语从一种语言到另一种的适应、翻译、介绍，以及本土化的过程(当然这里的"本土化"指的不是传统化,而是现代的活生生的本土化),并协助我们解释包含在译体语言的权力结构之内的传导,控制,操纵,及统驭模式。"① 所谓中西诗学对话中对于诗学话语翻译实践的关注,正可以视之为这一努力的组成部分之一。

语言发展的历史事实和现代语言学理论都已经令人信服的告诉我们,语言从它诞生的那一天起,就不是纯工具性和纯符号性的意义仓库,而是和意义血肉难分的统一体。一切文化和思想等等的存在,本身就是所谓语言性的。我们说语言是存在的家园,则意味着语言与人的存在休戚与共的性质。因此,我们不可以想象,与任何一种语言体系有关的思想和意义,不是血肉粘连似的撕裂,而是可以随意和它的符号体系脱离,毫发完整无损地进入另一符号体系之中。

具体一点说,任何一个或者一组语言符号的后面,不同程度所融含着的,常常是格外复杂的语义内容,它本身往往就充满文化的张力和意义的历史对话性。譬如汉字,它往往一个字就包含多种意思,有时候同一个字甚至可以表达两个相反的意思。比如"易"字,钱锺书先生在《管锥编》一开首"论易之三名"中就曾经论证过,它不仅有"简易""变易"的意思,同时还有相反的"不易"的意思。因而《易经》的翻译既可能译成英文的"Book of Change",也可以译成"Concise Book of Constancy"。前者强调的是它的"变易"的方面,后者则侧重表达它的不变的方面,即所谓"变动世界中不变的常体"②的意思。面对如此复杂的语言关系局面,翻译就不再仅仅是语言问题,而是地地道道的关于世界的存在和人对其意义理解差异的关系问题了。而所谓翻译行为也就必然地演化成为一场

---

① 刘禾:《语际书写——现代思想史写作批判纲要》,上海三联书店,1999年,第36页。

② 张隆溪:《道与逻各斯》,中文版,四川人民出版社,1998年,第65页。

跨越语言和文化传统的意义阐释和对话行为。

就这一方面而言,西方阐释学思想家们的一些相关理论见解,都曾经试图从原文、读者对于原文的理解以及相关的历史和知识背景诸方面的关系结构去寻求问题的解答。譬如伽达默尔、赫施等人有关视域融合的理论,就从理论上间接地涉及了问题的核心所在。在伽达默尔等人看来,诸如读者面对文本的这种理解和对话活动,实际上存在着两个不同的视域,一个是来自读者(理解者)的视域,另一个则是来自于作品(文本)的视域。所谓理解和意义的产生,则是两种不同视域融合的结果。由于读者和文本都是历史性的存在的,因此,无论是作为理解主体的人,还是作为理解对象的文本,都具有自己的历史性和变动性。于是,所谓理解,就只能是作为读者的认识主体所拥有的当下视域与本文所拥有的过去视域的对话,而所谓意义,则就是不同视域相互融合的产物。①在跨文化的文本互译活动中,这种为了达到意义理解的视域融合关系过程就更加复杂了,因为它所涉及的读者(译者)与文本(原文)的关系,不仅有文本过去和读者当下的视域差别,同时还有文化的异质性差别及其语言体系的差别,从而使这一融合过程格外复杂困难和充满变数。每一种因素的差异性,都可能导致意义理解的切割、偏差和错位。进一步而言,在诸如诗学话语互译这样一类极具理论抽象性和意义漫延性的翻译活动过程中,情形无疑会更加难以把握。于是,选择什么样的互译策略,如何去推动和实现这种跨越语言体系的诗学意义的融合性转换,变成了比较诗学研究中最为关键和最具挑战性的课题。

实际上,中国古代的佛经翻译家们很早就已经意识到了翻译行为的这种复杂性和跨文化对话特点,他们把这一复杂的过程称之为

---

① 参见赫施:《解释的有效性》,中文版,三联书店,1991年,第1—3页。

"格义"。所谓"格义",据陈寅恪的考证,即是"以经中事数拟配外书,为生解之例,谓之'格义'",《高僧传·竺法雅传》,所谓"事数",指的是佛经中的"五阴"、"四谛"、"十二因缘"等名相范畴,所谓"外书"则是指老子、庄子、儒家等中国经典的概念,至于"生解"则是历代诸生的"注释"了。前两者是不同文化文本的原典教义,后者是人们对它历史性的读解,而格义就是让这些来自不同文化和不同历史视域的思想话语相互试探对话,在理解佛典名相范畴意思的基础上,用中国传统思想的基本概念和历史上各家的学说来加以解释,最后以古代汉语文字的形式叙写成文。于是我们就可以发现,译者的思想如果倾向于儒家,其翻译的佛典就有儒家话语的气息,而如果译者的思想倾向于老庄,则所译佛学著述就多闻道家话语的味道了。①

"格义"基本上可以说就是一种早期的互译策略选择。到了20世纪初,林纾、严复等人对西方文学和思想著述的翻译,从一开始,也基本上是遵循类似的路子,近于原创性地去展开其译解性的"格义"工作的,那时的他们,基本上没有什么双语性的词典类书籍可以参照。当后世的读者通过他们典雅的古文翻译去接受所谓西学思想和观念的时候,其所面对的已经不是单纯的西方学说,而是在经由跨文化对话和双方视域融合以后,在各方面都显出文化的交互性、混杂性和生长性的新东西了。

正如东方的"西学"不等于真正的西学,譬如所谓以汉语翻译表述的各种西方文论;而西方的所谓"汉学"或者"中国学"也不等于纯粹的国学或者本土中国文化研究一样,譬如西方人撰写的中国文学和史学著述。我们今天的读者可以不假思索地去使用类似

---

① 参见陈寅恪:《支愍度学说考》,载《金明馆丛稿初编》,上海古籍出版社,1980年,第149页。

"文化"、"资本"、"物理学"、"化学"、"逻辑"以及"浪漫主义"等等概念。可是如果回到文化翻译的历史最初状态，去观察它们是如何从 culture、capital、physics、chemistry、logic、romanticism 等英文或者其他语言的符号概念"格义"转化而成，你就会意识到这种由历史上的翻译者去尝试展开的语言策略和阐释活动，期间包含了多少艰难复杂的一场文化对话和视域融合过程。而这些语词概念之所以呈现为今天的符号形式和意义内涵，绝对是一种文化的历史生长发展和文化之间共同创造的成果。而在跨文化的交流和译述过程中，当它们要以自己的语言外壳和意义内涵去与外来的语言和观念作所谓"对应"性的意义置换和符号互译替代的时候，基本上还是属于一种由人来加以操控的，并且是在历史过程中不断演进的对话阐释行为。因此，作为跨文化视域融合的结果，只有把它们放到多元文化交流对话的历史大背景中去考察，才有可能看清这种文化共创产物的真实面貌和学术文化意义。

二、语词的文化血统与合法化接受

如果说，在当今时代，包括诗学在内的异质文化之间的对话是历史的必然需求和发展趋势的话，那么，为了穿过不同的语言体系之障，促成思想的非本族语言转化流动，实现异质文化间的有效交流、协调和意义共生，为此而展开与之相适应的基本概念清理和探索有效的互译策略选择，便成为至关重要的学术方法环节，其重要的价值意义怎么强调也不为过。

在比较诗学领域尤其如此。

作为第一步，还是让我们从语词的文化血统清理开始。

作为这种诗学概念清理工作的重要一步，我们必须从与概念范畴的语词翻译相关的目的出发，对自身文化的各种诗学语词、概念、范畴等的本族历史文化血统有清楚的分辨和把握，查明这些术语概念在自身语言文化传统中是如何产生、发展起来的，而其意义又是如何生成、生长、演绎流变出来的，从而在此基础上寻找跨文化互译的可能性。

这一过程表面上是朝着过去不断追问的意义的还原性努力，但是，它却是在现代比较研究的意义上去展开的，一种特定的关于词语的文化史清理，是一种面向未来的"退而结网"式和暴露家底式的意义敞开。它与通常意义的国别诗学概念范畴研究有着明显的区别。

首先，是因为作为一种比较诗学意义上的概念范畴还原清理及其互译性问题的研究，对于研究者而言，他们是带着自己时代和比较学科的问题意识去进入追问的。我们对于这些概念范畴的过去所做的历史清理，主要是为了切实地把握它们真实生命的整体内涵，这样一来，一旦要通过所谓翻译性的行为努力，驱使这些概念范畴走出自己的语言文字符号外壳，进入非我的文化系统的时候，它们就有可能在对方的语言文字系统中找到自己相对而言较为合适贴身的符号外衣和异乡的理想生长家园。

其次，这种比较诗学意义上的关于概念范畴的历史血统清理，是在有着某种外来参照系和新的理论方法思路烛照之下去展开的努力，这种有外来参照和方法突破的清理，不是简单的历史叠加排队和意义整理，而是完全有可能在新的文化他者的启发和新的理论方法烛照下，使本来的概念范畴的意义内涵和价值理解有新的理解和新的开掘，从而实现所谓返本开新的学术价值目标。

譬如汉语中"道"的概念，在从先秦"一达谓之道"，也就是最基本的"道路"的意思作为起点以后，经由漫长的历史认识过程，期间不断有各种意义被添加，补充和提升，最后逐渐生长成为包含着至高的"天道"、"万物之道"在内的中国哲学思想的核心范畴和融含"载道""弘道"等精神的中国诗学大法。关于范畴历史的这类还原性追问，可以令人信服的说明，"道"这一范畴的意义生长历史本身，本身就构成了一部微型的中国哲学和诗学的意义生成史和发展史。而要将"道"这一概念范畴，在向着西方语言，譬如英语，去实现语言符号性转换的过程中，我们就能够充分意识到其所包含着的深刻意义内涵和外延的历史复杂性。因此，在翻译读解的过程中，就不会认为把"道"译成"the way"就是天经地义的，而只是其间包含着太多的意义可能性和翻译性的文字符号表达之一种，譬如还可以翻译成"logic"、"Tao"等等。同时，正如钱锺书和张隆溪在他们的著述中所论及的那样①，由于在对"道"的历史追问过程中引入了"逻各斯"（logic）这一参照性的概念，逻各斯在语源学和意义内涵方面既表达"思想"又意味着"言说"的意义内涵和内在矛盾张力，可以进一步启发研究者去发现"道"这一汉字表述的概念所呈现出的思想与言说的二重性质。事实上，和逻各斯一样，无论是在中国古代经典著述《老子》中的"道可道，非常道；名可名，非常名"的言说和思想的双关语义，还是"道"这个字本身的名词性和动词性所包含的意义和命名的内在悖论，都是在试图为难以名状的思想和大道进行复杂的命名活动，并且尝试勾勒出思想与言说之间那种矛盾重重的悖谬关系。

而在本质上，它们都是既内在又超越的，是关于世界意义和语言关系的形而上执着追问和关怀。并且，由于中国文字及其著述的互文性特征，譬如老子与《老子》的难以区分，"道"的名词性与动词性的颠覆性矛盾关系等等，在思维与存在以及言意关系的辩证机制上，也许中国古代的思想者比德里达更早地，就已经意识到了对

---

① 参见张隆溪：《道与逻各斯》，中译本，四川人民出版社，1998年，第72—81页。

形而上关系和等级机制加以解构性处理的意义。

作为第二步，与在译解过程中去清理自身诗学体系中词语、概念、范畴等的文化血统相对应，比较诗学在概念范畴方面的另外一步重要工作，则是考察外来的诗学词语、概念、范畴等在中国被翻译、接受、运用和最后合法化的过程，从中去观察和发现其间的意义转移、添加、整合、生长和变异及其影响的背景原因。由此可以对现实的既存诗学符号话语系统的思想来源和意义界定有较全面的理解，同时，也为打破简单的中西对立，深入展开真正意义上的跨文化诗学关系研究奠定语词和概念把握的基础。

当我们今天在探讨文艺理论问题的时候，一方面我们已经习惯于站在中西对立的立场上去不加追问地谈论所谓"西方文学理论"相关的种种问题，甚至就是在汉语表述的意义上，也把她当作是一个封闭的他者，一个与本土传统和文论未曾发生过关系的异质性理论体系。

可是，另外一方面，我们在谈论这种对立关系的时候，所运用的话语的大量术语概念却似乎又都是来自各种西方理论，譬如说"文学理论"、"现实主义"、"典型"、"阐释"、"阶级分析"、"话语"、"叙事"、"审美性"等等。这些术语概念的"西方"定义和内涵，在历史的演进过程中，它的西方色彩已经被渐渐淡化，以至消失，成了约定俗成，天经地义的，现代中国文论传统的组成部分。如果说，处于国别文论研究的立场，我们也许可以对这类涉及跨文化知识交流和语言翻译转换的情形视而不见，而一旦站在比较诗学的跨文化立场之上，你就绕不过这一历史性的意义生成和话语转换过程。作为比较诗学的研究者你必须追问，包括各种诗学术语概念在内的现代中国的知识和思想传统，其中或隐或显地涂满了西方理论色彩的那些部分，当初是如何被翻译、加工、接纳，最后成为现代本土理论的有机部分的。

具体而言，我们必须要关心这些理论、语词、概念进入中国的旅行路线、语言转换方式、言说主体的身份及其影响因素等等。你不能简单地想象，这些理论的进入仅仅是简单地跨越一条边界和一种语言的直线路程。现代中国文学理论发展的实践和大量的研究都证明，我们在一定阶段对西方理论的接受和认识，许多时候竟然是通过第三国家和地区的传达中介、通过第三种语言转换和第三类转述者去实现的。而且，语言的第三中介转换因素，也会影响到意义的翻译和阐释性交换。

进入20世纪以来的现代社会以后，由于英美等国家的先后崛起，英文作为学术理论话语的强势地位，相对于其他语种便具有了较高的翻译接受普及性。尤其是西方各类语种的理论著述，常常需要通过英文的翻译介绍才能够得到普遍的了解和认知。于是，许多原创自德语、法语、意大利语的理论著述和学术概念，往往都需要经过英语中介才能进入其他语言的学术场域。

譬如，20世纪80年代以来，相当长一段时间内，我们中国本土翻译的德国现象学、阐释学、接受美学、法兰克福学派的理论，以及法国的结构主义、解构主义、后现代主义，文学社会学理论等等，许多最初都是通过英文译本再翻译成中文的。不必怀疑，在这一经过第三者的语言转换过程中，盎格鲁·撒克逊民族和山姆大叔的文化精神和思维方式，毫无疑问的都会伴随着德意志和法兰西的理论一起走进中国学人的意识，大量文化性和理论性的误读现象也注定会出现，我们甚至可以说，一度成为问题的关于西方理论译著"读不懂"的争议和批评，除了理论本身和翻译的问题外，恐怕多少也与许多非英文原创的理论著述，却不得不通过英语的再次转译有一定关系。这一问题近年来已经引起了思想和理论翻译界的重视，经由原文翻译的理论著述重译开始更多地出现在书店的架子上。不过，在思想、理论以及包括诗学在内的专业翻译学研究方面，这仍然是一个值得深入研究的课题。

最后，除了文化传统、意识形态和语言的原因之外，假如不是由本土的学者和翻译家直接去展开理论话语的译介性的工作，而是经由第三方研究者的喉舌来加以转述，情况也很不一样。

譬如20世纪80年代以来，中国本土学界对于西方文学理论的接受，就有一个特殊的现象值得注意，那就是海外汉学界的介入，这种介入在本土中国接受西方理论的过程中，曾经和依旧在扮演着一种特殊的角色，其积极的触媒作用和存在的问题，显然也都是值得认真加以总结的。可惜的是，目前还未曾引起相应的重视。

自从20世纪50年代开始，国际汉学的发展重心逐渐从欧洲向北美转移之后，其在研究的理论方法上面也发生了很大的变化。一方面，汉学传统的研究方法仍旧在被普遍使用，如整理、考证、评点、欧洲大陆学派的史学分析等。但是，北美的文化环境和20世纪文学理论一度大发展的潮流，同样也为汉学界运用西方理论来分析研究中国文学现象造就了气氛和背景，并且为这种研究提供了充分的研究范式和方法工具。于是，在进入20世纪七八十年代以来，汉学界利用西方理论，尤其是新兴的文学理论批评方法来研究中国文学成为一时之盛。

在比较文学的意义上，利用它种文化传统中形成的理论来处理本民族文化的文学现象，通常称为"阐发研究"。它可以说是中西比较文学研究中一个相当重要的学术范式。在具体研究中有着广泛的实用性，有人又称之为"移植研究"。实际上，从王国维的《红楼梦》研究起始，这种研究至今不衰。港台和80年代大陆的研究界也多有讨论和尝试。不过，从自觉的学科选择意义上，这股风气的再次兴起，却首先是由北美汉学界吹过来的风气。尤其是当时一批学术上业已经走向汉学界主导地位的学院派洋人汉学家和华人汉学家，在这一领域用力最多，成果也较为丰富。

20世纪各种新理论的刀光剑影,著如新批评、符号学、精神分析、原型理论、结构主义、叙事学、语义学、阐释学、接受理论、女性主义批评、汉字诗学、意象研究、解构理论、文学社会学等,都被他们频频运用到与中国文学各种文类著述的研究中来。80年代国门开放以来,他们的研究成果就开始逐步被介绍到中国本土,引起中国文学学界的好奇和重视,并且很快构成实际的影响。不少中国的新锐学人也开始大量尝试运用西方理论来研究中国文学的文本和现象。在这样一个过程中,各种西方理论的术语、概念和方法,通过汉学家们的著述和交流活动,也都被间接地介绍给了中国学界,中国学界的许多人正是通过他们的转述和转述性运用,从而开始接受了这些理论概念方法并且尝试运用于自己的研究实践的。

譬如叙事学研究在20世纪八九十年代的兴盛就颇有意味。叙事作为一种文学描写的重要手段,中外古已有之。但是,将叙事作为一种"理论",作为一种"学",相对学科化、体系化的普遍运用到文学研究中去,却是源自西方。不少汉学家,譬如浦安迪(Abdrew H. Plaks)、王靖宇(John C. Y. Wang)、米琳娜·多列热诺娃(Milena Dolezelva-Velingrova)、丁乃通等人,都将这种理论方法尝试运用到诸如《金瓶梅》《水浒传》《西游记》《三国演义》在内的"四大奇书"、《红楼梦》、《左传》以及中国现代文学、民间文学的分析研究中,也颇有许多新见和发明。他们的成果在新时期被介绍到中国本土以后,一度受到普遍的重视和效仿。也正是在这一时期的本土包括小说在内的各种叙事文类研究中,诸如叙事结构、叙事人称、叙事视角、叙事焦点之类的西方叙事学术语概念,开始频频见于报刊和研究著述中,成为一时的热点,但是诸多概念的言说,却多数都是来自这些汉学家的文字介绍。

但是,随着理论需求的增长和欲见理论庐山全貌的渴望,真正原汁原味的西方叙事学理论著述被陆续翻译过来以后,人们这才开始发现，从汉学家那里转述过来的，多数只是关于叙事学的一些基本概念和具体研究方法，而与此相关的西方叙事学的理论背景和哲学动机，我们却较少了解。譬如它的逻各斯理性思想传统，分析哲学基底和现代结构主义理念背景等等。考虑到这些传统和思想的差异，在面对中国独特的文化和文学批评传统的时候，对这类来自西方的，条缕细分，解剖麻雀的叙事学理论的阐发式运用，其对于文本的主观性、片面性和误读理解的可能性都是相当大的，因此必须有所警惕。

近年来，开始有学者把研究的重点集中到所谓基于本土文学历史传统的"中国叙事学"的建立方面，出发点当然不错，但是，如果忽略了中国文学叙事所依托的哲学传统和诗学批评范式，只是用剥离西方理论话语外壳，去任意充填中国文学现象而仓促建立起来的所谓中国叙事理论，其整体的基石和内在的理论逻辑也仍旧是有问题和不具备认识价值的。

至于第三步，也就是所谓外来理论话语在本土取得合法化地位的过程，则是它们与本土文化和理论传统去实现"整合"认同努力的实践结果。这当中包含着一整套相当复杂的所谓"汉语化"和"中国化"的磨合协调过程。只有这样，它在汉语世界里才有融合性生存的可能。

譬如佛教从南亚的印度、尼泊尔一带融入中土，也是在这样一个语言文化的协调磨合的过程才得以立足生长的，而禅宗就是这种过程中的典型产物。佛教本源于古代尼泊尔和印度，且完全是和中华文明完全异质的文化。它在汉代传入中国后，经中国固有传统思想的改造融合，形成许多独具特质的许多新宗派，其中隋唐时形成的禅宗就是影响最大的一派。于是它不可避免地要被诗学这个中国古代思想文化中极为敏感、活跃的表现领域所吸收，并被融入其自身体系中。而正是在这一时期，禅宗的思想和话语系统，对中国文论和诗学的发展提供了新的外来的助力。这当然也是比较诗学研究需要加以关注的领域，因为他对中国古代诗学话语的现代转化，以及中西比较诗学研究，都极具学科方法论和研究范式的借鉴价值。

这里，我们只简单地以严羽的《沧浪诗话》作为例子加以讨论。

众所周知，《沧浪诗话》在论述方式和话语运用上的一大特点便是所谓"以禅喻诗"。严羽使用了相当多的禅宗术语，用来讨论和比喻诗歌的境界及诗之参悟工夫。这种做法曾经遭致了一些人的反对，但不可否认的是，他所使用过的一些禅宗术语，譬如"妙悟"、"熟参"的概念、"羚羊挂角"之喻、"镜花水月"之喻等等，后来都被人们理解并被吸收到了中国诗学的话语体系当中，几乎是"无迹可求"地成为了中国诗学话语术语概念的组成部分。

那么，中国古代这种文化融合带来诗学发展的事实，给我们的启示是什么呢？

首先，它说明，中国传统文论诗学之所以能够生生不息地发展，一个重要的原因，就在于其在自身深厚的历史发展基础上，同时具有极大的包容力和吸收转化异质文化因素的能力，于是，中国的文化系统就往往能够通过交流吸收和自身的调节机制，将外来文化资源转化为自己所用。那么，今天当我们面对西方理论话语的涌入，如何借助这种外来的资源和力量，促使本土的传统文论诗学实现现代化转换和提升，既然已经有历史的镜子在照着我们前行，作为当代人的我们就已经没有必要再犹豫了。

其次，诸如《沧浪诗话》这样诸多所谓以禅喻诗的诗学著作，影响之所以巨大，其思想之所以流被后世，至今不衰，原因也许就在于，作者既找准了禅思与中国传统思维的某些契合点，同时也找准了诗和禅在思维上相通的关节点。它们之间的内在关联，或许就是所谓"妙悟"至"悟"。"悟"，其实是中国古代先哲的重要学习方式，无论是儒家，还是道家，在有关经典学习、伦理修养、感悟宇宙大道等方面都有过相似表述，那就是强调经过漫长的学习、自我修炼、沉思冥想等，最后达到突然领悟今日所谓"事物本质"的境界。而禅宗的所谓"妙悟"，正好形象地说出了这种思维和发现的过程，这正好构成它们之间的契合点。至于禅宗修行与诗歌创作过程中，那种修炼与苦吟、禅悟与诗悟，禅境与诗境之间互相转化的精神现象相似性，也正是它们之间相互沟通阐发的关联之处。那么，在当下，通过跨文化诗学对话去追求传统诗学的现代转化和建设未来新的诗学话语体系的时候，如何利用新的资源，并且寻找它们之间文化根基上的契合之处，也将成为比较诗学研究的重要使命。而《沧浪诗话》等流传和影响，正好为怎样寻找各种资源间的契合点提供了一个很好的范例。

那么，一般来讲，外来的理论话语是如何在本土获取合法化地位呢？

首先，是翻译者和研究者们，带着自己的文化视域和问题意识，于不同的历史时期内，根据需要，从广泛的西方文论中进行选择和取舍，确定将要译介的理论偏重。包括相关的所谓主义、流派、系统的理论著述、评介、观点和概念等等。然后，在语言的层面上将其设法"格义"转换成汉语的表述，譬如所谓"结构主义"、"新批评"、"精神分析学"什么的。而在基本术语概念的意义上，更是要让其"汉语化"，譬如变 poetics 为"诗学"、interpretation 为"阐释"、irony 为"反讽"、signifier 为"能指"、signified 为"所指"、empathy 为"移情"、synaesthesia 为"通感"等等。

西方的诗学概念一旦穿上了汉语的外衣，与这些汉语词相应的中国诗学的某些含义，便悄悄地钻进了貌似西方概念的术语范畴体内。譬如作为中国文类学诗学表述的"诗话"、"词话"的意义，便进入了来自西方的广义"诗学"的身体里。到了这一步，西方 poetics 的概念在汉语表述的意义上,已经变成了一个亦中亦西的诗学混血儿。

"汉语化",这就是他们之间最初的联姻。

接下来是阐释性的"整合"步骤。各种西方的理论、方法、术语、概念等等,一旦被翻译成为汉语的词汇,除了译者本人在经历了"格义"的甘苦之后,对其含义能够有所领悟,其他的读者也必须在自己的阅读接受过程中,对这些看似陌生的,外来而又已经汉语化的术语概念的意义做出"阐释"。否则,他们不可能将其思想和方法运用于批评实践。

于是,所谓"意义"上的"中国化"的进程便得以进一步展开。

那么,在这一过程中,都是由谁和由哪些因素来参与这种"阐释"性的意义读解行为呢?

不必说,汉译西方文论文本的读者,他们几乎全部就是以汉语作为母语的汉语世界的人们。想想看,他们当中任何一个人,无论他的外语或者外国文学批评理论的修养达到多么精深的独步,在借助汉语表述的读解过程中,注定还是要将他们的中国文化和诗学的视域融汇入其中的。不同的读者,自然其视域和前理解都不一样,那么,其对这些汉语化的西方诗学概念的理解也不尽相同,于是,各种解释,评述和定义纷纷出笼,结合中国文学现象的尝试性的批评实践也此起彼伏,褒贬不一。

譬如多年来,我们关于"现实主义"的各种各类、千奇百怪的理解和批评实践便是由此而生。什么"积极的现实主义"、"消极的现实主义"、"批判的现实主义"、"超现实主义"、"魔幻现实主义"、"新写实主义"等等,不一而足。正是这些"中国化"的翻译、读解和批评实践,建构了我们对于所谓西方理论及其术语概念的系统化接受,同时也充实了现代中国批评话语的概念构成。这本身已经成为了一个重要的跨文化的比较诗学命题。而这些所谓的西方理论，在一定程度上已经成为了中国式的"准西方理论"，其术语概念也正在走进现代中国的文论体系之中，成其为它的有机组成部分。

同时，我们还必须意识到这样一个事实。那就是，我们对于西方理论的接受绝对不是一个瞬间结束的共时过程，而是自 19 世纪末以来，差不多跨越至少两个世纪的历时过程。在这样一个时间过程中，我们于不同时期选择介绍的西方文论的重点是不一样的；甚至即使是同样一种理论，在不同时期，我们对它的认识、理解和接受的侧重也是不一样的。

譬如从"五四"时期到 20 世纪末，中国于不同时期和不同的人对于尼采及其理论的接受，就有种种的不同，甚至截然相反的诠释。在鲁迅那里，是从"重新估定一切价值"出发，挑战封建政治和伦理道德秩序，改造国民性，启蒙图存。而在 40 年代的"战国策派"那里，借助所谓"超人哲学"，却成了为法西斯主义和国民党强权统治招魂正名的"理论"工具。而到了 80 年代以后，尼采对西方思想中逻各斯理性的"解构"性批判，则成了新一代学人解放思想，挑战传统成规，追求现代性发展的武器。而正是在这样一个过程中，所谓中国命题和文化中的中国因素，在被不断阐释运用之后，整合性地走进了汉语世界中的的尼采，成为中国化尼采理论概念的有机构成。

最后，由于对西方理论接受的这种历时性过程，是一个长时段的历史性活动，在进入所谓世界性跨文化普遍交流时代以后的今天，这样一个进程正在变成文化和理论发展、更新、生长的主要动力和普遍的意义生成方式。

于是，外来的理论资源在异域也同样面临着一个积累、代代交流传承，以及定义化、学院化、辞典化和在异域文化中终究被本土化的所谓"融入"过程。或许我们也可以这样说，是一种理论和思想的"去西方化"的过程。如果说，一部分西方理论资源还能够以所谓"理论"、"主义"和某某"学"的形式，保持其舶来的汉语命名，譬如"西方文论"、"女性主义"、"精神分析学"等。而相当多的术语概念，却被有意无意地去掉了"西方"的命名，脱掉了西装革履的洋外衣，穿上了中国文化的袍服，在其汉语化和阐释传承过程中，被当成了约定俗成的现代汉语文论或者诗学的概念。

譬如前述所谓"典型"、"主体"、"客体"、"内容"、"形式"、"主题"、"文类"、"人称"、"话语"、"悖论""象征"、"意象"等等。我们的文学概论、原理、专著、文论史等，在运用这些术语概念的时候都是潜移默化，信手拈来，从来未曾关心它们的出身和来历的。而在经过阐释性和实践性的历史淘洗之后，它们已经与那些中国传统的诗学话语，如"意境"，"境界"、"文气"、"风骨"等一起被建构性的熔铸成了现代语汇，成为了现代汉语文论或者说现代中国诗学的有机组成部分。从而基本上完成了他们在现代汉语中国的本土化和合法化的历史进程。

于是，从译源国文化、译入国文化以及其他中介传媒文化的多重关系和基底出发，借助现象还原和阐释性展开的各种方法策略，考察和追问当下那些汉语文论的相关语词，或者说术语概念，是如何经由翻译、阐释、运用和传承，逐渐穿过语言和文化之"障"，在异域文化中实现意义的转移、添加、再生和合法化的过程，便注定要成为当下和未来比较诗学深化的重要领域。

三、翻译的宿命与突围策略

需要强调指出的是，同大多数翻译行为类同，尤其是在诸如思想和理论的翻译性接受方面，包括诗学术语概念的跨语言、跨文化的意义转换和再生,在其运作过程中始终存在着很大的人为选择性。这种"人为性"意味着,译者或者说阐释者的语言、文化和理论功底等,往往是这一转化能否成功,或者说达于何种理想境界的知识前提。

但是,所有这些转化的具体形式,却是经由翻译者和阐释者的译介和读解策略体现出来的。因此,对各种不同的理论和诗学的译介和读解行为的考察,也同样是未来比较诗学研究的深度工作。

由于所谓跨文化和跨语言的语义转换,更多是一种持续不断,代代接力的读解和翻译实践活动,因此,在接下来的讨论中,我们将主要是通过一些中国古代文论术语概念的英译例证考察,企图以此去展开某些有关互译性策略和语言文化性困扰的学理探讨。

不过,在进入所谓互译性策略的分析之前,我们首先要讨论和论述一下所谓翻译的"宿命"问题。

大家都清楚,这个世界上存在着多种多样的民族、语言和文化传统,而事实上,没有任何两种文化之间的概念、范畴、句式表达的意义内涵和外延完全等同,也没有任何两种语言之间的词语和句法系统的符号体系能够一一对应互换。

当你打开任何一部词典的时候,你将会发现,作为语言符号的任何一个字词,其所包含的意义往往都是多种多样的,一词多性和多义都是普遍的语言现象,而且,越发达的语言越是这样。因此,当两种文化和语言之间发生意义交换行为的时候,再高明的翻译家也不能保证,它通过两种语言之间实现的意义转换结果是百分之百的准确和完整。

一般讲,即使没有所谓完全不懂和基本误解的错误翻译,然而,出现定向、定位、定性的意义切割、宰制和误读,在翻译过程中都基本上是属于正常现象。从翻译行为本身的复杂性和困难性出发,文化和理论性的误读,以及语言转换过程中的意义减损和添加，基本上也可以说就是一种翻译的普遍宿命。

具体到文论和诗学话语，相比较一般语言和文学性的翻译，情况就更加复杂一些。

由于受到各自思维和文化传统的影响和制约，中西文论诗学话语在各自的意义倾向和表述侧重方面，一直以来均存在较大的差异性。

如果说，西方文论在其发展过程中有着一贯的，所谓"精确定义"的传统，中国诗学却似乎没有这种传统习惯，他所强调的是所谓具体经验的"共鸣"，而一般性概念的定义也大多只有一个相对动态的含义，于是，在能指和所指之间，就形成一片很大的模糊性读解空间，而在理解中又往往是只可意会而不可言传的。

这种见解对中国文论和诗学的认识理解显得尤为重要。尤其应该指出的是，中国文论的历史性和思想来源的多元性，与西方社会中常见的文化一元性不同，后者基本上是以基督教文化作为思想来源，而中国文化的思想来源往往呈现为多元性的特点，譬如儒家、道家和佛学等。从而在文论和诗学上形成了它特定的复杂话语读解系统，其中许多重要的文学命题和术语意义在其历史形成过程中，总是不断发展而充满争论的。一个概念的历史涵义所容纳的，差不多就是文论本身历史的缩影。因此，从某种意义上看，关于准确定义或者说意义内容的完全翻译就几乎就是不可能的。这可以说就是中国文论本身在遭遇翻译选择时特殊的宿命。

这里我们不妨举出一些简单的翻译实例，便可以初步见出这种翻译过程中无可逃避的误读宿命。

首先，即使是看似意思比较一致或者说日常容易理解的词汇之间的置换，由于其文化背景的不同，意义其实也并不是真正能够整合的。比如："天"与"heaven"；"鬼"与"Gods"；"神"与"spirits"；"礼"与"rites"；"性"与"human nature"；"先王"与

"former kings"等。其中有关的汉语概念主要来自中国文化中的儒家传统，而英文的概念则是与基督教文化的历史传统息息相关。二者之间在思想和文化认知上的差异是不言而喻的。这样，你不必深入探究便可以认定，它们之间肯定不可能实现真正的意义整合互换，因为各自表述的是两种截然不同的宗教体制和文化传统的观念。

比较典型的例子就是，17世纪初耶稣会传教士如利玛窦等人，为了传教的需要，曾经试图在天主教义和儒家思想之间找到某种所谓的契合点，他们着儒服、习四书五经、允许中国教徒祭孔庙和祭祖等等，结果还是在罗马梵蒂冈教廷与清王朝之间，引发了近一个世纪的所谓"礼仪之争"。以致最后双方都决不让步，互设禁令，在中国也一度全面禁止传教，国门关闭。直到一百多年以后，中国的大门被西洋大炮轰开，教会才再度得以在中国合法传播。

而读者如果不能运用自己的传统和知识结构去对这些概念加以理性区分，在理解上就必然会出现较大的认识误差。

其次，一些具有极为丰富的意义内涵的汉语诗学单音节词，在翻译成某些英文词汇之后，译文中的意义就变得明显单薄和减损化了。比如："化"与"transform"；"刺"与"criticize"等。很明显，在汉语中，"化"和"刺"都具有较为清楚的意义方向性，传统的中国诗歌教化批评常常有所谓以上"化"下，或者说以下"刺"上的说法，而 transform 和 criticize 则似乎没有这类含义。再比如所谓"正"与 correct；"文"与 pattern 等，其汉语的含义显然就不仅仅是英文词典中的所谓"纠正"、"正确"、"恰当"和"范型"、"式样"、"格调"、"模仿"所能容涵的了。

又譬如，有些重要的文论术语，在中西文论传统中，各自都有着极为复杂的历史内涵，而一旦对译，其间的相互错位性意义切割和定位，往往导致后来理解上的种种歧义。比如中国传统的"诗"

与西方"poetry"的不同。中国的"诗",正如我们在本书中曾经论述过的,主要是基于言志和抒情的基本传统,一般讲,有着很明显的,以单一文类的抒情诗歌为关注对象的"文类学"特征,因此,中国的诗学,就其对象的边界而言,基本上是属于所谓的"文类学诗学";而西方的所谓"poetry"则不同,它是基于摹仿和多种文类的概括,譬如早期是指叙事性的史诗、悲喜剧,以及抒情诗歌等,后来甚至包括了长篇小说文类,好的小说甚至就直接称之 epic(史诗),因此它的所谓诗学"poetics"概念,则是指向整个文学大类的"文艺学诗学"。这样内涵和外延都很不相同的概念,被作为互译交换的替代性词汇以后,如果只是简单地从汉语词汇的意义上却理解西方诗学,或者只是单纯地从英文词汇的意义上去认识中国的传统"诗学",以及"诗话"、"词话"之类,就很可能会造成读解上的误会和学术上三岔口式的不必要争论。

我们还可以再深入看看"兴"这一中国诗学概念的英文读解和翻译。它在一些关于中国诗学的英文著述中被翻译成"metaphor"或者"afective image"。可是,实在说,以"兴"这个概念在中国诗歌抒情理论中重要的位置,其涵义也实在是太复杂了。《诗大序》较早提出这一概念,却没有加以详细明确的解释。于是,后世各家均以自己的理解不断诠释发挥,使"兴"成为中国诗学当中一个最具包容性和概括性的重要诗学范畴,并由此派生出一系列相关的范畴群体,比如:"兴起"、"兴会"、"兴喻"、"兴咏"、"兴象"、"兴趣"、"兴体"等等。

按照文学创作和读解的一般功能去理解,中国的"兴论"和西方的"表现论"之间似乎有着某些相通之处,因为他们都承认文学作品不仅仅是外部物化世界的简单整理再现,而同时也包含着"心灵世界"的外化。但是,中西对何谓"心灵世界"以及对于这个心灵世界的体悟、设计和表达,却都有着不同的文化解读。中国的伦理之心与西方的类似灵魂的心灵自不相同。一个现世的有限存在之心,与一个来自上帝赐予的永恒心灵,其外化的方式和特征也都是不一样的。中国式的"兴",不仅包含诸如此类的"metaphor"的"隐喻"和"affective image"的"引起感性的想象",而且,融含了复杂的天人合一意境和心物同一的共时转换关系。因此,直接表现物我二元关系的,所谓历时性或者线性呈现的"metaphor"即所谓"隐喻",以及"affective image"即所谓"引起感性的想象"等,就很难正确的体现出它的真实精神面貌。

事实上,对于西方隐喻的理解,避不开与西方的二元对立和相互转化的思维方式内在的关联。而"兴"则是与中国诗学中有机的内外同一宇宙观密不可分的。也许,从诗学的意义上我们可以这样说,西方的所谓"image"不过是间接的以情造景,强调心灵自身的创造性。而中国的"兴"却是当下体验中的心与物的共时性交融。这样,哪怕是在"image"(想象)前面加了一个具有动态感的所谓的"affective",它毕竟仍就落在了西方的逻辑语境范畴中,没法传达出"兴"的真神。

这就是所谓翻译的"宿命"。面对这种解不开的差异性的宿命,翻译者注定也找不到所谓终极性的最佳选择,而只能不断地通过自己的理解去接近它。当然,我们说"宿命",并不意味着听天由命和无所作为。事实上,所谓"宿命",不过是意图说明一个客观存在的事实,至于如何看待和利用这一"事实",却又是另外一回事了。

从某种意义上说,正是意识到这种翻译的"宿命",才使人们可以去选择和确定适当的翻译"策略",并且重新来认识被翻译过来的理论文本的意义和价值。比较诗学研究的目的之一,难道不就正在于此吗?

假定说,大量的汉译世界文学名著,因为其特定的文化共创特性,已经表现出要从所谓的外国文学中抽离出来的趋势,作为其独特的跨文化文本特点，很可能将会被命名为本土现当代文学的有机组成部分的话。那么，所谓"西方文论"或者说"中国文论"，一旦在译解过程中穿过语言文化之障，成为他种文化的理论构成的时候，作为一种所谓的"翻译文论"，它的命名和读解，恐怕也都要换一种说法了。

从根本意义上说，所谓文论的存在，更多是一种关于理论和批评的思想和思维逻辑的存在，它对话语体制和文化体系的依赖尤甚。各种本源文化的文论和诗学与各种翻译文论交汇在一起，在不同文论相互交叠、作用的空间中，呈现出"复调"式的、"众声喧哗"式的局面，创造出不同文化间对话的繁盛话语基础和多元关系的对话平台。无论如何，这对于世界不同民族和文化地域之间文学和文论的未来发展，无疑都是大有助益的。

在对所谓翻译的宿命有所理解之后，我们对诗学翻译过程中的语言策略及其价值意义，应该可以说就有了进一步的认识。

语言翻译活动诚然有它无奈的误读宿命的一面，但是，正是这种规律性现象的存在，为其在跨文化语境中新的诗学意义生成，开启了更大的可能性。

同时，由于语言翻译活动的人为操作性特点，如何主动采取恰当的语言策略，以便尽可能地借助他人的语言外衣，相对较为全面和充分地传达本源诗学的涵义，并且借助新的语言和文化参照系，在互译性的过程中，去引发属于未来的新的诗学话语和意义的生成，则是跨文化诗学对话在翻译读解这一重要实践层面的学术使命和理论挑战。

就具体的文论和诗学翻译而言，目前至少存在逐渐深化的三个层面的策略性探讨和尝试的路径：

1. 语词符号层面的多元选择策略。
2. 语义层面的陌生化认同策略。

3. 意义阐释性层面的读解策略。

其实，就是在这三者之间，也同样存在着种种剪不断理还乱的逻辑和意义关联，只是为了理解的方便，我们下面不妨略为分述之。

在论述过程中，就中国文论的英文译述而言，我们将重点采用宇文所安在《中国文学思想读本》中的译介实例，同时也参考其他译述者的材料，以此作为分析考察的对象。这种选择和分析，主要是基于问题的深度和某种代表性，并不代表本书作者有意的学术价值判断。

首先，看语词符号层面的所谓多元选择策略问题。

翻译过程中语词的选用，看似十分简单的事情，然而，其间的策略性选择，却也包含着译者颇费心思的学术考量和语言知识能力。

举例说，通常的翻译讲究所谓"信达雅"，而理论文本的翻译则进一步讲究语义、逻辑的贯通和表达的学术性典雅。但是，在具体要把中国传统诗学的文本翻译转换成诸如英文文本的时候，新的问题就会出现。

众所周知，汉语，尤其是古汉语，是一种所谓"孤立语"，它对语法的依赖性较弱，单个字词的自主性和表意能力却又都非常强。这也是我们通常所说的，汉语之所以具备较强诗性表达能力的原因之一。而英语则是一种所谓的"屈折语"，语义的发生较多时候要依赖语法的规则和意义连接能力。于是，当我们企图把汉语表述的中国古典文论和诗学文本翻译成英文文本的时候，就将如宇文所安所说的那样，面临两难的选择："要么追求描述的连贯性，不惜伤害某些文本"，"要么为照顾每一特殊文本的需要而牺牲连贯性"。

如果在译成英文的翻译过程中过于讲究英文话语的流畅和典雅，则往往就意味着对受众的文化和理论思维习性作出较大让步。

这样对受众的迁就，常常是以牺牲本源文本的文化和理论意义为代价的。这种典雅通畅的译文，很难让西方读者注意到中国文论的术语概念与语词符号之间的密切关系，也难以感受到中国文论诗学叙事的修辞和表述张力，从而不易体会到中国文论和诗学区别于西方文论诗学的个性特征。

鉴于此，诸如宇文所安这样一些中国文论的翻译家，宁愿选择所谓"笨拙的译文"方式，即是宁愿放弃表述上的局部通达，而把翻译的重心放到语词概念的相对正确和意义还原上面来。尽管读者在阅读过程中可能觉得"生硬"和"费力"，但是，却可以感受到一套在文化和语言表述上迥异于本土传统的理论话语。而且，在经过有引导的不断入思和反复读解过程之后，人们也许能够更加贴切的理解和接受这种来自异域的理论话语。

关于这类所谓"笨拙的翻译"策略，其选择当然依旧是多种多样和因人因文而异的。

譬如，有所谓"逐字对译"的方法：比如将"关雎，后妃之德也"译成为"kuan-chü is the virtue of the Queen Consort"；再比如说将"正得失"译为"to correct achievements and failures"等。在英文中，这样的动宾搭配一般是不常见的，但是译者却坚持这样来译，目的就是切近原文。虽然英文读者在理解这些句子的时候会有"隔"的感觉，但是，在基本能够理解的前提下，却感受到了非我的异文化的气息。

另外，还有所谓"一字多译"的方法。比如：将"志之所之"的"志"译成"mind"；却又将"在心为志"的"志"译成"being intent"。将"发言为诗"之"言"译成"language"；却又将"情动于中而形于言"之"言"译成"words"等等。都是企图针对不同的语境，对同一术语给出在此语境下相对贴切的翻译，从而使译文在意义上做到相对准确，尽管这样也许会给西方读者带来读解的某种困扰也罢。

当然，比较极端的办法，干脆就是用罗马式拼音来直接标注和译读某些重要的中国文论术语概念。譬如：风(feng)、正(zheng)、情(qing)、言(yan)等等。当这些重要术语在英文或者说其他西文中被用罗马拼音标示出来的时候，事实上，它就已经在提醒非本文化的读者注意到概念的重要性和意义交换的难度了。从而使非本土的读者清楚地意识到中西理论术语之间的重大差别，以及需要在读解中通过不同的路径才能理解它的意义真髓。

其次，作为第二种策略，可以说是与前面一个层面的策略密切相关，那就是所谓语义层面的陌生化翻译认同策略。

在中国文论和诗学的术语概念翻译中，常常有一些汉语概念的涵义超乎想象的丰富和多变，而外文，譬如说英语一些类似对应的术语概念的涵义却相对简单，或者说具有另外的语义传统背景。这样，如果直接加以对译，西方读者虽然能够接受，但是，被接受的意思显然已经偏离了它在汉语当中的本来意蕴，而在中国读者看来，则有明显的简化、切割，甚至歪曲。譬如把"文"翻译成"literature"，看似很好的对译，实际上意义却走样许多。即使是把"文"译成 literary patterning 也很勉强。在权威的英文词典中，pattern 除了"典范"、"模本"之意外，尚有"an arrangement of form; disposition of parts or elements; design or decoration"等等之意。而在中国古代，关于"文"，在其历史生成过程中同样有太多的意蕴被添加其中。《易·系辞》曰："物相杂故曰文"；《说文》训为"错画也"；《释名》则曰"文者会集众采，以成锦绡；合集众字，以成辞。"而从整体上看去，中国传统文论，像《文心雕龙》中的"文"，所谓"为文之用心"，意思是与天文、地文、物文等相对的"人文"，是一个时空向度远超于西方文学和诗学概念的大范畴。具体而言，就是由天地之心生出的各种各样的"言"，用我们今天的概念来表达，也可以说就是各种人文言谈和写作的"话语"及其固化物，即文本，尤其是经典的文本。因此，这样的英文翻译，虽然多少有些关于形式安排和结构整理的技术性联系，但是，意义上的差别却是很大的。也就是说，英语的译文表面清楚，实际上，如果不通过阐释性说明，却是极容易造成理解上的错位和误读的。

于是，为了寻找更好的翻译，一些学者就试着采取一种所谓陌生化的翻译策略。具体做法是，在翻译的过程中，有意识地选取一些看似意义不太恰当吻合，但是却在某种层面富含深意的词语，直接把汉语术语的意思外壳复制过来，然后再通过一系列的解释、例证以及和其他文本的互文参照，使这个外文词产生新的所指，并且有意识地引导读者慢慢去接受和习惯其在特定语境中新的含义。

这样，人们一旦看到这个词在翻译过来的中国诗学文本的语境中出现，就会对它的独特涵义所指了然于胸。譬如，早期把"道"翻译成"the Way"的时候，不仅中国人看来很奇怪，就是外国人看来也十分费解。因为，英文中的"the Way"实在没有中国的"道"那么多深远复杂的意思。但是，经过长期的接受和阐释，它在英文翻译的中国文本里便有了约定俗成意义，于是，今天的西方人一看到"the Way"出现在有关中国文化的文本和言谈语境中，就自然而然会联想到那源于《道德经》的玄妙的"道"，而不会认为这个 way 仅仅指的是道路或方法。

同样，在将外国文论术语翻译成汉语时，我们也往往会在自己的汉语中先寻找一个初看未必合适，但是却有特定文学含义的词语与之对应替换，再通过对相关西方理论涵义的阐释和文学文本的系列批评实践，使本土的中国人既能够理解这种翻译选择在其译源国文化中的涵义，同时又理解其汉语符号外壳借用的理由及其意义的新的填充。譬如古代汉语文学中"史诗"，就其在中国文学史中本来的字面意思，主要是指一些所谓咏史之诗，和西方 epic 的意思相去甚远。但是在经过了多年来的阐释性传播和影响性运用，以及诸如荷马史诗等在中国本土的译介和流传接受等辅助影响，今天，无论是在讨论西方文论时提到"史诗"，还是在现代文论话语中分析所谓史诗，恐怕已经很少还会有人对其涵义产生误解了。因为在这个语境下，人们总是会很自然地把"史诗"的能指和"epic"的所指联系起来。当然，对于一个仅仅只了解中国文学，压根不知道"epic"为何物的人，则又是另外一回事了。

关于这种从"陌生化"入手，通过阐释性意义添加运用，逐步引导读者认同的翻译策略，在宇文所安的《中国文学思想读本》里，譬如在其对严羽《沧浪诗话》有关词语的翻译中，就可以找到很好的例子。比如，他把严羽关于"诗之极致有一，曰入神"的"入神"翻译成"divinity"。初读确实给人一种与原义面目全非之感。因为，所谓"divinity"，在英语里是一个宗教色彩极其浓厚的词，意思是"the quality or state of being like God or a god"，其所指的意思很确定，在字面上就是类似神或者根本就是神的特定状态和特征，与所谓上帝或神有明显的关涉。而在古代汉语文论诗学中，"神"被运用于艺术创造，无论如何也没法和上帝搭上关系，它只是用来形容一种绝妙的，似乎是一般人力难以达到的境界。严羽所说的"诗之极致有一，曰入神"，谈论的就是诗歌创作和表现中一种超越了技艺层面的化境。从谢赫画论中对画家"入神"的赞扬，到杜甫的"下笔如有神"，以及从金圣叹小说理论中的"神境"，到我们平常口语中的"神了"。所谓艺术创造中的"入神"状态，指的就是在充分把握了对象特点、规律并掌握了炉火纯青的技巧后，在创作时获得的一种高度自由的升华及其成果表达的至高意境。

但是，以译者本人对中国文化的了解之深，应该不可能不知道中国文论中的"入神"之"神"的特殊含义，而书中的注释和分析中同样也没有提到上帝或神，可见作者并没有错会严羽本人的意思,那么,他把"入神"译为"divinity"就并非是误译,而只可能理解为一种有意为之的策略选择。很显然,在这里,译者有意让"divinity"这个词的能指,与它们在原来英语语境中的关于上帝和宗教的意义所指发生了断裂,而转向另外一个中国文化传统中特别的"神",他从中国文化和文论的深层意蕴上,抓住"自然"、"天然"、"天人合一"的精髓,把西文中具体的、个别的实体"神"的状态,演化为所谓"自然天成"之"天"之"神"的艺术状态,表达为一种"神妙"的"艺术境界",并将它灌注到"divinity"这样的语言符号中去,再经过中英文本对照、概念注解和意义阐释,营造出特定意义的接受语境。这样,一旦读者置身于中国文本的阐释语境中,宗教性的上帝之"神"就会隐身,而中国诗学的"入神"境界就将会意性的进入读者的意念。事实上,该书在英语世界的使用实践证明,译者颇具匠心的翻译策略还是十分成功的。

不过,这种所谓"陌生化"翻译策略的使用也还是有条件和前提的。

首先,要使译文的读者的理解意识能够穿过母语的符号外壳,却又能够理解和认同性达到其中的外来理论含义,这必定是一个反复阐释、说明和实践影响的时间过程。寻找一个简单对应的语词外壳相对容易,而要读者接受改变和添加了的新意义却很难,这正是需要现代诗学和比较诗学研究者以及批评者不懈努力的地方。

其次,中国文论和诗学的许多字词的涵义往往不太固定。在不同的时代、不同的文本、甚至不同的段落和句子修辞的语境中,往往意义就不甚相同,需要在文本的语境中仔细的区分。如果仅仅是固定地把"书"译成"what was written";"言"译成"what is/was said"或者"language";把"意"译成"the concept in the mind"或者"the concept";把"辞"译成"words"或者"statement";把"志"仅仅译成"intention"或者"condition of mind"等等,一旦改换了文本和言说的语境，恐怕就会出现翻译中的文不对题局面。

尤其是碰到像"气"这样典型的，涵盖中国思想、哲学、文学诸领域的核心范畴的汉语词汇，仅仅是靠陌生化的处理就不行了，而必须进入到所谓意义理解的复杂层面去深入认识和理解，因时因景、因地制宜地去决定具体的译介和阐释策略，以及语词、修辞方面的翻译选择。这就是下面所谓的第三类策略，即意义阐释性层面的读解策略。

让我们从前面提到的"气"这个典型例子开始。《孟子》中有所谓"养吾浩然之气"的说法，于是宇文所安就在《中国文学思想读本》中把他翻译成"the fostering of boundless and surging"和"ch'i（气）"。对于这样的英文表述，如果仅仅从个别的句子本身看去，别说西方读者不知所云，就是懂些中国文论同时也懂英文的中国读者，读来也如在五里雾中。问题就在于，"气"这一概念，即使是对于中国的学者而言，也实在是太复杂了，如果不深入到理论文本的意义生成和逻辑演进的历史中去不断认识和理解，并且根据实际语义去决定翻译的字词选择和修辞结构，确实是很难将这个所谓"气"及其相关的文本意思译介出来的。

毫无疑问，"气"是中国古代文论中最核心的概念之一。但实际上，它同时也是中国哲学中的核心范畴。其含义的内涵和外延都非同小可。

下面不妨略举数例，并稍加申述。

首先，在本体论的层面上，"气"在中国古代思想中，是作为宇宙或自然的本源存在而呈现出来的。所谓"天地合气，万物自生"（《论衡》）；"气者，生之元也"（《淮南子》）；又如"气道乃生，生乃思；思乃知；知乃止矣"（《管子》）；《诗品》中也说"气之动物，物之感人，故摇荡性情，形诸舞咏"。《庄子》中有一段话讲得比较清楚，即所谓"无听之以耳，而听之以志；无听之以心，而听之以气。听止于耳,心止于符。气也者,虚而待物者也。唯道集虚,虚者心斋也。"在这里,这个"虚而待物者也"之"气",就是直觉认知要达致的疆域,通过"听之以气",便可能达到物我两忘,气道合一的存在至高境界。

其次,"气"也是指人在道德或伦理层面的修养和陶染。如孟子就认为,"气"是"集义所生者",并且认为"我知言,我善养吾浩然之气。……其为气也,至大至刚,以直养而无害,则塞于天地之间";"气,体之充",所谓"配义与道"。(《孟子·公孙丑上》)。"气"被作为道德伦理的状态,是因为中国古代认为宇宙具有"六气",而人秉六气,就会生六情,所谓"民有好、恶、喜、怒、哀、乐,生于六气。"(《左传·昭公二十五年》)。即使是今天,"气"在现代汉语中也仍旧保留着它的伦理道德层面的涵义,正如我们日常谈到人和社会现象的时候,常常说什么"正气"、"邪气"一样。先秦以后的历代哲人诗家,都继承了这一"养气"的思想,其议论多见于诸家言论诗文之中。

其三,所谓"气"又是指基于作家个人气质和性情境界的精神状态。譬如曹丕就说,"文以气为主。气之清浊有体,不可力强而致……虽在父兄,不能以移子弟"(《典论·论文》)。曹丕之后,刘勰也对"气"有所论述,《文心雕龙》专列"养气"一章,在其他的篇章中也多次论及创作与"气"的关系。所谓"才有庸俊,气有刚柔,学有浅深,习有雅郑:并情性所铄,陶染所凝。"进而言,"才力居中,肇自血气;气以实志,志以定言。吐纳英华,莫非情性"(《文心雕龙·体性》)。白居易也曾说:"气凝为性,发为志,散为文"(《元少尹文集序》)。关于"气"与言、"气"与文的关系,历代文人诗家也多有议论。韩愈就曾经说:"气,水也;言,浮物也;水大物之浮者比浮。气之与言犹是也。气盛则言之短长与声之高下者皆宜。"①也就是说，只有真正的"文气"灌注其中了，无论高下长短的言说才会恰当的表达作者的意念。"气"显然就成了文学的生命力所在，一以贯穿起文学文本的各要素。正如叶燮在《原诗》中所言，"理、事、情"三者虽然是诗文的基本表现要素，但是，"然具是三者，又有总而持之，条而贯之者，曰气。事、情、理之为用，气之为用也。"②也就是说，只有"气"才是本，是灵魂，气脉贯穿其间，文学才能变成鲜活灵性的东西。

其四，"气"也被用来指涉作品的独特风格。如"徐干时有齐气"（《典论·论文》）；"试咏《鹿鸣》《四牡》诸诗与《文王》《大明》诸诗，气象迥然有别"（《说诗晬语》）；以及我们在中国文论、诗话、词话中多见的"气势"、"气韵"、"气象"、"气息"、"骨气"、"气体"、"气脉"、"气味"、"气魄"、"气调"等各种与评介作品有关的术语概念等。譬如李白、杜甫的诗歌，前者所谓"豪放"，后者所谓"浑厚沉郁"，就都是以气势所展现出来的独特诗歌风格。关于他们的诗歌，你当然可以在具体事理和形式上去学习他们，而他们的这种"气"，却是难以摹仿的。

除此而外，"气"的相关物理属性和生物属性，作为哲学思考和诗学思考的基础，也是不可忽略的。譬如与物质的固体状态和液体状态相对的气体状态。《说文》中就解释说"气，运气也。"而在古代医学和生物学看来，人与生物都有"气"，或者说就叫做"元气"，气在即生，气消则死，所谓"力气"、"断气"、"元气大伤"、"一口气上不来，便走上了黄泉路"等等。"气"作为宇宙万物存在的本原体现和人的生命力的状态，而文学只有感应和灌注了天地和人的精神之气，才会具有真正的生命力。

---

① 韩愈：《答李翊书》，见《隋唐五代文论选》，人民文学出版社，1999年，第206页。

② 叶燮：《原诗》，见《清诗话》下册，上海古籍出版社，1982年，第576页。

如此等等，当然还可以有其他的分层和解释。

在这里，面对如此多层面和意义的"气"，就是专业的中国古典文论研究者也会意识到把握的困难，更何况翻译成外文。

不过我们在这里暂时还来不及考虑如何去彻底梳理清楚"气"的历史涵义，而是先关心如何确定关于这个"气"的适当的翻译策略，也就是如何去向西方的英文读者解释明白这一变化多端的"气"的基本意思。

前面我们已经说过，对于中国文论和诗学的术语概念，宇文所安有直接用一种英文语词符号对译的情形，同时也有根据语义和语境的变化灵活处理，一词多译的情形。而对于"气"这一概念，他在全书中几乎一直固定地用罗马式的注音法"Ch'i"来翻译，只是在后附的属语汇编中，才给出一些相应的英文翻译。

可见，他对"气"的这一概念的处理是非常谨慎的。一方面，它说明"气"作为一个中国思想、哲学和诗学的概念，在西方理论中确实难以找到与之较为对应的词语。哪怕是找到诸如像 logos 这样的概念来翻译"道"，使之部分贴近"道"含义的术语也很难；另一方面也说明，宇文所安本人对于这个术语上所浓缩的中国传统文论涵义的复杂和丰富性有清楚的认识，并给予了相当的尊重，所以，他宁愿用所谓"笨拙"的罗马式注音直译来保全术语的完整和丰富性。

然而，真正采用注音直译的办法，看似简单，其实最难。因为它意谓着，在概念本身的翻译上，放弃译入语的知识和意义结构的帮衬和自然的理解，读者就完全不可能通过注音去理解什么，其意义的任何接受，都必须直接依赖译者的阐释和随时随地的注解说明了。

现在让我们来看看宇文所安在关于《典论·论文》的译介分析

中，是如何来向英语学界的读者作出"气"的涵义解释和交代的。①

出乎意料和饶有兴味的是，他并没有直接从"气"的文化和形而上的种种论述去展开，其论述的起点实在耐人寻味。

他首先去关心曹丕如何把文学和音乐加以类比。从诗歌的起源和社会功用出发，他认为历史上的文学作品，尤其是古代的作品，特别是诗，都是要大声朗读和吟诵的。吟诵一定是文学最早的传播和记忆方式，而工具性的记录，譬如甲骨、金文或者说用各种刀、笔、纸之类，则是后来的事情。吟诵作为口腔等器官的运动行为，顺理成章地也就和音乐，特别是吹奏乐有了某种相似性和可比性。在某种意义上，这可以算得上是跨学科比较的旁通路子。

这样一来，便涉及了"气"的物理和生物特性种种。一方面，"吟诵"与"吹奏"，都和"气"这个词的原始意义，即"呼吸"、"气息"有关；另外一方面，它们又都共有一种所谓创造和表达的"即兴性"特点。而所谓"气"，其实不止在字面上与吟诵和吹奏的呼吸行为有关，就是在"气"的所谓物质性感觉层面的意义上，也都可以这样逐渐引申出来的。到了曹丕，在《典论·论文》中就把它直接引申到超越物质感性层面的精神意义层面了。所谓"文以气为主。气之清浊有体，不可力强而致"。并且很尖锐地指出，二者不可分离，始终是水乳交融的。譬如音乐和文章的写作，曲调节奏或者谋篇布局等技巧，尽管可以相似和模仿，但是，个人天分，才情及其所修炼到的"气"的状态不同，文章的高下却是大不相同的，同时也不可能摹仿。也如刘勰在《文心雕龙·风骨》篇中所言："缀虑成篇，务盈守气，刚健既实，辉光乃新，其为文用，譬征鸟之使翼也。"而明代文论家许学夷则明确地说，"诗有本末。体气本也，

---

① 参见宇文所安：《中国文学思想读本》，哈佛大学出版社，1992年，第57—72页。

字句末也。本可以兼末，末不可以兼本也。"①经过这样一番解释，读者从"气"这样一个术语中的阐释中，不仅可以了解"气"本身在中国文论和诗学中的意思，而且可以窥见中国文论和诗学与西方明显不同的表述方式。那就是，中国的文论诗学家们，往往喜欢用一些譬喻性、意象性的概念来表达抽象的理论概念，并且让术语概念的符号本身承载起远远超出其字面意义的种种抽象含义。除"气"之外，这种情形还有譬如，所谓"风"、"神"、"体"、"骨"、"韵"、"境"、"味"等等。

在这里，宇文所安并未像传统西方文论的著述概念和表达方式那样直接地给"气"一个准确的界定，恐怕这也不是他的目的所在。在他的笔下，如同"气"这样的，对于中国学人而言，虽然不能给出明确定义，但几乎都能够心领神会的概念，经过他有点"陌生化"的译介性阐释以后，在英文文本中也开始呈现出相应的多义性和丰富性。他并且还进一步指出："气"本身应该具有某种物质性的存在状态，而不仅仅是注入其间的某种虚无的力量。"气"是构成一首诗的所有因素——天才、学习、个性、情感——之外，用以激发出文本生气活力的不可缺少的东西。正所谓"文以气为主"，没有"气"，任何东西都将变得毫无活力。

译述者还进一步论述了"气"作为一种存在物，其形态不是固定的，而是具有某种变动不居的所谓即兴发生性和快速流动性。所以后世也常常把"气"看成运动之物，所谓"一气呵成"什么的。在文本，如诗歌、散文中，"气"通常都表现为，当作者处于强烈易变的情感和灵感控制之下，生动的话语和意念如长河灌注，一泻千里的喷涌而出。

由此，宇文所安很自然地就把我们引入了对中国和西方文论术

---

① 许学夷：《诗源辨体》，人民文学出版社，1987年，第326页。

语概念的某种异质性的思考。在他看来，西方的许多创作理论强调所谓文本的客观性，就是说在创作中，目标是先于文本而存在的，作为创作主体的作者对文本有绝对的"驾驭"能力。在整个写作过程中，作者的意志控制着写作的意图和风格。而在中国，很多文本与作者的关系都是一而二、二而一的水乳交融关系。

在创作过程中，作者对于文本并不具有先在的绝对控制权，而是即兴式的"一气"贯注，富于变化而前行式的参与性创造。有时候作者与文本之间的关系压根就分不开，譬如说作者老子与文本《老子》，作者苏东坡与《赤壁赋》中的苏东坡，诗人寒山与他的居住地以及《寒山诗》等等。当然，这并不意味着中国传统诗学中没有文本客观性的论述，譬如诗歌创作中的所谓"活法"之类。但我们毕竟可以从中窥见中国诗文创作和诗学观念方面的某些个性特征。

译述者的论述尽管没有系统地讨论"气"的多种意义，而纯粹是本于对"气"的本原性质的解释和发挥性分析，甚至可以说是有着某些来自"他者"的想象和发挥。但在某种意义上却洞穿了中国传统文论诗学的内向性和西方传统文论的外向性（比如"摹仿"理论等）差异。

这也在一定意义上也证明，一个词的历史很可能就是一部缩微的文化历史。而中国传统文论诗学术语对中国文化的至关重要意义，并不仅仅在于文论诗学本身，它所承载的深厚历史内涵，也更多的常常为文学以外的各种文化思想所共享。

最后，译述者还论述了"气"的不可遗传性。所谓"至于引气不齐，巧拙有素，虽在父兄，不能以移子弟。"译述者从曹丕的这段议论，很自然就联想到出自《庄子》中轮扁的故事。在译述者看来，轮扁是一个关键的转折点。曹丕由此突然发现，人们想成为"通才"和"智者"的努力恐怕都只能是徒劳，从而从所谓权威掉入了精神的恐慌。这涉及宇文所安试图讲出的一个有趣味的诗学和诗人的"故事"的主观建构。关于这一点，我们在前面已经详细地分析过。这里需要在强调的是，我们可以由此发现，欧文关于言意关系的主题在这里又一次得到复现，从而使儒道两家关于言意关系的不同观点之争在这里得以延续。经由轮扁的故事，译述者猜测曹丕一定感到了空前的恐慌，但同时也清醒地注意到，"尽管曹丕在这里想说的只是'气'的不可传递性是写作最本质的特性，轮扁的故事讲述了，写作本身在传递人心最本质东西方面的无能"，可是曹丕并没有走向轮扁那样的极端，而是转而以"盖文章经国之大业，不朽之盛事"的慨叹给自己以宽慰和舒解。为了弥补这一方面的缺失，译述者紧接着就带领读者去回忆一些关于语言反映人内心世界的有效性的文学观念。譬如孟子的"我知言"，孔子的"不言，谁知其志"等等。并且再一次强调，语言虽然不能完美地表达心志，但语言依旧是表达心志必不可少的工具。

总而言之，不管怎么说，宇文所安尽管将"气"直接拼注翻译成了"Ch'i"，但是，他的阐释性译述，还是为西方读者理解中国式的"气"开启了一个充满跨文化读解意味的窗口。

如果参考一下作者在该书编定附后的所谓"术语汇编"中关于"气"的种种翻译性"释义"，比如"breath"、"air"、"steam"、"vapor"、"humor"、"pneuma"、"vitality"等等，我们不妨还可以对其关于"气"的译介性论述做一点总结：宇文所安大概认为"气"的原意就是一种物理学和生理学上的存在物，它是流动的和随机即兴式发生的；进而从"气"的物质层面理解再引申到所谓精神层面的形而上意义，借以表达文学创造得以鲜活的生命性体现和表达的状态和原因。并且"气"与个人的才情、天分和所谓"气质"密切相关，因人而异，有高下"清浊"之分，可以"养"，但不具备遗传性，等等。

看来,"气"或者说"Ch'i",的确是一个从"有"到"无",从"形而下"到"形而上"不断生成和提升的,极为重要的中国文化和文论诗学概念。

难怪刘若愚在他的《中国的文学理论》中,会把不同的关于"气"的言说,分别归类到不同的结构场域中去了。譬如庄子的"听之以气……气也者,虚而待物者也",这里,由于"气"有直觉认知、道我为一的意思,被归入了形而上的理论;至于曹丕的"气"由于主要是指基于个人气质或精神状态而具有的创作个性和天赋,则被归入了表现的理论;而《典论·论文》中"徐干时有齐气",这个"气"既然是指作品具有的审美品格,也就自然地归属于审美的理论了,等等。和宇文所安一样,刘若愚清楚地了解中国文论术语的模糊抽象性和直觉认知性的特点。由于古代中国的批评家习惯于用高度诗化的语言去表达感性直觉的印象,而不是区分性的理性概念,也就在整体的意义上无法精确界定其含义。而翻译介绍的行为本身又不能不把这些感受性概念翻译成理性的概念。尽管这样做,也许会失去其中的诗意,甚至终究也逃不掉逻各斯"等级制"的框定和宰制,但是只要不至于剥夺其基本的和本质的意义,其重要的学术交流和对话目的之第一步,也就算是基本达到了。

其实,在翻译过程中,任何的对应词都是人为地给定和历史地形成的。也许,从某种特定的意义上去看,比较诗学的研究也就是一种跨文化的思想翻译和交流行为,其中产生的有意识或无意识的误读,才正是其对于比较诗学最有意义的启示。这意味着,当某种文化以自身的特点走入世界的时候,误读的产生是必然的,恐怕也是必须的。"误读",可以说正是我们互相了解的入口。在不断的误读和阐释中,我们恰恰有可能正越来越接近彼此文化的真实。

说到底,翻译的这种宿命现象和译介策略的复杂选择和种种困扰,其实都证明了一个道理,那就是:无论是在西方理论向中国的传播，还是向西方译介中国文论诗学的历史过程中，所谓"原汁原味的"的"推销"，是压根不可能存在的。误读、误解不可避免，意义的添加和生长也是注定会发生的情形。但是，这一切都并不意味着翻译和介绍的不可能。我们只须面对这一不可避免的"变形"现实，尊重它不可避免地向着异文化和国际化的现代性转化，同时通过不懈的努力，经由适当的阐释和译介策略，尽可能地把西方理论的真谛学到手，把中国文论诗学的真精神、美学个性和批评话语特征，较好的传达给异邦，流传于世界，并且期待其在现代和未来发展中新的生长。

研究范式与话语实践

语言的激活[1]

——言意之争的比较诗学分析

一

　　语言与意义的困扰是人类文化最基本的难题之一。自文明逐渐形成，言意矛盾就幽灵似地纠缠着历代智者诗人的心智，留下种种思索和疑问。20世纪西方人文学科对言意关系的刨根问底反省，当代文化理论所谓的"语言转向"（Linguistic Turn），以历史的眼光看去，充其量只是新语境中的又一次旧曲新唱。老庄的玄想，苏格拉底的思辨，魏晋"言意之辩"、巴别塔人类失语的神话等等，至今仍是理论家们思考的起点和灵感源泉。命题似乎是永恒的和共同的，但不同的知识领域自有不同的研究取向、方法路径和价值预期。譬如哲学追问言意关系，突出关注的是人类依赖语言对外部世界和人自身的认识，即如何由"知"而"识"。而文学面对这一范畴，却往往更关心怎样运用语言去呈现人对自然、社会和人生的倾听和诗意理解，即如何由"悟"而"显"的问题。尽管二者之间有着千丝万缕的联系，但取向不同就会导致认识的分野，若把不同层面上的探讨混为一谈，追求一次性解决，反而有可能引起混乱和人为地将

---

[1] 原载《文学评论》，1994年第2期。

问题复杂化。例如在某些哲学理论看来,语言不是囚牢便是家园,或者说既是囚牢又是家园,所以就认定语言之外无意义。而在中国传统诗学眼中,言意之间的对立统一关系与其说是一种认识和表达障碍,倒不如说是一块充满弹性的诗意空间,一片美学创造的沃土,是意境的无限疆域。在一定意义上,文学正是通过对言意成规的克服和言意矛盾的利用去实现自身的创新和发展。所以诗学尤其注重言象意的圆融并屡屡强调言外之意的寻求。显然,思想史和文学史都承认言意关系是一个由过去追问至今日,并且必将继续延伸至未来的跨时代命题,需要不同知识领域的持续努力去将研究引向深入。基于这样一种分析,诗学或者说文艺理论对言意之争的探讨,就应该有理由走出一般哲学"言意之辩"的樊篱,尝试拓展一条新的路子,即从文学漫长的言意实践中,从戴着镣铐的创造性舞蹈中,去追问和寻找言意关系特定的美学和人类精神价值。特别是中西比较诗学的方法原则的确立,正好给这类探索提供了一个跨文化的对话场所,为将这种讨论引向深化开启了某种可能。尤其值得注意的是,当代西方文艺理论早已将言意命题视为诗学的核心范畴且突出了研究的深度和力度[①];而中国诗学历史上一些重大的言意论争,也曾深刻影响了传统中国诗学的走向,其相当有价值的成果正有待整理和形态转化,使之成为世界性诗学言意论争的一个有力声部。如果这种探讨在诗学研究的实践中能够有所启发的话,那么从当代比较诗学的角度出发,在中西古今诗学的对话中去考察言意之间的恩恩怨怨,就不仅是一种思路的开启,同时也有利于中国传统诗学的再认识及其在世界文化语境中的重新定位。

---

① 试看海德格尔的"意义还原",罗兰·巴特的"语语游戏"、保罗·利科的"话的隐喻"、德里达的"解构策略"和杰姆逊的"语言囚笼"等,无不以言意矛盾为审查起点。

二

语言的出现无疑是人类史上一件惊天动地的大事,作为通向智慧,"通向权威之路"①,语言为混沌凿窍,使人兽区分,从而成为文明的最显著标志。但当人类被语言引导走出蛮荒,在享受语言便利的同时,由于语言使用的局限和言意关系的悖论处境,便又开始质疑语言的价值。在中国,有所谓仓颉造字"天雨粟,鬼夜哭"的传说;而在希腊神话中,有所谓神使赫尔墨斯(Hermes)既是传言人又是说谎者的种种神话,均透露出人类对语言的怀疑和忧虑。如同人们喜欢怀念童年的纯真一样,人类的思想者们不知从何时开始,竟然莫名其妙地把文明未开前那种蒙昧无言的昏暗模糊时期描绘成为"言意圆融"的纯朴澄明时代,把愚昧无知想象成为圆融自在和心物无碍之境。于是,历史进程中的难题被抛掷返回到未发生前的原动状态,作了想象中的一次性彻底解决。后世哲人常把这种想象性的境界作为理想的状态来言说。庄子所谓"至言去言"②,禅师所谓"第一义"③,海德格尔所称"存在/语言"状态,后结构主义者德鲁兹(Deleuze)所谓"无符码"时代均是如此。这种本不存在的"超言绝象"乌托邦,却被视为认识复归自然和人类本真状态的必由之路,是文学最后突破语言囚笼,面向万化万物的全面敞开,是文学最原初而又最高的境界,从而竟成为历代文学家苦苦追求的理想,确实颇具反讽意味。无论是严沧浪的"羚羊挂角,无迹可求",还是陶渊明的"此中有真意,欲辩已忘言",也无论是梅特林克

---

① 张光直:《艺术,神话和仪式:古代中国的通向政治权威之路》,英文版,1903年,第81页。

② 参看《庄子·知北游》。

③ 文益禅师《语录》中言:"我向尔道,是第二义。"

(Maeterlink)的"口开则灵魂之门闭,口闭则灵魂之门开",还是席勒的"脱灵魂而有言说,言说者已非灵魂"[①]都透露出对这样一个"不立文字"的诗意乌托邦的追求。然而梦想毕竟归梦想,它过去不曾存在过,在现代条件下也没有变成事实的可能。只要口说书契的语言文字作为人类生存的基本方式这一事实没有改变,语言与意义之间的矛盾就只能在语言在场的条件下去寻找出路。文学也只能在言与意的矛盾运动中去激活和开发人类的诗性,实现自身的发展。当代理论对"语言中心主义"和"逻各斯中心主义"的诘难和批判,与其说是对语言的不恭,不如说是对作为主体的人的思维方式和语言方式的指责。当代人为着更贴近地去把握这个扑朔迷离、变化万千的世界,尝试通过拆散、扬弃和重构日趋僵硬的旧有话语系统,从而恢复语言的生机,重建语言的多义性、隐喻性和开放性功能。在这场所谓语言转向的革命性变动中,文学和诗学领域在其历史上曾展开过的种种可贵探求,中外诗学理论和实践存留下的许多有价值思考,都曾给予当代思想家以启发。也许这正是海德格尔、伽达默尔、萨特、德里达等西方哲人在思索存在与语言的意义关系时,常倾心于诗和诗学的原因。

文学创造的历史曾在揭示语言和意义的诗学关系这一命题上表现出自身独特的眼光。文学创作的实践不断证明,"言"和"意"的呈现是一种动态的双向运动,其中融含着不同的意义和语言层次,不同的运动方向和运动形式。这是由于我们在创作过程中对世界人生的直观领会,结构思考,解读表达都在时间和空间的层面上受制于既定的历史、现实、文化和语言制约,我们是在语言和意义的多重预设和先在经验前提下进行文学创造活动,因此,意义通过语言的呈现,对于双方都表现为一种动态开放的过程。

---

① 钱锺书:《管锥编》,第二册,中华书局,第454页。

先看意义的生成。当我们睁眼面对世界，用五官去直观反映外部世界时，类似焦距不准的镜头的曝光，在瞬间获得的是一个全面整体但不甚清晰的印象领悟，可以权且称为第一义，谓之"原动意义"。伴随瞬间直观的同时，作为主体的人带着自己的历史、文化、修养，经验等诸般"预设"，对原初意义进行主观加工，使之进入我们能够理解的意义秩序，从而成为创作的心象材料，并以"心象"或"意象"的形式储存于言说之前的意念之中，不妨称之为第二义，谓之"意象意义"。第二义因作为经验的切割、选择，已经人为地秩序化，故与第一义不同。而当"心象"通过"言谈"出表现时，由于"言谈"与"心象"之间存在理解的差距，由于语言本身的文化储存错位，其显现的意义又经历了一次定向选择和规定，姑且称之为第三义，谓之"言谈意义"。第三义经文字固定记录下来，成为物化的作品。这一新生的作品因了文字本身的历史文化沉淀，从而不仅会对第三义进行移位、切割、加工、改造，而且还会派生出新的意义，因此可以把这种文字减损和派生后合成呈现给读者的意义称之第四义，谓之"文字意义"。最后，读者带着不同的时空局限和个人经验，以不同的语言能力去阅读、欣赏、接受作品，其所得意义既有与作品契合之处，也有偏心移位和再补充创造之处，因而形成有区别的第五义，谓之"阅读意义"。这是一个因时因地因人而变动不居的意义，围绕原初意义内核而上下左右漂移，从而构成接受理论的基石之一。从意义的这种动态生成过程可以见出，言对于意的表达只能"近似"而不会"等一"，只能不断去"接近"事物而不可能"穷尽"事物。言不能不尽量去尽意，但又不可能彻底尽意。这其间充满着关于事物认识的辩证关系和文学创造的广阔天地。

换一个角度考察创作过程中的语言生成方式，也存在相应的层次演进过程。首先是既定的，因长期发展而存有的所谓普通语言。

由于历史的积累,这种语言在现实的境遇中是相对不言自明的文化载体,我们常常称之为"词典性语言",其次有所谓作者使用的语言,这种作者,意图中的语言与作者个人经验和语言修养密切相关,它与词典性语言的关系常常是出自于其中但又有内涵外延的出入和质与量的差异,我们可以称之为"作者语言"。第三种则被称其为"作品语言",它是作者在创作当下对于语言的特定感觉。作者在运用文字表达心象意念时,常经历着思考创作的痛苦,体现在语言上即是所谓"言不尽意"的痛苦,是与自身既定语言习性的博杀。语言本身的歧义性和语义理解的多义性最终使作品呈现出的语言有所区别于"作者语言"。这种语言的独特性也许可以从这样一种感觉去表现出来,即在若干年之后,当作者重读自己的作品,他会体味到语言和话语的陌生感。第四种则有所谓"读者语言",读者阅读作品时,无疑带着他对语言理解的个人经验,以自身语言去与作品语言交流汇通时,不仅有意义的"二度创造",同时也在语言上进行主观再加工,并由此形成诠释学的基础之一。尤其读者的"基本语言"背景与作品的"基本语言"背景迥然不同时,这类语言文化的差异无疑会导致语言的更大歧义,在两种或多种文化的碰撞中,常常会形成特定的读者语言。譬如在高度殖民化的环境中,就会有一种对外来文学或本土文学的特定读法和语言理解。这一点,我们从香港读者对英语文学和内地文学的歧义理解中体会尤深。因而从创作和欣赏过程中显示的语言动态生成过程看,所谓"言"的完全"尽意"只是美好的理想而已。作家的创造没有止境,其通过能动的语言系统对意义的开拓也不会有尽头,而读者对于作品的欣赏理解也因着语言在时空运动过程的生长更新而发生变化。可以说,语言之于意义,是一种无限接近的历史过程,语言不存则意义只是一片混沌,意义的基本沟通有赖于与人类生命形式和体验形式类同的言语基本结构,而意义的生长和美的呈现则更依赖于语言与意义对立统一的永恒张力。语言和意义的这种基本的人类学价值形态是伴随着语言和文明人类的出现而不言自明的。在探索言意关系的诗学建构时，尤其有必要再确认这一点。

三

无论古今哲人和诗家对语言如何说三道四，但他们都清楚这样一个界限：即语言之后再无退路。语言之蔽可以"破"但不能"弃"。所谓"破"可以包含拆散重建之义，而绝非弃之不用。抛弃语言而进入纯粹内省是不可能的。理论家可以讲"你不懂"但决不会说"我不言"。伽达默尔引用过德国诗人盖奥尔格一句诗："语词破碎处，万物不复存。"①是因为"非名无以领数，非数无以拟宗，故遂设名而召之，立数而辩之"②，所以不能不"寄言蹄以通化。"钱锺书先生曾讽刺说，"道、释二氏以书一与言之不能尽，乃欲并书与言而俱废之似斩首之疗头风。"③钱氏还从中西互照的角度进一步申说，先引沃尔夫冈·依塞尔（Wolfgang Iser）的"缄默是语言之背，其轮廓乃依傍语言而得"，又及中国历代诗家之说，所谓"得意可以忘言，然无言又不见吾'意'，即士从之所谓'不尽于言，亦不外于言，盖心有言方知意之难'尽'，若本无言又安得而'外'之以求其意。谈艺家如姜白石《诗说》云：'文以文而工，不以为工而妙，然舍文无妙'，正谓'不尽于言亦不补于言也'。"④只在二

---

① 伽达默尔：《真理与方法》，英文版，纽约：克罗斯罗德出版公司，1975年，第445页。还可参见海德格尔《走向语言之途》，中文版，台湾时报出版公司，1993年，第133页。
② 昙影：《中序论》，转引自《汤用彤学术论文集》中《言意之辩》一文。
③ 钱锺书：《管锥编》第二册，第485页。
④ 见《钱锺书研究》第一辑，文化艺术出版社，第15页。

者之间。文学创造活动就是以有限之语言文字去尽量真切地表达作家对世象人心的无限诗意领悟。一如巴尔扎克所言:"艺术作品就是用最小的面积惊人地集中了最大量的思想"[1],或刘勰所谓"一言穷理""以少总多"[2]。当代文化诗学的方法路径之一,就在于探讨如何以言意关系为起点,去网取历史话语中一度失落掉的世界生动性和丰富性。

凡诗家论诗常喜欢引证《易经》的"书不尽言,言不尽意",但立论与老庄玄禅论言意又有所不同,这是因为哲思给人的感觉似乎可以舍实象,超言说,单求抽象虚幻的纯粹推理,而诗人创作和读者鉴赏既不能离开出意之象,更无法斗胆弃绝名言。杜甫称"语不惊人死不休",是深悟言意之间的审美张力所在,欲以千锤百炼之语词去容纳沉郁顿挫的诗境,始终还是在语言上做文章,以语词为用力焦点。今人有释司空图的"不著一字,尽得风流"句,认为"著"不宜作"置"解,否则真是无字天诗,诗何以存?似可解为"诗中没有一字标明风流,而尽得其风流"实为言外之意说的另一解法。[3]以此申说开去,所谓"羚羊挂角,无迹可寻",也基本上只能是实写与虚写,明写与暗示,明喻与暗喻,事物与象征,命题与意象的距离问题。"鸡声茅店月,人迹板桥霜",喻羁旅之愁思;而"野渡无人舟自横""孤帆远影碧空尽"则喻人的或是闲云野鹤或是寂寥空落之感,文心的领会或诗情的体察常常是语不言此而读者自悟,从王顾左右而言他中了悟作者的诗学动机。所以并非"不说"或"不著",而是"不明言"或让你"悟"而已。一如没有可以言论之"粗",何来可以意致之"精"?故六经虽不能尽传圣人之天

---

[1] 巴尔扎克:《论艺术家》,载《外国作家论创作经验》,武汉大学中文系编,上册,第251页。

[2] 刘勰:《文心雕龙·物色》。

[3] 黄淮梁:《中国诗学纵横论》,香港洪范书店,1982年,第144页。

道,却也未必是糠秕。文学中的言意疏离诚然是实情,但非言无以存意,言意相互发明总是无法否认的诗学事实。故今人赏析历代名诗佳作,每有所得便怦然心动,疑虑之处于瞬间涣然冰释,会心之际,竟有与古今大师对坐而谈之快和相通相契之乐。所以,在某些思想家看来难以化解的言不尽意悖论,在中国诗家眼中却是一个至关紧要的诗学范畴,这尤其是一种理论取向上意义重大的区别。

哲学的探讨无疑曾启迪过诗学,但它们毕竟不是一码事。历代中国哲学对言意命题的追问,从《易》之"言不尽意"观到孟子的"以意逆志"说,再到魏晋以王弼为代表的"言意之辩",都曾不断将讨论推向对于言不尽意说的体认,故熊十力先生总结说:"体不可以说显,而又不得不以言说显。则已无妨于可建立处而假有设施,即于非名言安立处而强设名言。"所以"理之极至,超绝言思,强以言表,切忌执滞。"①在一定意义上确实精到地揭示出中国传统思想对言意问题的质朴辩证理解。但古代哲学家讨论言意问题,往往只看到言对意难及精微高妙之处,换言之,他们对世界意义的变动不居和深远难尽看得较清楚,而对"言"的能动创造作用较少关注,所谓"筌""蹄"之说,就是把语言视为权宜之计,或者说一个盛物的器皿而已,这样,在思维上稍有不慎便情不自禁地滑向明里或暗里的废名弃言之途。西方从亚里士多德的地球中心说、启蒙主义理性论,以至现代实证哲学观,都把语言当作工具,充分去发掘语言的逻辑功能而不断压抑它的诗性,在思想走向上也与中国思想大同小异,甚至更偏激一些。只不过中国思想较为侧重意义层面的分析,而西哲更关心语言本身的省思而已。所以黑格尔说:"我,作为这样的纯粹的我,除了在语言中以外,就不是存在在那里的东

---

① 熊十力:《破破新唯识论》台湾,广文出版社,1980年,第18—19页。

西。"①而维特根斯坦在《哲学研究》中反复强调,语词的意义就是它在语言中的用法。"一个字词的意义是由意义的解释所解释的东西","正是在语言中期待同满足相接触"②。而从言意关系的现实困扰看,恐怕必须能动地开掘语言的理性和诗性双重功能,才有可能走出困境,唤醒语言的活力,此外别无他途。本世纪以来,欧陆思想所谓"重新发现语言"的人文哲学转向以及哲学家频频向诗学的求助,③都昭示着语言的感性方面又重新引起重视。以至"在今日英美国家,哲学就其主要的文化功能而言已经被文学批评所取代。"④就语言发展的一般历史事实而言,初期总是感性高于理性,诗性高于逻辑的,后来的偏移和倾斜与人的理性认识能力强化发展有关。人类的物质欲求和理性狂热作用于语言的结果,则是语言与意义之间的能动联系和创造张力不断减损,语言在召唤世界进入其物化过程的同时,它自身也落入物的陷阱而发生异化。语言的痛苦说到底是心灵的痛苦,一切非语言之过而是人之过。过度的逻辑和理性导致语言生命力的疏离和遮蔽,而语言诗性的重新召回将有可能重建言意之间活泼泼的生命流动。诗学探讨言意问题的根本目的正在于如何去将语言激活,还它以生命。"我们生存于中的语言世界并不是一道挡住对存在本身之认识的屏障,而是从根本上包囊了我们的洞识得以扩张深入的一切。"所以,我们有理由相信,诗学的参与将有利于言意关系的拆解和建构,语言的囚笼只能依靠语言的涅槃去挣脱,言意的迷途也只有在言意的辩证运动中找回。

---

① 黑格尔:《精神现象学》下卷,中译本,商务印书馆,第55页。
② 维特根斯坦:《哲学研究》中译本,三联书店,1992年,第202、178页。
③ 譬如后期海德格尔,后期维特根斯坦对诗与诗学的倾向。
④ 理查·罗蒂:《哲学与自然之镜》,美国普林斯顿大学出版社,1979年英文版,第128页。

需要着重指出的是,并非西方思想家在本世纪才重新发现语言的感性和诗性价值。中国历代诗哲中多有人深谙个中三昧,并力图通过对言意之间弹性空间的开拓去除遮蔽而重获澄明,且逐渐发展了一套超脱筌蹄的语言策略。简单地表述即所谓"强设名言"、"因言出意"而又"随说随扫"。先运用语言把人们对世界的理解凝结成形,固定为"某事、某物"的同时,又从新的层面去指证其局限,清除其"绝对真理性"。具体"扫"的语言运作有些类似《庄子·寓言》中的所谓"寓言十九,重言十七,卮言日出,和以天倪……不言则齐,齐与言不齐,言与齐不齐。故曰无言。言无言,终身言,未尝言,终身不言,未尝不言。"①实际上,言与不言,全在你如何理解言意的运动关系,故能对这种运动保持一种警惕性。说出的同时也是批判的开始。另一种方法则如道禅的言谈手段,说出的同时则以另一言或物替换喻之。因而所谓"得意忘言"并非真忘或无言,而是出入于意义之际却使语言的呈现成为自动的行为。如同健康的胃在消化食物之际,人并不会去理会和感觉这种"自动"的行为。思想要求立一言即破一言,立一义即破一义,以言破言,不执于一说,从而开启理性和逻辑掩盖的"剩余"意义空间。而诗及文学则正好享有这样一片相当自由的美学天地,并在象征、隐喻、多义、反讽、意象重叠和以物观物等等的语意纷呈狂舞中,开出一条通向万物万化的语言之途。以"恢复经验中所有那些活生生的相互联系。好象渔人从海底拉起网儿,鱼跃藻盈。"②难怪海德格尔后期在沉思存在和语言关系时,常常以诗为出发点,并以诗思合一去追随"大道之说"了。这样,回过头来反省中国诗学在"言不尽意"问题上的开掘,考察汉语文学的诗化功能特征,就不仅意味着一般

---

① 伽达默尔:《真理与方法》英文版,第405页。
② 熊十力:《破破新唯识论》台湾广文,第19页。

美学意义上理解与表达的言意关系开拓，也暗含着人们通过语言的诗性去沟通心灵与世界的不懈真诚努力。

四

中国诗学传统对言意问题的关注，并没有满足于对"言不尽意"的诗学创造功能的体认和总结，而是在其历史发展中进一步将"言不尽意"推向所谓"言外之意"美学追求的深化，从而实现了由一般性言意命题的诗学考察到独具特色的诗学和美学范畴的建构，完成了一次历史性的飞跃。相对于西方诗哲仅仅是在语言框架内左冲右突，于语义成规之外四顾茫茫的仓惶感，中国诗学似乎从容潇洒得多。如果以比较诗学的立场去观察，至少在"言外之意"问题的提出和美学内涵的揭示方面，中国诗学是走在前列并有独到见解的。

文学创作的实践对于言意空间情不自禁的开发，总是不断给予中国诗家以启示。例如为什么同是言不尽意之难，哲思烦恼，诗学却能会心？哲学要消解的为什么恰恰是文学要利用发挥的？语言的天性竟能提示文学创造的天地，言意矛盾竟成为诗学安身立命的重要美学范畴等等。所有这些问题，都历史地逼使诗学家将言意关系作为分析诗学问题的逻辑起点，不断地加以思索和追问。

先秦关注言意问题，基本上是在以言载道的层面，所谓"圣人立象以尽意，设卦以尽情伪，系辞焉以尽其言。"（《易·系辞·上传》）因传达有精粗之别，甚至难以言传之处，故老庄诸家已大有警惕。至两汉，章句、象数之学执滞言象，遂引发魏晋"言意之辩"。尤其当魏晋之际，文学开始脱离学术而独立，世人对文学的看法已渐近今日理路，故能接受争论中王弼诸人的言不尽意观点。汤用彤先生曾指出："自陆机之'文外曲致'，刘勰之'情在词外'，此实为魏晋南北朝文学理论所讨论之核心问题，至刘彦和《隐秀》为此问题作一总结。"①此后钟嵘《诗品·序》谓"文有尽而意有余，兴也。"亦为同一问题的回应。这一时期说诗论文始有人走出"善鸟香草，以配忠贞"的僵硬比附，尝试依文立解，趣近文旨，以意逆志的路子。故《文赋》说："恒患意不称物，文不逮意，盖非知之难，能之难也。"意不称物是因为万物变动不居，认识不断深化，而文不逮意则是言词难表心象意念。刘勰从心物离合引生的审美层次出发，加以论说，《文心雕龙·神思》曰："方其搦翰，气倍辞前；暨乎成篇，半折心始。何则？意翻空而易奇，言征实而难巧也。是以意授于思，言授于意，密则无际，疏则千里。"故不能不将注意力转向"文外曲致"的言外之意了。《隐秀》篇也称，"隐也者，文外之重旨者也"；"隐以复义为工"，"夫隐之为本，义生文外，秘响旁通，伏采潜发。"钟嵘说："称名也小，取类也大。"范文澜先生言："重旨者，辞约而义富，含味无穷。"②而所谓"言在耳目之内，情寄八荒之表"，就是一种具体形象的批评了。

诗学入唐宋，司空图正式倡导"言外之意"的诗学主张。所谓"韵外之致""味外之旨""象外之象""景外之景"，流风所及，严羽、姜白石、梅尧臣以及后世诸家，相继标举此说，景从者众，一时"神韵说"、"性灵说"、"境界说"皆与言外之意结下不解之缘。以至于宋代，寻求"言外之意"遂成为当时诗人普遍的美学理想。梅圣俞曰："含不尽之意，见于言外，然后为至。"③姜白石强调："语贵含蓄，东坡云：言有尽而意无穷者，天下之至言也。山谷尤谨于此。清庙之瑟，一唱三叹，远矣哉。句中有余味，篇中有余

---

① 见《中国哲学史研究》中国社会科学院哲学所编，1980年第1期。
② 范文澜：《文心雕龙注》下册，商务1960年，第633页。
③ 黄维梁：《中国诗学纵横论》，第132页。

意,善之善者也。"①所谓空中之音,水中之月,镜中之像,透彻玲珑,不可凑泊等种种比喻,无不是提示要以音色月象诸般名物言词去引发言外之境,言外之思。所谓"池塘生春草","明月照积雪"的文外意旨,正是有意识的创作实践。所以历代诗话词话至于王国维诸近代诗学大师均竭力推重言外之意说。

言外之意说不弃言废言,但也不执滞于言,而是要以少总多,以个别见整体,从一盐而见众味,以"痕迹"引发"全象",借语言之风帆,乘长风破万里浪。钱锺书先生申说得最透彻:"求道之能喻而理之能明,初不拘泥于某象,变其象也可。及道之既喻而理之既明,亦不恋着于象,舍象也可。到岸舍筏,见月忽指,获鱼兔而弃筌蹄,胥得意忘言之谓也。辞章之拟象比喻则异乎是。诗也者,有象之言,依象从成言;舍象忘言,是无诗也,变象易言,是别为一诗甚且非诗也。故《易》拟象不即,指示意义之符(sign)也,《诗》之比喻不离,体示意义之迹(icon)也。不即者可以取代,不离者勿容更张。"②所以"诗籍文字语言,安身立命;成文须如是,为言须如彼,方有文外远神,言表悠韵,斯神斯韵,端赖其文其言。品诗而忘言,欲遗弃迹象以求神,遏密声音以得韵,则犹飞翔而先剪翮,踊跃而不践地,视堰苗助长,凿趾益高,更谬悠矣。……是以玩味一诗言外之致,非流连吟赏此诗之言不可;苟其非言,则无斯致。"③此两段话至少有四层意思,其一即在言意问题上哲思与文学不同。其二即日常之"言不尽意"与诗之"言外之意"大有区别。其三即诗应有言外之意,有文外远神,言表悠韵。其四即欲解言外之意,则需不离语言痕迹,反复流连吟赏,方能体悟。就诗而言,所谓言外意并非言内无意,而是言中已有一定事意,且又举一事而

---

① 《白石诗词集》,第62页。
② 钱锺书:《管锥编》第一册,第12页。
③ 钱锺书:《谈艺录》(增补本),第412—413页。

能三隅反,言内言外相互发明,以通万化万物之整体领会。一如《左传》之"秦伯犹用孟明",只一"犹"字,则有孟明之再败,孟明之终可用,秦伯之知人,时俗人之惊疑,君子之叹服共五义并出。而李商隐一句"锦瑟无端五十弦",只"无端"二字,则把千般感慨,万种愁绪及种种言外之意蕴形象托出,勾起无尽惘然。其诗中言外之意,上达世象之精微,下抵灵魂之隐秘,令人叹为观止,可为中国诗美学之一大发明。

西方诗学似无追问"言外之意"的一贯传统,但如现象学美学、解释学诗学、接受美学等,在对言意悖论的存在论美学分析中,已将语言的理性成规撕开了一些口子。至于符号学,新批评乃至解构主义思潮,也已开始逐渐重视语义的多重组合关系,一如燕卜逊的所谓复义分析等。苏珊·朗格认为,语言符号与艺术符号有联系也有区别,前者只是后者的手段和材料。后者的容量和意象能力都大得多。一组蒙太奇镜头的组接并非是 1+1=2 的公式,而将会生出更多的内涵。"主观世界呈现出来的无数形式以及那无限多变的感情生活,都是无法使语言符号加以描写或论述的,然而它们却可以在一件优秀的艺术作品中呈现出来。"① 譬如诗句"无色的绿色思想喧闹地睡觉",在日常语言中是自相矛盾不可思议,而在诗的意境中则因通感而生丰富内涵。所以乔治·桑塔耶那说:"在一切表现中,我们可以区别出两项: 第一项是实际呈现的事物,一个字,一个形象,或一件富于表现力的东西;第二项是所暗示的事物,更深远的思想、感情或被唤起的形象,被表现的东西。"② 显见西方诗学家对文意派生、言外之意问题已有相当的注意。尽管其尚无如中国诗学这样对言外之意美学价值的系统追问和确认。但随着 20 世纪人

---

① 苏珊·朗格:《艺术问题》中译本,中国社会科学出版社,1983 年,第 128 页。
② 乔治·桑塔耶纳:《美感》中译本卷四,中国社会科学出版社,1982 年,第 132 页。

文思想进展所引发的批评理论转向，人们对于诗学言意关系的美学探讨无疑还将会逐渐强化。

总而言之，无论从文学本体观的立场或创作论的角度考察，言不尽意的诗学价值确认和言外之意的美学意义的开拓，对于文学的认识和发展都是至关重要的。文学作为人类对于世界的诗意领悟方式，其意义的内涵和外延都因着人的认识深化而变化发展，因着人的想象力无穷而具有无限广延性。而语言自身的能动性，使它不仅作为载体，更作为意义的生产和呈现机制，时时要突破语言成规的樊篱去点醒，引发世界万物在作者和鉴赏者心目中的形象呈现。因而在言意关系的运作过程中，尽量开放语言的命题说明行为和扩张其意象呈现能力，在不断"离弃"又"合生"的过程中，去克服"言不尽意"的语言痛苦，进而达到表达"言外之意"的潇洒自由，进入"手挥五弦"而又"目送归鸿"的诗意王国，便成为诗学和文学在言意问题上用力的重心。正因为如此，朱光潜先生早就强调指出："文字语言固然不能完全传达情绪意旨，假使能够，也并非文学所应希求的。""文学之所以美，不仅在有尽之言，而尤在无穷之意。"① 倘若言说能尽领悟，叙事能达至美，言意了无距离，则文学还能剩下多少安身立命的根据？日常言谈与文学创造的距离又何在？一切关于文学研究的公案和理论又有何价值？也正因为如此，肯定"言不尽意"对于文学创造的意义，揭示"言外之意"的美学内蕴，既是文学关注言意命题的立场，也是文学得以成立的重要逻辑起点。我们甚而可以这样说，所谓真正意义上的文学性，在一定程度上正生成于言与意的对立统一之中。而中国诗学传统在言意关系问题上的种种见解，尤其是从"言不尽意"到"言外之意"的诗学和美学开掘，无论从理论上或是创作鉴赏实践方面，都曾深刻影

---

① 《朱光潜美学文学论文选集》，湖南人民出版社，1980年，第348、355页。

响了后世各种诗学理论和主张的形成,至今仍然是创作和批评的重要尺度之一。在当代中西诗学对于言意关系命题日渐重视的理论喧哗中,发掘和总结这类传统诗学遗产的精华,以自身民族智慧和诗学独特性去参与世界性的诗学对话,不仅会有利于推动人们对这类重要诗学范畴的认识,也将有利于中国诗学在新的历史条件下的现代性转化。

"活句"与"死句"[1]

——道家美学的语言策略

历史上儒道两家的关系,多是儒家唱主角而道家演配角。所谓"儒道互补",往往是儒学在其发展过程中,依现实社会之需要而以道补儒,即因着道家的思想来修正、调整、补充、扩展自身。儒家之"在朝"与道家之"在野",主宾关系历来比较清楚。

中国传统美学思想则不然,道家常常是主而非宾。在传统诗学语言中,儒家的"天"、"天道"、"天子"、"仁"、"礼、义、智、信",常常被悬置不论;而道家之"道"、"气"、"无为"、"自然"、"虚空"、"精、气、神"、"冲淡"、"飘逸"、"深远"等概念却比比皆是。在美学基本精神、审美品藻方式、语言运用,尤其是在真正进入文学艺术审美体悟的层次上,其思想和语言则多出于老庄。因而,欲窥中国美学语言之要谛,不可不问道家对于语言的态度,也不可不究道家使用语言的策略。

一[2]

《老子》开宗明义说:"道可道,非常道;名可名,非常名。"又言"始制有名",而"道常无名"[3],"名"即"名言",亦即语

---

[1] 原载《贵州大学学报》,1990年第4期。
[2] 《老子》第一章。
[3] 《老子》第三十二章。

言,足见道家从一开始便对语言的局限性有深刻认识。人对天地宇宙的领会和理解,经过语言的切割,一方面有限地传达出人对世界的某些经验,但同时语言又执一而弃全,歪曲和遮蔽人类体验的完整性和本真性。体验一旦被语言加以描述和设释,便被定位、定向、定义,成为一种意义构成,若意义构成被时代所容纳和主导意识形态认可,就上升为权力结构,回过头来制约人的生存和发展方向,异化人自身。因此,人往往生活在语言符号的虚幻世界中而不自知。所谓权力,在一定意义上实乃语言之虚构。语言作为"存在之家"(海德格尔),既是人的栖居所依,同时又充满危险。正如德国哲学家海德格尔所言:

"说出的一切从来都不是
而且在任何语言中都不是
说明的一切。"①

经典西方思想在本体论上往往承认事物概念与本质之统一性,因而认定追求世界万物之明晰性为有可能,所谓世界大于工具,而工具又大于人,但是要证明世界在理论和逻辑上的明晰性和确定性,必然以相信语言揭示世界意义的能力为前提。一旦展开根本意义上的语言反省就可以发现,西方形而上学的大厦是建立在一个多么不可靠的语言沙滩上,这一点,已为当代西方哲学不断加以证实。一部西方思想史,由语言崇拜而至对语言表述的理性崇拜、意义崇拜,进而为权力崇拜的悲剧,总在不断重复搬演。从托勒密、哥白尼、牛顿,到爱因斯坦,一旦有思想巨人在自然科学或精神科学上发现与现存概念和意义结构体系相悖之物时,就会引起社会的

---

① 海德格尔:《诗·语言·思》,中译本,黄河文艺出版社,1989年,第22页。

普遍反拨、对抗；一旦社会赖以生存的价值观念受到否定时，如两次世界大战，就会产生精神危机。自杀、宗教迫害、走入荒诞、不可知论，都可能相继出现。就人类对世界的整体领会与有限的命题陈述之差异而论，与其说是人类理性对人的欺骗，不如说是语言欺骗了人自身。

在诗学实践上，西方从苏格拉底、泰勒斯、培根、洛克到黑格尔等人，都试图寻找一种明晰完整的人类美学结构和普遍确定的美学知识体系，并力图从某个起点开始，构筑一个包罗万象的美学大厦。但美学史的事实总是告诉我们，这种美学上的完整性和确定性始终在受到挑战、诘难。不断有人加以修补、扩充，甚而扬弃、重构。进入20世纪以后，更是从本体意义上遭到现代哲学的质疑。许多惯常以为明晰、清楚的定义、概念、范畴，在诗化哲学、接受美学、解构主义诗学的质询面前，连自身也往往变得模糊起来，近年来，这种局面常常使那种关于西方美学语言明晰清楚，中国美学语言模糊含混的断言显得尴尬。究其实，所谓清晰与模糊，从人类认识的根本意义上观，不过是一时的语言策略。由于各自依据的信念不同，对语言的运用方式则各显其意。

西方思想多把先验真理误认作追求目的，其形而上学建立在一种信念之上，即认为被认识对象是一种"完全的在"（full-presence），依靠逻辑和语言作为工具手段，可以达到对于对象的认识。具体在语言表述上就追求确定性和明晰性。但是，所谓"在"（presence）作为认识论概念，并不具备"实在"的本体论意义。"在"不是实在本身，而是对实在某一本质的确定。为了形成一种有序的知识结构和意义体系，认识主体需要排除某些确定而选择另一些确定，并通过语言表述出来。被确定者称为"在"，暂时未被确定者即为"非在"（absence），"非在"并不意味着不存在，而是未显现。

因而，认识主体对事物的任何理解和描述，都不可能是包罗一切的、完完全全的"确定"和"明晰"。即使是被确定者，因认识的深入，也存在被颠覆的可能。人类试图穷尽对世界的知，结果永远无法满足这一愿望；思索以穷尽世界的愿望为始，竟然以穷尽愿望而终。"人类一思索，上帝就发笑。"思维企图通过语言的明确表达去达到对象，结果却陷入了语言牢笼。在语言意义的基本追问下，西方传统美学企图构筑通天塔的愿望，将因为语言的迷误而自然而然地崩塌；认识论和语言论上的研究一旦深入，所谓确切的意义、明晰的概念、稳定的范畴，都会在诊释中"自我解构"（self-deconstruction）。在语言策略上，传统西方美学家们尽管呕心沥血，仍然在无意中犯下一个致命的错误，他们企图追求语言的确定明晰，结果是创造出一系列理论"死句"（严羽），把自己装入语言牢笼，而难以自拔。

二

儒家哲学在语言策略上与西方古典哲学竟有某些类似。儒家思想在孔子那里，是以归宗周制为目标。"始制有名"，所谓周朝的宗法制度就是在"名"的基础上建立起来。由名言而定名分，在人际关系上定位，实行分类，形成等级，建立礼仪制度。由"天子"、"天命"到君臣父子，组成社会的权力结构。其起点仍是作为语言符号之"名"。孔子处于春秋乱世，面对礼崩乐坏局面，提出"克己复礼为仁。一日克己复礼，天下归仁焉"[①]。用他的话讲，就是"志于道，据于德，依于仁，游于艺"[②]。一言以蔽之，孔子的目标在于

---

① 《论语·颜渊篇》第十二。
② 《论语·述而篇》第七。

"正名"。不仅是按周朝的权力模式来重建社会的结构关系，同时也在于顺应自然之天，依社会自然变化之理来改造社会。所谓，礼有"损益"①可"行夏之时"②即此意。所谓"正名"，理所当然首先是语言的正确运用，孔子主张"辞达而已"，反对"巧言令色"，目的也在于此。但也恰恰是由于名言之限，一部《论语》并没有将孔子师法周制与应时而变的"名"加以区分，从而让后世传人在不断的诊释中加以权力强化，成为为我所用的思想和权力意志。最典型者当推汉代大儒董仲舒的诊释，如叶维廉教授所言，董氏以"天人感应"之说，把阴阳五行与孔子的正名观打通，把具体生活世界的事物与四时、五行贯穿，造成"政制象天"的语言幻觉，给人以一切社会的等级制度和道德行为都合乎于天道的印象。春夏秋冬、东西南北、礼义仁智、金木水火土、夫妇、父子、君臣、尊卑、五行之相生相克，都是相辅相成，一一对应，上天所定，不能违背③。从语言的伪装升华而为君权神授的权力神话，成为整整一个时代的核心政治纲领。语言这种强行控制人类生活的暴虐力量可想而知。

儒家诗学主张在语言策略上追求"死句"的倾向，表现在它试图作出包含一切的解释，结果不仅时有牵强附会和机械主义的偏见，同样也经不起丰富多彩的文学实践检验。联系当代文论和美学思想的某些倾向，我们也许可以有理由认为，神话原型批评和结构主义诗学就其局限而论，恐怕也在重蹈中西传统诗学的覆辙，由于在语言上追求确定和结构的完整，导致不断陷入"死句"。相较之下，道家却可谓独辟蹊径。

---

① 《论语·为政篇》第二。
② 《论语·卫灵公篇》第十五。
③ 参见叶维廉：《意义组构与权力架构》，见台湾《中外文学》，第16卷第5期，第4页。

三

正如道家一开始就意识到名言与意义结构、权力体系的危险关系，因而，它无意以一种新的结构体系去代替另一种结构体系。如要不落入别人的陷阱，就要设计新的语言策略。对于语言的局限性，庄子说过："可以言论者，物之祖也；可以意致者，物之精也。"（《庄子·秋水》）。《庄子·内篇》多处论及言物关系和语言的矛盾，谈到"名言"与"有无"之关联。认定"大道不称，大辩不言"①，语言不仅有局限性，而且有危险性，其危险不仅是以偏概全，同时掩盖事物真相，遮蔽人的正常认识和领悟，故老子说："朴散则为器，圣人用之则为官长，故大制无割。"②又说："道隐无名"③，故"圣人处无为之事，行不言之教。"④"名言"是人为的概念，它不可能表达世界万物的全部演化生成，也不能真正揭示对象之"有"，因为"有"与"无"如同"在"与"非在"一样，只是一个有限时间内的假定，在"生生不息"的无限时间中，无所谓"有"与"无"，它们不过是一个"显现"与"不显现"的关系。"有"为名言接纳，"无"被排斥在外，而一旦"无"终于显现，名言又如何选择？执一而废全的名言在无言独化的整体和"万有"面前如何为自己的偏狭申辩？这的确是足以发人深省的，因为任何精心构造的名言结构和意义体系，不仅以偏废全，且常常自我感觉良好，而实际上，恰恰歪曲和掩盖了现象界和人类存在的真相。

---

① 《庄子·齐物论》第二。
② 《老子》第二十八章。
③ 《老子》第四十一章。
④ 《老子》第四十二章。

道家从老庄起便不入圈套，不拘泥于名言，排斥结构、体系，从而可以使自己站在圈子之外。凡事不作任何"切割"、界定，宁愿是似而非，似非而是，是也非也，绕些许弯子，决不"拍板"。更主张回到一种"无名"、"未割"的"素朴"状态。作为对于语言局限性和危险性的防御手段，目的正在于逃脱语言囚笼，回归人生和自然的本真原样。这种选择是积极抑或消极，还有待言说，但其在语言策略上的某种现代意味，却值得加以再思深究。

其实，西方思想并非没有意识到语言的这种问题，只是在正宗西方哲学和美学史上未受重视罢了。希腊诸神中，神使赫尔墨斯（Hermes）作为解释学的鼻祖，正是语言和说话的发明者。苏格拉底就指出，他不仅是一个传信人和传译者，同时也是一个说谎者，其语言不仅显示事实，同时也隐蔽真相。本世纪以来，清楚地意识到语言双重作用的首推海德格尔，他在《荷尔德林与诗的本质》一文中指出，语言"是一切危险的东西中最危险的，因为它一开始便创造了危险的可能性"。所谓危险是指存在事物对存在本身的威胁。人只有通过语言才可以端见物显，存在中的事物将对存在中的人折磨、烧灼，而不存在的事物又欺骗他，使他失望。是语言首先把威胁与混乱于存在中显现，已具有了丧失存在的可能一钦是说危险。①人依靠语言来肯定人之存在，把语言作为人的居所，但同时语言的局限又使人被抛离人的本真状态，语言隔离开人与人自身的直接联系以及人与其原初领悟的直接联系，语言对人的庇护却使人置身于失却自身存在的危险中。现代诠释学和解构主义思潮等学说都企图寻找摆脱西方语言及形而上学怪圈的道路。作为一种努力，他们能

---

① Martin Heideggey, *"Holderlin and the Essence of Poetry"* in *Existence and Bing*. Chicago: Henvy Regnery Co.: 1949。译文参见叶维廉《意义组构与权力架构》，见《中外文学》，第16卷第5期。

否如弗·杰姆逊教授所指出的那样,在解释对象的同时容含解释自身处境的理论,在描述对象的同时解释这种描述的由来,这一切都还将拭目以待。但就超脱名言,寻找新的语言策略上,他们与老庄面临类似处境,也是道家与20世纪人类在语言层面上对话的一种选择。

四

从理解道家的基本出发点来认识,我们不妨这样认为,道家说"道常无名",要求"无名"、"未割",回归"素朴",并非是真的要从根本上取消语言,真正"无言独化"。语言不存,道家自身也不存,这同样是悖论。何况道家本身也随处在运用语言。"默然","捧唱",总是有限,这里有个基本生存问题。不过道家对于语言有一种强烈的防御心理和不信任感,也即是一桩事实。因而,道家反对明晰化、确定化的"死句",从而倡导一种看似模糊不定、不易捉摸的语言"活句",可以说是有先见之明。即所谓道家发展了一套"若即若离"的语言策略[①],借以抗拒割切,还归自然。目的显然是要从语言的根本意义上进行反省,将语言与意义的封闭统一,概念与本质的同一关系等,从内部进行解构,指明语言以一概全的局限,重新唤醒人们因语言幻觉而压抑住的对世界事物的全面领会和理解,归还世人对世界领悟的整体状态。道家站在这种若即若离的语言立场,既可对他人在语言诠释活动中"死句"和体制行为加以解构和批评,又由于自身不入圈套,灵活敞开,因而能抗拒诘难,可以有效地抵制语言暴政。在批评他人时,不必担心自身处境的尴尬,也

---

① 参见叶维廉:《中国古典诗中的传释活动》,载《联合文学》,第8期。

在一定意义上回答了杰姆逊教授对解构主义的质询。我们从后现代主义的立场观之，这也许不仅不是从"名"的立场上退缩和消极退让，倒是一种充满解构精神的超脱了。作为一种语言策略，诚如郭象所言，可以"游于万化之涂，放于日新之流，万物万化，亦与之万化，化者无极，亦与之无极"。也如禅宗历来拒绝做"绝对"陈述一样，教人放开概念的明确性，甚而抛开原本熟悉的事物，去体悟难以捉摸的自然实相。这正是道家语言棋高一着之处。

五

　　道家运用"活句"的语言策略，实践于中国传统美学，就形成其有别于西方美学的语言特征。同时由于它适应于东方式艺术创造和审美的心理习惯，以所谓中国式的机智，在中国美学理论中取得了举足轻重的地位，将思想正宗的儒学教化传统置之为宾客。

　　正是基于对语言的这种认识，中国美学和文论思想都较少拘泥于名言，且更重言外之意。庄子言："得鱼忘筌，得意忘言。"言意关系之疏离十分清楚。一般诗论、文论中论述艺术真谛不可言说的地方，可以说俯拾即是。陆机《文赋》讲"良难以词逮"，刘勰称"神道难摹，精言不能追其极"[①]，后世所谓"言不尽物"、"望月忘指"、"含不尽之意于言外"、"不著一字，尽得风流"，都是差不多的意思。绘画、书法中讲"意是不求颜色似"、"笔不周而意已周"、"无字处皆其意也"，也是同一种说法的变化。总之都是注意到语言的局限，而要求超脱语言之外去全面领悟整体。

---

① 《文心雕龙·夸饰》。

老子美学主张中强调"道法自然"①。道与自然之本性相通，而一切又源出于"气"，所谓"气化万物，生生不息"、"形而上者谓之道，形而下者谓之器"(《易·系辞传》)。包括人在内的整个宇宙都由"气"组成，一切只是"气"的变化形态，"天之动行施气也，体动气乃出物乃生矣"②，"气"既包含"有""无"，也包含"已知"和"未知"。因而，对"言"、"象"、"技"、"形"的追求属审美的低层次，而对"气"、"道"、"自然"、"境外之意"、"高逸"、"冲淡"……的追求才是审美的最高理想。

在审美方法上，鉴于西方甚或中国儒家的语言定位，解剖分析，伦理让释对于"气"的无能为力，如同解剖而找不到"经络"一样，只能"摸脉"、"望气"，在审美实践上只能从事物整个功能上加以对照体悟。语言分析的概念既然不能把握事物的整体本来面目，就只能借助于所谓"类似性感受"，普遍使用比喻，将"比喻"升格到审美的突出地位，来避开逻辑"死句"的限制，用人体式审美品藻，以文拟人，以人拟文，从而达到"形神一贯，文质相宜"③的效果，曲折地传达语言不易说清或语言之外的意义。说张三之诗"骨气奇高"、"天然绝逸"，讲"王公形茂，摆灌如春月柳"，论"谢诗如出水芙蓉"，在语言上绝无明确定位定义，让你有充分余地去唤起名言之外丰富多彩的审美领悟，从而更接近审美对象的本真状态，这正是道家美学语言之聪明。

当然，道家语言策略对传统中国美学的影响，其孰是孰非尽可再加以讨论，但其敢于超脱语言之限，力求重获自然，从整体上去把握"万有"和世界现象的努力，却值得加以重视。至少，时值今

---

① 《老子》第二十五章。
② 王充：《论衡·自然》。
③ 《钱锺书研究》第一辑，第116页。

日西方人对其传统形而上学大厦和语言之弊群起质疑，逐步走入后现代主义文化，解构之学盛行之时，回过头来认真反省作为传统美学重要构成的道家美学语言的价值意义，在对传统诗学的现代诠释过程中，寻找中西美学对话的语言契合点，或许是一条值得一试的路径。

向生而死[1]

——中国文学中的生命意识

自人类具有自我意识以来,有关生命的秘密就始终在困扰着从古至今的人们。生命是何物?何谓生?何谓死?这些疑问根深蒂固的植根于人类心灵,使你挥之不去,欲忘不能,哲学和文学对死的言说,从古至今绵延不断。由此我们也许可以进而认定,生命意识也许本来就是人之所以为人的一种基本精神属性。

人因被抛而来到这个世界,从来并非个体自身的意志。因为人先天不曾具有选择生与不生的资格,但却在来到世上的第一瞬间便取得了死的权利。现世的"生"往往以"死"的威胁为背景和条件。自我意识一旦形成,死的幽灵就随时困扰着世人。在死神的阴影下,生命从一开始便抹上了一层苍凉而悲壮的色彩。正如帕斯卡尔所言,"人只不过是一根苇草,是自然界最脆弱的东西;但他是一根能思想的苇草。用不着整个宇宙都拿起武器来才能毁灭他;一口气、一滴水就足以置他死命了。然而,纵使宇宙毁灭了他,人却仍然要比置他于死命的东西更高贵得多,因为他知道自己要死亡。"[2] 精神对死亡意识的探寻,作为一种价值追问,其根本目的在于理解死亡的积极意义,支持人的价值信念,维护人的生存信心。这是一

---

[1] 本文系在本书中首次发表。
[2] 帕斯卡尔:《思想录》,何兆武译,商务印书馆,1987年,第157—158页。

个基本的人类命题,作为人类一翼的中国思想和文学自然也不会例外。而从比较文学的学术立场和跨文化视野出发,立足于东亚国家的文化传统和文学特点,对中国文学中的生命意识,尤其是其间对于生与死的精神想象和文学表述,展开一次尽管简略但却是相对系统和认真的研讨性梳理,无疑是相当具有启发性的话题。

之所以这样判断,当然是因为,文学可以说就是关于人的一门特殊学问,是关于人的诗性的精神现象学。当我们把"生命"的命题置于比较文学的层面来展开对话的时候,在承担人类价值信念的天平上,它不可能是纯粹的、可有可无的"学术"讨论,若非如此,文学将不能面对文学价值的根本问题,也不能解释自有文学以来,中外文学家何以无休无止地在生死的门口流连忘返。在人类庞大的文学宝库中,处处呈现出新生和死亡的诗意,这里既有屈原式的质询、荷马式的赞美、莎士比亚的诗情、陶渊明的啸吟,也有川端康成的体验、陀思妥耶夫斯基的叩问、曹雪芹的倾心……,而假定把"生"与"死"之命题从文学中撤出,也许从此就没有了文学。换言之,生命的命题在人类诗意的构建中举足轻重,作为一种精神价值尺度,它始终在衡量并显现着人类生存的意义本身。

一、中国思想中的生命意识

我们正处在一个新世纪的开始,科学进步和技术发明虽然在相当大的程度上改善了人类生存的物质条件,甚至空前地延长了人的寿命,但却终究不能解决生死的问题。人性的基本状况也没有因为文明的发展而有根本改变,令人担忧的倒是由于人文精神的日益走向边缘和理性之恶的不断释放,导致物质主义的空前膨胀,处在全球化和网络信息社会变奏曲中的现代世界,在精神上从未如此苍白。面对精神今日的处境,我们对生存意义的关注,乃至我们全部的价值信念都在重新受到拷问，作为生存价值另一种表述的生死命题也面临再一次的质询。由此，对于生命意义的追问便被赋予了特殊的精神使命。

那么，历代中国圣哲和诗人是如何看待同样的命题呢？

古代中国关于生命的观念相当丰富和复杂，如果用比较提纲性的简化方式进行粗线条的表述，占主导地位的可以说是基于原始的气论和阴阳五行思想基础之上的天人合一生命观。

认为"气"是生命的本源存在和运动方式，这在古代中国儒家和道家著述中都有论述，道家的创始人老子就认为"道生一，一生二，二生三，三生万物，万物负阴而抱阳，冲气以为和。"①在老子看来，尽管世界起源于道，但是万物却是由道的演化形式的"气"所构成，而生命也是由于其之所致。因而离开气就无所谓生命。而庄子则进一步发展了老子的思想，认为气是构成生命的原动力，所谓"人之生，气之聚矣，聚则为生，散则为死。"②在他看来，气是构成天地万物以及人类的共同基本物质，人的生死，物的荣枯都不过是人的聚散变化而已。至于儒家，在形成物质形式的自然之气以外，则更加强调与人的修养相关的精神之气。例如荀子就是从构形和养心两个方面来论述气的作用，他说"水火有气而生，草木有生而无知，禽兽有知而无义，人有气有生有知亦且有义，故最为天下贵矣。"③孟子甚至将气与人的修养的关系抬升到了人格形成的价值高度，强调养成"浩然之气"，而有了浩然之气，就能成为"威武不能屈，富贵不能淫，贫贱不能移"的大丈夫。很显然，中国古代的气论不仅肯定了气是构成和维持生命的物质基础和运行动力，而且将其提升到精神形成和人格修养的文化高度，使得热爱生命，关心

---

① 《老子》四十二章。
② 《庄子 知北游》。
③ 见《荀子·王制》。

现世，提升自我生命的价值，成为具有中国文化特色的人文哲学命题。这对后世的哲学和文学诸方面的发展都构成深刻的影响。

至少在先秦殷周的时代，阴阳和五行的思想在中国就已经初步形成，《易经》以及更早的伏羲八卦的基本符号就被后世作为男女性别和天地阴阳的基本符号，进而用来解释自然和生命的变迁。而在先秦古籍《尚书·洪范》中，已经明确的命名了五行的称谓，用来解释世界的起源以及相关的基本物质，所谓"五行，一曰水，二曰火，三曰木，四曰金，五曰土"。到了春秋战国以后，阴阳学说与五行学说合而为一，进一步发展成为阐释自然万物和宇宙生命的基本理论。除了著名的阴阳五行家邹衍在关于《周易》的阐释性著述中将世界和万物演化变迁的理论基础立足于这一学说之上外，汉代的大儒董仲舒在其关于天人感应的理论中，也主要运用阴阳五行学说来论证万物和生命的起源，所谓"天地之气，合而为一，分为阴阳，判为四时，列为五行。"①也就是说，包括人在内的宇宙万物统一于五行，五行统一于阴阳，而阴阳则统一于天道。

阴阳五行的思想，不仅作为中国古代哲学的重要思想基础，被用来作为解释宇宙生成和人类产生的世界观，而且也被中国古代的医学家和其他的专门家用来作为解释生命变化过程的理论支点和方法论。例如，在古代的医书如《黄帝内经》和《素问》中，就频繁地论及阴阳五行与生命和死亡的关系。"阴阳四时者，万物之终始也，生死之本也"②对于人而言，所谓生命的活动过程，就是一个阴阳五行矛盾运动的过程，正常的生命也就是其间关系的相对平衡，而平衡失调就会生病甚至死亡。这类关于自然和生命关系的见解，无疑也将对中国文化和文学的观念、表述和阐释施加影响。

---

① 见董仲舒：《春秋繁露·五行相生》。
② 见《素问·四气调神大论》。

基于阴阳五行和气之聚散的生命理论，最终作为传统中国人的生命观念，则是以"天人合一"和"重人贵生"作为根本性皈依，中国人在关于生命的关怀重心方面，表现出尤其突出的"向生而死"倾向，即着重关注对于生的追问，而将没法在自我意识的条件下亲自体验的死亡及其言说悬搁起来，只是企图通过对于生的探讨去领悟死亡的生命意义。在这一根本性的出发点上，无论是儒家、道家以及中国式的佛教——禅宗，甚至民间的鬼神信仰，都没有太大歧义。譬如庄子就说过"身非汝有，是天地之委形也；生非汝有，是天地之委和也；性命非汝有，是天地之委顺也；子孙非汝有，是天地之委蜕也。"①而"天地与我并生，万物与我为一。"②也就是说，一切生命、生存、繁殖和死亡都是天地运行的结果，虽然贵为人类，其生生不息与世间万物同出一源，与天与地的地位平等，源于道也归于道。正是以这一根本性的认知为基点，各家各派都循此思路去发展建立自身群体的生命观念和生死学说。

二、生死一体，殊途同归

在中国有关"生死"的观念性想象和思考方面，影响最大的莫过于儒家的观念了。我们不妨称其为伦理化的生死观。这是传统中国最为理性的思路，可以说也是中国的主体思路。

这一思路最著名的言说是以孔子的"未知生，焉知死"③作为标记的。《论语》中记载了这样一个故事，弟子季路向孔子请教对待鬼神的态度，孔子回答说："未能事人，焉能事鬼"，季路又进一步请

---

① 见《庄子·知北游》。
② 见《庄子·逍遥游》。
③ 见《论语·先进》。

教"死"的道理，孔子则干脆说："未知生，焉知死"。①这段对话表面给人以孔子本人对死亡和鬼神讳莫如深的感觉，但是实际上，孔子是在以反诘的方式表达自己的生死追问路径。作为思想大师，孔子本人对于人生的短暂和死亡的焦虑有着比常人深切地体会，《论语·子罕》中说："子在川上曰：'逝者如斯夫，不舍昼夜'"，面对奔腾不息的江流，孔子感叹光阴流逝，生命的短暂与追求人生价值的矛盾，所谓"生有涯，而知无涯"，于是，对于死亡的焦虑便以现世人生功业未竟的曲折方式表现出来。这是孔子特有的表达方式和问题逻辑，哀死而不患死，重生安死，通过对于生的意义追问去达于对死的认知，生死一体，知生自然就会懂死，六合之外，可以存而不论，因为"未知生，焉知死"。所以，宋代大儒朱熹在为孔子这句话作注的时候就说："知生之道，则知死之道。尽事人之道，则尽事鬼之道。死生人鬼，一而二，二而一也。"②孔子的生死观其实是十分鲜明的，在他看来，只有通过生活的实践，才能去体验和思索生命与死亡的价值意义。这种现世伦理特征明显的生死观，构成了中国人对死的基本精神态度，影响着历代人们对生死的解决办法。到了后世如王船山的"生死死生，成败败成"（《读通鉴论》）和洪亮吉的"生者行也，死者归也"，基本上都是孔子的观点延续和发展。不过，在儒家生死观的框架基础上，还发展出了一种朴素唯物主义学说的层面。譬如荀子的"生，人之始也，死，人之终也"，王充的"人死气消"论，章太炎的"人死而为枯骼"（《原教下》），这类言说在中国古代思想中也是比比皆是的，其对于中国人生命观念的影响也不可小看。

与儒家观点明显不同的，则是老庄式"审美超越"的生命思

---

① 见《论语·先进》。
② 朱熹：《四书章句集注》，上海书店出版社，1987年，第65页。

路。即庄子的所谓"方生方死,方死方生"①和"齐死生"的立场。在庄子看来,生与死不过都是生命的不同表现形式,"生也死之徒,死也生之始"②生是死的继续,死是生的开始,生生死死,本质上并无区别。所以当他的妻子去世的时候,他不仅不悲哀,反而鼓盆而歌。但是,老庄学派对于死的坦然,并非意味着他们意识不到人生的短暂和生命的价值,庄子就曾经说过,"天与地无穷,死生如昼夜",生命在世,如"骐骥之驰过隙也",如此短暂的在世生命时间,如同大自然的荣枯循环,都应该遵循自然的原则,学会珍爱和欣赏生命,对待人生,也要像对待自然的态度一样,超越是非、得失、荣毁,顺应生死的规律,逍遥享受在世的生命价值,这不是宗教式的解脱,也非儒家式的悬搁,而是对于基于天人合一原则的生命审美超越,从而达到"无君于上,无臣于下","虽南面王乐,不能过也"的"真人"、"神人"境界。

佛教虽是来自外域,但是在本土化的过程中接受了中国文化的诸多观念,从而对中国人的生命意识建构也构成不浅的影响。尤其是作为中国化的佛学的禅宗,影响更大。一方面,佛教将生老病死列为四大真谛的"苦谛"之首,生死轮回,苦海无边。世俗的死亡不过是一次生命存在循环的开始。在世的苦难也并不可能一了百了,没有真正的"觉悟",就不可能认识生命的本质意义,也不可能达到诸如涅槃成佛的至高境界。那么怎么才能觉悟呢?佛教各家的解说不一,但是,就禅宗而言,就是要以"平常心"对待,注意活泼泼的生命情趣和在世生活的领悟。坐卧行走,吃饭穿衣都能悟道。这就使得过于超越现世逻辑,学理谨严繁富的佛家学说又回到了现实生活的地基上。也就意味着需要顺应自然,重视现实生命的

---

① 见《庄子·齐物论》。
② 见《庄子·知北游》。

价值，任性逍遥，以凡人之心和行动去领悟生死的意义。这可以说是另外一种意义上的"重生安死"，向生而死的生命观念。佛教禅宗的生死观作为中国文化的一个组成部分，对中古以后中国人的生命哲学和文学创作的发展都有相当影响。

除此而外，在中国民间文化和道家支流的神仙方术学说中，关于"永生"，关于"长生不老"和"不死"的言说，也曾经有一定的思想地盘。尤其在历代帝王和达官富人中，多有走火入魔者。但是在长期炼丹保生和寻求不死之药的努力无数次注定失败以后，人们对于不死的追求渐渐被关于永生的绝望所替代。真正的信奉者历代都有限。但是这种思想却可以在文学的描绘和想象中被不断书写。这是在讨论中国人的生命意识与文学关系的时候不可忽视的一个方面。

正是以上述中国人深层的生命意识，以及各家各派对于生死大事的不同理解为基础，传统中国文学在想象、表述和叙写有关生死之类基本主题方面，表现出了与其他文化传统和国家民族既有共性却又明显区别的生命理解。

三、死亡焦虑与永生失望

为了更好的展开有关中国文学中关于生命意识及其生死命题的讨论，作为一种比较文学的主题学思路，我们在接下来的讨论中，将引入西方文学中有关生死命题的讨论作为参照系，并且力图在这种跨文化的文学比较和对话中去突显中国文学对于生命主体的特殊关怀、叙述倾向和诗学特征。当然，如果可能的话，这种比较的隐含理想目标更在于，通过相互的比照和认识，能够从文学艺术对"死"的言说中去引出人类对生命精神价值的历史性理解和现实关怀。

文学对于"生死"的追问始于何时？因为神话和传说都已太久远了，我们已无法去确切考证。也许可以说，自有文学以来，"生死"就是文学最基本的题材和主题选择。尤其是"死"，作为文学开掘不尽的矿藏以及文学通过对"死"的言说确立自己的存在，构成同一事物的两面，一如"爱"在文学中的地位一样，始终生生不息，绵延不断。

文学对于"死"的追问已达到何种广度和深度，这又是一个充满兴味而又十分艰难的论题。然而不妨质言之，中外文学在题材、人物、思想、主题诸方面对"死"的叙说实在是汗牛充栋，神话、诗、小说、戏剧、散文、影视，无一不涉及"死"，甚而诸多文学名著的标题便以死命名，国外文学中，像《死魂灵》、《死的十四行诗》、《死屋手记》、《死亡游戏》、《死者之书》（又译《亡灵书》）、《人无不死》、《死亡赋格曲》、《死者的对话》、《死亡默想》等等，可以说比比皆是。至于中国文学，仅仅司马迁一部《史记》，在充满文学想象力的112篇人物传记中，涉及他杀、自杀和死亡悲剧的接近达70篇。

在所谓诗学和美学深度问题上，文学对死亡的诗意追问，从俄狄浦斯的哀号、屈原的天问、窦娥的死愿、维特的赴死、里尔克的冥思、川端康成和三岛由纪夫的审美叙事等，其所爆发出来的，惊天地、泣鬼神的感染力量，以及与对死的哲学化推演，构成比哲学思考更加形象的展开，在大不相同的灵魂震撼和净化体验中，不断潜移默化为人对生命的诗意理解方式和审美立场。所以，我们说"死"是文学心甘情愿的宿命，也即是说，"死"在文学中的存在就如同人在世间的存在一样，其作为"事实"的不可言说性和作为"自我疑虑"的必须言说性，同样都是激动人心的。作为"死"的"事实"之另一面，人对"死"的追问是对自我的挑战，具有最基本的存在意义上的探询，也是可以寄予希望的思路。

中西文学与死亡最先的相遇，无疑首先是从作品中透露出来的对于死的焦虑和对于永生的失望感。人的必死性导致人在死亡远未到来之时便产生了对死的焦虑，例如屈原所谓"惟天地之无穷兮，哀人生之长勤；往者余弗及兮，来者余弗闻"便是一种充满焦虑的悲叹；中国的书法大师王羲之更直截了当地挥洒笔墨，"固知一死生为虚诞，齐彭殇为妄作，后之视今亦犹今之视昔，悲夫！"希腊神话英雄阿喀琉斯甚而宁愿在人间帮工也不愿到冥界为王。焦虑的结果，直接体现为对生命永生的渴求。神话、史诗、古代传说便历史地担当起这一使命。奥林匹斯众神本身就是自然界日月星辰山川雷电的永恒化身。上帝与天使的永在，西天菩萨对生死的超脱，中国古代神话人物的长寿等。于是我们可以说，对于死的焦虑，在人类童年思维的条件下竟然促成了神话的繁荣，而作为一个重要的诗学命题，它与文学创造的发生动力学命题产生了最初和必然的联系。

我们注意到，即使在人类早期的文学形式中，中西历史文化围绕生命意识见解的差异性就已开始显现。如果说希腊众神之不死反映了西方民族对永恒追求的执着，那么中国的神话则更关心神的现世业绩而不是寿命问题，在类如盘古、女娲、伏羲、黄帝、羿、禹的神话中，神的事迹成为描述的主体却并不关心永生与否，甚而神也会生老病死，如盘古以身体四肢创造山川万物却消解了自己的生命。有了生老病死的问题，于是就有了传说中的所谓"禅让"故事，这在西方是稀见的。

尽管如此，人类对永生从来就并不真抱有什么希望。换一种说法，永生了又能怎样？它对于生命存在的真正价值又具备何种意义呢？奥林匹斯山上诸神的生活是如此枯燥和乏味，他们往往只有在与生生死死的众生发生关系时，生命才会有血肉光彩。希腊神话最精彩的场面常常是神人之间的爱情及其他纠葛，如果我们比较一下宙斯与天后赫拉的关系和宙斯与凡女丽达、伊娥的爱情，后者无疑要生动得多。情形往往是这样，情感和理想的珍贵价值只有在死神威胁下才会浓缩和升华，而永生正是爱与恨等情感的坟墓。法国作家西蒙娜·德·波伏瓦的著名小说《人都是要死的》塑造了一个名叫福斯卡的人，由于获得永生反而给生带来更大的悲哀。他爱少女贝娜特丽丝，而少女却爱他的会死的儿子安托纳，她说："当安托纳朝湖心游过去，当他身先士卒冲锋陷阵时，我钦佩他，因为他在冒生命的危险，但是您，您的勇敢是什么？"的确，倘若没有死，生之乐趣，生之幸福，生之目的便瞬间消失。

中国古代最著名的嫦娥奔月神话与其说是对永生的向往，不如说是对永生的否定，"羿请不死之药于西王母，嫦娥窃以奔月，怅然有丧，无以续之。"①好一个"怅然有丧"，把永生的寂寞和无意义以近于反讽的方式揭示了出来。正如中国唐代诗人李商隐的《嫦娥》诗所言："云母屏风烛影深，/长河渐落晓星沉，/嫦娥应悔偷灵药，/碧海青天夜夜心。"生之趣味正在于意识到死的不可避免才得以成立，花开花谢、生死交替，正是人之为人的基本存在方式。中国现代作家周作人在《笠翁与兼好法师》一文中引14世纪日本和尚兼好之语曰："人生能够常住不灭，恐世间将更无趣味。"可见，对永生的否定态度无论东方或西方，都有普遍的超越理解。

为何一涉永生便意义全无？这首先是因为一涉及永生，人生便不再有目的。人生目的是人对自己的现实价值和意义规定，它表现为一种可能性。目标的价值正当性促使我们以有限的生命去追求这种可能性，人生价值多在这一追寻过程中显现。而一旦永生，可能性便成为注定的事实性，也就不存在失败的可能，而追求无动力也就无所谓目的。

其次，一涉永生便令人生的乐趣和价值判断全部丧失。我们都

---

① 见《淮南子·览冥训》。

知道，事物都是对立的存在，生命的欢乐乃是由于有死亡的痛苦陪伴，幸福因为有牺牲作为前提，即使是痛苦也因为有可以被生命承担的可能才具备美学价值。人可能因为失却希望而选择死亡，然而一旦登上死亡之旅，当飘向天国的驼铃声叮咚传来之时，人对生命的强烈眷恋之情便使现实的痛苦也被赋予了诗意的色彩。在生与死的十字路口，文学上演过无数出血泪纷飞、惊天动地的精彩人生戏剧，而历代的读者和观众也在这种场面和氛围中不断接受着灵魂的净化，正是文学对生死的诗意言说，给流血的历史和沉重的人生抹上了一层希望的亮色。对于真正的人生而言，其所最难以承受的不是痛苦的沉重，而是失去价值判断力的彻底空无，所谓生命之"轻"（米兰·昆德拉），也就是存的无目的性。所以中国的庄子说："吾生也有涯，而知无涯，以有涯随无涯，殆已"。[①]抛开后面所谓"生而不说，死而不祸"[②]的生命消极性不谈，这种"有涯"与"无涯"的对立，却正好真正道出了生命的价值焦点和文学创造的内在激发机制。有涯与无涯是生命的核心悖论，人向"知"的追求便是向"死"索取意义，理想的辉煌依赖于"死"去提升，而文学正是凭借这一巨大矛盾纽结去建构文学自身的世界。正是从这一角度去看，死亡意识在诗学意义上，也即是在文学的发生和创造动力学意义上，确实担负起了至关紧要的使命。

四、悲剧与悲剧性

但是我们必须面对这样的事实，那就是由于中西历史文化的差异性，他们各自文学中死亡诗意所呈现的内容和形式都会有所不

---

① 参见《庄子·养生主》。
② 参见《庄子·秋水》。

同，并由此决定着中西文学对"死"的态度和属于体裁史、类型史方面的相对差异性。但是在此以前，我们先要关注"死"与文学中悲剧性的关系，这将既是一个诗学范畴问题，又是一个有趣的主题史命题。

只要稍微思考一下，谁都会明白这个道理，那就是，人类对于死亡的恐惧并非来源于死亡本身，而是来自我们对死亡的想象力，即关于"死"的"意识"。这种意识作为我们对世界人生感到焦虑的根源之一，使死亡意识一开始就给人生，也给文学抹上了一层悲剧的灰色。人的必死性注定了人的努力的最后失败，但是，死亡可以切断生命的延续，可以毁灭个体生命企图超越死亡去达到无限目的的渴望，但人依旧会前赴后继地向死亡抗争。

这在希腊神话中是以西西弗斯的命运作为象征的。人一方面追寻着生命的意义，而死亡又随时在毁灭生命的意义，这一对不可解决的矛盾构造了人类或诗学意义上全部悲剧的核心模式。无论中外关于悲剧的定义有多少种言说，从亚里士多德、拉辛、司马迁到鲁迅的论述都隐含了这一模式的内核。

在主题史的意义上，悲剧性可以说是文学的基本立场，这一点中西似乎并无深刻对立。中国的司马迁笔下荆轲式的"风萧萧兮易水寒，壮士一去兮不复还"（《史记·刺客列传》）的壮烈，并不亚于希腊悲剧的力量，在心灵震撼和灵魂净化意义上，他们同样都是千古绝唱。由对"死"的诗意冥想和呈现而透射的悲剧意识，基本上是文学的普遍现象。在中外文学大师的笔下，这种悲剧性的展示始终充满着苍凉、美丽和哲理化人生慨叹的韵味。曹孟德虽有"老骥伏枥，志在千里，烈士暮年，壮心不已"的豪唱，可也难免有"对酒当歌，人生几何，譬如朝露，去日苦多"[①]的悲叹；陶渊明虽

---

① 引自曹操：《龟虽寿》、《短歌行》，见《曹操集》，中华书局，1959年。

有"采菊东篱下,悠然见南山"的超脱,然而却在"欲戚或余悲,他人亦已歌"的吟咏中透出对生命的眷恋。①诗人里尔克在《杜伊诺哀歌》等一系列作品中,不仅把诗人对死的冥思引向新的高度,而且也把由死引发的世事苍茫的悲剧感推到了极至。"正当那把人引向生活的高峰的东西刚显露意义时,死却在人那里出现了。"②正因为"注定了的离别,/定然已约定了再见的日子"(叶赛宁),陀思妥耶夫斯基才把死亡视作向虚无索取意义的手段。连对生活充满积极态度的海涅到临近死亡时,也曾吟叹,"乐器从我的手里落下。那只酒杯/我曾经愉快地放在骄傲的唇边,/如今它打碎了,碎成了许多碎片。"没有必要再列举下去了,这将是一个贯穿中西文学历史的长长的名册。不是诗人愿意选择死亡,而是死亡意识永远在追逐着诗人,死所带来的悲剧性作为文学价值精神构成的基石,同时也是文学创作性生活的前提。何况一部人类文明史不也同样是血泪交织和布满死亡陷阱的历史么?自杀、杀人、吃人,形而上死亡、绝望、虚无,作为种种"死"的外在表现,早已使历史文化淤积了厚重的鲜血。近代更如马克思所言,自从资本来到这个世界上,"从头到脚,每一个毛孔都滴着血和肮脏的东西。"鲁迅也曾说,在历史陈年簿子的字里行间,处处都写着"吃人"。如果更进一步从人类共同的生命形式去看,"死"的不可回避性正是诗与诗学悲剧性的最重要根源。悲剧性一旦从死亡意识中脱胎出来,就会扩展为普遍的信念基调和精神价值,伴随社会历史条件的不同和人的认识水准变化而潮起潮落,缕缕不断。

如果我们仔细考察中国文学对于"死"的关怀,就会发现,先秦时代的中国,人们对于"死"的忧患感并不太强烈,而到了魏晋

---

① 陶渊明:《挽歌诗三首》,见《陶渊明集》,中华书局,1979年。
② 参见《文化:中国与世界》第2卷,三联书店版,第469—470页。

时代，伴随人的觉醒，面对世事黑暗，王朝更替，以及杀戮和流血造成的"白骨露于野，千里无鸡鸣"（曹操《蒿里行》）的局面，生命的无常感时时侵袭诗人的内心，佛、道诸家对生死的讨论使知识分子注意人的基本存在问题，由对于生命的眷念引发的悲剧感笼罩着整整一个时代的诗文，这就是为什么汉魏两晋文学中始终充满时光飘忽和生命短促的悲叹的原因。①这在"三曹"、"建安七子"以及嵇康、阮籍、陶渊明的诗文中都有充分的体现。此后历代虽有涨落，但无大的潮流，直至近代以来，随着社会危机加深和外来文化的引入，引起对个体的人的普遍关注，文学中关于死和人生悲剧性的意识再次突出起来，以《红楼梦》主题思想和人物命运的悲剧性为发端，到现代文学史上，关于生死的探讨便具备了相当的规模。几乎所有的现代文学大师都涉及过"死"的命题，甚而鲁迅的《呐喊》、《彷徨》所收二十五篇小说，便涉及了二十四人的"狂"与"死"，死亡命题作为"五四"历史和文学的特殊现象，正引起普遍的注意。②

尽管我们都清楚，西方文学中对于"死"的悲剧性言说有着一贯的传统，在追问和讨论的深度和广度上均可以说成果丰富，但无论如何，如果忽略了包括中国在内的东方的文学见解和思考，其研究的范围仍旧是不全面的，其结论也很难说有普遍的代表性。

有关文学理论的一般常识告诉我们，悲剧性并不等于悲剧。在一般意义上前者属于主题学和审美内涵问题，而后者则偏重体裁史和类型学方面。就后一方面而言，中西的差异性似乎表现得尤为突

---

① 参看王瑶：《中古文学史论》，尤其是其中《文人与药》、《文人与酒》二文，北京大学出版社，1998年。
② 参看王润华：《五四小说人的"狂"与"死"与反传统主题》，《文学评论》，1990年第2期；张鸿声：《从狂人到魏连殳——论鲁迅小说先觉者死亡主题》，载《中国现代文学丛刊》，1988年第3期。

出。他们各自对于生命和"死"的基本态度和解决办法，在很大程度上制约着某一文类或体裁在特定民族文化地域的发育程度，而从这种发育程度又可以反求诸于不同历史文化条件下人们的精神价值取向。这确实是一个非常有价值的话题。

就西方而言，无论是哲学的、宗教的或科学的立场，都体现为一种执着地冥思死亡，探究死亡，注重终极价值追问的精神趋向，这里不妨将其称为对死亡的形而上解决之道。至于就中国而言，无论是儒家的道德操心，老庄的生死审美超越，仙佛鬼神的循环论观念等，说到底仍旧是现世理性的不同外化方式，是以实用理性和自然主义态度对待死亡，是乐生而注重现世，彼岸只是此岸的延伸，死亡仪式也为的是活人，所以，我们把它称之为伦理化解决。

而正是这种对"死"的形而上解决和伦理化解决的对立，导致了中西文学在某些文类、体裁选择上的离异性和揭示世事人生的基本结构模型的不同。我们不妨分别加以讨论。

前面曾经谈过，由于对"死"的普遍焦虑，决定了文学精神中"悲剧性"的历史存在，但悲剧性并没有在中国带来一般公认意义上的悲剧体裁和文类的发育，与此相反的倒是悲剧在西方的高度发达，成为西方文学史上最有特色的文学形式。从古希腊悲剧、文艺复兴如莎士比亚式的悲剧、古典主义如拉辛式的悲剧、浪漫主义如雨果式的悲剧，直至今日荒诞派戏剧，在西方始终存在一股强大的悲剧创造和欣赏的历史传统。在一般意义上，悲剧反映人类面对不可改变的命运时所表现出来的西西弗斯式的抗争，悲剧人物注定要在抗拒中走向肉体或精神的毁灭。然而这一激动人心的过程，无疑将震撼读者观众的身心，净化其灵魂，实现精神超越，还原生活本来的丰富性和生动性。悲剧在西方之所以兴盛不衰，正与人们对死亡的这种形而上态度有着密切关联。西方对"死"的形而上解决传统还促成了充满神秘色彩的哲理性诗歌类型的发达。对于死的主观思辨和宗教神秘主义冥想的联姻,催生出大量充满死亡甜美诗意的名篇杰作,但丁、彼特拉克、济慈以及 20 世纪的诗人们,无不以吟咏死亡主题为荣,在对死之冥思、死之欢悦和骷髅美感的体悟和吟颂中,作家和诗人企图去洞悉生命的真正价值。正如德国思想家斯宾格勒在《西方的没落》一书中指出的:"在关于死的知识中,产生了我们作为人类而非兽类的世界观"(中文版第二卷第 101 页)。

而中国传统文化中对"死"的伦理化解决方式,注定使得中国文学难以产生西方文类意义上的悲剧。

既然恶有恶报,善有善报,有情人终成眷属,悲惨的结局和死的神秘美感从何而生?既然人人都说神仙好,却只有娇妻金钱富贵忘不了,又何必问彼岸如何;既然"形神一离,千年无再生之我",一切对死的命运的反抗又有什么意义?难怪著名美学家朱光潜先生不无遗憾地说,中国仅仅元代不到一百年间就产生了五百多部戏剧,却竟然没有一部真正西方意义上的悲剧。即便是像《窦娥冤》这样血泪飞溅一时的故事,其结局也是皆大欢喜的。我们也许可以这样理解,所谓中国戏剧,在伦理化解决方式的制约下,大多数只是一种蕴涵着悲剧精神而又注定了喜剧结尾的正剧。这大概是中国传统戏剧的必然。

中国式正剧之"正",一方面反映出中国传统思想中突出的中庸精神和中和之美的艺术原则,同时也无不与中国人对于生死问题的现世伦理态度有关。在中国,不是未知死,焉知生的形而上追问,而是未知生,焉知死的存而不说,敬而远之,或者企图通过对于生的追问去实现对于死的认知。如果强行要说,便从道德伦理立场去评价,即所谓"得而正毙",以"正"为标准,推而上溯便是《易经》所谓"原始仅终,故知死生之所"①。说明白一点就是讲究死得

---

① 前句见《礼记·檀弓》,后句见《易·系辞上传》。

合于原则,因此,纵然有生命危险,也要先系好头上的帽缨再从容就死。这种中国式的态度不可能视死为人生价值的最终发现方式,也不需作形而上推演。所谓"盖棺论定"不是因死而引发精神的升华,而是以死为界,对前此的人生作道德总结。任何大喜大悲都不符合中和求正的原则,因而,文化的价值便是在悲喜的动态平衡中去寻找中庸的现实之路,这也在无形中影响了中国式戏剧的美学原则。以一般中国观众的生死观念,一台以陈尸流血为结局的悲剧是难以接受的,而离开了观众的选择,戏剧上何处寻找自身?这从接受理论的一面也提示了中国难以有西式悲剧的佐证。

尽管如此,却并非意味着中国传统文学和诗学对"死"无动于衷,毕竟生死事大,死的苍凉和美丽依旧充满诗意。作为现代作家和教授的废名先生虽然抱怨"中国文章里没有外国人的厌世诗,中国人生在世,确乎是重实际,少理想,更不喜欢思索'死',因此,不但生活上就是文艺里也多凝滞的空气"①,但他毕竟从庾子山那里找到了"霜随柳白,月逐坟圆",在杜子美那里找到了"独留青冢向黄昏"的死亡诗意。实际上在中国古典诗歌的汪洋大海中始终有着一股喟叹人生短暂,生命易逝,死亡不可变更的抒情传统。从老子的人生如白驹过隙,魏晋诗人生命不常的慨叹,所谓"生年不满百,常怀千岁忧"、"人生似幻化,终当归空无","欲就麻姑买沧海,一杯春露冷如冰",还有受中国影响的日本旧诗中的"生死变幻如耕田"、"生死之中雪纷纷"等,②都揭示出中国古人对生死的诗意态度。中国诗歌的这一独特意象传统,表现出面对死亡时,诗人对于生的执着和对现实的留恋之情。尤其值得注意的是,因为老庄式

---

① 废名:《中国文章》,见《废名选集》,四川文艺出版社,1988年,第732—733页。

② 其中日本诗人的诗句引自何显明、余芹著:《飘向天国的驼铃》,香港海风出版社,1990年,第178页。

死亡相对主义和审美超脱的影响,中国诗歌和其他文学对"死"的言说是以对生的发问为途径的。庄周梦蝶的生死置换,化为历代诗人"不知今夕何夕"、"不知斯世何世"的叹惋,这实际上是一种并不真正追问的发问方式,是疑问式的悬置,是以审美的眼光去透视死亡,从而力图超越生死的时空向度去寻找充满身世之感的永恒感觉。这恐怕也就是中国人对于"死"的独特态度和解决办法对诗和文学的特殊奉献了。以抒情传统为主体的中国诗歌如果离开了这种人生喟叹,不知会减色多少。至于文学中的神佛鬼怪,要么是无限延长此生,那么另造一套彼岸人生系统去满足现实不能达到的愿望,如《搜神记》、《西游记》、《聊斋志异》之类,基本仍在伦理解决的格局之内。中西诗学在文学体裁诸方面的离异性,相对是比较清楚的。

五、生命的道德价值

既然价值信念的差异决定了中西诗学对死亡命题的关注,制约着诗意的性质及某些文类和体裁的发育程度,那么,当文学去叙述生命和死亡命题之时,决定其基本艺术结构的内在冲突模式又是什么?不解决这一问题,我们仍旧难以从文学本文内部去把握"死"与文学的关系。

这里我们只能基于一种扫描式的梳理去透视问题的倾向性。

在西方,这一内在冲突的基本模型多数是表现为死与爱的冲突及其变形,如义务与爱情、存在与虚无的对立。而在中国,这一模式则是死与道德的矛盾及其变形,如仁义与暴虐、正统与叛逆的不相容性。当然,随着历史社会形态的不同,它们固然也会有差异,不过就一般文学意义而言,这类基本冲突模式不仅揭示了中西艺术结构形式和美感经验的差异性,而且也映证着它们在基本信念和生命存在状态上的不同理解。

在西方文学中，爱与死的内在冲突历史地提供了几乎多数悲剧和含有悲剧冲突因素的作品内在结构和外在形式的基本模型。其例证是举不胜举的，凡是多少熟悉西方文学者都会有这种体会。也就是一般所说的，在对死的体验中才能真正领悟爱的意义，通过死的震撼去激发爱的力量。这不单纯是弗洛伊德所揭示的低等动物性行为与死的联系，也不是罗洛·梅所论证的雄蜂在交媾行为中的必死性等生物本能，甚至也不是一般性爱中的死亡冲动问题[①]，而更多的是指在人类意识和精神价值发展史上，广义的爱与死的相互关连性，即以死来惊醒爱的价值意识。在拉丁文作品中，amore（爱）这个字常与 morte（死）这个字相连，在爱琴海神话中，永生之神与永死之神是母子关系，而古希腊神话中，作为众人钟情对象的美女海伦却带来特洛伊战争的死神阴影，这些都揭示出死与爱之冲突在西方的历史渊源性。而作为它的变形表现，在古典意义上是义务与爱情的冲突，譬如哈姆雷特与奥菲丽亚的矛盾，罗密欧与朱丽叶的矛盾，罗德里克与施曼娜的矛盾（高乃依《熙德》）等。而在现代意义上则是存在与虚无的冲突，如加缪的《局外人》，阿瑟·米勒的《推销员之死》，贝克特的《等待戈多》等。在一定意义上，歌德的《少年维特之烦恼》中维特与绿蒂的冲突，正是典范意义上的死与爱的对立统一，它以维特自杀的枪声呈现了这一冲突的内在统一性，即以死来担当最后也是最高的爱。至于现代作品中，那种生存的虚无感，那种心灵被挤干了血液，对世界满不在乎的冷漠，那种隔着冰墙看人生的态度，难道不同样也是人间真爱的失落和精神死灭的悲剧极致么？里尔克曾相当精辟地说过："如果不是把死看作绝灭，而

---

① 参见罗洛·梅：《爱与意志》，蔡伸章译，甘肃人民出版社，1987年，第139—140、142—143页。

是想象为一个彻底的无与伦比的强度,那么,我相信,只有从死这一方面才有可能透彻地判断爱。"(《慕佐书简》)这正是西方式的关于爱与死关系的经典理解。

而中国文学在构建和解决"死"的矛盾时,所强调的不是个体对生命意义的探索和对世界意义的发问,而是以国家、民族和家庭为价值尺度,"死"基本上被认定为一种伦理道德问题,因此,死与道德便成为文学和诗学中内在的核心结构。前面提到孔子的"得正而毙",孟子所谓"生亦我所欲,义亦我所欲也,二者不可得兼,舍生而取义也。"①这一认识可以说揭示出了其中基本的价值标准。这样,回过头来看传说中的中国古代圣贤对于死亡的选择便是一种普遍的道德决定了,譬如从屈原之死透射出来的家国民族之忧,正是浸淫于传统中国思想的必然结果,其根本价值就建立在这种国家民族的伦理道德层面,因此我们完全不必向屈原之死去索取所谓形而上的意义。一切现实的价值评判,尤其在中西文学对话的意义上,绝不是单一文化的选择,而必须着眼于人类生存历史的无可选择性和未来价值的不断探索性,这一切都是需要慎之又慎的。

死与道德的内在冲突在中国文学中确实是普遍可见,尤其是在史传性文学的精神结构中基本居于主流地位。《史记》恐怕算得上一种典范。司马迁的"人固有一死,或重于泰山,或轻于鸿毛"(《报任安书》)便是由此提炼出来的标准精神尺度。中国历史上从来不缺乏杀身成仁者,而文学中如荆轲、高渐离、李广等众多历史英雄之死的震撼人心的感召力,也正在于这种尺度的力量。如果不是从体裁文类的思路去寻找悲剧,那么,中国众多的人物文学传记,倒真算得上是正宗意义上的中国式悲剧了。

由死与道德的基本冲突,在特定历史条件下,必然衍生出打上

---

① 见《孟子·告子上》。

时代和意识形态烙印的变形结构，如正统与叛逆、仁义与暴虐之类。《水浒》中的"叛逆"们最后虽然受了"招安"，但是《荡寇志》的作者仍不解气，非斩尽杀绝不可。《红楼梦》中那个具有叛逆思想的林黛玉就非死不行，而正统的薛宝钗却是洞房花烛寿终正寝，也是这种伦理的选择。所谓不"正不死"，就是一个严格的生命价值标准，也是传统中国文学的价值模型。即使是冤死屈死之人，如《窦娥冤》的女主角、《说岳》里的岳武穆王等，要是不能最后在道德上占上风，实现所谓恶有恶报，善有善报的结局，那么，不仅死者灵魂不得安身立命之所，作者不能自圆其说，就连读者和观众，如果在心理上找不到道德伦理的平衡，也不会最后加以批准的。正因为如此，文学中有悲剧色彩的故事最后总会有追谥加封、荫及子孙的说法和托梦申冤、报仇雪恨的喜剧尾巴，更有无数大团圆的尾声去满足观众的心理快感。在死与道德的冲突中，关键从来不在死的本身精神意义和力量，而是由现实道德上的合理与否去形成价值判断，所以在"文化大革命"中，一旦自杀，无论理由如何，总是被批判为所谓"自绝于人民"，于是，这种充满封建性的持久道德力量可想而知。

很显然，由于价值尺度不同的缘故，如果以西方式观念到中国寻找悲剧，除了空手而返，大概不会有什么收获的。

综上所述，我们在历史地梳理中国人的生命观念和对待生死命题的不同态度的基础上，以西方文学为参照，就中国文学和诗学中的生命意识进行了初步的清理和探讨。大量中国文学史的事实提供的信息似乎都在说明：无论是东西方，还是东亚国家之间，尽管有着类似的对于生命的关怀，对于死亡的焦虑和由此而来的关于生命的悲剧性理解，但是由于文化传统的差异，由于认知和价值方式的不同，他们在文学性地思考、言说、阐释和处理这一命题上有着不同的历史路径。中西对于生命关怀的路径错位，使得中国人在生命意义的追问上遵循"向生而死"的方向，通过生的了解去领悟死的意义；而西方的追问却是"向死而生"，借助对于死亡的思考去猜测生的价值。而具体到文学，同样的悲剧性主题，西方式的形而上追溯和解决方式，为西方意义上的悲剧文类的发达提供了诗学的前提和条件；而中国式的道德价值判断和审美超越方式，尽管不可能形成西方式的悲剧文类，但却为中国以诗歌为代表的文学园地笼罩起一层苍凉而美丽的诗意。"不知江月待何人，但见长江送流水"，作为中国唐代诗人张若虚的不朽名句，大概就是这种诗学意境的形象体现吧。

从"游于艺"到"求打通"[1]

——钱锺书诗学研究方法论例说

"游于艺"的说法出自孔子,《论语·述而》中说"子曰:志于道,据于德,依于仁,游于艺"。意思大致可以诠释为,一个人的志向就是追求道的境界,遵守德行是生命活动的基础与底线,按照仁义的理念行事是我们走向大道的依傍,而假如能够悠然自如地游走于六艺之间,也就离做人和实现人生的理想境界不远了。综合不同的后世检释,在孔子的时代,艺既是指礼、乐、射、御、书、数这六艺,也常常是指《诗》《书》《礼》《乐》《易》《春秋》的所谓六经。荀子认为,六经作为元典无所不包,基本可以涵盖天地之间的学问。

接下来让我们讨论一下"游"的涵义。"游"字的意思是指人或者其他动物浮于水面前行,进而被引申为从容地来回走动,所谓游山玩水,即为一种心情愉悦、精神放松的出行方式。再进一步,则可形而上地理解提升为感悟认识大千世界的一种状态,所谓"恢恢然游刃而有余地也"(庄子)。因此,所谓"游于艺",如果理解为古今读书做学问的一种理想状态,也就是从容地优游涵泳于各种经典和技艺之间,进而去体悟做人与做学问的真谛。

如果我们细读钱锺书的著述,稍作对照和辨析,便可发现钱氏

---

[1] 原载《中国高校社会科学》,2013年第2期。

的读书和治学与孔子"游于艺"的主张有很好的承继性。只不过基于现代人做学问的不同语境和要求,在他的认知和实践中,"游于艺"的空间广度和精神深度有了新的开启,实现了一种所谓现代特征的意义转换,不过在本真的精神境界层面上,始终还是不离这种传统精髓并有所发明。钱氏本人就曾经说:"大抵学问,是荒村野老屋中,二三素心人商量培养之事。"而在给友人郑朝宗的信中又明确指出自己的学术方法就在于"求打通"①。前语强调读书治学所谓"游"的从容,后语则突出游走于"艺"的经典文本和各科知识之间的方法学意义。也就是说,只有在穿越比较的过程中实现多文本、多理论、多学科思想的对话,实现贯通性的心领神会,才有新的领悟、创造,对于文学艺术有所发明。而当他始终不渝地将这一治学的心情境界和方法学理念运用到一生的具体研究实践时,便形成了他独具特色的方法学思想结构和多方全面对话的论述引证逻辑,并且不动声色地化解了当代比较文学研究的一些关键性方法困扰和论述纠结,从而为属于当代中国比较文学乃至文艺研究的自主方法论建构开启了新路。这里不妨试举几例。

一、意义生成与理解的同异关系辩证方法

但凡言及比较文学研究的方法困扰,如何处理不同文化间文学现象的同异关系,一直是学界普遍认同的难点之一,无论是求同还是析异,弄不好都可能落入发生学普遍性趋同和独特性部落主义自闭的双重陷阱。但钱锺书在他的学术生涯中,不仅始终对简单的同异关系界分保持着一份警惕,而且在学术实践中更能够以辩证的思维意识去超越这一看似难解的二元对立,以独特的辩证

---

① 郑朝宗:《〈管锥编〉作者的自白》,《人民日报》,1987年3月16日。

方法去论述和穿透文学理论中的各种同异关系命题,这无论在他早期的著述,还是后期的言论中,都有着一贯的自觉。事实上,在他的心目中,"在某一意义上,一切事物都是可以引合而相与比较的;在另一意义上,每一事物都是个别而无可比拟的。"①若单就比较文学而言,无非是要求再跨越数层文化、传统、学科和语言的藩篱罢了。

一般关注钱锺书著述的读者,大致也都能注意到他的论述习惯,那就是在展开每一个所要讨论的问题时,总是习惯于不断转换思维方向,层层深入发掘可资比较的两方或者数方之间同中有异、异中见同的复杂关系,细细地加以剖析,从而形成一系列同异关系的话语表述群落。而在具体分析过程中,他又绝非仅限于静止的现象铺叙和材料罗列,而是通过不断转移的分点论述展开之后再组织最后的论述合围来形成一套动态生成的论述框架。我们这里不妨武断一点,大胆称这种手段叫做比较方法中的同异关系辩证法,似可以之用来界定钱氏比较方法的特色所在及其与他人论述的不同之处。

《管锥编·左传正义·三》中有一段文字经常被学者加以引用,试图以此来证明钱锺书与现代西方阐释学的关系,言之凿凿,不可争辩。但是如果再仔细阅读辨析,则可以感觉到钱氏在这段话中的主旨并非是要证明西方"阐释之循环"的理论先见,而是借西学这一参照系来佐证中国传统比较思维的长处,以及自己关于"理解"和"意义生成"的方法论模式特征。作者在双方论述之间处理的孰轻孰重和价值倾向性十分清楚,我们切不可因为一句"循环"的引用,便做望文生义的意义翻转。原文如下,请读者先试读一通:

---

① 《中国比较文学年鉴》,北京大学出版社,1987年,年鉴寄语页。

匹似"屈"即"曲"也,而"委屈"与"委曲"邈若河汉。"词"即"言"也,而"微词"与"微言"判同燕越。"军"即"兵"也,而"兵法"与"军法"大相迳庭。"年"即"岁"也,而"弃十五年之妻"与"弃十五岁之妻"老少悬殊。"归"与"回"一揆,而言春之去来,"春归"与"春回"反。"上"与"下"相待,而言物之堕落,"地上"与"地下"同。"心"、"性"无殊也,故重言曰:"明心见性";然"丧失人心"谓不得其在于人者也,而"丧失人性"则谓全亡其在于己者矣。"何如"、"如何"无殊也,故"不去如何"犹"不去何如",均商询去抑不去耳;然"何如不去"则不当去而劝止莫去也,"如何不去"则当去而责怪未去矣。苟蓄愤而诉"满腹委曲",学道而称"探索微词",处刑而判"兵法从事",读"弃十五年之妻"而以为婚未成年之妇,咏"春归何处"而以为春来却尚无春色,见"落在地下"而以为当是泻地即入之水银,解"独夫丧失人心"为"丧心病狂"、"失心疯",视"不去如何"、"如何不去"浑无分别;夫夫也不谓之辨文识字不可,而通文理、晓词令犹未许在。乾嘉"朴学"教人,必知字之诂,而后识句之意,识句之意,而后通全篇之义,进而窥全书之指。虽然,是特一边耳,亦只初桄耳。复须解全篇之义乃至全书之指("志"),庶得以定某句之意("词"),解全句之意,庶得以定某字之诂("文");或并须晓会作者立言之宗尚、当时流行之文风、以及修词异宜之著述体裁,方概知全篇或全书之指归。积小以明大,而又举大以贯小;推末以至本,而又探本以穷末:交互往复,庶几乎义解圆足而免于偏枯,所谓"阐释之循环"(der hermeneuti-sche Zirkel)者是矣。《鬼谷子·反应》篇不云乎:"以反求覆?"正如自省可以忖人,而观人亦资自知;鉴古足佐明今,而察今亦裨识古;鸟之两翼、剪之双刃，缺一孤行，未见其可。①

这显然是一段充满众多语词同异关系辨析的文字，仔细领会文中中心论点所表达的意思，其实基本上就是在反复强调，只有破除词典中同义词、近义词或反义词的绝对化分类，以及由此所带来的思维固化弊病，从而将字词置于句子中和篇章中去具体分析，再通过考察全篇进一步核实字、词、句之义，同时反过来以之检验之前对于全篇之义的判断，才能真正做到对一篇文字的大致正确理解。

如果再进一步分开仔细读解，则作者所展开的分析层次其实相当清楚。首先一层，在由字组词、由词成句的过程中，字、词的意思从孤立到集合，注定在这一过程中将要发生各种意想不到的动态变化，因此语义层的复杂意义碰撞和生成就要求读者结合具体语境去考察字、词、句、篇的当下张力关系和意义变迁。再读上文第一部分，即从"匹似'屈'即'曲'也"到"而通文理、晓词令犹未许在"，细审作者的运思路径和分析意谓，其实就是在不断告诉读者，一旦进入叙述的语句关系语境，同义字可生异义词。反义字可生同义词，同义词更可生异义句。字词句之间的关系是一种不断碰撞的动态生成关系，看似难解的同异关系语义困境，由此可以寻到其间的某种内在生成机制，从而有必要建立起一套"字·句·篇"的循环理解模式。钱氏还告诉我们，并非只有西洋学人才意识到这一点，明清之际的中国学者早已擅长此道。试再引上文第二部分细读：

> 乾嘉"朴学"教人，必知字之诂，而后识句之意，识句之意，而后通全篇之义，进而窥全书之指。虽然，是特一边耳，

---

① 钱锺书：《管锥编》第1册，中华书局，1986年，第170—171页。

亦只初桄耳。复须解全篇之义乃至全书之指("志"),庶得以定某句之意("词"),解全句之意,庶得以定某字之诂("文");或并须晓会作者立言之宗尚、当时流行之文风、以及修词异宜之著述体裁,方概知全篇或全书之指归。积小以明大,而又举大以贯小;推末以至本,而又探本以穷末:交互往复,庶几乎义解圆足而免于偏枯,所谓"阐释之循环"(der her-meneuti-sche Zirkel)者是矣。《鬼谷子·反应》篇不云乎:"以反求覆?"

就日常生活经验而言,这种同与异、正与反的关系和理解从来都是人类的基本智慧,是一种关于生命和社会读解的相辅相成的意义关系和理解结构。兹又引上文最后一部分细看便可一目了然:

> 正如自省可以忖人,而观人亦资自知;鉴古足佐明今,而察今亦裨识古;鸟之两翼、剪之双刃,缺一孤行,未见其可。

二、在理论与创作、文学与生活之间"求打通"的论述逻辑

在确立意义动态生成与理解的同异关系认知结构,即所谓同异关系辩证法的同时,钱锺书在命题论述和现象分析的过程中,进一步实践一种与众不同的,独特的"求打通"论述逻辑,尤其注意发挥本人充满机趣的论述语言,不断使得论题走向更深入和更广阔的阐释空间。

例如他在《读〈拉奥孔〉》一文曾经重点分析了莱辛的著名见解,即所谓"富于包孕的片刻"在中西文学实践中的具体表现,文中第四节结尾特别提到了一种论述手法,名之为"回末起波":

这种手法仿佛"引而不发跃如也","盘马弯弓惜不发"。通俗文娱"说书"、"评弹"等长期运用它,无锡、苏州等地乡谈所谓"卖关子"。《水浒》第五〇回白秀英"唱到务头",白玉乔"按喝"道:"我儿且回一回,……且走一遭,看官都待赏你";《说岳全传》第10回大相国寺两个说"评话"的人,一个"说到"八虎来到幽州,"就不说了",另一个"说到"罗成把住山口,"就住了",杨再兴、罗成打开银包,送给说书"先生"银子。蒋士铨《忠雅堂诗集》卷八《京师乐府词》之三《象声》:"语入妙时却停止,事当急处偏回翔;众心未餍钱乱撒,残局请终势更张。"都是写"卖关子"。19世纪英国一部小小经典小说也写波斯"说话人"讲故事,一到紧急关头,便停下来(made a pause when the catastrophe drew near),说:"列位贵人听客,请打开钱包吧!"(Now, my noble hearers, open your purses!)莱辛讲"富于包孕的片刻",虽然是为造型艺术说法,但无意中也为文字艺术提供了一个有用的概念。"务头"、"急处"、"关子"往往正是莱辛、黑格尔所理解的那个"片刻"。①

仅从这段不长的论述,我们便可清晰地看出钱锺书"以中国文学与外国文学打通,以中国诗文词曲与小说打通"②的文学论述目标,在这两方面的目标中,前者关注的是中西之打通,后者则体现出一种力求打通各文类的努力。事实上,钱锺书在著述中,多数情况下他所追求的不仅仅是两个方面的打通,而是多元全面的打通。在他的文章中,围绕一个命题,常常可见中西理论之间、中外经典小说之间、经典小说与通俗文学之间、文学言述与街谈巷语之间的

---

① 钱锺书:《七缀集》,生活·读书·新知三联书店,2002年,第56页。
② 郑朝宗:《〈管锥编〉作者的自白》,《人民日报》,1987年3月16日。

多元对话和互补互证，一时间，往往可以让黑格尔与王阳明、《巨人传》与《水浒传》、莎士比亚与中国戏曲弹唱、民间故事与成语俗讲等都聚到一起，众声喧哗，以证同理。

此类文字在钱氏著述中可以说比比皆是，随手可拾，不拘一格地呈现出作者在"古"与"今"、"雅"与"俗"、学科之间、学术论证与文学创作之间，文学与生活之间全面打通，并或隐或显地力求完整呈现这几类"打通"后意义开敞的学术追求。在许多时候作者还挥洒自如地运用本人充满机趣和包容智能的论述语言，再驱使论题不断走向深入和无限新意的生发。

熟悉《围城》的读者们一定都曾经为小说中的下述议论忍俊不禁：

> 三闾大学校长高松年是位老科学家。这"老"字的位置非常为难，可以形容科学，也可以形容科学家。不幸的是，科学家跟科学不大相同；科学家像酒，愈老愈可贵，而科学像女人，老了便不值钱。将来国语文法发展完备，终有一天可以明白地分开"老的科学家"和"老科学的家"，或者说"科学老家"和"老科学家"。①

从这一连串的调侃中，难道我们没有隐约领略到些许所谓意义循环的裂隙和开启意味吗？小说的叙述在这里竟然也不知不觉中承担起理论话语的功能。

熟悉《拉奥孔》一文的读者也都还记得他对比喻的创新读法：

> 譬如说："他真像狮子"，"她简直是朵鲜花"，言外的前提是：

---

① 钱锺书：《围城》，生活·读书·新知三联书店，2002年，第202页。

"他不完全像狮子","她不就是鲜花"。假使他百分之百地"像"一头狮子,她货真价实地"是"一朵鲜花,那两句话就是"验明正身"的动植物分类,不成为比喻,因而也索然无味了。①

这无疑是在提醒人们,在同与异、是与非是、像与不像之间,所谓意义的灰色地带,其实存在着文学阐释无尽的广阔空间,做研究的学者们切不可把意义的关系看死了,更何况这常常又是在不同的文化和理解传统之间的读解差异。同异关系的理解,有时候几近乎天壤。在《中国诗与中国画》一文中,钱锺书就强调指出:

在中国诗里算是"浪漫"的,和西洋诗相形之下,仍然是"古典"的;在中国诗里算是痛快的,比起西洋诗,仍然不失为含蓄的,我们以为词华够鲜艳了,看惯纷红骇绿的他们还欣赏它的素淡;我们以为"直恁响喉咙"了,听惯大声高唱的他们只觉得是低言软语。②

当然,意识到打通之后所闻所见的复杂同异关系互补和转化的不简单,并不意味着一切都只是种相对的言说关系而已。在不同的文化和诗学之间,对于基本类同的现象和命题,因为文化传统和惯性路径的历史差别,各自理解的深度和广度仍然是大有区别的,并因此而构成了文学和而不同,多元互补的丰富世界,这也正是比较研究的魅力所在。

至于他在《中国固有的文学批评的一个特点》一文中对人化批评的拈出和发明,一本正经地认真论述到后来,老先生也没有忘记

---

① 钱锺书:《七缀集》,生活·读书·新知三联书店,2002 年,第 43 页。
② 钱锺书:《七缀集》,上海古籍出版社,1985 年,第 16 页。

宕开一笔，将某些简单化的分析和比较调侃一番，从而使得这一打通的论述逻辑，在意义旨归上不仅没有封闭成固化的理解，而是走向了更深广的开敞。如其所言：

> 第二类西洋普通"文如其人"的理论，像毕丰（Buffon）所谓"学问材料皆身外物（hors de l'homme），惟文则本诸其人（le style est l'homme meme）"，歌德所谓，"文章乃作者内心（innem）真正的印象（ein treuer abdruck）"，叔本华所谓"文章乃心灵的面貌（die Physiognomie des Geistes）"，跟我们此地所讲人化，绝然是两回事。第一，"文如其人"，并非"文如人"；"文章乃心灵的面貌"，并非人化文评的主张认为文章自身有它的面貌。第二，他们所谓人，是指人格人品，不过《文中子·事君篇》"文士之行可见"一节的意见，并不指人身。……而我们的文评直捷认为文笔自身就有气骨神脉种种生命机能和构造。一切西洋谈艺著作里文如其人或因文观人的说法，都绝对不是人化。①

也就是说，尽管问题的论述可以做打通的理解，同异关系也可以在各种条件下相互转化，但是这并不妨碍不同传统下的人们就同一问题的认知深度和广度差异，以及他们对于文艺认识发展的特别贡献。

通观钱锺书的各类著述，从"游于艺"到"求打通"，其于各类文体和论述之间，确实是达到了一种优游自如，沉潜往返，炉火纯青，随心所欲不逾矩的化境。论文可以当作散文来读自不必言，其

---

① 《中国比较文学研究资料 1919—1949》，北京大学出版社，1989 年，第 47—48 页。

小说散文很多时候也充满理论的真知灼见和精妙论述。譬如在早期短篇小说《灵感》他就借人物之口表达对一时流行的某种硬译理论的批评，让那位被吹嘘起来的文学大师站出来说：

"我直译原文，绝不意译，免得失掉原书的生气，吃外国官司。譬如美国的时髦小说'Gone With the Wind'，我一定忠实地译作'中风狂走'——请注意，'狂走'把'Gone'字的声音和意义都传达出来了！每逢我译不出的地方，我按照'幽默'、'罗曼蒂克'、'奥伏赫变'等有名的例子，采取音译，让读者如读原文，原书人物的生命可以在译文里人寿保险了。"①

同样，在妙趣横生的散文《魔鬼夜访钱锺书》中，他又借魔鬼的口吻讽刺某些所谓名人对写个人自传的热心：

"作自传的人往往并无自己可传，就逞心如意地描摹出自己老婆、儿子都认不得的形象，或者东拉西扯地记载交游，传述别人的轶事。所以，你要知道一个人的自己，你得看他为别人做的传；你要知道别人，你倒该看他为自己做的传。自传就是别传。"②

这段论述，如果与鲁迅先生的《阿Q正传》序相互参看，相信读者一定会有更深的体会。而研究钱锺书的学术，如果不与他的小说散文创作参照起来研究，就不可能是完整的钱锺书研究。

---

① 钱锺书：《人·兽·鬼 写在人生边上》，海峡文艺出版社，1991年，第92页。
② 钱锺书：《人·兽·鬼 写在人生边上》，海峡文艺出版社，1991年，第134—135页。

以上稍加例析，我们似可多少感受到钱锺书文艺研究方法的学术深意，内在严谨逻辑结构，以及他与中国古代优秀治学传统的承继关系。钱氏著述涵盖论文、专著、小说、学术随笔、散文、翻译，编撰大量中外文笔记等，洋洋数千万言，虽无看似体制宏大的主义提倡和理论专书大构，也无唬人的系统理论主张，但是，隐藏在其众多著述背后以及潜藏在看似信手拈来的数据深处的学科思想和创造性方法学建构，虽是"隐于针锋粟粒"，但是研究发掘出来却终竟会"放而成山河大地"，其意义不可限量，因此也特别值得今后下工夫去加以发掘、研究和系统总结。相信他独具创意的文艺研究方法论思想和研究实践，一旦为人们所普遍认知，对于未来中国乃至世界文艺研究学科的发展和提升，绝不是可有可无的。

什么"世界"？如何"文学"？[①]

一

我是在夜晚从乌鲁木齐起飞，穿越阿富汗以北吉尔吉斯斯坦等好几个"斯坦"国家去伊朗访问的飞机上，突然起了念头逼迫自己开始思索这一话题的。偌大机舱里零零落落连我们统共也只有20多位乘客，一人占据一长排空空荡荡的座位，因为目的地国家某种信仰文化的原因，座椅后袋中空空如也，没有了通常那些几乎每页都是美女模特的航机读物和奢侈品广告杂志，于是我手边只剩下出发时顺手拿的一本《中国比较文学》。飞行时间又长，要读就只有这一本，离开了无休无止的事务和其他选择，可以气定神闲的阅读和思考真的很好。4个小时后，当飞机沿里海南下，降落在阿尔布尔士山脉南坡下的霍梅尼国际机场的时候，我头脑中不断萦绕着"什么世界？如何文学？"这一连串的疑问语句，直到现在，也依旧疑惑不断。

在国内学界，《中国比较文学》无疑是最早关注并不断深化所谓"世界文学"这一颇富争议的学术话题的刊物之一，近十年来不断有文章发表。去年以来杂志又发起了连续数期的头版专题讨论，除

[①] 原载《中国比较文学》，2011年第2期。

国内诸多学者参与外,国外学界知名学人,诸如阿尔曼多·尼希、马立安·高利克、大卫·达姆罗什、希里斯·米勒等的文章也出现在该刊上加入了讨论,足见这一命题并非那种常见的本土学人自说自话,而是一个被国际学界普遍关心的真实学术话题。作为佐证,不久前,也就是2010年8月在韩国首尔召开的第19届国际比较文学年会的主要议题之一,同样也是所谓"比较的世界文学"。

然而,当我把近年来一系列讨论文字的观点稍加梳理后便会发现,由于知识背景和立场的不同,这种讨论过程中的文章立意、逻辑思路和观点推进目标往往各执一端,见解大异其趣。其间讨论的,虽然看似一个中心话题,而且大伙都不约而同地会从173年前的歌德以及152年前的马克思和恩格斯的论断展开,然而由此生发开去的逻辑和观点却往往是些南辕北辙的读解、引申,甚至带有意大利学者和小说家艾柯所谓"过度诠释"的判断。当然,除去那种一锅浆糊人云亦云的话语堆砌物之外,多数讨论应该说也都有自己的道理,也多少有利于问题认识的推进,观点一致肯定不可能,也没必要。一如钱锺书先生所言:"在我们这种讨论里,全体同意不很要紧,而且似乎也不该那样要求。"[①]但这并不意味着我们不能对此前讨论中存在的一些问题表示疑惑和质疑。只是思前想后,一时疑惑太多,想理出头绪,写成观点明确、层次分明、逻辑严密、结论清楚的文章反倒是真正成了问题,因此,如果允许我为自己的懒惰提供辩护,那我还是愿意把这篇文字称之为学术"杂感",其实也就是用文字交代一下自己的阅读心得,表达自己的种种疑惑,提出某些自以为讨论中存在的问题。当然,也不妨遵循学术的逻辑表达一些个人见解,姑且算是参加了这一专题讨论。

[①] 钱锺书:《在中美比较文学学者双边讨论会上的发言》,《中国比较文学年鉴1986》,北京大学出版社,1987年,第365—367页。

二

显然,我们的确没有必要重新去界定"世界"这一复杂的概念,宇宙、地球是个世界,一个人的内心是个世界,甚至一花一叶也都是个世界。不过就眼前谈论所谓世界文学的意义上,世界大略也就是指人类所居住的整个环境,一个被称为地球的地理结构框架空间,一个文明历史延续的时间过程,而世界文学则是其中的一种文化现象而已。由于学术的需要,我们在地球文明当代进展的时空中需要讨论这一问题,以求认识上的往前推进。

我总觉得,从歌德和马恩发明世界文学概念的那个"世界"至今,差不多小两百年过去了,在今日重新讨论关于世界文学的理解之前,无论如何还是有必要先关注一下这两百来年人类关于"世界"的认识变化。在世界文学概念刚提出的那个时代,不管是工业革命还是资本扩张,也无论是帝国主义还是殖民主义,思想大师无论是黑格尔还是马克思,在关于世界的认识上,有一点我以为他们基本上是共同的,那就是循着西方古典哲学和逻辑学范式分析的路子,把世界作为一个沿着时间单向度往前、历时性、进化论式发展的存在整体来理解。所以,尽管歌德和马恩的理论角度不同,共同性注定大于差异性。一般说,歌德的论述基本上是从"交往"出发,具有浪漫主义的色彩,希望营造一个各民族在文学方面和谐交往的文学大家庭;而马恩的论述则从"生产"要素出发,具有现实主义的色彩,将各民族文学视为整体世界的"公共的财产"。且正如韦勒克所分析的,歌德"他用'世界文学'这个名称是期望有朝一日各国文学都将合而为一。这是一种要把各民族文学统一起来成为一个伟大综合体的理想,而每个民族都将在这样一个全球性的大合奏中演奏自己的声部。"①于是，在这个拥有不同声部的大家庭中，声部不同但必须服从整体交响乐的共同主题和旋律安排呈现。这正如家具的文化功用和个性不同，但都是大家庭的公共财产。

转眼两个世纪过去了，在经历了无数帝国强权崩溃和乌托邦想象梦断蓝桥之后，尽管眼下经济全球化浪潮早已席卷各大洲的穷乡僻壤，波音和空客飞机一夜可达地球另一边，互联网，云计算，人类迅速进入了新旧媒体齐动员的全媒体时代，一代年轻人早已习惯了只有依靠搜索引擎才得以存在的生活方式，扁平的"屏幕"几乎就成了"世界"的同义词；可是今天的思想家们对世界的认识又是怎样的状况呢？大致说来，传统这一边，至少到21世纪初的当下为止，追求世界整体性、历时性、本质主义的认识论还在黑暗中摸索不见尽头；而那一边，后现代的、非本质主义的思潮却此起彼伏，新论丛生。南北东西的文化断层，信仰差异，种族冲突无休无止，"没有任何一个民族愿意放弃其个性"。②整体性历时向前不断线性进化的世界认识论似乎已经失去了思想界的主导市场，各种新的关于世界的认识论五花八门，在学院中大行其道。如果沿着现象学和阐释学的分析路子展开，你将会发现，多元性、共时性和相互依存性恐怕才是这个世界文学发展的真实生态。

那么歌德和马恩理想中的那种整体世界文学现实在哪里呢？只要不是按照西方中心主义的价值立场去总结，那么连韦勒克也只好说，"今天，我们可能离这样一个合并的状态更加遥远了。"③既然如此，我们关于世界文学的讨论，恐怕就有必要超越一元进化论的历

---

① 韦勒克等：《文学理论》，刘象愚等译，北京：三联书店，1984年，第43—44页。
② 韦勒克等：《文学理论》，刘象愚等译，北京：三联书店，1984年，第44页。
③ 韦勒克等：《文学理论》，刘象愚等译，北京：三联书店，1984年，第43—44页。

时逻辑，回到当下，尝试从文学的共时性存在，从多元论和跨文化的比较文学立场去展开另外一番对话和探究。

三

如前面所言，目下关于世界文学的论述，大多是以歌德和马恩的两段简略论述为起点，然后在认同世界文学结构整一性和文学观念及其价值评判同一性的基础上，将民族和地方文学的文化和审美差异作为主旋律下的声部和大家庭的部分财产，循着补充、丰富、延伸等思路去展开分析讨论的。但一些所谓的进展和论述很是经不起进一步仔细推敲。

例如，我们注意到，1956年创刊的《诺顿世界名著选集》直到20世纪90年代还是以欧洲北美的不到一百位作家为作品入选的焦点所在，这当然无疑是文学上西方中心主义最有力的证据，然而到了最近几年，当包括诺顿和朗文在内的选集开始扩容，逐渐增加和收录了涵盖几十个国家的几百位作家时，人们随即欢呼起来，似乎这是一个历史性变革到来的时刻，似乎选文和作家国别的增减就"已经不仅瓦解了一脉传承的文学经典，更使欧洲中心这一比较文学学者向来关注的焦点退居次席"。[①]然而，大卫·达姆罗什却一针见血地残酷指出，这样做的结果只能是"富者愈富，而剩下的大多数仅仅分得一杯羹"，一方面是进一步把诸如莎士比亚、詹姆斯·乔伊斯、华兹华斯之类的作家推上了"超经典"的更强大更稳固的位置，而另一方面，如此的荣誉入选和价值标准排序，往往还会把非西方的作家和作品置于所谓"反经典"的十分孤独和可笑的少数派

[①] 这是克里斯托佛·布莱德的描述，转引自大卫·达姆罗什：《后经典、超经典时代的世界文学》，汪小玲译，见《中国比较文学》，2007年第1期，第3页。

尴尬处境。①

其实国内外国文学史的编写和世界文学教学的情形也大致类似，排除掉上个世纪 50 到 60 年代，那种完全以意识形态政治立场为入选评价标准的所谓"世界进步文学"的生硬编撰和灌输外，即使是近 20 多年来的自觉改革，情况也难说有根本性的认识改变。如果我们只是在以西方经典为叙述和评价主体的基础上，增加少量东方作家作品章节和文学史线索梳理的叙述，其结果也会面临域外世界文学作品扩容带来的同样遭遇。

问题的关键在于，如果不是在把握当下多元政治、经济和文化世界现实的意识形态特征基础上，去重新理解和建立关于世界文学的新观念，而只是依靠补充、扩容或者改良旧有的外国文学或者说世界文学，其结果只能是使得一切仍然沿着旧的、唯一的价值和意义标准路径去展开认知：一方面将西方经典推向"超经典"的更加稳固位置，另一方面不但无力改变非西方文学在旧有世界文学格局中的贫困状态，甚至还会由于被西方价值标准聚光灯的近距离集中聚焦透视和不公平数量比对，从而被无辜地钉到所谓"老生常谈"和"幼稚叙事"的耻辱柱上，因为"第三世界的小说不会提供普鲁斯特和乔伊斯那样的满足。"②

至于以为依靠不管烧钱二百五就强行向世界硬性输出本土文学，以为如此这般铺天盖地倒腾一气，中国文学就走向了世界，就成了所谓的世界文学，就更不靠谱了！历史上但凡文学艺术的所谓输出，大多数时候本质上是接受者自己主动地去"拿来"，历史上东亚的日韩诸国对中国文化的长时期持续接受是如此，近代以来中

---

① 大卫·达姆罗什：《后经典、超经典时代的世界文学》，汪小玲译，《中国比较文学》，2007 年第 1 期，第 3 页。

② 费雷德里克·杰姆逊：《处于跨国资本主义时代中的第三世界文学》，张京媛译，《当代电影》，1989 年第 6 期，第 46 页。

国对西方文学的大规模翻译和接受也是如此。最初可能存在一定程度上近乎大人哄孩子吃饭的诱导，但是对象自身如无匮乏和内在需求，强制灌下去只会出现不消化和拉肚子的症状。

我们也许可以控诉跟随坚船利炮而来的制度和宗教强行入侵，但却实在不好抱怨文学和美学趣味是人家硬生生填鸭般逼你吞下的结果。一种来自异域文化的文学和艺术是否能被本土读者接受，一定是因为有着可以容纳和整合这一他者文艺的文化和审美空间。谁都不会否认杨宪益夫妇翻译和戴维·霍克斯翁婿翻译的《红楼梦》两个均是上乘的英文译本，但是前者生硬地送出去就少有问津，后者主动地拿来则大受欢迎，差异的确耐人寻味。仅仅用译本的所谓异化特征和翻译的语言技巧说事，说服力显然是不强的。除了内在的审美需求，这里至少还有类似对方的文化接受心理，审美匮乏需求和价值信任诸种问题。语言和形象翻译过程中的意义和趣味过滤乃至添加的过程，就是一个不断寻找对方内在匮乏和需求的过程，事实上，唯有需求者知道自己究竟想要什么，这不是主动送去者乃至强制塞入者所能够体察的。也正是因为如此，接受者的接受选择倾向与发送者的文化和审美"正宗"趣味注定会形成冲突。所以我们也不太可能想象用一种或者数种标准和模子，就可以选出不同民族和地方文化的公认经典，由此去出版公认的世界文学选集，编撰公认的世界文学史和建构普遍的世界文学学科课程。更不能因为面对每年欧美作品铺天盖地的主动翻译拿来，而中国文学每年只有寥寥可数的几本被别人选择去翻译的局面，由此产生心理上的不平衡而去越俎代庖，拔苗助长，至少，这在策略上是吃力不讨好的笨办法。而如果按照这种思路去索求中国文学的世界之路，即使费尽力气在西方编写的世界文学史中多了几个中国作家的名字，世界文学选集中多了几篇中国作品的选文，却依旧离中国文学的世界性目标路途遥远。

四

众多的论述似乎都在阐明，仅靠经典的扩容、文学史的加料、大学外国文学课程教学中非西方章节的添加，以及其他类似的学科改良，好像都难以很有说服力地去建构起今日文化语境下关于世界文学的本体性理解。也许问题的症结就在于，这样的"世界文学"学科价值理念，在面对世界各民族文学悠久的历史以及灿烂如群星的辉煌成果的时候，注定没法从文学的跨文化意识形态差别、文学的生成源流分野、文学审美价值标准差异、文学接受族群的历史影响认知诸方面去与民族文学达成基本共识。

当我走进国家图书馆的中国文学典籍书库，面对三千年层层累积而浩如烟海的作品，面对群星密布的历代诗人作家的时候——顺便说一句，被证明激发歌德写作《中德四季晨昏杂咏》的《好逑传》、《玉娇梨》之类在这队伍中实在没多高位置——我如何能够相信，仅仅从中挑出几个人、几个章节，把他们编入世界文学文库，那怕他们是公认最经典的作家和作品，难道就可以承载起关于这个民族的文学世界性代言使命？再譬如，当我在德黑兰大学图书馆的善本库参观，面对一大批美轮美奂，价值连城，用小羊皮革、金箔、细密画和波斯风格装饰而成，一代又一代流传了几百年的古典诗集，其中也包括成为歌德《西东诗集》重要灵感来源的波斯诗人哈菲兹的诗集，我又怎么能够相信，没有对不同文化、不同民族文学的价值普遍性和差异性的理解、容纳和自觉认同，再扩容的西方文学中心学科结构也不会是真正的当代世界文学存在和发展的合理形态。

因此，我们迫切需要从当代思想史、学术史和学科生成历史的综合视域以及跨文化的逻辑思路，去进一步深化对于世界文学的现代认知。也就是说，我们需要从当下国际化的文化现实出发，超越经典，超越文学史撰写，超越课程和学科的藩篱，从更宏观的视野去追问所谓世界文学的命题。这样的世界文学讨论，与其说是为着一个学科的扩展，倒毋宁说是在探索一条多元文化语境下国际文学生态建构的路径。说白了，事情的关键所在，更应该是某类能够有效超越西方中心主义的文学生态结构的营造问题。

为了建构这样一个理想的世界文学生态结构，无疑需要长期的修炼、反省、自省和对话批判的努力。

首先还是要继续对种种喜欢俯视他人的文化中心主义，包括西方中心主义和部落主义，做深度批判和美学唾弃。我们切不可以为中心主义已经没有市场，一方面，在强势文化的一方，它通过各种学科、理论、出版、奖项……，继续扮演着理论原创和规则制定者的主导身份；另一方面，由于近代以来所受的长期影响，我们已经习惯了西方文学的经典原则和审美习惯，在当下的文学创造、研究乃至翻译活动中，自觉或者不自觉地还是会按照西方文学的话语规则和评价标准去评估自身的文学活动。有时候甚至在深层意识中被西方化了还不自知，这就是为什么会出现中国当代学人用现代汉语翻译诸如《二十四诗品》之类的古代诗论作品，竟然比西方汉学家用英文去翻译还会出现更多误读和更加西方话语化的原因。

其次，要清醒地意识到，民族文学不是自外于世界文学的孤立之物，而是世界文学生态的天然组成部分。一个民族的文学如果仅仅是关起门来自说自话，自我评功摆好，是不足以真正完全认识自身文学的全面价值的。没有自觉地把民族文学纳入世界文学的范畴加以审视和重新认识，这也是我们的民族文学缺乏世界性应有美学评价和合理结构地位的重要原因之一。因此，要特别强调自觉借鉴他者的视角来重新审视自己的文学，培养如巴赫金所言的文学理解的外位性习惯。他说："在文化领域中，外位性是理解的最强大的推动力。别人的文化只有在他人文化的眼中才能较为充分和深刻地揭示自己(但也不是全部,因为还会有另外的他人文化到来,他们会见得更多,理解得更多)。一种涵义在与另一种涵义、他人涵义相遇交锋之后,就会显现出自己的深层底蕴,因为不同涵义之间仿佛开始了对话。"①正是因为有了这种文学外位性的普遍理解,民族文学的片面性和封闭性才有可能得以克服,才有可能在鲜活的存在层面真正成为世界文学的有机部分。

最后,更有必要通过跨文化的深入文学比较研究,推动多元性文学价值理念和标准在世界文学生态中的形成。没有多元的标准,就不可能在文本集合和学科的意义上出现真正的世界文学。时至今日的世界文学界,欧洲或者说西方的理论和审美标准,仍旧是覆盖性的普遍标准。尽管有不同的声音,有来自中国、印度、日本、伊斯兰世界等文学观念的抵抗,但是,挑战者的话语基本上还是处于被主流声音淹没的状态。仅就小说观念而言,你能说欧美线性性格演进结构就注定比"江山易改,本性难移"的中国小说人物性格定位准确?你能认定西式小说的悬念式"说什么",就一定比中国古典小说的早知故事内容却较量"怎么说"的叙事风格先进?你能说所谓三维的圆形人物就一定比二维的京剧面具式扁形人物生动?曹操、关羽、黑脸张飞,哪个没有代代口碑相传!你真的就敢肯定地说,巴尔扎克的现实主义小说结构就比中国四大奇书的章回结构严谨?可是普林斯顿大学的名教授浦安迪的结论却是,四大奇书的结构如人生和社会结构一般蛛网式的细密和充满寓意,世界罕见。可见大多数情况所谓高低,其实只是文学观念和审美标准的差异罢了。问题的关键大概只在于,要如何使得自身民族的文学理念和审

---

① 巴赫金:《答〈新世界〉编辑部问》,《巴赫金全集》(第四卷),钱中文主编,石家庄:河北教育出版社,1998年,第370页。

美标准为世界所认知,遂真正成为被承认的多元之一元。义愤填膺和鲁莽冲动的强制输出,大多数情况下于事无补,更重要的是要好好总结经验,从他人的成功中去寻找自己的上位策略可能。

尽管连欧洲学者自己也承认:"我必须再次重申,欧洲文学是在19世纪帝国殖民地的渐进征服中才完成了对世界之征服的,正如青年马克思和恩格斯在1848年所了解的那样,而非歌德和F·施莱格尔所梦想的从欧洲心脏德国勃然而兴的那种'普世诗歌'。爱德华·赛义德在他的《文化与帝国主义》一书中已明确指出了介于欧洲文学与殖民主义的这一结合点。"[①]但是,面对这一不可否认和短期内难以逆转的事实,一方面,无论我们非西方世界未来有多大经济和政治崛起的可能,新的文化殖民绝不可能被允许,我们必须要保证避免中心主义的文化悲剧重演。但是,话又说回来,既然今天非西方的民族文学不可避免地必须走向世界文学,要成为这个生态的众多有机一元,那就应该有区别地从欧洲文学和美国文学的世界性成功接受历史中去汲取一些有益的经验。毕竟,人家的成功也是一个漫长的时间进程,一如诺曼·乔姆斯基所说的,西方文化帝国的形成作为资本主义全球征服的一部分,是一个延续了500年才最后形成的体系。另一方面,文学观念和审美习惯的影响和接受也有着它自身内在的某些规律。天朝如此遥远,然而看看从利玛窦开始,基督教文化400年来是如何在中土传播生长的过程,至少可以佐证这种梳理的必要性。譬如说,对方是通过何种方法来与一个历史悠久和自尊自大的东亚古老帝国实现最初文学接触的?又是如何通过语言和文化的转换整合来实现文学对话和渗透的?又是如何借助我们在经济、政治、军事以及典章制度诸方面的匮乏外求,进而大举入侵的?最后,这些来自域外的欧美文学价值理念,以及诸如

---

① 萨义德:《文化与帝国主义》,李琨译,北京:三联书店,2003年,第452页。

文艺复兴、古典主义、现实主义、浪漫主义、现代主义……种种艺术范式和审美习惯是如何"随风潜入夜，润物细无声"地深入人心，终于成为我们的审美无意识的？

凡此种种，我们的外国文学研究者们，与其为研究而研究地去一味沉溺于经典外国文学名著，乃至准名著的主题和艺术特征，甚至重复域外他人的探讨和言说，不如腾出些人手和精力来，多研究研究上述类似的问题，从中找出些规律性东西，将之借鉴运用到民族文学的世界性推广和接受过程中去，这肯定会对推进自身民族文学如何走向世界，以及如何构建当代新的世界文学生态做出独特的贡献。

五

我们可以大胆地想象，倘若一旦形成了这样一种多元共生共存的文学生态，有了一种被视为不言而喻信条的多元文化认知心态，即使他只是粗略地建构，众多关于经典、选集、百科全书、文学史、大学课程和学科建构的困扰和改革努力，至少也有了可以依托的价值理念、美学标准、结构原则等等，许多问题的解套也许就会变得容易一些了。

当然，问题并没有真正到此结束。毕竟现在已经走过了21世纪第一个10年，相比两个世纪以前，世界早已发生了天翻地覆的变化，世界文学已经不太可能再坚守着传统的定义和分享圈子不挪窝。当下已经是何等迅捷的一个全媒体交流世界呵！当世界任何地方新出的文学作品，甚至还在创作过程中的文本都会在网络中被不同文化的读者即时分享的时候，当一个穷乡僻壤的青年利用电脑上网，一样可以和波士顿的大学生一道，通过视频听哈佛教授讲授莎士比亚的时候，当网络文学的存在已经让人分不太清楚谁是作者谁是读者的时候,当文学产品的生产、传播、接受和研究已经不可避免地趋于国际化和商品化的时候,我们还能一直恪守几乎古老的世界文学,甚至文学学科观念吗?爱德华·赛义德此前就已经高屋建瓴地指出:"文学是千变万化的。它们与环境和大大小小的政治联系在一起,……阅读和写作文字从来不是中立的活动。不管一部作品是如何具有美学价值,使人赏心悦目,它总是带出利益、权力、激情与欢愉的成分。媒体、政治经济和大众机构——总而言之,世俗的力量和国家的影响——都是我们所说的文学的一部分。"①而按照布迪厄的文化研究观点,世界文学也无非就是一类跨文化疆界的文学生产和消费的共同场域的活动行为。在这个场域中,文学的创意、生产、翻译、传播和研究已经呈现出国际性的大众文化特征,因此,所谓新的世界文学生态必定应该超越传统世界文学的贵族和中产阶级意识形态,走出教授的书房和有产者的客厅,到传统世界文学认知体系以外去寻找和确认自己的狂欢节广场和美学疆界。在这一广阔的空间中,经典与非经典、作者与读者、传播行为与文本内容、媒介与信息,甚至作品与现实,都成了文学的一部分。在某种意义上,我们甚至可以斗胆说一句,什么世界文学?世界即是文学!

议论至此,对于比较文学与世界文学的关系,我觉得似乎也悟出了点什么。在跨文化世界文学生态建构的意义上,世界文学与比较文学实在看不出有多大对立之处。传统的世界文学或者说外国文学研究早已面临观念提升和方法革新的迫切需求,而且其几乎唯一的选择就是在外国国别文学了解的基础上迅速走向跨文化的比较研究。由于比较文学复杂严谨的范式结构和方法论体系,使得无师自通的所谓比较学者成为笑柄,这同样也是中国新时期比较文学发展

---

① 萨义德:《文化与帝国主义》,李琨译,北京:三联书店,2003年,第452页。

初期的毛病，因此，只要不想成为笑柄，外国文学研究者就需要从思维模式到方法范式诸方面来一番脱胎换骨的修炼。而比较文学学者需要更多地去亲近和深入包括外国文学在内的国别文学文本。一个优秀的比较文学研究者，往往都是以他从语言和文化上能够较为深入把握的少数国家文学和理论为研究基础和出发点，进而去展开成功研究的。这样，二者的有机融合可能已是一种必然趋势，这也将在一定程度上使得世界文学与比较文学成为同一桩事情。而能够运用跨文化方法去同时处理外国和本土文学的文本和诗学关系研究，则很可能就是未来世界文学学科的基本存在形态。难道不值得期待！

跨文化对话时代的比较文学与世界文学[①]

一

当这本称之为《比较文学与世界文学》的学术集刊问世的此刻，距离"比较文学与世界文学"作为国家二级学科被整合构建和教研实施，已经过去整整15个年头。时光流逝的速度总是超乎人的感觉和想象，当年热血沸腾、言辞犀利、为这一看似有些"拉郎配"的官方教育部门举措而展开学术论争的一代学人，现在大多已是两鬓染霜，只是不知道相互见面还会不会唇枪舌剑一番？如果意犹未尽，还有兴趣继续细探深究，这里又为诸位提供了一个新的平台，而且是专门为着研讨比较文学与世界文学以及它们之间的学术关系整合而设。虽然出现得晚了些，但是就这一经过时间磨合之后正处在转型时代和面临提升突破的学科而言，似乎也算正当其时罢。为此，中国比较文学学界一干同仁的共识谋划和参与合办各家院校的支持，无疑是这一平台得以建立的前提和未来持续发展的动力，仅仅是看一眼合办诸家院校的构成，我们也有理由对未来比较文学与世界文学学科的整合发展和学术创新表示乐观。

想当初，无论是为世界文学盘点，还是为比较文学划界，抑或

[①] 原载《比较文学与世界文学》集刊创刊号，北京大学出版社，2012年。

是试图在两家之间说合结缘，无非都是为了中国正在走向世界的文学研究谋划和探路的努力。而今十多年过去，回想当年的认知，检阅近年的实绩，尽管可圈可点，但是当年看似不易调和的两支队伍，今天却似乎在一个学科机制框架中也还运行得不错，没听说哪个院校有分家的情形发生，重点学科倒是多了几家。瞧瞧网上的研究生招生目录，冠名"比较文学与世界文学"的招生院校几近百家，这规模在世界上大概也是数一数二的了。随便算笔账，教师没有一千恐怕也得八百，至于在读的研究生呢，哪怕是按照最低估计计算，硕士博士算上怎么也得有个两千多人吧，说给国外学者，无论谁听，都觉得这实在有些惊人。这情形恐怕也只有发生在当下的中国才不会让人感觉不可思议，那实在是因为中国太大，人口太多，大学生数量全球第一，如果将这些作为分母加以换算，与各国情形对照，说到底数量也多不到哪里去。

我想还是别忙着盘算家底，以规模取胜算不得真正的好汉，更谈不上领先的可能。其实在这十多年学科磨合发展过程中遗留下的问题，积累起来同样也相当多了，而且也决不简单，不说当年争论的谁是谁非，很多问题并未时过境迁，就是这几年国内重新又拉开架势争论的，关于如何重新理解"世界文学"和"比较文学"各自的热点话题，许多关节问题依旧与两个领域之间的关系纠结分不开。当然，首先还得应该承认，讨论的层次比过去无疑已经是高了很多，参与的学者也不再只局限于本土，许多国外知名学者也参与其中，已经逐渐自然接轨参与了国际文学研究的热点，算得上是站在了前沿。关于这一判断，有许多近年已经发表的著述和召开过的会议主题可以佐证，我在一篇文章中也有过简单介绍。①

---

① 参见拙文《什么世界？如何文学？》，载《中国比较文学》，2011年第2期第2页。

应该指出的是，当年关于比较文学与世界文学学科关系的争论，尽管观点五花八门，立场各自相异，但是，有一个基本的论述逻辑和叙述框架却是各方都无意间受限其中却不自知的，那就是大家都事先已经假定了各自学科在世界上学术存在的"历史独立合法性"和在中国学界的"挪移建构合理性"，然后才在如此似乎是不言自明的僵化基础上去讨论自身学科在相关学科结构之内的"存在正当性"和"不可替代性"。于是，主要的争论始终局限于从自身学科在中国的历史生成和积累去展开，完全无意关涉其在世界上曾经的历史生成过程中所遗留的问题，其在世界上目前的发展现状和存在的种种争议，以及学科挪移至中国本土后需要面对的文化水土和学术意义问题等等。于是，我们的争论基本只是指向本土学界的学科内战，包括通过学科在中国过去的发展和成就以图证明它在学术上的有效需求？它们的学科位置（譬如身处外语学科群还是中文学科群）是否恰当？它们学术队伍的知识结构和外语能力是否能够担当相应的学科使命？它们的研究对象应该是理论侧重还是经典作品读解？它们的学术疆界各自在何处以及有多大的整合可能等等。

不可否认这类学术论争的价值，也正是因为通过不断论争，才提醒我们注意各自学术疆域的问题和不足，并在学术实践中去不断加以修正弥补，甚至在一定程度上可以实现相互间的包容与发展。这也是十多年来，尽管是被国家教育管理机构加以规定性整合为一个二级学科，学术上却依旧能够相安无事，各自发展的原因之一。而且近些年似乎还表现出学术上不断靠近、理性交流增多和有限整合不断加强的趋势，从而使得具有一定比较意识的世界文学研究和更加注重经典文本的比较文学研究的渐次萌生。读读这些年发表的学术著述，看看近些年比较文学或者世界文学的学术会议上两个领域中学人交互参与，从客串到一身二任，从尝试到自觉交流的局面，情形令人略感欣慰。

但是，学科史研究的结果告诉我们，没有一个学科的存在和疆界是一成不变的，它们总是在不断地处于生成，演变，相互整合以及成长为其他新的学科形态的过程中，没有哪个学科天生就具有亘古不变的治学格局。同时，我们也不能满足于这样一种基于并非完全自觉的学术选择和学术共识性不强的包容性存在状态，以中国今日社会和文化发展的趋势，以中国学界正在成长的国际学术对话和学科建设迫切需求，像比较文学与世界文学这样具有国际性特征的人文研究学科，因其学科本身的特性，一方面应该通过直接去面对和介入世界学界的学术嬗变，以逐渐改变和增强学科自身参与世界同仁对话的方式和地位；另一方面，在建构中国现代学术的未来进程中，比较文学与世界文学更应该是义不容辞的先行者，从而理应有更高和更重要的学术担当。因为这一整合性的学科在性质上首先就是面对国际学界和具有跨文化交流特征的，但是它目前的发展现状相对而言却有些满足于国内学科疆界内的建构，自给自足，自我设限，情不自禁地总是在本土学术的圈子里打转，似乎总是被迫在数字化学术管理的重压下从事机械性的论著生产，想当然地自设和诠释着各种学术主题，却较少从学术前沿和热点问题意识的层面上去主动关注和参与国际学术对话。

譬如我们作为文化他者，选择研究19世纪英国小说家哈代的创作，如果罔顾这位作家在其英国本土和国际学界研究的现状和经典建构变迁的实际情形，罔顾读解的文化差异，而是只管自己埋头读解阐释，40年前可以从当中揭示出阶级斗争的残酷和资本主义的罪恶，30年前则从里面发掘出人的异化主题和人道主义的价值，20年前从中找到人性善恶交战的永恒文学性追问，不久之前则开始关注作者对乡村环境的描写和热爱了，并试图从中去读出各种各样的环境保护证据，似乎3个世纪前的哈代便有了明确的环保观念。我甚至怀疑，接下来一些研究者很可能会从哈代小说文本那里发现早期绿色革命的见解和反对转基因食品的证据。即便是借助比较文学的手段,将陶渊明拉进来进行比较,难不成结论会给中外经典作家和诗人都一起去披上一件绿色环保的新衣!这样的读解发明其实多有主观臆测和过度诠释的嫌疑,因为他和经典文本自身的关系是如此的游离,即便你把哈代换成简·奥斯丁,换成夏洛蒂·勃朗台,把陶渊明化成王维,解释似乎也一样能够成立。

我们迫切需要改变这种闭门造车,难如人意的比较文学与世界文学虚假繁荣局面,如果呼吁学科研究回归文学的倡导是要回到这样一种完全外在于经典文本及其历史语境状态的研究,那我看还是暂时不回归的为好。即便是我们确信雅各布森和德·曼之类的文学性理论有道理,相信通过区分文学语言与日常普通语言可以从语义模型分析的精确层面去判断文学与非文学的差别,然而,在真正比较文学的意义上我们还是没有把握,即当阅读的文化语境发生了根本性跨越之后,我们是否还能对自己的分析确定不疑。一如钱锺书先生所说:"在中国诗里算是'浪漫'的,和西洋诗相形之下,仍然是'古典'的;在中国诗里算是痛快的,比起西洋诗,仍然是含蓄的。我们以为词华够鲜艳了,看惯纷红骇绿的他们还欣赏它的素淡;我们以为"直恁响喉咙"了,听惯大声高唱的他们只觉得是低言软语。同样,束缚在中国旧诗传统里的读者看来,西洋诗里空灵的终嫌着痕迹、费力气,淡远的终嫌有烟火气、荤腥气,简洁的终嫌不够惜墨如金。"[①]

我们的确有许多的问题需要研究和讨论,其目的心愿都是为了改变中国比较文学与世界文学学科在国际学界以规模取胜的局面,更是为了在这样一次重大的转型过程中通过理性的思考去接近学科

---

① 钱锺书:《中国诗与中国画》,载《七缀集》,上海古籍出版社,1985年,第16页。

研究的真实需求。毫无疑问，文学史、文学理论和文学经典文本的深入研究是一切的基础，但同时我们也更需要反思学科本身，需要将比较文学与世界文学这样的学科研究重新置于全球学术对话的语境下，从思想史、学术史和学科史等不同方面去认真加以审视和思考，使其对外能够真正成为国际学术发展的有机部分，对内能够贴近现实的学术文化诉求并发出自己的声音，进一步认真去探寻学科的未来发展之路和价值目标，争取实现学科和学术上的世纪性提升。这正是我们不揣简陋，决意要在现有的比较文学、外国文学和世界文学等众多刊物之外，再创办一个至少在刊名和学术宗旨上能够完全覆盖"比较文学与世界文学"的学科杂志的意图。

二

众所周知，无论是比较文学还是世界文学都是19世纪欧洲知识的学科化产物，它们作为一门学科"发生"和"建构"的历史，总是与欧洲资本主义和现代西方文明在全球的崛起以致一家独大的历史密不可分地纠结在一起。而今日作为非西方社会的一部分，譬如我们中国的同样学科则是在对方的学科遗产框架基础上的整体挪移、延伸性生长和套用式的建构。用达姆罗什的话说就是："经过主要在北美和西欧的长期实践之后，比较文学现已在全球数十个国家里拥有其追随者。"①的确，我们就是追随者之一，其实，观察中国现代人文学科的研究和大学教育领域，从西方复制来的学科规模相对于由自己原创的学科，前者占据了绝对优势的地位。由于在相当长一段时间之内，面对这种具有压倒性优势的学科机制和发展态

---

① 达姆罗什：《21世纪的比较文学》，载《新方向：比较文学与世界文学读本》，北京大学出版社，2010年，"前言"第3页。

势，我们总是匆匆忙忙地在师法西方，在忙着学习和搬用，并且一直在追问和质询这种学习学得像不像，学习得是否正宗。天长日久，潜移默化，这些学科的结构体制，研究范式，知识标准和方法论体系似乎就成了被自然接受的学科"真理"，成了放之四海而皆准的普世性学科。学科所包含的学术普遍性要素被无限放大，学科的观念性错位、价值性悖离、根本性的结构缺陷却被掩饰和缩小，所谓的学科革新被理解成了一种拾遗补缺性的经典文本的搭配性补充和文学史章节的有限添加，学术范式的格局大致不变或略有调整，而原先的价值标准和体系整体却始终是毫发无伤。

这里问题的关键正好就在于，本来出生和成长于欧洲的所谓世界文学和比较文学学科从一开始就不是"世界性的"，而是属于欧洲那个"地区性"的学科门类，从一开始他们就存在着文化血统先天带来的各种文化中心主义局限，而我们偏偏却将其误读为不言自明的普适性学科了。这并不是个人作为文化他者情绪性或者文化民族主义的论述，而是西方严肃学者自我反省之后十分较真的判断。

关于比较文学学科，美国学者乔纳森·卡勒就直言不讳地说，"出现于19世纪晚期的学术研究的这一分支是专门研究欧洲文学的，它比较的文学作品都来自有着派生关系——渊源、影响和接受等——的不同语言，那时的研究题目包括现代文学的古典源头，欧洲文学中的彼得拉克传统，莎士比亚在德国文学中的接受等等"[1]，因此，说到底，比较文学是门"有着欧洲中心主义传统的学科。"[2]即使是在美国比较文学学界于平行研究、理论研究和文化研究等方面掀起变革热潮并取得研究进展后，也至多是将这种格局挤开个缺

---

[1] 乔纳森·卡勒：《比较文学的挑战》，载《中国比较文学》，2012年第1期，第2页。

[2] 乔纳森·卡勒：《比较文学的挑战》，载《中国比较文学》，2012年第1期，第4页。

口,却并没有从根本上改变比较文学学科的欧洲中心格局,只不过换了一种表达,这回开始称为西方中心主义了。

而关于世界文学学科,意大利学者阿尔曼多·尼希则强调指出"我必须再次重申,欧洲文学是在19世纪帝国殖民地的渐进征服中才完成了对世界之征服的,正如青年马克思和恩格斯在1848年所了解的那样,而非歌德和F·施莱格尔所梦想的从欧洲心脏德国勃然而兴的那种'普世诗歌'。爱德华·赛义德在他的《文化与帝国主义》一书中已明确指出了介于欧洲文学与殖民主义的这一结合点。"①尤其应该指出的是,欧洲文学对世界这种征服的结果比政治、经济和社会体制的殖民要来得巧妙得多,它抓住人类文学阅读审美想象的可培养性、生长性和多元性特点,通过媒介传播,学校教育和浸染性影响,将欧洲文学的基本价值理念以及诸如文艺复兴、古典主义、现实主义、浪漫主义、现代主义等关于文学的理论和历史观念进行跨文化灌输……也包含种种艺术范式和审美习惯持续不断地影响,不断使之深入人心,并渐次成为我们的审美无意识,成为批评的标准性元话语,令你想摆脱也难!于是,欧洲文学便在非西方的中国成了世界文学的代名词,即便是此后一段现代历史中陆续有美国文学强势挤占了欧洲文学的一些地盘,还有个别属于亚洲、非洲和拉丁美洲的非欧洲文学点缀性的穿插其间,可依旧没有也不可能从根本上改变所谓世界文学的欧洲基本盘面。

然而有些令人费解的是,在今日非西方的中国,历史上和现实中比较文学和世界文学的这种实际存在的地区性学科真相与虚假的世界性学科命名之间的错位却很少有人去正视,也缺少类似的针对性热点话题讨论,好像谁也不愿意去指出皇帝新衣的虚幻性。我们

---

① 阿尔曼多·尼希:《全球文学和今日世界文学》,载《中国比较文学》,2002年第2期,第129页。

似乎在以西方为主体的文学经典和西洋文学史，西洋文论读本的各种主义论述中被催眠了，思维被限定了。看看身边的学术活动，常有欧美名校的比较文学和英美文学教授来北大讲学，人家一个讲座常常能把《奥德修斯》的出征还乡经历与西方当代社会核心价值千丝万缕的关联讲个透彻，可以把介乎宗教哲学和文学经典的《神曲》中的宇宙本体观念与布什政府的新保守主义梳理出切切实实的精神联系，而我们的学人在外文口语会话虽然比上个世纪无疑流畅了许多，然而同样的经典文本却始终只能是在机械地形象塑造、主题总结、叙事特征、人道主义和不着边际的哲理阐发上做僵化的诠释，流淌不出一点经典的鲜活气和生命力。当外面的和尚都时不时地在做点自我反省，批判自家欧洲中心主义学科历史观念的时候，这件本该由我们来推动的工作倒由别人率先来提示了。包括尼希这样的一些西方学者指出要向非西方学习，要坚持不断反省、修炼和克服自己文学上的沙文主义和中心主义意识；类如乔纳森·卡勒也在反复思索"什么样的可比性能够引导比较文学从一种欧洲中心主义的学科向一种更加全球化的学科转化呢？"[①]老实说，卡勒的心结是要从质疑所谓可比性去突出问题的所在，他这样的思路虽然有学科方法论上的价值，但是却很少质疑学科自身体制上的许多根本问题，不过，这样的反思和建构，按说，首先是应该由我们这些追随者在学科接受性建构和实践过程中率先来加以追问和批评研讨的，只不过我们的追问不仅仅是要去如何推动比较文学和世界文学从欧洲中心主义的学科走向全球化的学科，更在于立足我们自身古老的传统资源和现代学科建构需求所面临的众多障碍和挑战，既要有效的利用好资源和机遇，又要争取卸掉传统的自大心结和避免一切均

[①] 乔纳森·卡勒：《比较文学的挑战》，载《中国比较文学》，2012年第1期，第9页。

被装进现代性包袱的陷阱。因为在不久的将来我们很可能就会面临这样的追问,当比较文学真的终于走出欧洲中心主义之后,凭什么接下来就一定是中国出彩?抑或还有日本、印度、韩国等,其他同样边缘文化的全球化文学机遇又在哪里?

三

在经历了30多年的学术开放和外来理论冲击的洗礼之后,其实我们早已经开始深刻地认识到,一方面,理论的引进和革新对于研究深化和学术突破的意义是如此的重要,但是另外一方面,当舶来的理论问题越是被深入追问的时候,其在不同的文化语境中所遭遇的处处陷阱,文化误读和如临深渊般的感觉也越是突出。正因为意识到这种种的新挑战和新课题,在目前这样一个学术范式和学术伦理始终都在迅速改变的时代,我们不仅需要不断突破自身文化学术传统的各种精神禁锢,同时也必须对一直以来被认为是不言自明的学科意识和理论观点加以质询和重新认识,从而争取避免在后续发展过程中落入自设的逻辑陷阱,避免未来在面对更多非西方他者文化介入的时候所可能面临的今日西方式的文化质询的尴尬。

譬如一般学科史的叙述尽管都能证明,比较文学和世界文学学科都是19世纪欧洲文化的产物,不过在这里也许接下来还是有必要强调,如同自文艺复兴以来欧洲文明的发展一样,它们之所以得以崛起,多多少少都是拜千年少有的历史机遇帮助而取得的成功。因此,苏源熙便试图进一步指出,"但在另一种意义上,所有文学都是比较的,受到许多溪流的哺育。"[①]他列举了美索不达米亚的泥版文

---

① 苏源熙:《噩梦袭来缝精尸:论文化基因、蜂巢和自私的因子》,载《新方向:比较文学与世界文学读本》,北京大学出版社,2010年,第5页。

献、圣经、佛经等众多文献的内容、翻译和传播案例,证明跨越文化的交流很可能才是历史上文化发展的常态之一。沿着这一学理逻辑继续追问,我们自然便可以去大胆清理不同文化和文学的发展在历史上与其他文化交流共生的更多线索和事实。譬如目前有的青年学者已经开始尝试清理佛经翻译中群体译者之间的语言传递关系,分析译场权利结构及其运行机制的特征,由此期望经由不同的文化间不同的翻译历史和翻译实践路径的研究,去发现与西方传统译介学理论的差异,进而超越欧洲学科定义去对比较文学的历史生成和研究理路开启不同的认识。在这一意义上,将欧洲中心主义的比较文学推向真正全球化的学科研究就不再是口号式的愿景,甚至也不仅仅是面对未来的努力,而同时也很可能是回头反求于学科历史和惯常经典阐释范式的切实学术研究思路。这将进一步证明,比较文学和世界文学的学科概念尽管出自欧洲的特定时期和语境,但是,其在诸如中国,印度,阿拉伯等地区的研究,却注定会有着明显不同的认识论基础,具有属于自身的理论逻辑起点,从而也就有理由在实践中去构建自己的学术主体身份、范式结构和方法学体系,推动比较文学与世界文学学科的文化异地重组和深化,使其真正成为全球化时代文学研究的动力组成部分,由追随者变而为创新者,由被影响着变而为提问者,甚至可以反哺性地去推动曾经的学科发明者的学科意识更新和转化。

实际上,不仅对于过往学科史的反思具有催生新研究领域的可能,即便是对于比较文学与世界文学国际研究的新进展和新问题意识的积极参与,只要不是照单完全接受,而是基于自身真实的学术境遇去展开思考,结论也绝不会人云亦云。我们注意到,从上个世纪70—80年代以来年,国际比较文学研究的一个阶段性重大发展就是对于当代西方新理论、文化研究和新的批评方法的译介、提倡、构建,推广和发明应用。德·曼、德里达、杰姆逊、赛义德、斯比瓦克、克里斯蒂娃等理论家的身影不断游走于各类比较文学的学术会议，热衷后现代主义研究的佛克玛还担任了国际比较文学学会的主席。作为普遍的学术共识，必须承认，比较文学界对 20 世纪新理论这种积极推广的结果，使得人们的文本研究重心全面突破了传统的西方权威经典作品，进而面向了大量当代鲜活的非经典作品。比起以英美法德为主的国别文学系科，比较文学在西方率先开始解构了经典的秩序，推动了世界文学研究的进步。但是明显与其不太相同的是，诸如中国这样的非西方国家研究者遭遇的尴尬却首先并非是要去解构别人和自己的经典，而是迫切希望通过大声疾呼和实际的努力，以便如何使得自己被近代欧洲中心理论见解淹没的传统文学经典能够被重新认识和安置，使之融入现代文学经典世界的格局，解决一个所谓为世界所承认的难题。如果说在中国从事世界文学经典教学研究的学人面临的学术自我期许，是要通过自身的工作，让外国文学经典在异己文化中为中国读者所接受，而不是像前面所说的那样，把经典过度诠释致"死"，那么，对于中国的比较文学学者而言，刚好有一个相反的任务，就是要通过比较和诠释的辛勤工作，力推中国的经典文学作品走进世界，而不是像西方学者那样借助解构和非本质主义的种种理论去消解经典，改而面向一般文学作品。于是，中国的世界文学与比较文学学界同时遭遇了关于经典研究和诠释的双重难题。要想不至于把外国文学的经典诠释致"死"，你就必须在本土文化前理解和审美接受屏幕当中去找到充满陌生化审美特征的外来经典欣然接受和分享的入口，开启有效的理解逻辑之门。而一个以毕生精力研究陶渊明，对他的每一件作品都如数家珍的中国研究者，如果不能联系西方的某些浪漫主义或者乌托邦理论，与诸如华兹华斯以及梭罗之类作家和诗人的创作做出深刻的比较性联系，他又如何去引导欧美读者像理解寒山那的去认识陶渊明作品的诗意之美呢。经典的这种经典化过程和在不同的历史语境和不同文化语境中不断成长的历史经验,至少说明了一个问题,那就是经典之所以成为经典,除了本身的内涵价值之外,同时也离不开所处的外在环境,离不开比较和诠释的功夫,人们正是在比较和诠释的过程中筛选、认定和建构了经典的意义。既然闹了半天,关于经典的生成故事原来就是如此地与世界文学和比较文学联系在了一起,那么,说来也巧,现在我们将比较文学与世界文学整合成为一个学科,难道不是正好顺应了学术历史发展潮流了吗?命运真会给人们开玩笑,你想进这个门它死活就是不让你进来,而你不愿进那个门却歪打正着地走了进去。按照一般的价值理性,我们该把经典视作为跨文化的资本,可以直接当礼物郑重地送给别人,可是局面常常是这样,那就是你送给他他未必有兴趣收下,倒是经过一番吆喝和讨价还价之后,他却愿意花钱买下还说声值了。谁会说,这种文化交流的悖论不是新的比较文学与世界文学得以链接的纽带呢。

那么,这是不是意味着,在国别文学的逻辑理性认知路径和经典文本的价值确立理性之外,还有一个近于哈贝马斯式的跨文化交往和跨学科整合认知的学术路径呢?也许,它可能就是作为今日新的比较文学与世界文学学科建构的方法论关键之一。围绕着这一认识内核,我们显然可以期待建构起某种属于比较文学与世界文学新的独特方法论结构,这一方法论体系既是比较文学的,同时也是世界文学的,或者说,它们之间压根就没有本质的区分,本来就是一回事。

如果真的存在达成这种新的跨学科整合理念和方法论共识的基础,那么,我们到何处去寻找和发现类似的尝试性研究实践萌芽,或者说可以引发参照的研究范例呢?并非完全是无意和随机地,我们在这里还是第一时间想起了钱锺书。关于他作为一个精通中外语言、经典和理论的学术奇才和成就卓著的大师,完全毋庸赘言,学界早有定论。关于他对于比较文学,尤其是比较诗学的原创性贡献，使得你几乎没法用现成欧洲中心传统的比较文学学科范式去界定他的研究，所以就是他自己也不愿意承认自己是如此类型的所谓比较文学家。但是，他的跨越多种文化和学科的研究实践以及学问理念，却无意间为比较文学与世界文学这一新的学科形态构建提供了典范式的证言。清理他的学术著述，几乎无例外的都是从中外经典的文本细读和精读出发，又都是围绕着各种丰富的中外理论入手展开，他的分析充满似乎信手拈来的例证和比较，古今中外，风雅通俗，一片众声喧哗。他选定一个问题，譬如通感，譬如人化批评，譬如中国诗与中国画的关联，譬如诗无达诂等等，你会在他逐段逐节的研读分析中发现一种严谨而又生动有趣的论述逻辑。那就是，问题一旦呈现，往往先是中外理论大师的著述言论出场宣示观点，譬如亚里士多德和刘勰的言述；然后很可能是拉伯雷与罗贯中小说笔下的人物出来证言；接下来，中外剧曲或者书画艺术大师将走进来掺和；最后中外民间的街谈巷议和市井俚语也插科打诨出来帮忙圆场，就这样深入浅出地演出了一场又一场鲜活生动的文艺跨文化对话剧情。初看似杂乱循环无系统，其实话语底下的论述逻辑却严密得紧，不信你去改写一下他的文字理路试试，恐怕没那么容易找到缝隙。在他的论述视野中，不仅比较文学与世界文学没有了界线，甚至更多学科之间的壁垒也都纷纷坍塌，一概整合成为跨越性多元文化文艺对话的最佳场域。这，也许就是未来比较文学与世界文学研究者企望的学术境界罢。

乔纳森·卡勒断言："对世界文学发生兴趣，将其作为包含多重可能性、多种形式、多重主题、多种话语实践的包容性场域是可能的。"[①]这当然是就比较文学研究者而言。其实，对于一个曾经的世

---

① 乔纳森·卡勒：《比较文学的挑战》，载《中国比较文学》，2012年第1期，第12页。

界文学研究者,情形又何尝不是如此呢,一旦他突破旧有的学科藩篱,在跨文化对话的场域中,在各种富于启发性的理论言述引导下,换一种眼界来面对书柜中沉睡的世界经典作品时,他完全可以期待其中的社会生活和人物形象都会幡然醒来,闹哄哄地与众人一起走向文学的未来。

本着这样的学术理想和认知逻辑去重新关注比较文学与世界文学,的确让我们预先感受到了些许的兴奋。

2012 年 3 月 30 日改定于京郊红螺园

后　记

书的前面有了自序，再写个后记就显得有些多余，然而主编说是丛书统一的结构要求，于是只好从命。

人的命运有时候往往并非是由自己来掌控的，一个人内心的欲望追求所在与他在社会中的角色身份扮演很少有一致的时候，至少我自己就是件样品。

从小喜欢文学，16岁当矿工也没忘了文学，空了就写些今天看来说不上是什么的东西，专科学校毕业后成为地质队员又梦想写本寻找宝藏的神秘小说，大学毕业后进了高校更希望能够潜心治学，从此，以文学学术为一生志业实在就是我的欲望所在。

但是命运弄人，从做研究生开始，还真就始终没有摆脱过与学术行政管理有关的种种事务，北大研究生学刊的副主编，比较文学与比较文化研究所的学术秘书，副所长，大家认可的学会"管家"，中国比较文学学会的秘书，副秘书长，秘书长，副会长兼秘书长，都记不清做了多少届了。

自从十年前成了北大中文系副系主任以后，一做就是两届八年，2012年又成了系主任，面对这个号称"天下中文第一系"的学科队伍，每日里真是诚惶诚恐，心中明白，即使是把全部心力和智力都投入进去，也未必就能改变一二，给历史留下点什么。

于是，多年来，学术研究在我就成了一种钟摆式的来回纠结选择，时间的分配也日益捉襟见肘，到了近几年，除了必要的读书，上课，带研究生，完成规定的学术发表外，真正的学术研究差不多也就成了一种业余活动。时也乎？命也乎？说不清楚，那就不说也罢。反正是生有涯，学无涯，随着年龄的增长，天命未知，心中的纠结慢慢也就放下了，随他去！

就在去年岁末，向远兄来约稿，他要主编出版这套丛书，说是想到我很合适，就决定给我这个荣幸，要我从这些年发表过的文字中，整理出关于比较诗学方法论的一个专辑来列入丛书出版。相对写专著而言，整理发表过的文字比较容易，犹豫再三就答应了，计划利用寒假春节完成这事，没想到竟然是自上枷锁，整个假期诸多事务缠绕，啥事也做不了，到开学也没大进展。虽然主编一再宽容，允诺稍后些交稿，可是每日忙碌不堪，心中无底，一时想打退堂鼓。

也正此时，我的博士生边明江知道后，愿意协助我做些整理编辑工作，我便重整旗鼓，着手推进，二人紧赶慢赶，最后利用五一劳动节假期拼命加班劳动，完全无暇抬眼看窗外初夏美景，至节日结束，总算初稿完成，作为丛书最后完成的一本递交主编，算是大致交了差。

这样，不说你也明白，在本书的后记，我要谢谢两个人，一个是向远教授。没有他的安排，宽容和督促，这书出不来；另一个是明江，没有他的帮忙，我恐怕也没法完成这本书的整理编排工作。

就算是后记罢。

2014 年 5 月 3 日
于北大新人文学苑

图书在版编目(CIP)数据

同异之间 / 陈跃红著. —北京：中央编译出版社，2014.9
（比较文学与世界文学名家讲堂 / 王向远主编）
ISBN 978-7-5117-2323-9

Ⅰ. ①同… Ⅱ. ①陈… Ⅲ. ①比较诗学-研究-中国 Ⅳ. ①I207.22

中国版本图书馆 CIP 数据核字（2014）第 214979 号

同异之间

出 版 人：	刘明清
责任编辑：	邓　彤
责任印制：	尹　珺
出版发行：	中央编译出版社
地　　址：	北京西城区车公庄大街乙 5 号鸿儒大厦 B 座（100044）
电　　话：	（010）52612345（总编室）　（010）52612352（编辑室） （010）52612316（发行部）　（010）52612315（网络销售） （010）52612346（馆配部）　（010）66509618（读者服务部）
传　　真：	（010）66515838
经　　销：	全国新华书店
印　　刷：	北京时捷印刷有限公司
开　　本：	787 毫米×1092 毫米　1/16
字　　数：	300 千字
印　　张：	23.5
版　　次：	2014 年 9 月第 1 版第 1 次印刷
定　　价：	68.00 元

网　　址：www.cctphome.com	邮　箱：cctp@cctphome.com
新浪微博：@中央编译出版社	微　信：中央编译出版社（ID:cctphome）

本社常年法律顾问：北京市吴栾赵阎律师事务所律师　闫军　梁勤
凡有印装质量问题，本社负责调换。电话：010-66509618